LE GARÇON DISPARU

Diplômée en philosophie, Julie Ewa est née en 1991 à Altkirch en Alsace. Avec son premier roman, *Le Bras du diable*, elle remporte le grand prix *VSD* du polar 2012, décerné par Jean-Christophe Grangé. Son deuxième roman, *Les Petites Filles*, paru aux éditions Albin Michel, a reçu le Prix du polar historique en 2016. Elle vit aujourd'hui entre la France et l'Indonésie, où elle a créé l'association Kolibri pour accompagner les enfants défavorisés.

Paru au Livre de Poche :

Les Petites Filles

JULIE EWA

Le Garçon disparu

ROMAN

ALBIN MICHEL

Ce roman a initialement paru sous le titre
Le Gamin des ordures.

ISBN : 978-2-253-24161-4 – 1re publication LGF

« Je sais que vous ne nous aimez pas. Pour vous, nous sommes des Tsiganes, un point c'est tout. Je vois ça dans vos regards. »

Bogdan TEODORESCU, *Spada*

Prologue

Juillet

Mourir à l'âge de neuf ans, quelle drôle d'idée pour un enfant !

S'il en croyait sa jeune expérience, seules les peaux hachurées de rides pouvaient prétendre au cimetière. À force de rouiller, les os finissaient par craquer : une question de mécanique.

Pourtant, la vie n'était pas toujours logique et Darius sentait au plus profond de son corps qu'il touchait la mort du doigt. Après avoir tremblé des heures, ses membres étaient maintenant si engourdis qu'il devait mordre son pouce pour s'assurer qu'il était toujours vivant.

— Ne ferme pas les yeux, murmura-t-il, si tu fermes les yeux, tu seras cuit !

L'enfant essaya de remuer le tibia mais il se ravisa aussitôt, happé par la douleur intense qui se propagea jusque dans son dos. Sa jambe bleuâtre et enflée était complètement tordue, à l'image d'une branche brisée en deux, liée par un ultime filament d'écorce. Il le savait : l'os était à deux doigts de perforer la chair.

— Pense à des choses agréables !

C'est ce qu'aurait dit Maman…

Malheureusement, lorsqu'il tentait de se concentrer pour trouver ne serait-ce qu'une once de bien-être, seul le souvenir de ces derniers jours accaparait son esprit.

L'enfer avait commencé cinq nuits plus tôt, avec la faim.

En soi, elle n'avait rien d'effrayant. Quand les bennes à ordures faisaient preuve d'avarice, Darius devait se résigner à garder le ventre vide. Mais cette faim-ci n'était pas comme les autres : au bout de vingt-quatre heures, elle avait été brutale, extrême, viscérale, lui donnant l'impression que son abdomen était dévoré de l'intérieur par une armée de vers intestinaux. Et tandis que son organisme mettait en branle une série de réactions chimiques visant à puiser dans ses ressources, un horrible mal de tête cognait par intermittence contre les parois de son crâne, comme si un petit malin s'amusait à y faire des va-et-vient avec un pieu aiguisé. Nausées, sueurs, étourdissements. La soif avait pris le relais… Bien plus terrible encore. Un monstre cruel et informe s'était déchaîné dans son corps, le frappant d'hallucinations. Darius le pressentait : il mourrait probablement déshydraté avant le lever du soleil. La dernière gorgée de liquide datait de trois jours auparavant lorsqu'il s'était efforcé de laper comme un chien une eau de pluie putride croupissant à proximité. Depuis, sa bouche s'asséchait d'heure en heure et de violents spasmes secouaient son corps baignant dans l'odeur nauséabonde de ses propres excréments.

Darius, garde les yeux ouverts. Sinon tu vas mourir ici !

Il jeta un œil sur le côté, il avait cru entendre Papa. Non, ce n'était qu'une simple voix dans sa tête.

Fou de douleur, il eut envie de pleurer mais aucune larme ne coula.

Ces salauds l'avaient bien eu, il était pris au piège.

Qu'elle vienne, la mort !

Darius n'en pouvait plus.

Seul face à la nuit, il regarda miroiter la reine Lune en se remémorant une sentence que répétait sa Mami *drabarni*[1] quand elle était encore de ce monde : « N'oublie jamais que l'âme de tous les Roms vient du Cœur de feu entre les étoiles et qu'elle y retourne à leur mort. »

De toute façon, à quoi bon vivre sur cette terre puisque les Roms n'avaient leur place nulle part ? Autant retrouver le Grand Del… et Papu, et Mami, qui l'attendaient là-haut.

Poussé par un ultime élan de désespoir, Darius se mit à hurler à la porte du ciel. Un cri fort et poignant, son dernier cri peut-être.

Et puis tout devint noir.

---

1. Guérisseuse, sorcière rom.

I

LE PETIT BOIS

1

Un an et demi plus tôt

Ses talons fouettèrent les tiges de blé coupées alors qu'il bondissait dans le champ du vieux fermier du coin. Les chaumes chatouillèrent sa peau, ni trop mous, ni trop piquants, comme une caresse un peu rude sur la plante de ses pieds.

Le souffle haletant, Darius cavala sans se retourner, de peur de croiser un regard. Filer, courir, se faire la belle. La fuite était sa spécialité.

Surpris par le cri d'un corbeau survolant la plaine, il slaloma entre les bottes de paille soigneusement ficelées, dont l'odeur si familière imprégnait toute son enfance.

Cent mètres plus loin, Darius ralentit sa course pour ne pas attirer l'attention. Sur sa droite s'étendait le quartier rom d'Undeva, en bordure de forêt. L'enfant résidait là-bas, sur un *platz*[1] rustique mais soigné en retrait du village. Devant les baraques, pas de pavage, juste une piste saturée de poussière

1. Ce mot est utilisé pour désigner un terrain que les Roms occupent.

mangée par les mauvaises herbes. Les poules et les bestiaux vagabondaient librement, se sauvant parfois dans les champs de blé et de tournesols qui ceinturaient leur faubourg.

Jusqu'alors, la famille Stanescu habitait une petite bâtisse en torchis et en bois au toit et aux murs rafistolés avec des bâches. Leur emménagement remontait à l'époque où le dictateur Ceaușescu avait forcé les Roms nomades à se sédentariser. Même s'ils n'étaient pas propriétaires du terrain et qu'ils ne bénéficiaient ni de l'eau courante ni de l'électricité, ils avaient essayé de se construire un cocon plutôt douillet grâce à des tapis colorés couvrant les sols et les murs.

Après s'être assuré qu'aucun Rom ne se promenait dans les parages, l'enfant se glissa discrètement dans les bois, happé par le silence majestueux des arbres. Soulagé, il grimpa au sommet du plus haut sapin et, en s'agrippant au tronc imbibé de résine, jeta un regard amusé sur la cour de récréation qu'il venait de quitter en douce.

Personne ne semblait avoir remarqué sa disparition. Si quelques réfractaires se risquaient à s'attarder sous le pommier, grappillant une ou deux minutes d'amusement avant la leçon de roumain, la plupart des élèves s'étaient précipités dans la classe, cahiers ouverts et stylos au garde-à-vous.

En cette fin de matinée, la chaise de Darius serait encore une fois orpheline… Au grand dam de la maîtresse d'Undeva, l'enfant n'avait pas l'intention de rester enfermé dans une pièce pour ingurgiter des savoirs qu'il trouvait parfaitement inutiles. Ses parents avaient beau lui marteler sa chance d'être scolarisé dans un pays où plus d'un tiers des petits Roms ne mettaient jamais les pieds à l'école, Darius s'en contrefichait. Il préférait de loin passer ses journées à grimper dans les arbres ou à fabriquer des lance-pierres pour viser les fesses du curé.

— Dis-moi, gamin, tu ne devrais pas être à l'école ?

Cinq mètres plus bas, sa grand-mère paternelle étirait son vieux cou pour essayer de capter son regard. Un panier sous le bras, elle avait enfilé une grosse paire de bottes et un châle orangé sur lequel retombait son *diklo*.

Darius se balança de branche en branche avant d'atterrir à ses pieds.

— Tu as raison, Mami, mais je préfère l'école de la vie !

Sa grand-mère éclata de rire, le visage couvert d'une toile de rides aussi longues que les routes qu'elle avait parcourues dans sa jeunesse.

— Tu sais que tu es malin, gamin ?

— Bien sûr, Papu me l'a déjà dit : malin comme un renard et rapide comme un lièvre.

— Et aussi insolent que ton grand-père. Une vraie tête brûlée, celui-là.

Elle passa une main affectueuse dans ses cheveux noirs et hirsutes empreints d'une odeur de fumée. Depuis que son petit-fils avait deux ans et demi, c'est-à-dire l'âge où les enfants apprennent à dire non, il était devenu un champion de la contestation. Non aux habits propres, non aux légumes verts, non aux règlements et aux recommandations. Toutes ces années, Darius avait choisi systématiquement le contraire de tout ce que ses parents voulaient pour lui, à commencer par l'école…

— Qu'est-ce que tu fais, Mami ? questionna soudainement le garçon en zieutant dans son panier.

Plusieurs bouquets aux parfums très prononcés en dépassaient.

— Ce que je fais ? Gamin, je suis une *drabarni.*

— Je sais. À l'école, les enfants disent que tu es une sorcière.

— Une sorcière ? Tiens donc ! Les *drabarni* sont des guérisseurs. Ils utilisent les forces de la nature pour soigner les malades. Aujourd'hui, je cueille des plantes médicinales.

Elle sortit une tige qu'elle agita sous son nez :

— Celle-là, c'est pour ta sœur. Elle va tuer le rhume qu'elle traîne depuis huit jours. Et celle-ci, c'est pour ta mère. On l'utilise pour calmer les contractions des femmes enceintes. Tu veux m'aider à en trouver ?

Le garçon haussa les épaules, peu motivé. La médecine traditionnelle tsigane était la grande passion de sa sœur, pas la sienne. Lui aimait davantage égorger des poules avec son oncle Cristi.

Ils marchèrent côte à côte sur la mousse fraîche où poussaient des champignons comestibles. Darius s'apprêtait à en ramasser un lorsqu'une voix résonna dans l'immensité verte. Sa respiration s'emballa quand sa tante Simona surgit des broussailles, le visage terrorisé.

— Les monstres de fer, ils sont arrivés !

Mami Zaneta devint grave. La rumeur était donc vraie. Le maire d'Undeva avait décidé de raser leur campement pour y implanter son odieux centre commercial.

Elle laissa brutalement tomber son panier et, suivie de Darius, se précipita en direction de leur *platz*.

Alors qu'ils sortaient de la forêt, des bruits de moteur et d'acier frappèrent leurs oreilles.

Au milieu du campement, trois bulldozers avaient ouvert leurs mâchoires pour dévorer les maisons.

— *Baro Devel!* s'exclama Mami Zaneta.

Darius aperçut ses parents, son grand-père, mais aussi Oncle Cristi et tous leurs voisins rassemblés dans le champ de blé. Encore sous le choc, ils assistaient au bal des monstres de fer broyant les baraques entre leurs dents. Ils n'avaient pas eu le temps de sauver leurs affaires. En quelques minutes à peine, tout avait été détruit, même l'accordéon de Papa.

Alors que l'enfant s'approchait, accroché à la main de sa grand-mère, des femmes anéanties tombèrent à genoux en sanglotant.

Puis soudain, au milieu du vacarme ambiant, c'est Papu qui s'effondra.

Il bascula d'un seul coup, une paume sur la poitrine.

Mami Zaneta lâcha les doigts de Darius et hurla de tout son être en essayant de réanimer son époux.

Malgré ses efforts, Papu resta immobile, les pupilles révulsées.

— *Rhameti te arakhel!* s'exclama-t-elle, terrassée. Que Dieu lui accorde sa miséricorde!

Alors que tout le monde entourait la dépouille, Darius vit son père fondre en larmes en s'agenouillant à son tour.

— Pourquoi Papu ne répond plus ? bredouilla l'enfant bouleversé.

— Viens, Darius.

Oncle Cristi saisit son bras et l'emmena à l'écart.

— Pourquoi Papu ne répond plus ? répéta le garçon avec insistance.

Oncle Cristi posa une main sur sa nuque et la malaxa avec vigueur.

— Ton Papu est parti, gamin. Comme tous les Roms disparus, il va rejoindre le Cœur de feu entre les étoiles.

— Alors il ne reviendra plus ?

La violence de cette nouvelle lui secoua la poitrine.

— Non. C'est ce qu'on appelle la mort. Ton grand-père a eu une belle vie et il sera heureux tout là-haut. Son âme est libre maintenant.

2

15 mai, Fara Vitor, Roumanie

Les manches retroussées et une bande de tissu nouée autour de la tête, Darius brandit sa lance et se jeta à travers les monceaux d'ordures qui s'accumulaient derrière les grilles. Même s'il n'avait que neuf ans, ses membres étaient agiles et prestes, ses muscles fins mais puissants saillant à travers la peau.

À l'affût, l'enfant remua son nez en trompette comme un trappeur poursuivant un ours. L'odeur était particulièrement fétide aujourd'hui. Les milliers de détritus formaient une colline de gravats puants et moisis où la nourriture avariée était prise d'assaut par les insectes.

— Je vais t'avoir, sale bête !

La chasse avait commencé une demi-heure plus tôt, après que Darius eut aiguisé sa lance avec le couteau de son père. Considéré comme le meilleur chasseur de rats du quartier rom, le garçon avait fabriqué son arme à partir d'un simple manche à balai déniché dans une poubelle. Avec le début du printemps, les rats s'étaient reproduits à une vitesse ahurissante. Une trentaine de pourritures au poil rêche avaient envahi leur faubourg, s'insinuant dans les logements en rongeant les parois creuses et friables. Face à ce fléau redoutable, Darius ne voyait pas d'autre solution : tous les jours, il s'emparait de sa lance et allait débusquer l'ennemi jusque dans son nid, au cœur de la décharge municipale.

L'enfant grimpa au sommet, sans prêter attention à la vue imprenable sur la ville de Fara Vitor. Comme chaque après-midi, l'agglomération était enveloppée d'un voile cendré et mouvant de pollution lui donnant l'allure d'un spectre gris avalant chaque rayon de soleil. Une route défoncée ondulait jusqu'à la décharge que de nombreux Roms ratissaient à la recherche de matières recyclables bonnes à revendre contre quelques sous. Leur « camp » était situé juste en face, dans un immeuble désaffecté qui menaçait de s'effondrer chaque fois que le vent se faufilait dans les fissures.

— Grrr…

Un mouvement se dessina sur sa gauche.

Darius fit volte-face, puis l'aperçut : un énorme rongeur, aussi noir que du charbon. Pas de doute possible, cette grosse et grasse femelle donnerait bientôt naissance à une nuée de ratons…

— Sale bête, tu vas voir ce que tu vas voir.

Déterminé, il éleva son bras et lança sa lance avec toute la force d'un garçon de son âge. Raté ! Le rat déguerpit dans un trou.

— Je te trouverai ! hurla-t-il.

Après avoir vérifié que personne n'avait été témoin de son échec, Darius récupéra sa lance et sauta sur un tas de verre brisé qui manqua de transpercer ses sandales. Plus loin, un groupe de Roms éreintés divaguaient dans la décharge comme des revenants en errance. L'enfant s'apprêtait à les rejoindre quand un écho l'arrêta dans sa course.

— Didi ! Je t'ai cherché partout !

Vêtue de sa plus belle jupe tsigane, sa sœur âgée de seize ans lui faisait signe au pied des ordures.

L'enfant souffla en rajustant son bandeau. Pourquoi Cybèle traînait-elle toujours dans ses pattes ? N'avait-elle rien de mieux à faire ?

— Je joue au chasseur, laisse-moi tranquille !

— Je suis désolée pour toi, Rambo, il est l'heure de partir.

— Si tu t'approches, je pisse sur tes pieds ! répondit effrontément Darius en lui tournant le dos.

Il savait qu'elle avait passé plus d'une heure à astiquer ses chaussures.

— Papa va te botter les fesses.

— M'en fiche, je veux rester à Fara Vitor.

Adieu les sandales impeccables : Cybèle monta sur la butte et lui attrapa le bras. Le gamin la repoussa avec force, les joues rosies par la colère.

— Je ne veux pas aller en France, tu entends ? La France, c'est l'autre bout du monde.

— Tu exagères.

— Tu n'as pas entendu ce qu'a dit le Camatar ? Le bus doit rouler une journée entière avant d'arriver à Bugrassot.

France-Roumanie, Roumanie-France, deux mille kilomètres. Darius n'avait pas tout à fait tort.

Pour financer le voyage, leur père avait contracté une dette envers un Rom du quartier que tout le monde surnommait «le Camatar». N'étant pas en mesure d'emprunter de l'argent auprès du système bancaire, beaucoup de familles faisaient appel à des *camatari*, des «prêteurs» qui assuraient le paiement des trajets vers d'autres pays. Doté d'un vieux fourgon complètement rouillé, le Camatar de leur *platz* emmenait les familles volontaires à une station de bus à une demi-heure de Fara Vitor. Après une journée de trajet, Darius, Cybèle et leur père étaient censés rejoindre Oncle Cristi et Tante Simona qui habitaient dans le nord de la France depuis plus d'un an.

— Darius ! Que les démons me prennent si tu n'obéis pas !

Toutes les bonnes choses avaient une fin… Cette fois, c'était la voix rauque de Papa qui grondait comme un tracteur.

Djino Stanescu rappliqua au pied du tas de déchets, avec l'expression de celui qui n'est pas du tout disposé à lui accorder une partie de chasse. En vérité, le père de famille n'avait pas besoin d'élever le ton pour que son fils obéisse, il lui suffisait de froncer ses sourcils touffus et de durcir le regard gris ardoise qu'il cachait sous son chapeau.

Dépité, l'enfant retira son bandeau, abandonna sa lance et le rejoignit à contrecœur. Son visage rond et joufflu était couvert de terre.

— Qu'est-ce que je t'ai dit hier ? Nous avons rendez-vous à dix-sept heures !

— Je sais, Papa, mais je suis vraiment obligé d'aller en France ?

Djino s'immobilisa. Le cou rentré dans les épaules, il frotta son ventre rebondi modelé par la malbouffe.

— Tu n'as pas envie de partir ?

— Je veux rester avec Maman.

— Maman et Duda nous rejoindront quand nous aurons trouvé une maison.

— Mais j'en ai assez de déménager !

« Mais, mais, mais. » Avec Darius, il y avait toujours un « mais ».

Djino l'observa croiser les bras, comme à chaque fois qu'il était contrarié.

À vrai dire, sa réaction était compréhensible. Depuis que les bulldozers avaient détruit leur maison, Maria, Djino et leurs enfants avaient changé trois fois de *platz* avant d'obtenir une place à Fara Vitor. Après plusieurs jours de négociations, ils avaient emménagé dans leur nouveau logement de fortune : un ancien immeuble ouvrier délabré et humide construit à l'époque communiste. Réparties dans trois blocs identiques, une trentaine de familles avaient pris possession des studios de quinze mètres carrés qui s'enfilaient les uns derrière les autres. À l'intérieur, les Roms dormaient à cinq ou six dans une pièce, souvent sur un unique matelas. À l'extérieur, un terrain vague jouxtait la déchetterie. Il n'y avait ni jardin ni poulailler. Juste des insectes et des rats grouillant dans une boue immonde. Pour cacher la misère de cette « colonie », telle que les avaient surnommés les non-Roms – ceux qu'on appelait *gadjé* –, la municipalité avait fait construire un mur qui s'était allongé de semaine en semaine, comme sous l'effet d'un sort maléfique.

Pour Darius, quitter la campagne avait été difficile. Fara Vitor puait le béton, n'offrant pour toute verdure que quelques mauvaises herbes poussant entre les dalles épaisses et souillées. À son arrivée, l'enfant avait vivement regretté le temps où il vagabondait dans la forêt, auprès de celle que sa Mami *drabarni* surnommait « Mère Nature ». Ici, les vieux ne s'asseyaient pas sur des bancs disposés devant leur maison. Le soir, les vaches ne rentraient pas au village en frôlant les calèches à chevaux. Dans les alentours, il n'y avait ni étangs marécageux, ni champs de blé. Pas même quelques chèvres à courser.

Si les premiers jours Darius aurait tout donné pour retourner à Undeva, il avait fini par trouver un nouveau terrain de jeux au milieu des ordures.

— Allez, viens, je te promets que tu aimeras la France.

Djino posa une main sur son épaule et le pressa contre lui.

— Tu en es sûr ?

— Sûr et certain !

Une telle assurance lui parut suspecte, pourtant avait-il vraiment le choix ?

En France, il y aura peut-être des déchetteries, pensa Darius en se résignant à suivre son père. C'était le seul espoir qui lui restait.

3

16 mai, Belgique

Assise à l'avant du bus, Cybèle redressa le buste et s'éclaircit la gorge :

— *Pardon, cher monsieur, je voudrais de les saucissons. Ah. Très bien, madame, combien les voulez-vous ? Juste un. Trois euros, s'il vous plaît ! Merci, monsieur. De rien, madame. Vous êtes bien gentil, monsieur. Vous…*

Elle s'interrompit car le chauffeur lui jetait des regards condescendants comme s'il la croyait folle.

— J'apprends le français ! lança-t-elle d'un ton légèrement suffisant.

— Alors apprends en silence, répondit l'homme en levant les yeux au ciel.

Le bus avait roulé toute la nuit, traversant la Hongrie et l'Autriche en déposant des passagers au fur et à mesure de ses escales. À plusieurs reprises, les paupières du chauffeur s'étaient fermées doucement, avant qu'il ne sursaute brusquement, le front perlé de sueur. Vers minuit, un autre chauffeur avait pris sa place et la musique du lecteur CD avait tourné en boucle jusqu'au matin, peut-être pour masquer les pleurs intermittents d'un bébé qui agaçaient tout le monde.

Vexée, Cybèle ferma le dictionnaire français-roumain qu'elle gardait toujours dans son sac. Ce livre lui avait été offert par l'institutrice d'Undeva, lorsqu'elle était arrivée première de sa classe la dernière année du primaire.

L'adolescente esquissa un sourire en se remémorant ses journées d'école. Ah, la maîtresse d'Undeva… une femme exceptionnelle. Contrairement à la plupart des Roumains, elle n'avait jamais fait de différence entre les Roms et les *gadjé*. L'année précédant la destruction du *platz*, l'enseignante avait milité sans relâche pour qu'un atelier sur la culture romani soit proposé aux enfants du village. Son projet aurait sans doute été très bénéfique pour l'intégration des familles tsiganes, mais le directeur avait fermement refusé, aussi farouche que les enseignants de Fara Vitor, qui n'avaient jamais voulu de Darius et de Cybèle dans leur classe. « On n'a plus de place », avaient-ils dit à Maria Stanescu, quand elle s'était présentée pour les inscrire. En fait, aucun enfant du quartier rom n'était scolarisé.

— *Petit Papaaaa Noël…*

Darius venait de débouler dans l'allée centrale du bus en entonnant la seule chanson en français qu'il avait daigné apprendre.

— Rends-moi ça ! hurla Cybèle lorsqu'il lui arracha son dictionnaire des mains.

— Arrête de jouer l'intello, ta tête va exploser comme un œuf trop cuit si tu apprends tous ces mots. En plus, Papa dit qu'on est bientôt arrivés. Tu vois, dehors, c'est la Belgique !

Il lui montra les plateaux boisés traversés de cours d'eau. L'adolescente ne connaissait pas ce pays mais elle avait entendu dire que les Belges mangeaient exclusivement des frites.

— Cybiiii, je peux te poser une question ?

À la vue de sa moue faussement angélique, Cybèle savait d'instinct quel genre d'interrogation lui démangeait la langue.

— Tu crois vraiment qu'on sera bien en France ?

— Tu penses que non ?

— As-tu demandé à ta tasse de café ?

Cybèle tortilla sa tresse noire avec arrogance.

— D'habitude, tu te moques de moi quand j'essaie de prédire l'avenir !

— Je sais, mais à l'arrière du bus, il y a un Rom qui raconte de sales histoires. En plus, il lui manque une jambe.

Cybèle fronça les sourcils.

— Il lui manque une jambe ?

— Ouais, il est né avec une jambe en moins ! Ça doit être difficile.

— J'imagine !

— Tu crois que c'est plus difficile de vivre sans bras ou sans jambe ?

— Qu'est-ce que j'en sais ? s'énerva l'adolescente. Bon, qu'est-ce qu'il raconte, ton unijambiste ?

Darius s'installa à côté d'elle. Il mâchouillait un chewing-gum qu'il avait trouvé collé sous son siège.

— Il est déjà allé en France. Il dit que les gens *comme nous* se font cracher dessus par les *gadjé*.

— Les gens *comme nous* ? Qu'est-ce qu'il insinue ? Arrête de croire les bourricots qui se prennent pour de vieux sages ! Tu devrais plutôt écouter le Camatar, cela fait des années qu'il va en France. Tu sais ce qu'il a dit ? La France, c'est beau, il y a des sculptures, des fontaines et des châteaux. Il m'a montré une photo de la tour Eiffel : elle est si haute que depuis le sommet on voit la Roumanie.

— Et si on ne trouve pas de maison ?

— En France, tout le monde a une maison ! Les enfants vont à l'école et les parents ont un travail. Ce n'est pas comme à Fara Vitor. Il paraît qu'Oncle Cristi et Tante Simona sont très heureux en France car là-bas, il y a des droits !

Darius grimaça, songeur.

« En France, il y a des droits », combien de fois avait-il entendu cette litanie ?

À force d'écouter les louanges de ce roublard de rentier, beaucoup de Roms voulaient partir. La plupart étaient persuadés que tous leurs maux s'évaporeraient en passant la frontière où des banderoles bleu blanc rouge leur souhaiteraient la bienvenue.

Or quoi que raconte le Camatar, Darius était plus que sceptique. Depuis que Tante Simona et Oncle Cristi étaient partis en France, plus d'un an auparavant, ils n'étaient jamais revenus pour leur parler de leur belle vie. En l'absence de téléphone, il était devenu très difficile de les joindre.

— Si tu le dis !

L'enfant retourna s'asseoir sur son siège d'un air pensif.

S'il n'était pas contre l'idée d'habiter une vraie maison, d'autres projets étaient loin de l'enchanter, à commencer par l'école.

4

16 mai, Bugrassot, France

Cybèle garda les yeux plantés sur le chevauchement de tôles et de planches qui s'agglutinaient devant elle, tantôt clouées, tantôt ficelées, de manière à former quatre parois et un toit.

— C'est votre maison ? lâcha-t-elle sans cacher sa contrariété.

Oncle Cristi sembla gêné.

— Oui, Cybèle. Tu as l'air déçue.

— Ce n'est pas vraiment une maison…

La jeune fille jeta un œil dépité vers son père en espérant trouver du soutien, mais elle ne récolta qu'un regard réprobateur lui sommant de rester polie.

Le bus les avait déposés à Bugrassot une heure plus tôt sur un grand parking éclairé par des lampadaires aux portes de la ville. Treize Tsiganes étaient descendus à la hâte, avant que le véhicule ne reparte vers la destination suivante.

— Qu'est-ce que c'est moche ! s'était exclamé Darius en posant un pied sur le sol couvert de mégots.

Oncle Cristi et Tante Simona les avaient rejoints à pied, accompagnés de plusieurs Roms qui connaissaient les autres passagers. Après de chaleureuses retrouvailles et un quart d'heure de marche, ils avaient tous emprunté un sentier zigzaguant entre des résineux odorants, avant de découvrir le *platz*, un terrain tout en longueur coincé entre deux voies d'autoroute.

À son arrivée, Cybèle avait parcouru plusieurs fois le long couloir d'indigence comme si elle était en proie à une hallucination. Ici, il n'y avait qu'une allée : un chemin de terre bordé de chaque côté par une rangée de cabanes faites de bric et de broc avec des matériaux de récupération. Deux grillages délimitaient la zone qui se terminait en cul-de-sac. Les familles s'en servaient pour étendre leur linge ou cadenasser des vélos. Au pied des portes, des tapis presque pourris couvraient le sol humide où des objets étaient éparpillés : des chaussures, des outils, de la ferraille et des déchets. Trois enfants aux habits raccommodés jouaient dans la terre à côté d'une tripotée de chats aussi sales que maigrelets. Pourtant, le plus horripilant venait d'ailleurs : un boucan insupportable qui s'élevait des voies autoroutières.

Cybèle grimaça de dédain lorsque Oncle Cristi ouvrit la porte de sa baraque : une seule pièce, deux matelas. Ici dormait toute la famille. Malgré tous les efforts de son oncle pour aménager l'intérieur avec des étoffes et des babioles décoratives, l'« atterrissage » était brutal. Tous les rêves de Cybèle volèrent en éclats, à l'image de leur maison d'Undeva brisée par les bulldozers. Adieu le grand logement et la vraie salle de bains. Adieu les toits sans fuite et les lits bien secs. Son oncle et sa tante habitaient une cabane exiguë au milieu d'autres cabanes exiguës toutes occupées par des Roms.

Comment avait-elle pu croire une seconde que ce serait différent ?

Le cœur de Cybèle se serra alors qu'elle prenait conscience de la triste réalité. En quittant Fara Vitor, elle partait avec l'espoir d'un avenir moins pitoyable dans une France pleine de promesses. Au lieu de cela, elle avait abandonné un ghetto pour en rejoindre un autre, même si le *platz* du Petit Bois était un peu plus végétalisé que les blocs communistes de Fara Vitor.

— Papa, regarde, il y a des rats !

Darius frétilla comme une carpe en pointant du doigt un rongeur qui venait de sauter dans un trou.

Au moins un qui nage dans le bonheur, pensa Cybèle.

Elle reprit la parole :

— Tonton, le coin est charmant, mais…

— Cet endroit est très bien ! la coupa aussitôt son père, nous aurons un pied-à-terre le temps que je rembourse le Camatar.

Il tapa sur l'épaule de Cristi en s'efforçant de sourire.

— Combien lui dois-tu ? demanda son beau-frère.

— Mille six cents lei : trois cent cinquante euros. Le prix des billets de bus.

Cristi fit une grimace sans que Djino parvienne à savoir ce que signifiait cette moue.

Plus d'un an avant, l'oncle avait lui aussi contracté une dette auprès d'un *camatar*. Certains *camatari* allaient de village en village, à la recherche de

« candidats » pour quitter la Roumanie. Comme la plupart des familles étaient pauvres (ce qui était la raison de leur départ), elles s'engageaient à rembourser le prêteur une fois installées en France. Généralement, les « emprunteurs » avaient un mois pour trouver l'argent, sans quoi leur dette doublait le mois suivant.

Djino pointa du doigt un espace vide à une dizaine de mètres. Sur le sol, il y avait encore la trace des tapis de la famille qui l'avait récemment quitté.

— Cette place est libre ?

— Eh bien, je ne suis pas sûr.

— Ah ! Mais il y en a d'autres ?

Cristi gratta son gros nez en essayant de cacher son embarras.

— Oui sans doute, mais les choses sont parfois compliquées. Treize personnes sont arrivées aujourd'hui et elles veulent toutes un emplacement.

— Qui attribue les places ?

— Le *bulibasa*, comme partout…

Djino hocha la tête. Lorsque des familles roms se rassemblaient sur un terrain, elles élisaient souvent un chef – le bulibasa – chargé de prendre les décisions importantes relatives à la communauté.

— On ira lui parler demain pour trouver un arrangement. Pour cette nuit, nous avons un matelas et une bâche, de quoi vous faire un abri.

Il les invita à rejoindre son épouse et d'autres Romnis du terrain qui épluchaient des légumes sur une table en plein air. Apparemment, une grande fête aurait lieu le soir même pour célébrer l'arrivée du nouveau groupe.

Mais alors que son oncle s'empressait de retrouver les autres dont les rires fusaient joyeusement, Cybèle ne put s'empêcher de penser qu'il leur cachait quelque chose.

5

16 mai, Bugrassot, France

Djino était assis à la belle étoile sur un vieux matelas posé entre deux baraques.

Depuis une heure, la fête battait son plein et tous les Tsiganes étaient rassemblés au fond du Petit Bois autour d'un gigantesque feu de camp, sur lequel mijotait une chaudière de *ciorba*, une soupe roumaine au goût aigre, à base d'oseille, de légumes en morceaux et de viande de poulet.

Pourtant, le père de famille préférait rester en retrait, loin des autres. Depuis qu'il avait réalisé que les Roms d'ici n'avaient ni travail ni maison, il était en proie au désagréable sentiment qu'il s'était nourri d'illusions au sujet de ce pays.

Il savait qui l'avait trompé… À Fara Vitor, le Camatar racontait à qui voulait l'entendre que les Roms étaient plus heureux en France. Ce n'était d'ailleurs pas un hasard si la plupart des familles du Petit Bois étaient originaires de la même région. Par contre, Djino avait du mal à comprendre pourquoi sa sœur avait manqué d'honnêteté. Les rares fois où il lui avait parlé au téléphone, elle avait toujours mis en avant les bons côtés de leur nouvelle vie, en omettant de décrire dans quelles conditions sa famille vivait. Était-ce par honte ou essayait-elle de se convaincre qu'elle avait eu raison de quitter la Roumanie ?

Djino observa un instant sa fille assise près du feu de camp. Il la trouvait remarquablement jolie avec sa longue tresse noire et ses créoles dorées.

Le père de famille tendit l'oreille.

En même temps qu'elle savourait le repas, Cybèle écoutait la seule Tsigane bulgare lui raconter sa vie en langue romani.

— Je fais partie des Roms musulmans de Bulgarie, disait la Romni, j'ai quitté mon pays parce que des groupes de miliciens passaient dans les *mahalas*[1] pour tabasser les gens comme moi. « Mort aux Tsiganes ! » criaient-ils. Que la tuberculose les mange !

Elle cracha sur le sol avant de poursuivre :

— Parfois, des policiers nous venaient en aide, mais certains nous frappaient aussi ! Ici, les *klisté* sont corrects. Je ne dis pas qu'ils sont doux comme des poussins, mais la plupart du temps ils nous laissent fouiller les poubelles. Et elles sont souvent pleines, les poubelles. De vrais supermarchés ! Tu vois la soupe de ce soir ? Tous les légumes avaient été jetés dans une benne près de la gare. Au moins, on ne meurt pas de faim. Ceux qui mendient ramènent plus de dix euros par jour !

L'adolescente souriait aimablement mais la crispation de ses fossettes trahissait son effarement.

1. Faubourgs en Bulgarie qui sont devenus des ghettos pour les Roms.

Dix euros par jour, le calcul était vite fait : à la fin du mois, ils n'auraient même pas assez d'argent pour rembourser le Camatar… et encore, ils ne devaient pas dépenser un centime !

— Vous passez vos journées à mendier ?

— Non, non, beaucoup de Roms travaillent ! Mon mari par exemple, il ramasse des métaux pour les revendre. Moi je suis laveuse de vitres. Je nettoie les vitres des voitures quand le feu est rouge. Certains donnent une pièce. En Bulgarie, les gens me crachaient dessus ! On était des moins-que-rien avec le ventre vide. Ici, on est des moins-que-rien avec le ventre plein.

Cybèle allait répondre quand une musique attira son attention. Un peu plus loin, un homme s'était mis à jouer de l'accordéon avec un vieil instrument rafistolé.

Gelem, Gelem, lungone dromençar[1].

Elle jeta un regard mélancolique en direction de son père.

Djino connaissait bien ce refrain : l'hymne des Roms. Son père l'avait joué des centaines de fois pour lui apprendre l'accordéon.

Ah Roma! len kotar tumen aven? E carxrençar bokhale chavencar[2] ?

— Tu te souviens ?

1. En romani : « Je suis parti, je suis parti sur de vastes routes. »

2. « Ah, les Roms, d'où venez-vous ? Avec vos tentes, vos enfants qui ont faim ? »

Sa sœur Simona s'assit sur le matelas. Ce soir, elle portait le fichu que portent les femmes une fois mariées, un *diklo* rouge vif qui avait appartenu à leur mère.

— Papa la jouait merveilleusement bien, répondit Djino.

— Et Mama dansait dans le salon avec le regard de la plus amoureuse des femmes.

— Je suis content de t'avoir retrouvée, petite sœur, dit-il en posant une main sur son épaule.

La dernière fois qu'il avait vu sa sœur, ils étaient au cimetière d'Undeva, lorsqu'ils creusaient eux-mêmes le trou qui avait avalé la dépouille de leur père. À quelques rues de là, les bulldozers avaient réduit en pièces son accordéon et tous les objets que leur famille n'avait pas eu le temps de sauver. Un an et demi après, Djino avait toujours le douloureux sentiment qu'une partie de lui avait disparu sous les décombres.

Simona inclina son visage rond vers le ciel où s'amoncelaient des nuages noirs. Elle n'était pas en forme.

— Tu sembles inquiète.

— Je le suis.

— Nous pouvons en parler si tu veux.

Elle inspira longuement tandis que des gouttes de pluie mouchetaient ses joues. Non, elle n'en avait pas envie. Ou alors avait-elle peur de ne pas trouver les mots pour décrire cette épée de Damoclès qui planait au-dessus d'eux ?

— Les choses sont compliquées ici, dit-elle sans se douter que son mari avait employé exactement les mêmes mots quelques heures plus tôt.

— Je ne compte pas rester sur ce *platz*, petite sœur. Dès que j'aurai remboursé le Camatar, je louerai un appartement et mon épouse me rejoindra avec Duda. Nos enfants iront à l'école. Je ne veux pas que leur avenir consiste à dépecer des poubelles. Ils ne méritent pas cette vie.

— Personne ne mérite cette vie, corrigea-t-elle.

Djino allait lui demander ce qui la tracassait autant, quand des enfants partis jouer jaillirent de la nuit en criant.

L'accordéon se tut. Les visages se crispèrent.

— Papa ! appela Darius.

À l'entrée du terrain, plusieurs faisceaux de lumières jaunes fendirent l'obscurité.

Une dizaine d'hommes en uniforme surgirent, pénétrant sur le Petit Bois.

6

17 mai, Bugrassot, France

Derrière la fenêtre, un déluge s'était abattu sur la ville. La pluie fouettait le trottoir sombre, emportant la saleté et les mégots vers les caniveaux déjà pleins.

La poitrine dénudée, elle repoussa le drap et s'extirpa du lit en prenant soin d'être discrète. Le studio baignant dans l'obscurité, elle ne percevait dans la pièce que les contours incertains de meubles et d'objets dont elle devinait le désordre. Une odeur âcre de cigarette irrita ses narines. Chaque pan de tapisserie en était imprégné, en plus du vieil air renfermé qui gorgeait les draps humides.

À pas de loup, elle promena sa silhouette de sirène aux longs cheveux flottants vers le fond de la pièce pour ramasser les vêtements éparpillés devant la porte.

Tout à coup, une ombre bougea sur le lit.

— Tu t'en vas ?

À son grand regret, une ampoule s'alluma sur la table de nuit, empourprant un plafond aussi bruni qu'effrité.

Sa manœuvre avait échoué…

Contrariée, la jeune femme posa ses yeux bleus sur l'homme allongé. Un corps nu, robuste, abondamment poilu. Dans le bar, son meilleur ami Marc l'avait surnommé « el Matador » à cause de son côté viril et espagnol qui avait fait tourner les yeux de toutes les jeunettes rutilantes de la piste de danse. Oui, Marc aimait donner des surnoms aux mâles que son amie attirait dans ses filets, en ajoutant à chaque fois : « C'est dommage qu'il ne soit pas gay. »

La sirène renâcla.

— J'ai cru que tu dormais.

— Et donc tu t'es dit que tu allais filer en douce. Il est deux heures du matin, tu ne veux pas passer la nuit ici ?

Elle lui jeta un regard froid :

— Mon prénom ?

— Pardon ?

— Quel est mon prénom ?

El Matador fixa le corps élancé de la jeune femme dont la ferme poitrine était cachée par une cascade de boucles blondes. Moulées dans ce petit tanga dentelé, ses hanches semblaient encore lui faire de l'œil. Maintenant qu'il y avait goûté, il pâlissait à l'idée de ne plus pouvoir bivouaquer dans l'exquise crevasse.

Comment qu'elle s'appelle, déjà ?

Il concentra tous ses neurones mais son nom ne lui revint pas. Peut-être à cause des pintes de bière qu'il avait ingurgitées avant d'entrer sur la piste de danse. Ou du shot de tequila qu'il s'était enfilé pour jouer l'intrépide.

Puto tequila.

— Alors ?

Il haussa les épaules, déclarant forfait.

— Je m'appelle Lina ! Seulement deux syllabes. Néanmoins, ça n'a aucune importance, Luis, parce que j'ai quand même passé un moment relativement agréable sous ta couette.

Relativement. Elle aurait pu être indulgente.

El Matador la regarda s'habiller, avec une expression proche de l'affolement. Le taureau se tirait de l'arène !

— Tu ne laisses pas ton numéro ? bredouilla-t-il alors qu'elle tournait les talons.

— Jamais de second tour avec ceux qui oublient mon prénom.

Fière de son estocade, elle noua rapidement ses cheveux en un haut chignon avant de franchir le palier en claquant la porte, un sourire sur les lèvres. À chaque fois, ils avaient ce même regard hébété comme s'ils voyaient un diamant tomber dans une bouche d'égout. Pourtant, Lina n'avait pas de scrupules. Aucun. Elle savait que le reste du temps, c'étaient eux qui balayaient les pierres qu'ils ne trouvaient pas assez précieuses.

*

Dès qu'elle fut à l'extérieur, Lina Soli ferma les yeux et dressa le menton pour que la pluie inonde son visage.

Elle adorait cette sensation : la fraîcheur, la transparence, la légèreté de l'eau ruisselant sur sa peau. Déjà quand elle était gamine, elle courait sous les trombes d'eau dès qu'une averse trouait le ciel. Son amour pour la pluie s'était confirmé en grandissant, alors que plusieurs événements heureux de sa vie s'étaient fardés de giboulées : le jour où elle avait définitivement quitté l'orphelinat qui l'avait recueillie à la mort de sa mère, le jour de sa première victoire à un combat de boxe, le jour où elle avait décroché son diplôme universitaire après une année d'études en Chine. Au contact de la pluie, elle avait l'impression de se fondre dans l'immensité du monde sans plus aucune entrave à sa liberté.

Le visage dégoulinant, Lina se mit à rire aux éclats et quitta la ruelle aux maisons colorées qui s'enchâssaient au bord du canal.

Depuis qu'elle avait obtenu un job de guide touristique, elle connaissait Bugrassot sur le bout des doigts : ses artères pavées, ses bâtisses en briques rouges et moellons de pierre bleue, son abbaye ancestrale, ses fromageries artisanales et ses excellentes agences proposant des randonnées à dos d'âne. Forte de son master en langues étrangères, elle était aussi capable de réciter l'histoire de la ville en anglais, en chinois et en arabe, après avoir consacré une semaine à éplucher les articles de la bien-aimée Wikipédia. Pour ses prestations, Lina touchait neuf cents euros par mois en période estivale, soit quatre fois moins que son ancien salaire d'interprète pour une multinationale spécialisée dans la lingerie de luxe.

Au royaume des soutiens-gorge et des tangas, elle avait découvert les privilèges de la bourgeoisie bohème : restaurants, théâtre, commerce équitable et magasins bio ; sans oublier la panoplie de sous-vêtements glamour qui avait rejoint sa garde-robe, cadeau de la maison. Malgré tout, Lina avait tenu seulement trois mois, après quoi elle n'avait pas pu s'empêcher de s'insurger contre son propre patron, qui exploitait à outrance ses sous-traitants chinois. Chargée de traduire ses abominables mystifications, elle avait failli mettre en pratique ses cours de boxe française pour lui arranger le portrait. Finalement, elle avait choisi une voie plus sage et s'était modestement reconvertie en guide touristique…

La pluie s'intensifia.

Lina hâta le pas, passant devant le bar latino où elle avait pêché le poisson qu'elle venait de laisser en plan dans sa mare.

Au détour d'une rue, un frisson rida ses bras. Le froid était relativement mordant pour un début de mois de mai.

Lina avait emménagé dans le nord de la France douze mois plus tôt après être revenue d'Asie. Partie en Chine pour terminer ses études, elle ne cessait de regretter le climat subtropical de Canton.

En proie à une soudaine mélancolie, la jeune femme se dirigea sur le trottoir d'une longue avenue plongée dans le noir, aussi désertique qu'inondée.

Lorsqu'elle arriva au pied de son immeuble, Lina Soli souffla de soulagement, pressée de retrouver le petit appartement qu'elle partageait avec Marc.

C'était sans compter sur ce cri inquiétant qui perça le tumulte de la pluie.

7

17 mai, Bugrassot, France

Ils étaient trois, recroquevillés au fond de l'impasse déserte où étaient entreposées plusieurs bennes à ordures. Un adulte et deux enfants, plaqués contre le mur du bâtiment pour échapper aux trombes d'eau.

Vêtu d'un simple polo sans manches, l'homme avait le teint hâlé et abîmé sous une barbe grise et hirsute. À sa gauche, une adolescente enfouissait son visage dans le tissu de sa jupe froissée à plusieurs couches. À sa droite, un petit garçon aux cheveux ébène tremblait de froid en remuant les pieds.

Sous la lumière ocre du lampadaire, Lina n'eut aucun mal à les identifier. Elle en voyait souvent traîner dans son quartier, avec leurs habits sales et leur regard de chien battu.

Des Roms.

Une famille de Roms à la rue, les vêtements trempés, couchés sur un bout de trottoir au pied de son propre immeuble.

Depuis que Lina avait fait irruption, ils la regardaient fixement, avec un mélange de peur et de désespoir.

— Je… désolée !

Elle eut un mouvement de recul, sans savoir comment réagir. Ce n'était pourtant pas la première fois qu'elle était confrontée à l'indigence. La ville fourmillait de malheureux et il ne se passait pas une journée sans qu'un mendiant vienne lui quémander une pièce. Toutefois, il était plus de deux heures du matin et il tombait des cordes. Surtout, des enfants étaient à la rue… dans *sa* rue.

— *Nu suna la poliție !* s'exclama l'homme en agitant les bras vers elle.

Le Rom se leva subitement et fit deux pas dans sa direction.

— *Va rog !* Pas appeler police !

Apeurée, Lina grimpa les escaliers qui menaient à l'entrée de son immeuble et s'engouffra dans le hall.

Dès qu'elle eut fermé la porte, elle resta plantée devant l'ascenseur, hésitant à rejoindre son appartement au troisième étage. Marc devait dormir depuis un bout de temps déjà.

Lina s'adossa contre le mur en cogitant. La vision de ce petit garçon couché sur le bitume avait quelque chose d'irréel tant elle était insupportable.

Mais ce qu'elle éprouvait lui rappelait le choc ressenti le jour où elle avait revêtu pour la première fois sa tenue des Blouses roses. Elle avait dix-huit ans à peine quand Marc lui avait fait visiter le service d'oncologie pédiatrique dans lequel elle s'apprêtait à devenir bénévole. Ce jour-là, Lina s'était sentie secouée. Un peu comme un grelot que l'on agite à s'en casser les oreilles. Même si elle s'y était préparée, même si elle était intimement résolue à accompagner des enfants gravement malades, la vue de tous ces êtres souffrants allongés sur leurs lits blancs lui avait donné la nausée. Car ce n'était pas seulement terrible, c'était absurde. L'absurdité d'une existence abolie avant les premières fleurs. Des bourgeons jamais éclos, sanctuaires de mille promesses déjà flétries. Et si en quatre ans de bénévolat elle était parvenue à accepter l'idée que certains naissaient sur cette terre avec moins de chance que d'autres, elle avait toujours ce même pincement au cœur quand elle mettait les pieds dans un service de pédiatrie.

Lina sursauta car quelqu'un toquait énergiquement à la porte d'entrée. La jeune femme entendit une voix féminine, presque inaudible :

— S'il vous plaît ! De l'aide.

L'autre frappa à nouveau contre le bois, avant de crier :

— Besoin d'aide ! Je t'expliquer.

Lina prit une bonne inspiration avant d'ouvrir. Elle se retrouva nez à nez avec l'adolescente de quinze ou seize ans qu'elle avait aperçue dehors. Maintenant qu'elle voyait mieux ses traits, elle la trouva outrageusement belle avec sa chevelure noire et ondulée rappelant celle des princesses orientales.

— Merci, souffla-t-elle. Tu as des couvertures ?

— Une couverture ?

— Oui, pour mon *frate* Darius. Darius a neuf ans. Darius a froid. Beaucoup de pluie. Pas de couverture.

Lina resta pantoise. C'était la première fois qu'on lui faisait une telle demande.

— Vous n'avez nulle part où aller ?

— Ma *familia a venit* hier. *Romania*. Ici, pas de maison.

— Et pourquoi dormez-vous dehors ? Vous ne connaissez personne ?

L'adolescente sembla s'impatienter, jugeant sans doute que cet interrogatoire était inapproprié en de telles circonstances.

— Oncle et tante… Petit Bois, répondit-elle malgré tout.

Elle montra du doigt la haute butte jouxtant l'immeuble sur laquelle avait été construite l'autoroute. Lina savait que de l'autre côté se trouvait un bidonville niché sous les arbres.

— Alors pourquoi vous n'allez pas au Petit Bois ?

— *Ce?*

— Dormir ! Chez votre oncle !

— Pas possible. Police.

— Police ?

— Très méchante.

Toujours sur le palier, la jeune fille fixa Lina avec insistance, le regard frappé d'une lueur qui ressemblait à de la fierté ou de la désinvolture. Son visage n'avait rien d'agressif, mais il dégageait une force si redoutable que Lina se sentit déstabilisée.

— Madame, s'il vous plaît. Mon *frate* a froid.

8

17 mai, Bugrassot, France

La nuit avait été torride.

Si torride que leur transpiration avait inondé les draps, leur donnant un arôme mâle et sauvage qui avait bercé Marc au moment où il s'endormait. Le jeune homme n'avait fait aucun rêve, épuisé par cette soirée extravagante qui avait commencé dans un bar au centre-ville de Bugrassot. Là-bas, Lina avait dégoté un bel Espagnol qu'elle s'était empressée de séduire.

Lâchement abandonné, Marc s'était réfugié dans une boîte de nuit gay, où il avait trémoussé son corps chocolat pour séduire le magnifique éphèbe qui était maintenant blotti contre lui. Leur sommeil d'amants éperdus aurait pu durer toute la nuit si sa meilleure amie n'avait pas ouvert la porte de sa chambre vers deux heures et demie du matin.

— Marc, psst !

Il bougonna en levant les paupières. Lina se tenait debout dans l'encadrement de la porte, aussi ruisselante que si elle était rentrée du bar latino à la nage, en remontant le courant du canal.

— Marc, tu peux me prêter ta tente de camping ?

— Pardon ?

Marc écarta les dreadlocks qui lui barraient les yeux et scruta le radio-réveil sur la table de nuit. Il loucha à moitié, ébloui par la ribambelle de lignes rouges qui s'enchevêtraient pour composer l'heure.

— *Oh my God*… j'aurais dû réfléchir à deux fois avant de te proposer d'être ma colocataire.

— Le mal est fait.

— Tu vas camper avec el Matador ?

— Oublie l'Espagnol, il a raté sa corrida. Je peux emprunter ta tente ?

— Elle est derrière le clic-clac. Qu'est-ce que tu vas faire ?

— La donner à des Roms.

Il se redressa brutalement, les yeux exorbités.

— Ma chérie, tu es saoule ?

La jeune femme jeta un œil intrigué sur le lit, où une forme humaine avait poussé un grognement.

— Tu es avec un mec ?

— Évidemment. Tu n'es pas la seule sur terre à passer tes samedis soir à te faire introspecter le terrier !

— Tu es charmant.

Tandis que Lina disparaissait derrière la porte, Marc tira son corps de grand Black glabre et svelte hors du lit et l'enroula dans un peignoir rose aux allures de kimono pour princesse japonaise.

Quand il rejoignit son amie au salon, elle avait déjà trouvé la tente et s'affairait maintenant à rassembler les couvertures qui traînaient autour du canapé.

— Alors ce n'est pas une blague ? Tu vas donner ma tente à des Roms ?

— Oui ! Un homme avec une adolescente et un garçon. Ils sont juste en bas de l'immeuble, regarde !

Elle entraîna Marc vers la fenêtre pour lui montrer la famille rom qui patientait sur le trottoir, les vêtements détrempés. À cette vue, il s'emmaillota plus fortement dans son peignoir, agité d'un frisson.

— Qu'est-ce qu'ils foutent ici ?

— Ils sont arrivés de Roumanie hier avant de rejoindre des membres de leur famille au Petit Bois. Ils n'ont pas pu y rester car la police les a chassés du terrain. Ils n'ont nulle part où dormir.

— Tu les crois ?

— Je ne devrais pas ?

— Ce sont des Roms…

— Marc ! Tu es noir et gay, je ne vais pas te faire une leçon sur les discriminations. Tu aimerais dormir dehors par ce temps ? Je vais juste leur donner une tente.

Il ronchonna en triturant ses dreadlocks.

— Je te connais, Lina. Cette nuit, tu leur donnes « juste » une tente, mais tu vas y retourner demain et tu ne pourras pas t'empêcher d'en faire plus. Tu as toujours besoin d'en faire plus.

— Tu exagères.

— Tu veux qu'on parle de cette Uruguayenne esseulée que tu as accompagnée pendant des semaines à la CAF, à la Sécurité sociale, à Pôle emploi… ?

— Elle ne comprenait pas un mot de français, j'ai juste servi d'interprète.

— D'accord, mais ce chien errant rempli de puces que tu as trouvé dans la rue et qui a squatté dix jours notre canapé ? Tu as passé des heures à placarder sa photo dans la ville pour retrouver le propriétaire.

— Dix jours. Ensuite je l'ai emmené à la SPA.

— Et la Chine ?

Le visage de Lina se ferma brusquement. Marc savait qu'elle refusait de parler de ce qui s'était passé lors de son voyage d'études. Elle ne le lui avait raconté qu'une seule fois : à son arrivée à Canton, un inconnu avait sollicité son aide à l'aéroport. Nommé Thomas Mesli, il travaillait pour une ONG française qui venait de mettre le doigt sur de mystérieuses disparitions d'enfants dans un village isolé au milieu des rizières. Comme les habitants refusaient de répondre à ses questions, il cherchait une personne susceptible d'infiltrer le village pour y mener une enquête. Bien sûr, Lina avait accepté la « mission ». Et malgré tous les dangers que comportait cette entreprise, elle avait foncé tête baissée dans un nid de ronces épineuses, duquel n'étaient ressortis que de la désillusion et du sang.

Il lui posa une main sur l'épaule.

— Agis comme bon te semble, mère Teresa.

La jeune femme le fixa plusieurs secondes, vexée par la condescendance qui transpirait de ses propos, puis elle retourna près du canapé où elle empoigna la tente et un paquet de couvertures.

— À tout de suite !

Deux minutes plus tard, Marc aperçut son chignon blond braver l'ardeur de la pluie.

Il n'était pas étonné. Lina n'avait que vingt-cinq ans, mais elle avait toujours eu une âme de « superhéroïne ». Depuis qu'il l'avait emmenée dans les rangs des Blouses roses, elle n'avait cessé de lui montrer à quel point elle était une femme engagée qui n'hésitait pas à mettre les deux pieds dans la boue pour défendre bec et ongles les causes qui lui tenaient à cœur. Un jour, Lina lui avait confié qu'elle devait sa pugnacité à ses années passées à l'orphelinat suite au suicide de sa mère. À quinze ans, Lina s'était retrouvée sans famille et s'était battue pour s'en sortir.

Marc l'observa depuis la fenêtre du salon avec une pointe d'inquiétude. Le ciel s'acharnait sur elle. Des couteaux tranchaient le bitume, mais Lina était toujours dans la rue, mouillée jusqu'aux os. Elle aidait maintenant le père de famille à monter la tente : sur un petit coin d'herbe derrière les bennes à ordures.

9

17 mai, Bugrassot, France

Assise sur un bout de carton, Cybèle gratta machinalement un vieux chewing-gum qui s'était insinué dans le creux de sa semelle. Son front perlait, pourtant il ne faisait pas chaud. Elle se boucha un instant les oreilles, comme pour oublier le vrombissement des véhicules crachant leur gaz noir et puant. Autour d'elle, un agglomérat de *gadjé* allait et venait de toutes parts, s'engouffrant dans de gigantesques magasins aux vitrines luxuriantes. Le visage insouciant, la plupart semblaient passer d'une boutique à l'autre, alourdissant leurs bras de sacs aux multiples contenus : des vêtements, des parfums, des appareils ménagers aussi étranges que biscornus. Jamais Cybèle n'avait vu autant d'opulence s'exhiber bravement sous ses yeux.

L'épaule fatiguée, elle tendit son gobelet en plastique pour capter l'attention d'une passante.

— Madame, la p'tite pièce, *si-vous-plé*.

Les talons fouettèrent plusieurs fois le sol avant de s'éloigner. Puis arrivèrent d'autres jambes. Des dizaines de jambes qui défilèrent devant elle, sans jamais ralentir, sans jamais s'arrêter.

— Bonjour, la p'tite pièce, *si-vous-plé*.

Cybèle répétait cette phrase pour la centième fois au moins de la journée. Depuis sept heures ce matin, elle était assise sur un bout de trottoir dans une rue du centre-ville.

L'après-midi venait à peine de commencer et elle avait déjà envie de prendre ses jambes à son cou tant elle détestait mendier.

— Tu vas t'habituer ! lança tout à coup une voix en romani.

Cybèle leva la tête vers la Romni qui avait surgi de la foule. La quarantaine, les dents jaunies, une jupe longue salie de boue et un gobelet entre les doigts. Son nez retroussé et son *diklo* azur lui firent penser à sa mère restée à Fara Vitor.

— Pardon ?

— Au début, c'est toujours dur, on se sent comme un animal pitoyable. On a envie de se cacher dans un trou. On voudrait ne jamais être né, mais on finit par s'y faire. Regarde !

D'un pas volontairement lancinant, la Romni se fondit à nouveau parmi les *gadjé* pour lui montrer l'exemple. Au lieu d'attendre que les passants viennent à elle, elle les interpellait ouvertement en brandissant son gobelet sous leur nez, sans se soucier des réactions virulentes qu'elle suscitait parfois.

« On finit par s'y faire... »

Non, Cybèle ne s'y ferait pas. Et elle n'aurait pas la force de l'imiter ! Depuis qu'elle avait commencé à mendier, chaque refus lui renvoyait l'image de sa propre médiocrité : le rien, le vide.

Alors en attendant qu'une pièce tombe dans son gobelet, elle préféra étudier l'immense foule qui se pressait devant elle.

À côté de ceux qui ne la remarquaient même pas se trouvait un afflux de passants qui fuyaient toute interaction. Il y avait les marcheurs impassibles : ceux qui gardaient les yeux fixés à l'horizon en ignorant délibérément sa présence. Plus ils s'approchaient de l'adolescente, plus leur cou semblait souffrir d'un vilain torticolis les empêchant de baisser la tête sur la mendiante qui gisait à leurs pieds. À côté de ces êtres imperturbables circulaient aussi une panoplie de « comédiens » qui, passés experts dans l'art de la simulation, s'apparentaient davantage à de mauvais clowns. Cet étudiant qui collait soudainement le nez à son portable. Cette femme qui paraissait émerveillée par la vitrine d'un toiletteur canin. Et tous ces autres qui feignaient la rêverie ou l'inattention, une parade plutôt délicate en comparaison des *gadjé* qui changeaient tout bonnement de trottoir, de peur d'être harponnés par un invisible hameçon.

En les regardant, Cybèle éprouva le désagréable sentiment d'être complètement transparente : un mirage, un spectre, du vent… Pourquoi la fuyaient-ils comme la peste ? Pensaient-ils qu'elle ne méritait pas leur attention ? L'adolescente tenta de se mettre à leur place. Tout bien réfléchi, chacun d'eux essayait sans doute de ne pas endurer la culpabilité de celui qui se sent obligé de dire non. Elle pouvait lire en eux comme dans les cartes de son tarot : « Ne pas croiser le regard de la mendiante, surtout pas ! »

Cling. Une pièce.

La généreuse donatrice eut un rictus compatissant avant de s'éloigner. Cinquante centimes, de quoi acheter une brique de jus d'orange !

— Tout va bien ?

Son père venait de la rejoindre.

Ce matin, il avait démonté la tente et caché toutes leurs affaires dans un buisson de peur que la police ne mette la main dessus.

— À ton avis… J'ai récolté trois euros. Où est Didi ?

— Il attend près de la fontaine. Un marchand lui a donné un croissant.

— Alors mon petit frère aussi demande la charité ?

En sondant le visage de son père, la jeune fille y décela ce même abîme de honte qui l'aspirait peu à peu depuis qu'elle avait mis les pieds en ville.

En Roumanie, Cybèle et ses parents n'avaient jamais été contraints de mendier. Tandis que Djino vendait des champignons ramassés en forêt, Maria s'improvisait bouquetière et détaillait des œillets sauvages fraîchement cueillis. Ici, l'adolescente et son père n'avaient pas le choix : il fallait rembourser le Camatar au plus vite.

— Je suis retourné au Petit Bois, annonça son père en s'asseyant à côté d'elle, une voiture de police vadrouillait dans le coin mais j'ai quand même réussi à entrer. Le *bulibasa* m'a tout de suite forcé à partir ! Il a dit que ma présence allait attirer des ennuis à la communauté, que la police allait revenir.

— Tu n'as pas pu parler à Tonton ou à Tata ?

— Non, c'est à croire qu'ils nous évitent.

Djino tenta de sourire, mais ses traits étaient aussi tendus que les cordes d'un violoncelle distillant une musique triste.

De son côté, Cybèle fulmina. Elle ne comprenait toujours pas ce qui s'était passé la veille.

Alors que la fête battait son plein, la police avait fait irruption au Petit Bois en un éclair : six hommes en uniforme armés à la ceinture, qui avaient exigé solennellement que tous les nouveaux arrivants quittent le bidonville sur-le-champ. Les enfants s'étaient mis à pleurer avant de se réfugier dans les jupons de leur mère. Le *bulibasa*, qui parlait quelques mots de français, avait essayé de discuter avec eux, mais ils s'étaient montrés inflexibles :

— Il n'y a pas à négocier. Ils s'en vont ou c'est la prison ! avait cru entendre Cybèle.

Des Tsiganes s'étaient échauffés et les policiers leur avaient attrapé le bras pour les forcer à partir. De tous côtés, les gestes étaient devenus impulsifs, agressifs. Alors, en même temps que tout ce petit monde se débattait comme des diables, Cybèle et d'autres femmes s'étaient empressées de quitter le terrain avec les enfants.

En fin de compte, les nouveaux arrivants n'avaient pas pu emporter leurs affaires. Sous la pression des forces de l'ordre, ils avaient fini par prendre la fuite au milieu de la nuit.

— Je ne comprends pas, se lamenta Cybèle, pourquoi ils ne nous laissent pas entrer ?

Son père haussa les épaules.

— Qu'est-ce qu'on va faire ? insista l'adolescente, on va dormir sous la tente ? Et si les policiers nous menacent encore une fois ?

— Je ne sais pas, Cybèle. Seul Dieu sait pourquoi la vie nous joue de si mauvais tours.

10

17 mai, Bugrassot, France

Lina se méfiait de l'huile de palme. À chaque fois qu'elle en consommait, son esprit était hanté par l'image d'un orang-outan au regard triste, assistant au massacre de sa propre forêt.

Alors pour vaincre la nervosité (et aussi la morosité), elle choisissait de préférence des pâtes à tartiner bio et équitables qu'elle dégustait à la cuillère, avachie sur le canapé molletonneux du salon.

L'envie pressante de cacao s'était fait sentir dès son retour à son domicile, après une journée de travail particulièrement désagréable. Chargée d'assurer la visite guidée d'un groupe de touristes anglais, elle avait subi les caprices d'un gamin de onze ans qui avait décidé de semer ses parents au moment d'entrer dans le musée d'histoire naturelle.

Oh God! Les British étaient devenus hystériques. Ils s'étaient lancés à la poursuite de leur mioche avec la même ardeur que huit joueurs de polo galopant après une boule en plastique. Il leur avait fallu plus de deux heures avant de mettre la main sur le vilain fugitif, qui était parti se réfugier dans un parc.

La visite ayant été interrompue avant la fin, les Rosbifs lui avaient seulement réglé la moitié du tarif, et ce, malgré la sueur qu'elle avait dépensée pour retrouver leur môme.

Bloody hell!

Lina pianota sur sa tablette, les lèvres imbibées de pâte à tartiner. Suite à sa rencontre avec la famille rom, sa curiosité l'avait poussée à faire quelques recherches sur Internet.

La première information qu'elle avait trouvée l'avait frappée d'étonnement : le mot « Rom » n'avait rien à voir avec le mot « Roumain ». Si beaucoup de Roms étaient de nationalité roumaine, d'autres étaient bulgares, hongrois, slovaques, allemands, espagnols… En fait, les Roms étaient une minorité ethnique transnationale, présente dans tous les pays de l'Union européenne et même dans certains pays limitrophes comme la Russie ou la Turquie. Ici on les appelait « Roms » ; là-bas ils étaient des « Tsiganes », des « Manouches » ou des « Gitans ». Or quelle que soit leur appellation, tous partageaient une origine commune et une langue déclinée en plusieurs variantes : le romani.

Lina avait découvert que les ancêtres des Roms avaient quitté l'Inde pour fuir l'arrivée de troupes turco-afghanes. Répartis en différentes tribus, ils avaient traversé l'Eurasie à la recherche d'une nouvelle terre d'accueil. Malheureusement, beaucoup n'avaient pas trouvé la paix. D'abord parce que l'Église chrétienne les avait perçus comme des envahisseurs, montrant du doigt leur peau noirâtre, signe d'une âme diabolique. Et puis pour protéger leur culture, les Roms avaient préféré cultiver le secret, enseignant à leurs enfants d'éviter le contact avec les non-Roms, aussi appelés *gadjé*. Ceux qui avaient migré dans l'actuelle Roumanie avaient été mis en esclavage pendant plus de cinq siècles. Leur peuple avait ensuite été persécuté par les nazis lors de la Seconde Guerre mondiale.

Aujourd'hui, les associations estimaient à dix millions le nombre de Roms en Europe, dont deux millions en Roumanie, soit environ dix pour cent de la population du pays. Si une partie d'entre eux avaient un emploi et un logement, les Roms les plus pauvres venaient tenter leur chance dans les pays économiquement plus développés : le Royaume-Uni, la France, l'Espagne. Pourtant, ces apparents eldorados étaient loin de tenir leurs promesses. Constamment menacées d'expulsion, les familles se trouvaient chassées d'un bidonville à l'autre.

Les Roms semblaient maudits : les parias de l'Europe.

— Salut, mère Teresa, en pleine crise de boulimie ?

Marc venait d'entrer dans l'appartement et s'empressa de troquer ses chaussures noires contre une paire de pantoufles Hello Kitty.

— Tu en veux ? dit-elle en lui tendant le pot presque vide.

— Non merci. Vu la quantité de salive que tu as mise là-dedans, j'aurais l'impression de te rouler une pelle. Il est temps que tu te trouves un mec, ça ferait du bien à ta ligne.

Elle bougonna.

— Au fait, ajouta Marc, je viens de croiser tes nouveaux amis, ils sont en train de remonter ma tente. Pardon, *leur* tente. Ils doivent aimer le quartier.

Lina se leva d'un bond et colla son front contre la vitre pour entrevoir le bout de l'impasse. Elle aperçut le garçon perché sur un tabouret. Il avait les bras enfouis dans une énorme benne à ordures qu'il fouillait de long en large comme s'il allait dénicher un trésor.

— Tu savais que le campement du Petit Bois allait être démantelé ? demanda Marc en se laissant tomber sur un fauteuil.

Lina se tourna vers lui, intriguée.

— D'où tu tiens cette information ?

— De mon ami Jean-Daniel, il fait des piges pour le *Baveux rouge*. Regarde.

Marc fouilla dans sa poche et en sortit une feuille toute fripée qu'il lui tendit sans décoller les fesses de son fauteuil. Lina s'empara du papier : un article datant de la semaine passée. Le *Baveux rouge* était un journal militant et satirique tenu par une dizaine de volontaires pour la plupart étudiants.

> Le campement des Roms du Petit Bois doit être évacué d'ici dix jours, selon nos informations.
>
> Situé entre deux bretelles d'autoroute sur une étroite bande de terre, ce bidonville accueille une quinzaine de familles depuis 2010. Pour justifier le démantèlement, l'adjointe au maire Claudette Bourdon invoque des « raisons sécuritaires liées à la proximité des autoroutes » ainsi que des « conditions d'insalubrité inacceptables ». Néanmoins, il convient de souligner que la fermeture de ce bidonville s'inscrit dans un contexte de

promotion de Bugrassot en tant que destination touristique et que trois « terrains illicites » ont déjà été démantelés au cours des cinq derniers mois. Reste à savoir si la population expulsée sera relogée et où. Rappelons que depuis 2012, une circulaire encadre l'évacuation des camps de Roms avec notamment l'obligation de proposer une solution de relogement aux personnes évacuées. Au Petit Bois, la majorité des enfants est scolarisée dans l'école de secteur où un remarquable travail d'intégration a été entrepris par les enseignants. Si leurs familles sont expulsées du Petit Bois, seront-ils contraints d'abandonner les bancs de leur école ?

— Aux dires de Jean-Daniel, une quinzaine de Roms sont arrivés hier de Roumanie et ont été chassés par la police du Petit Bois. Comme le bidonville va être rasé, la mairie n'a pas intérêt à ce que de nouvelles personnes s'y installent…

— Et les autres ?

— Les autres ?

— Les habitants du Petit Bois, ils vont être relogés ?

Marc joua machinalement avec ses dreadlocks.

— Je ne sais pas. Je ne suis pas sûr que les pouvoirs publics appliquent à la lettre ce genre de circulaires, surtout quand ça ne les arrange pas.

Lina observa le garçon, songeuse.

Tout à coup, il sortit une main des ordures pour brandir sa formidable trouvaille : une boîte de conserve probablement périmée que sa sœur s'empressa d'ouvrir.

Cette vision lui fit l'effet d'un flash. Elle se revit, dix ans plus tôt, penchée sur le rebord d'une poubelle à la recherche de n'importe quoi de comestible à se mettre sous la dent. Elle aussi avait vécu dans la rue, cinq jours à peine, mais suffisamment pour éprouver l'angoisse des nuits de solitude sans toit et des journées le ventre creux.

En novembre 2005, quand sa mère s'était jetée du sixième étage avant de s'encastrer dans le pare-brise d'une voiture, l'adolescente qu'elle était n'avait pas daigné suivre l'assistante sociale qui avait fait irruption dans son appartement. Orpheline, oui, mais elle refusait d'être emmurée dans un orphelinat. Échappant à la vigilance des employés de la DDAS, elle avait tout bonnement pris la fuite, le visage encore ruisselant de larmes et le cœur si écorché qu'elle avait attendu une nuit entière sous un pont en espérant périr de chagrin. Et alors que les forces de l'ordre étaient lancées à sa recherche, elle avait erré cinq jours, ivre de douleur, avant de constater par elle-même qu'elle ne s'en sortirait jamais seule. À contrecœur, elle s'était résignée à intégrer un foyer.

— Tu vois, quand j'étais en Chine, les hommes et les femmes de l'association Cœurs d'enfants parcouraient la campagne pour veiller au bien-être des gamins. En fait, il y a même des nuées d'organisations humanitaires qui ratissent le monde pour le « purger » de sa misère.

Marc haussa les sourcils.

— Et ?

— Et il n'y a personne pour aider cette famille juste en bas de chez moi.

— Il y a des millions de familles dans le besoin, Lina…

Elle se tourna vers lui :

— Et alors ? Je vais leur apporter de la nourriture ! On a encore du pain et du jambon ?

— Tu vas dévaliser le frigo ?

Trop tard.

Poussée par un nouvel élan chevaleresque, Lina se jeta sur les placards de la cuisine en se gardant bien de lui demander son avis.

11

17 mai, Bugrassot, France

Lorsqu'ils la virent approcher avec un sac sous le bras, leurs yeux s'écarquillèrent.

Les Roms avaient monté la tente au même endroit que la veille : derrière deux bennes métalliques qui semblaient régurgiter leurs ordures ménagères.

En proie à une pincée de méfiance, Lina avança vers eux, en se gardant d'une trop grande proximité. Lorsqu'elle arriva à leur niveau, elle ouvrit le sachet et en présenta le contenu : du pain, du fromage, du jambon, des compotes, le peu de restes comestibles qu'elle avait trouvés dans sa cuisine.

— Le manger ! s'écria le garçon qui se mit à sautiller de joie en apercevant les compotes.

Lina tendit timidement les victuailles au père de famille qui répéta cinq fois « *Mulcumesț*[1] ! » en invoquant le ciel avant de s'en emparer.

— Toi asseoir avec nous ! lui dit l'adolescente en étalant une couverture devant la tente.

1. En roumain : « merci ».

Lina secoua les mains en guise de refus, mais le garçonnet lui attrapa un bras et l'attira vers le sol.

— Le manger avec nous.

— Tu parles français ?

— Petit peu. T'appeler comment ?

— Lina. Toi, c'est Darius ?

— Darius ou Didi.

Il lui offrit un sourire si angélique qu'un volcan de tendresse entra en éruption dans la poitrine de Lina. Le regard malicieux, il croqua avec gloutonnerie dans le pain que lui tendait sa sœur.

— *Sora* Cybèle, commenta l'enfant en pointant du doigt sa grande sœur, Cybèle ou Cybi.

Leur ressemblance était frappante : le visage fin, des iris bruns mouchetés de vert et d'épais cheveux charbonneux. Ils avaient aussi la même fossette en forme de lune creusée au milieu des joues.

Lina jeta un œil sur le père de famille qui se retenait de dévorer un morceau de fromage pour le laisser à Darius. Ce geste d'amour la toucha, peut-être parce que son propre père avait pris la poudre d'escampette avant même que tout bébé, elle ne pointe le bout de son nez. Enfant, Lina avait passé des heures à imaginer le père qu'elle aurait aimé avoir. Un papa idéal, qu'elle dessinait grand et fort avec d'immenses bras protecteurs. Chaque hiver, elle avait rédigé une lettre au Père Noël pour lui réclamer un papa, jusqu'à ce que sa mère lui avoue que le Père Noël n'existait pas. À cet instant, Lina avait été terriblement déçue : aucun père ne tenait la route.

En face d'elle, le Rom ouvrit une de ses poches et en sortit une barre chocolatée :

— *Pentru tine*, dit-il en la tendant à Lina.

La jeune femme déclina poliment son offre, mais l'homme grisonnant s'entêta en l'agitant sous son nez.

— *A ta! A ta!*

— D'accord. Merci!

Lina prit le chocolat dans une main de peur qu'il ne se vexe. Toutefois, le père de famille ne comptait pas en rester là.

— *Mânca!* Mange!

À la façon dont ses trois «hôtes» se statufièrent pour la fixer avec insistance, Lina comprit qu'elle allait commettre un sacrilège si elle ne s'exécutait pas. Elle déchira l'emballage et croqua un carré. *Hourra*. Leurs mines se détendirent.

— Vous êtes retournés au Petit Bois? demanda-t-elle en se tournant vers Cybèle.

— La police, pas possible.

L'adolescente n'avait pas envie d'en dire plus. Son visage pâle et ombrageux portait le contrecoup d'une terrible désillusion.

Elle glissa quelques mots à son frère qui saisit aussitôt un couteau pour découper le fond d'une bouteille vide. Dès qu'il eut terminé, il donna le gobelet improvisé à Lina et Cybèle s'empressa de le remplir de jus d'orange. Cette fois, Lina n'osa même pas refuser, elle avait compris qu'ils trouvaient important de partager leur banquet.

À la fin du repas, Darius se blottit spontanément contre elle pour lui montrer une photographie. Le cliché était de mauvaise qualité mais Lina reconnut Darius, son père et sa sœur, rassemblés au milieu d'une cour. À leurs côtés, une femme âgée d'une quarantaine d'années portait un bébé dans ses bras. Un ample fichu violet couvrait en partie sa chevelure comme la plupart des femmes tsiganes que Lina avait croisées.

— *Mama* et *sora* Duda, décrivit Darius.

— Elles sont restées en Roumanie ?

— *Da*…

Lina observa plus attentivement la photo. En arrière-plan, elle pouvait voir un grand bâtiment grisâtre aux murs noircis et délabrés. Pourtant, du linge était suspendu aux fenêtres et plusieurs visages basanés apparaissaient derrière les rideaux diaphanes.

— Toi habiter ta *Mama* ? demanda Cybèle.

— Non, elle est morte quand j'avais quinze ans.

— *Mama moarta ?*

L'expression horrifiée de l'adolescente lui fit regretter d'avoir été si directe. En dépit de ses efforts, Lina avait toujours du mal à contenir les mots qui lui venaient spontanément, ce qui la faisait souvent passer pour une femme un peu sauvage et sans tact.

— Papa ?

— Pas de papa.

Tous les trois la fixèrent d'une mine déconfite comme si elle était la personne la plus à plaindre de la terre. Lorsqu'elle avait parcouru le Web, Lina avait cru comprendre que la famille était le noyau central de la vie des Tsiganes. Elle était le lieu de la protection, du partage inconditionnel et de la transmission de la culture et des valeurs. Aux yeux de Lina, le mot « famille » sonnait aussi creux qu'une salle de fête complètement vide.

— Pourquoi avez-vous quitté la Roumanie ? s'enquit la jeune femme pour changer de sujet.

Cybèle soupira tandis que son père lui demandait de traduire. Lorsqu'elle lui énonça la question, son regard se dilua dans un abîme de pensées qui lui remua le ventre.

Djino se remémora les jolies fables du Camatar qui leur avait vendu un monde aux formes beaucoup plus douces que celles des blocs de Fara Vitor. Il pensa aussi à tout ce qu'il voulait quitter : cette crasse qui revenait après chaque coup de balai, ces champignons qui couvraient les murs et ces cafards qui pondaient leurs œufs dans la plus petite des fissures. Dans la banlieue de Fara Vitor, leurs estomacs criaient famine quand ils ne se tordaient pas de douleur sous l'effet d'une nourriture avariée. Tous les habitants tombaient malades et une épidémie de gale menaçait de frapper sa famille. Enfin, Djino pensa au fait qu'aucune école ne voulait de ses enfants, sauf peut-être les établissements pour retardés mentaux.

Mais la barrière de la langue était pour lui insurmontable. Il se contenta de dire :

— *In Romania… la vie este dificil.*

12

18 mai, Bugrassot, France

— Je veux parler à ma sœur ! exigea Djino à l'entrée du Petit Bois.

À côté de lui, Darius croisa les bras et pinça les lèvres pour avoir l'air impressionnant. Même s'il ne mesurait qu'un mètre trente, le gamin n'était pas intimidé par le bougre aux épaules de bûcheron qui leur barrait la route. Djino le compara à un agent de l'ancienne Securitate, la police politique du dictateur Ceaușescu. Bien qu'il n'ait jamais eu personnellement affaire à ses hommes, Djino gardait l'image d'individus impassibles et sans pitié, appliquant de manière inflexible les diktats du Conducator communiste.

— Je te l'ai déjà dit, tu ne peux plus venir sur le terrain.

— En quel honneur ? Va chercher Simona et Cristi, je dois leur parler !

— Ils sont occupés.

Le chien de garde campa sur ses positions, très vite rejoint par un cerbère bien moins robuste, un petit homme chancelant cramponné à sa canne. Djino reconnut le grand *bulibasa* qui l'avait déjà congédié la veille. L'impotent avait été désigné chef du terrain parce qu'il était le plus vieux et que les vieux sont sages.

— Tu ne peux pas rester, cousin, je te demande de ne pas insister.

— Que les vers te dévorent ! s'exclama Darius.

Djino l'attrapa par l'oreille.

— Qu'est-ce qui te prend ? On n'insulte pas les ancêtres !

— À ta place, Mama ne se serait pas dégonflée, lâcha l'enfant alors que son père le forçait à rebrousser chemin.

— Il faut toujours respecter les ancêtres, toujours !

L'enfant grinça des dents. « *I godi xerani vi ko Puripe sa xerani achol* », répétait souvent sa mère : celui qui a une cervelle d'âne ne devient pas intelligent juste en vieillissant. D'ailleurs, Darius avait toujours pensé que les enfants étaient plus sensés que les adultes. La plupart du temps, les adultes étaient persuadés d'avoir raison uniquement parce qu'ils étaient adultes, mais arrivaient-ils seulement à s'accorder entre eux ?

— On n'a qu'à prendre un autre chemin ! suggéra le gamin alors qu'ils sortaient de la forêt.

— Il n'y a pas d'autre chemin.

— On peut traverser le circuit qui est sur le côté !

Djino sourcilla.

— Quel circuit ?

— Celui avec les voitures qui font la course.

— Ce n'est pas un circuit, Darius, il s'agit d'une autoroute.

— On peut traverser l'autoroute !

Djino dut reconnaître que l'idée de son fils n'était pas mauvaise. En traversant la voie rapide, ils accéderaient directement au grillage et à la cabane de Cristi.

Ils rejoignirent la grande butte de terre et de cailloux dominée par l'autoroute.

Habitué à gravir des amoncellements de déchets, Darius l'escalada en quelques bonds. En revanche, Djino eut plus de mal à atteindre le sommet. Depuis qu'il avait quitté Undeva, son corps était plus faible, épuisé par les montagnes d'embûches qui poussaient comme des champignons après la pluie.

Lorsqu'il aperçut enfin l'artère autoroutière, un frisson le traversa. L'odeur crachée par les pots d'échappement remonta dans ses narines. Le bruit des moteurs, la chaleur de l'asphalte… Il n'aurait aucun mal à enjamber les deux barrières métalliques, mais les engins fous furieux filaient à une allure infernale. Rien à voir avec les chemins de terre d'Undeva où de rares voitures côtoyaient les charrettes tirées par des chevaux.

— Ça va, Papa ?

Djino ne répondit pas. Il imaginait son propre corps écrasé sur le goudron. S'il voulait traverser les deux voies, il allait devoir courir. Et vite !

— Tu ne bouges pas d'ici, dit-il à Darius en passant par-dessus la barrière.

L'enfant fit une moue contrariée.

— Je suis plus rapide que toi, Papu me surnommait « le Lièvre » !

— Et alors ? Ce n'est pas une compétition. Tu restes là.

Les yeux rivés sur l'autoroute, Djino attendit plusieurs minutes, soufflé par la vitesse des véhicules sur la voie de dépassement. Il savait qu'au moindre faux pas, il serait gobé comme une mouche. Dans quel désarroi laisserait-il sa famille ?

— La voie est libre !

Son fils avait raison, c'était maintenant ou jamais.

Survolté, Djino prit son courage à deux mains et sauta sur le bitume.

Sans même regarder la route, il cavala à toute vitesse mais fut pris d'étourdissement.

Il s'immobilisa de peur de s'évanouir.

— Papa, qu'est-ce que tu fais ? Avance !

Djino avait le sentiment que ses pieds étaient fixés au sol, enfoncés dans un banc de sables mouvants.

Tétanisé, il leva des yeux angoissés vers le serpentin de béton qui s'étirait au loin. Un énorme camion arrivait droit sur lui… risquant de le mettre en charpie.

— Papa !

Soudain, une force inattendue le poussa dans le dos et ses jambes se remirent en marche. Darius empoigna le bras de son père et ils se jetèrent pardessus la barrière d'en face.

Le corps de Djino heurta lourdement la pelouse. Couvert de sueur, il laissa passer plusieurs secondes avant de se redresser.

— Je t'avais dit de ne pas traverser, gronda-t-il avec un mélange de peur et de soulagement.

Darius baissa les yeux, d'un air coupable.

— Allez, viens, se repentit Djino en le serrant dans ses bras, désobéir un peu n'a jamais été un crime.

13

18 mai, Bugrassot, France

Djino demanda à Darius de rester en haut de la butte. Il ne voulait pas que ses oreilles d'enfant entendent les vilains mots qui risquaient de se dire.

Après avoir dévalé la pente, il tomba directement sur le grillage qui enserrait le Petit Bois comme un enclos à bétail. Il n'eut aucun mal à repérer la cabane de Cristi où, par chance, sa sœur étendait des vêtements. Conformément à la tradition tsigane, Simona lavait le linge des hommes séparément de celui des femmes dans un souci de pureté.

— Petite sœur !

Elle tordit son cou potelé dans sa direction, les yeux horriblement cernés. Aujourd'hui, la Romni était toute de rouge vêtue, un tablier lacé à l'arrière des hanches.

— Grand frère ! Qu'est-ce que tu fais là ?

— On ne me laisse pas entrer au Petit Bois, petite sœur, que se passe-t-il ?

Simona posa son panier en osier et s'avança vers lui en rajustant son *diklo* cramoisi.

— Tu ne devrais pas rester ici. Si quelqu'un te voit…

— C'est l'enfer, Simona. Pourquoi personne ne nous autorise à venir sur le terrain ? Et que nous veut la police ?

Les mains sur le grillage, elle scruta les alentours avec méfiance.

— Le campement va fermer, Djino. Tout va être détruit !

— Détruit ? Quand ?

— On ne sait pas encore… Mme Claudette nous l'a annoncé hier.

— Qui est Mme Claudette ?

— Une *gadji* qui travaille à la mairie. Elle connaît chaque famille rom. C'est elle qui décide de tout.

Même s'il était atterré par cette nouvelle, Djino n'arrivait pas encore à faire le lien avec l'intervention de la police.

— Pourquoi personne ne nous laisse entrer ?

— Mme Claudette nous l'a demandé, avoua Simona en baissant d'un ton, elle a dit qu'aucun nouvel arrivant ne devait venir au Petit Bois. Elle a ajouté qu'il y a déjà trop de Roms à Bugrassot, qu'il n'y a plus de place pour de nouvelles familles. Elle nous a défendu de vous aider !

Djino demeura ahuri plusieurs secondes, comme si on venait de frapper son crâne avec une bûche.

— Elle vous a défendu de nous aider ? répéta-t-il bêtement.

Simona baissa une tête attristée. Il avait donc bien entendu.

— Je n'y crois pas ! Qu'elle se fasse piétiner par un âne ! Franchement, Simona, comment peux-tu obéir à cette *gadji* ?

— Elle nous a promis un logement quand le campement sera détruit. Un vrai logement : avec une cuisine et une salle de bains.

Djino resta bouche bée, aussi anéanti que si on lui avait scié les deux jambes. Des souvenirs s'engouffrèrent dans son esprit : Undeva, leur enfance. Sa sœur courant dans les prés au milieu des papillons. La quiétude, le murmure des arbres, les étalages de fruits et de légumes terreux, l'unique échoppe dans laquelle il lui avait acheté sa première poupée. Il pensa à leur complicité passée, lorsqu'ils filaient en douce à la foire aux chevaux qui se tenait chaque année dans le village voisin. La radio qu'ils écoutaient le soir, en cachette, quand ils étaient certains que leurs parents dormaient.

Soudain, cette situation lui parut invraisemblable : en dépit de toutes les joies et les misères qu'ils avaient traversées ensemble, en dépit des précieuses valeurs que leur avaient inculquées leurs parents, sa propre sœur refusait de lui venir en aide, en échange de quoi elle obtiendrait un logement…

— Tu as cédé au chantage d'une horrible *gadji*… Je meurs, ma propre sœur m'abandonne.

— Je t'en conjure, ne m'en veux pas. Après tout ce que notre famille a enduré… On rêve d'un logement depuis toujours, cette chance ne se présentera pas deux fois. Je prie pour que le Grand Del vous protège, toi, ton épouse et tes enfants !

— Laisse le Del en dehors de…

Il dut s'interrompre car un long coup de klaxon retentit, suivi d'un interminable crissement de pneus.

Darius.

Affolé, Djino fit volte-face et courut en direction de l'autoroute.

— Darius ! hurla-t-il.

Il repéra plusieurs traces de freinage sur le macadam. Un véhicule avait zigzagué sur une centaine de mètres avant de reprendre sa route.

— Daaa…

— Papa !

Darius était sur sa droite, accroupi dans l'herbe.

— Bon sang, tu n'as rien ? dit-il en accourant vers lui, qu'est-ce qui s'est passé ?

L'enfant se releva légèrement sonné.

— Ne me gronde pas, Papa !

Djino s'agenouilla à côté de lui, le visage encore déformé de terreur.

— Tu es allé sur l'autoroute ?

— Je ne voulais pas te désobéir, mais c'est à cause de Django.

— Django ?

— Il allait se faire écraser… il a l'air si gentil.

Le père de famille s'impatienta :

— Je ne comprends rien à ce que tu racontes.

— Regarde !

La mine innocente, l'enfant ouvrit une main vers son père pour lui montrer le vilain fautif : un abominable crapaud brunâtre aussi baveux que sa petite sœur Duda. Il l'avait donc appelé Django…

— Les crapauds pondent de l'or, c'est bien connu. On sera bientôt des hommes riches !

14

18 mai, Bugrassot, France

Après avoir traversé le canal bordé de maisons en briques rouges, la voiture de fonction longea les hauts remparts entourant le centre historique.

Le moteur du véhicule tournait au ralenti depuis plus d'une heure, passant régulièrement devant le sentier de terre menant au Petit Bois.

Claudette Bourdon n'avait pas le choix. Trois jours avant, treize Roms de nationalité roumaine avaient débarqué à Bugrassot et le maire lui avait donné l'ordre d'empêcher les indésirables de s'installer durablement sur un terrain. Lancée dans une véritable « traque » aux Roms, Claudette Bourdon jouait au chat et à la souris avec les nouveaux arrivants, en espérant que les familles s'épuisent et s'en aillent.

Elle reçut un appel du brigadier de la police municipale qui l'épaulait dans cette tâche.

— Bonne nouvelle, madame Bourdon, trois individus sont partis ce matin : le couple avec le bébé. D'après ce qu'on m'a dit, ils ont pris un bus pour Lyon.

Claudette le félicita avant de raccrocher. Si cette information se confirmait, alors cinq Roms avaient déjà quitté la ville, un résultat encourageant.

Pourtant, « expulser » les Roms ne faisait pas partie de ses attributions. Au contraire : sa fiche de poste mettait en avant un travail d'intégration et d'aide sociale. Claudette s'en serait bien contentée si un tournant n'avait pas eu lieu en 2007, quand la Bulgarie et la Roumanie avaient rejoint l'Union européenne. En France, les Roms issus de ces pays avaient changé de statut. Ils étaient passés du rang de migrants illégaux à celui de citoyens européens autorisés à circuler librement en Europe. Depuis le 1er janvier 2007, les autorités n'étaient plus en mesure de les reconduire à la frontière pour les réexpédier dans leur pays…

Pour les pouvoirs publics, ce changement avait été problématique. Les bidonvilles, la mendicité, cette misère qui s'exhibe aux quatre coins des rues nuisait gravement à l'image d'une ville, surtout pendant la saison touristique. Pour éviter de perdre de potentiels vacanciers – ainsi que les voix électorales les plus à droite –, il fallait donc limiter la présence des Roms tout en préservant une bonne réputation.

À Bugrassot, c'était Claudette Bourdon qui s'était vu attribuer le mauvais rôle. Aidée de la police municipale, elle sélectionnait les familles « à intégrer » et celles qui n'auraient pas de place ici. Or un des moyens les plus simples quand on ne peut pas renvoyer légalement quelqu'un dans son pays est de l'inciter à partir… Le harcèlement et l'intimidation étaient assez efficaces. En enchaînant les démantèlements de camps et en empêchant les Roms de s'installer, on les dissuadait de rester.

— Bingo ! s'exclama Claudette.

Elle venait d'apercevoir une famille : un Rom avec deux enfants que la police avait expulsés du Petit Bois samedi soir.

Le père de famille était accroupi près d'une benne à ordures et plantait maladroitement un piquet pour fixer une tente.

L'adjointe au maire hésita : elle ressentait une forme de pitié.

Franchement, ils ne dérangent personne. Tu pourrais les laisser passer la nuit ici…

Mais une autre voix lui murmurait que le maire risquait de l'apprendre et qu'elle avait tout intérêt à éviter les déconvenues.

Dans un soupir, Claudette Bourdon rappela le brigadier de la police municipale.

15

18 mai, Bugrassot, France

Il faillit lui casser la mâchoire.

Le poing était passé à moins d'un centimètre de son visage, mais elle l'avait esquivé de justesse. Hérissée, Lina pivota sur le côté et balança son pied dans la cuisse de l'énorme type qui essayait de la frapper. Son attaque latérale était parfaite. Elle enchaîna avec deux directs qui le déstabilisèrent. La jeune femme savait qu'elle devait rester sur le qui-vive : son adversaire allait bientôt riposter. Elle vira sur la droite quand un coup la percuta de plein fouet, un crochet aussi puissant qu'inattendu qui lui écrasa les lèvres et la fit tomber au sol.

— Ta garde, Lina, ta garde !

La voix de son entraîneur résonna contre les murs lézardés de la salle de boxe.

Les lèvres en sang, Lina cracha son protège-dents en fusillant du regard la bête de muscles qui venait de la mettre à terre.

— Ce con se croit sur un ring ! rugit-elle.

— Tu l'as bien cherché.

Son entraîneur avait raison. Au début de l'entraînement, au moment de former les duos, elle avait elle-même choisi ce poids lourd parce qu'il la snobait depuis des semaines et qu'elle rêvait de lui clouer le bec. Sauf que le coq de quatre-vingt-dix kilos n'avait pas l'intention de se laisser ridiculiser par une femme de son acabit. Il avait sorti les griffes pour lui voler dans les plumes.

Une main plaquée sur les lèvres, Lina quitta la bassecour pour se réfugier aux vestiaires, où un grand miroir lui permit de visualiser toute l'étendue de sa bêtise : une bouche si boursouflée qu'elle donnait l'impression d'avoir enchaîné dix injections d'acide hyaluronique.

— Salut, princesse ! lui lança l'abruti en la voyant partir.

Lina hésita à le gratifier d'une prise de kung-fu avant de se persuader qu'il n'en valait pas la peine. La prochaine fois, elle se montrerait moins gourmande en choisissant son partenaire…

L'air du dehors lui fit du bien. La salle de boxe était située à côté du canal, le long duquel des bacs de fleurs et des bancs avaient été disposés sous des arbres, pour les promeneurs en quête de quiétude. En soirée, l'endroit était pris d'assaut par des couples qui se bécotaient goulûment face au coucher de soleil. Si ces scènes pseudo-romantiques l'émouvaient parfois, lorsqu'elle était d'humeur rêveuse, elles lui donnaient la plupart du temps la nausée, en lui rappelant à quel point elle se sentait seule.

Pressée de retrouver son appartement, Lina grimpa sur son vélo et pédala énergiquement pour évacuer les tensions qu'avait générées son cours de boxe.

Sur les trottoirs, plusieurs passants curieux la dévisagèrent, éberlués par ses lèvres encore ensanglantées qu'elle n'essuya même pas. Lina se contrefichait éperdument du regard des inconnus. À quoi bon s'en préoccuper ? L'approbation des autres lui était égale : ils pouvaient penser autant de mal qu'ils voulaient tant qu'ils le gardaient pour eux.

Agrippée au large guidon, elle passa devant la vitrine d'une supérette et se plut à imaginer le pot de pâte à tartiner qu'elle avalerait à son retour, pour compenser en bonne et due forme les calories qu'elle avait perdues. Mais quand elle arriva dans sa rue, elle ne regagna pas immédiatement son appartement, intriguée par une voiture de police stationnée sur le bas-côté.

La jeune femme pensa aussitôt à Cybèle et à ses proches qu'elle aperçut au fond du cul-de-sac, là où ils avaient dormi la veille. Debout face à eux, deux agents en uniforme étaient manifestement en train de leur intimer de démonter leur tente et de s'en aller.

*

Lina posa son vélo sur le trottoir et se hâta dans leur direction.

— Excusez-moi, tout va bien ? demanda-t-elle.

Les policiers la dévisagèrent d'un air interloqué.

— C'est à vous qu'il faut demander ça, répondit le plus vieux en pointant du doigt sa mâchoire.

Lina tiqua. Elle avait presque oublié ses lèvres de bimbo « chirurgisée ».

— Je reviens d'un entraînement de boxe.

— Votre adversaire ne vous a pas ratée.

— Vous avez l'œil ! Excusez-moi, mais il y a un problème avec les Roms ? J'habite dans cet immeuble, ils ne dérangent personne.

Elle jeta un œil au père de famille qui était visiblement soulagé de la voir arriver.

— Ils ne peuvent pas rester ici.

— Pourquoi ?

— Parce que le camping sauvage est interdit, proféra tout à coup une voix dont Lina eut du mal à déterminer la provenance.

Elle réalisa qu'une femme se tenait derrière la tente : petite, maigrelette, aux cheveux bouclés gris acier rappelant les poils d'un vieux yorkshire.

— Je suis Claudette Bourdon, adjointe au maire. Vous connaissez ces gens ?

— Je leur ai donné ma tente.

— C'est très aimable de votre part mais ils n'ont pas le droit de rester ici. Il y a suffisamment de campings pour les touristes.

Les sourcils de Lina se haussèrent.

— Pardon, vous avez dit « touristes » ?

Agacée, l'adjointe au maire se redressa de toute sa hauteur, comme s'il lui était possible de rivaliser avec le mètre quatre-vingts de Lina. Au vu de la sueur qui perlait sur son visage, elle était en proie à une incontestable crispation nerveuse. Son nom lui allait très bien : Claudette Bourdon bourdonnait.

— Des touristes roumains, oui.

Lina laissa échapper un rire jaune.

— J'ai rencontré ces Roms hier, ce ne sont certainement pas des touristes ! Ils aimeraient aller au Petit Bois auprès de leur famille mais ils n'en ont pas eu l'autorisation.

Elle avait délibérément adopté un ton ingénu pour tenter d'amadouer l'adjointe. Cette dernière n'était pas niaise, elle la toisa avec méfiance.

— Un Rom m'a avertie que de nouveaux arrivants posaient problème. Ils ont un comportement agressif et terrorisent ceux qui habitent sur le site afin de prendre leur place.

— Eux ?

Lina pointa du doigt les prétendues « terreurs » en singeant l'absurdité.

— Ils n'ont pas l'air très dangereux…

À côté d'une Cybèle tordue par la peur, Darius caressait un horrible amphibien verdâtre qu'il faisait mine de réconforter en susurrant des messes basses. Enfin, le père plissait les yeux avec la bonhomie d'un limaçon.

L'adjointe ne put maintenir plus longtemps sa mauvaise foi.

— Mademoiselle, je peux comprendre que le sort de cette famille vous affecte et votre intention est louable, mais le campement illicite du Petit Bois va fermer très bientôt car les familles qui y vivent ne sont pas en sécurité. Nous sommes en train d'organiser leur déménagement. Les familles vont rejoindre un espace d'insertion où elles auront toutes un logement, une aide matérielle et un suivi social.

Lina resta scotchée.

— Ah bon ? Et qu'en est-il des Roms qui viennent d'arriver ?

— Nous travaillons avec les familles répertoriées : celles qui sont là depuis plusieurs mois et dont les enfants sont scolarisés.

— Ça veut dire qu'ils resteront à la rue ?

— La circulation des personnes est libre en Europe, mais on ne peut pas aider tout le monde.

Un ton placide, lisse et ferme. La discussion était close.

Les deux policiers s'avancèrent vers la tente et tirèrent brusquement sur la toile sans prendre la peine de déterrer les piquets. Avec la pression, un pan de tissu se déchira sous le regard accablé de Djino qui n'osa pas bouger d'un pouce.

Instinctivement, Lina saisit son téléphone portable et activa la caméra.

— Qu'est-ce que vous faites ? s'effaroucha l'adjointe.

— Je filme l'évacuation des « touristes ». Si ce que vous faites est légal, vous ne devriez pas y voir d'objection.

Sur un coup de tête, Claudette Bourdon fondit sur elle et lui arracha le mobile des doigts avec furie.

La réaction de Lina fut immédiate. Il ne lui fallut qu'une seconde pour rattraper son poignet et le tordre habilement de manière à reprendre son bien. Sur sa gauche, un policier fit un pas, décidé à affirmer son autorité, mais un mouvement d'hésitation le paralysa bientôt : l'adjointe n'était-elle pas hors la loi en extorquant un téléphone ?

— Ne jouez pas à ce jeu avec moi, lâcha Claudette Bourdon, rouge de colère, j'ai le bras long et vous perdrez. Si vous voulez aider ces Roms, vous n'avez qu'à les accueillir chez vous !

Djino remballa rapidement la tente en faisant signe à Lina de laisser tomber. Le père de famille avait raison. Un refus d'obtempérer risquait de leur attirer de gros ennuis.

Impuissante, la jeune femme les regarda rassembler leurs affaires et se diriger vers la grande route.

Oui, elle pouvait les accueillir chez elle. Avec le clic-clac du salon, elle était en mesure de le faire. Mais dans un coin de son esprit, quelque chose l'empêchait de franchir ce cap. Une voix lui chuchotait qu'une jeune femme comme elle n'avait pas à porter la misère du monde sur ses épaules.

La misère du monde ? Non, une seule famille !

Mais que savait-elle de cette famille ? Pouvait-elle faire confiance à des Roms ?

Un sentiment de honte s'empara d'elle.

— Alors ? demanda l'adjointe avec une pointe de défi.

Les Roms s'étaient déjà engagés sur le trottoir.

Et Lina fit le choix de les regarder partir, tiraillée entre le fatalisme et la culpabilité.

16

22 mai, Bugrassot, France

— Lâche un peu ton dictionnaire ! lui lança Darius en fin d'après-midi.

Lentement, l'adolescente leva ses yeux marron vers son frère qui piaffait d'impatience.

— En quel honneur ?

— J'aimerais te montrer un truc.

Darius ne tenait jamais en place. Où qu'il soit, il avait toujours besoin d'explorer les abords du *platz* où son père plantait la tente.

Aujourd'hui, sa famille avait trouvé refuge sous un pont au bord du canal. L'espace était humide, sombre, malodorant mais ils espéraient que la police n'aurait pas l'idée de descendre les escaliers de pierre pour venir ici.

En vérité, des *klisté* en uniforme étaient à leur recherche depuis leur arrivée à Bugrassot. Dès que les agents leur tombaient dessus, ils descendaient de leur véhicule et leur ordonnaient de lever le camp :

— Si vous ne partez pas, vous irez en prison ! répétait le plus âgé comme s'ils étaient de dangereux criminels.

Djino avait essayé de contester plusieurs fois, mais le ton montait très vite et les propos devenaient virulents. « Dégagez, tirez-vous, foutez le camp ! », le vocabulaire de Darius s'enrichissait jour après jour et il ne manquait pas d'en user pour provoquer sa sœur.

— Tu ne serais pas en train de préparer une farce ? demanda Cybèle.

— Bien sûr que non, *muri laci phen*[1]. Tu ne me fais jamais confiance !

L'adolescente se leva à contrecœur. Même si elle aimait son petit frère plus que tout, il avait le don de lui taper sur les nerfs.

Elle jeta un œil à leurs affaires. Tout à l'heure, leur père avait quitté le *platz* pour faire la peau à quelques poubelles. Leurs estomacs gargouillaient comme de petits monstres.

— Tu viens, Cybi ? On n'en a pas pour longtemps !

Darius s'empara d'une bouteille vide et entraîna sa sœur le long du canal creusé en contrebas des routes et des édifices.

Cybèle n'aimait pas cet emplacement. Même s'ils étaient à l'abri des regards, les eaux noires fourmillaient de rats et d'ignobles ragondins aux relents d'égout qui attendaient la nuit pour venir les mordre. Tout bien réfléchi, ce n'étaient peut-être pas les seuls êtres vivants à habiter ces bas-fonds. Cybèle avait la certitude que les fleuves et les rivières regorgeaient de créatures ensorcelées telles que Lilyi la Visqueuse et son corps de poisson.

1. En romani : « ma sœur chérie ».

Impatient, Darius grimpa les escaliers en pierre et après s'être assuré qu'aucune voiture de police ne patrouillait dans la zone, il emmena sa sœur derrière un muret blanc en face d'un bâtiment administratif.

— Regarde ! dit-il en montrant du doigt une grosse borne en métal rouge, ça s'appelle une « bouche à incendie ». Quelqu'un m'a dit que les *gadjé* s'en servent pour éteindre les feux. Avant, j'ai vu un Rom venir avec son bidon. Il a utilisé une sorte de pince qu'il a cachée juste là dans le buisson. L'eau a coulé comme par magie !

Malgré l'engouement de son frère, Cybèle demeura sur ses gardes. L'accès à ce cylindre rouge était très probablement interdit. Les *gadjé* n'apprécieraient pas que les Roms viennent se servir.

— C'est trop dangereux, la police rôde. Et si Papa apprend que nous volons l'eau des *gadjé*, il sera fou de rage.

— Mais les *gadjé* ne partagent rien avec nous ! argumenta l'enfant en croisant les bras. Tu veux qu'on se laisse mourir de soif ?

Cybèle devait reconnaître que son frère avait raison. Depuis leur arrivée en France, les *gadjé* mettaient tout en œuvre pour les empêcher d'accéder à un point d'eau potable.

La veille, leur père avait tenté sa chance à un « accueil de jour municipal ». Aux dires d'un Rom bulgare, des douches et des toilettes étaient mises à disposition des personnes dans le besoin. Toutefois, les gens de l'accueil de jour lui avaient refusé l'accès. Ils n'avaient donné aucune explication. Pour quoi faire ? Les Roms avaient l'habitude des portes closes.

— Fais le guet !

La bouteille vide dans une main, Darius bondit vers le buisson, saisit la pince et galopa jusqu'à la bouche d'incendie pour tenter d'ouvrir la vanne.

Restée derrière le muret, Cybèle sonda les alentours avec angoisse. Son frère était complètement fou.

— Didi, arrête !

Autant parler à un sourd…

L'enfant bidouilla trente secondes jusqu'à ce que l'eau jaillisse tel un geyser en se déversant sur le trottoir.

Trempé de la tête aux pieds, son frère hurla de rire et se livra à une danse de la joie en sautillant sous les trombes d'eau.

— Allez, Cybi, c'est l'heure de la douche !

Face à tant d'innocence, Cybèle s'esclaffa en mourant d'envie de le rejoindre.

Malheureusement, la peur la rattrapa très vite car une voiture de police se profilait au bout de la rue.

— Didi, derrière toi !

Elle hurla plusieurs fois à son petit frère de revenir mais il ne réagit pas tout de suite.

Un policier bondit du véhicule.

17

22 mai, Bugrassot, France

— Ne t'arrête pas ! hurla Cybèle en détalant sur le trottoir.

Le policier à ses trousses, Darius abandonna ses tongs et doubla sa sœur par la droite, les vêtements imbibés d'eau. Il savait que, derrière lui, le *gadjo* ne ralentirait pas, bien décidé à coffrer ces petits délinquants de Roms.

— Par ici !

Au bout de la rue, l'enfant pivota brusquement dans un massif d'arbres et de vivaces qui lui écorchèrent les pieds. Après une série de bosquets, il tomba sur une voie ferrée.

— Didi, tu vas trop vite !

Cybèle le suivit sur les rails, les poumons en feu. Malgré la terreur que provoquait le policier, ses jambes se vidaient de leurs forces. Par chance, le bruit d'un train en approche immobilisa l'effrayant *gadjo* qui chercha à en identifier la provenance.

Aussitôt, Cybèle et Darius sautèrent sur un talus et le dévalèrent à la hâte avant de débouler dans le parking d'une zone commerciale.

Soulagés, ils se faufilèrent entre les voitures avant de se cacher derrière une camionnette stationnée.

— Je pense qu'on est à l'abri, affirma l'enfant en jetant des regards furtifs vers la voie ferrée.

Aucun policier n'avait surgi des broussailles.

Assise sur le béton, Cybèle lui souleva un pied avec inquiétude. Le talon était griffé, lacéré, percé de longues épines.

— Tu as les pieds en sang… mais c'est toujours mieux que la prison !

— C'est tout ? s'étonna Darius. Tu ne me grondes même pas ?

— Pour quoi faire ? Papa va déjà s'en charger…

— Balance !

Cybèle passa une main affectueuse dans ses cheveux comme pour lui signifier qu'elle plaisantait. Ce ne serait pas la première fois qu'elle couvrirait ses bêtises : à Undeva comme à Fara Vitor, Darius excellait dans l'art de s'attirer des ennuis, sans doute à cause de sa naïveté enfantine.

Après lui avoir retiré la plus grande partie des épines, elle lui donna ses chaussures et insista pour qu'ils se remettent en route.

*

Le retour se déroula sans encombre, sous un soleil radieux et revigorant.

Sur la route, Darius et Cybèle discutèrent de Mama et de Duda restées en Roumanie. Leur mère pensait-elle à eux ? Supportait-elle leur absence ? Quand elle somnolait sous la tente, Cybèle se demandait parfois s'il ne serait pas plus raisonnable de retourner à Fara Vitor. Là-bas, la police les laissait en paix.

— J'espère que Papa n'est pas encore rentré ! s'exclama Darius alors qu'ils regagnaient le *platz*.

Mais si Djino était aux abonnés absents, une mauvaise surprise les attendait sous le pont.

La tente avait disparu.

En lieu et place, trois individus buvaient des bières assis sur une couverture. À côté d'eux, deux chiens au poil fatigué léchaient le fond d'une boîte de conserve.

— Où sont nos affaires ? bredouilla Darius en attrapant la main de sa sœur. Et Django ? Ils ont kidnappé Django ?

Les chiens se mirent à aboyer.

Instinctivement, Cybèle poussa son frère derrière elle pour le protéger.

Elle avait tout de suite remarqué que ces hommes n'étaient pas comme les autres. Leur crâne était rasé sur les côtés et leurs cheveux formaient une longue crête vert fluo. Sur leurs visages, des anneaux métalliques transperçaient la chair, tandis que leurs vêtements avaient été customisés avec d'étranges symboles sataniques.

— Hé, la belle, tu t'es perdue ?

L'adolescente blêmit quand l'un d'eux se leva et avança dans sa direction. Était-il encore temps de prendre la fuite ? Et si les chiens attaquaient ? Pourrait-elle sauver son frère ?

Ses membres commençaient à trembler lorsque la voix de son père s'éleva loin derrière.

— Cybèle, Darius, venez !

Posté à une cinquantaine de mètres sur la berge, Djino se précipita vers eux et les entraîna avec lui.

— Ce *platz* est déjà pris, on va dormir ailleurs.

— Et Django ?

— Ton crapaud va bien. Ces hommes ne sont pas méchants.

En s'éloignant, l'enfant jeta un dernier regard intrigué en direction de ceux qui lui rappelaient les fêtes de carnaval en Roumanie.

— Alors ce sont des clowns ?

— Non, Darius, ce sont des gens comme nous, trancha Djino d'un ton grave. Ils n'ont pas de maison alors ils dorment là où ils peuvent.

18

26 mai, Bugrassot, France

Quand Marc entra dans l'appartement, le mardi soir, il cligna des yeux plusieurs fois tant ce qui s'offrait à sa vue lui sembla invraisemblable. Partout dans le salon, des empilements négligés de vêtements s'érigeaient vers le plafond, comme autant de taupinières en tissu surgies des entrailles d'une échoppe.

Accroupie près du canapé, Lina se leva joyeusement en lui faisant signe d'approcher :

— Salut, Marcou, tu as passé une bonne journée ?

Le grand Black fronça les sourcils en pointant du doigt son bazar.

— Tu m'expliques ?

— Bien sûr ! J'ai organisé une collecte sur Facebook. *Sharing is caring*, tu connais ? Je ne pensais pas que je recevrais autant de réponses. Six personnes m'ont apporté des vêtements, et ça continue d'affluer !

Elle esquissa un sourire charmeur destiné à l'attendrir.

— On se croirait à Emmaüs, lâcha Marc en soulevant avec dédain une chaussette trouée incrustée de poils de chat.

Bien qu'elle n'ait pas revu la famille de Cybèle depuis son altercation avec l'adjointe, Lina n'avait pas pu rester dans l'inaction. Après avoir culpabilisé toute une soirée de les avoir laissés à la rue, elle avait appelé le 115 pour signaler qu'une famille rom était en errance. Au bout du fil, une femme à la voix fatiguée lui avait répondu que les centres d'hébergement d'urgence étaient pleins à craquer. Elle avait ajouté que même s'il y avait eu une place, les personnes « de droit commun » étaient prioritaires, en d'autres mots, pas les Roms. Bien décidée à trouver une solution, Lina s'était rendue auprès des rares associations caritatives que comptait Bugrassot. « On va voir ce qu'on peut faire » était la seule réponse qu'elle avait obtenue. Sans suite…

— Comment tu le trouves ?

Elle souleva un maillot de coton pour enfant estampillé d'un éclair bleu.

— Un T-shirt Nike, tu es sérieuse ?

— C'est de la récupération.

— Peu importe ! Tout le monde juge sur l'apparence. Un pauvre doit avoir l'air pauvre s'il veut que les gens le croient. Si tu lui donnes un T-shirt Nike, plus personne ne voudra l'aider.

Même si sa remarque était pertinente, Lina haussa les épaules avant de se diriger vers la fenêtre du salon. Comme tous les soirs depuis neuf jours, elle espérait que la famille de Cybèle reviendrait la trouver. Malheureusement, il n'y avait au bout de l'impasse que les bennes à ordures et leurs ombres, des flaques d'eau et des traînées de boue serpentant sur le bitume. Sous les véhicules stationnés, des yeux brillants et fugitifs trahissaient la présence des rongeurs qui s'apprêtaient à prendre possession de la nuit.

Marc enleva ses chaussures et se laissa tomber sur son fauteuil de pacha en tortillant ses dreadlocks.

— En rentrant du cabinet, j'ai fait un petit détour par la *casa* de Jean-Daniel.

Il prit un air malicieusement équivoque qu'elle n'eut aucun mal à déchiffrer. Lina savait que le pigiste du *Baveux rouge* faisait partie des multiples conquêtes que Marc sollicitait de temps à autre pour « égayer » ses journées.

— J'espère que tu as pris ton pied.

— J'ai surtout dégoté des informations pour toi, ma chérie.

Lina plissa le front, intriguée.

— Développe.

Pour faire durer le suspense, son ami se hissa sur ses jambes et prépara du thé rooibos à la vanille.

— Marc…

— Tu permets que je me mette à l'aise ? J'ai beaucoup donné de ma personne cet après-midi.

— Tu n'es pas crédible.

Le grand Black pouffa de rire avant de lâcher enfin le morceau :

— Jean-Daniel connaît très bien Claudette Bourdon, une femme charmante à c'qui paraît. C'est vrai qu'elle ressemble à un bourdon ?

— Elle m'a plutôt fait penser à un vieux yorkshire prêt à mordre.

— Intéressant ! Apparemment, elle s'occupe de tout ce qui a trait aux Roms à Bugrassot. Régulation, intégration… désintégration. Elle est soutenue par une talentueuse équipe de bras cassés de la police municipale. Jean-Daniel m'a dit qu'elle ne pouvait pas le sacquer. Tu me diras, c'est normal : quand on fait des piges pour un journal satirique, on est rarement apprécié de ceux qui gouvernent !

Le menton relevé, il souffla sur sa tasse pour en refroidir le contenu. Depuis que Lina le connaissait, Marc avait toujours eu un côté romanesque et théâtral.

— Qu'est-ce que Jean-Daniel t'a dit ?

— Pour résumer, ce qui est arrivé à la famille de Cybèle n'est pas un cas à part. C'est assez fréquent à Bugrassot.

— Les familles qui se retrouvent à la rue ?

— Oui. Et les familles victimes de harcèlement policier. Le maire trouve qu'il y a trop de Roms à Bugrassot, alors il essaie de faire fuir les nouveaux arrivants.

Lina écarquilla les yeux.

— Il a le droit ?

— À ton avis…

— Je comprends mieux pourquoi la police ne les laisse pas entrer au Petit Bois…

— Les habitants eux-mêmes ne les laisseront pas entrer. Aux dires de Jean-Daniel, Claudette Bourdon fait du chantage aux Roms du terrain pour qu'ils dénoncent ceux qui viennent d'arriver. Elle a des taupes au Petit Bois, les Roms l'ont surnommée « la *Mafiosa* ».

— Tu te fiches de moi ?

— Pas cette fois-ci. C'est Big Brother, Mme Claudette. À Bugrassot, il y a un établissement qui met des douches à disposition des sans domicile fixe. Eh bien, la municipalité a demandé aux salariés d'interdire l'accès aux Roms pour qu'ils ne puissent pas se laver, y compris les enfants… Les travailleurs sociaux ont obéi, parce qu'ils ont les mains liées. La plupart des associations sont financées par les pouvoirs publics, alors elles ne veulent pas prendre le risque de perdre leurs subventions.

Lina tombait des nues. Elle n'avait jamais imaginé que les Roms subissaient de telles discriminations. Comment pouvait-on interdire à des enfants de se doucher ?

— Tu crois qu'on peut alerter la presse ?

Marc soupira avec un air de caneton abandonné.

— Jean-Daniel a déjà essayé. Les directeurs de journaux se font sermonner par la mairie dès que leurs journalistes se mêlent un peu trop des manigances politiques. L'année dernière, une plainte pour diffamation a été déposée contre le *Baveux rouge.*

— C'est scandaleux !

— Je sais.

— Je veux dire : on ne peut pas rester les bras croisés. Elle réfléchit un instant.

— Et si on essayait de collecter des preuves pour les envoyer à la Commission européenne ?

Marc faillit s'étrangler.

— Lina, on se connaît depuis combien d'années, déjà ?

— Sept ans.

— Exact. Et en sept ans, j'ai eu tout le loisir de constater que tu as une fâcheuse tendance à vouloir sauver le monde. Et à force de vouloir ressembler à Mary Poppins…

Lina pouffa.

— Mary Poppins ? Elle ne sauve pas le monde, elle chante des comptines sous un parapluie magique !

— Mary Poppins, mère Teresa, Wonder Woman, peu importe ! Ce que j'essaie de te dire, c'est que le milieu des Roms est vraiment pourri. Tu ne voudrais pas te tenir à l'écart pour une fois ? Si tu commences à t'en mêler, tu vas encore t'attirer des problèmes.

Lina soupira : elle savait que son ami avait raison. Même si son souhait d'aider les Roms était sincère, elle n'avait aucune qualification pour le faire. Elle n'était ni éducatrice spécialisée, ni assistante sociale, encore moins une professionnelle de l'humanitaire…

Tandis qu'elle regagnait sa chambre, elle pensa à l'ONG Cœurs d'enfants qui œuvrait partout dans le monde pour défendre les droits des mineurs. En Chine, Thomas Mesli lui avait dit que le siège de son association était situé à Paris.

Et si elle contactait Thomas ? Ne serait-il pas en mesure de lui donner des outils pour agir ?

Oublie !

Lina chassa au plus vite cette idée, de peur de raviver une flamme qu'elle s'obstinait à garder éteinte. Après s'être vaguement amourachée de Thomas, elle avait opéré un virage à cent quatre-vingts degrés et avait rompu tout contact avec lui des mois auparavant.

Nerveuse, elle essaya de se changer les idées en plongeant le nez dans un roman acheté la veille : un polar écrit par un flic sur une enquête dans le 9-3. Les premières lignes lui parurent prometteuses, de quoi distraire son esprit. Sauf que le héros du roman ne tarda pas à lui rappeler une figure familière…

Cette nuit-là, rien n'y fit : elle rêva de Thomas Mesli.

19

27 mai, Bugrassot, France

— Fais taire ce maudit crapaud ! s'énerva Cybèle.

— Mon crapaud s'appelle Django et il est libre de croasser.

— Ce sont les corbeaux qui croassent.

— Croaaa, croaaa !

Darius se mit à tourner autour de sa sœur en battant des bras. Aussitôt, Cybèle s'empara d'une branche et se mit à courir derrière lui en lui criant d'arrêter. Ils zigzaguèrent entre les arbres puis Darius grimpa dans un sapin pour la mitrailler avec des pommes de pin.

— Darius, Cybèle, stoppez vos bêtises ! La police pourrait vous entendre…

Djino était anxieux. Depuis leur arrivée en France, les forces de l'ordre ne leur laissaient aucun répit. Le matin, la journée, la nuit. Où qu'ils aillent, les agents finissaient toujours par leur tomber dessus. À croire qu'ils n'arrêtaient jamais leurs rondes…

Un chapeau vissé sur la tête tel un cow-boy à l'affût, il scruta plusieurs fois les alentours comme si une ombre allait surgir derrière lui. Enfant, sa mère lui racontait que le géant Masurdalo se cachait dans la forêt dans l'attente de chair humaine. La nuit n'était pas encore tombée mais la densité des arbres donnait aux entrailles de la forêt une atmosphère sombre et humide. Quelques mètres au-dessus du sol, des nuées de moustiques avaient lancé leurs assauts et une ligue d'oiseaux nocturnes entonnaient une lugubre symphonie.

Quand il s'estima en sécurité, le père de famille fit craquer une allumette et approcha la flamme d'un tas de brindilles qu'il avait rassemblé devant la tente. Ils avaient déjà dormi sur ce site la nuit dernière, à cinq cents mètres environ des remparts qui entouraient la ville.

Alors que Djino s'apprêtait à chercher les couvertures qu'il avait cachées dans les fourrés, Cybèle le rejoignit, le visage renfrogné. Ces derniers jours, son humeur s'était dégradée comme une pomme rongée par un ver.

— On ne peut plus continuer comme ça, Papa !

— C'est-à-dire ?

Elle agita vers lui ses deux bras rougis et collants mangés par les moustiques. Depuis qu'elle avait lavé les vêtements en les secouant dans un sac-poubelle rempli d'eau du canal, elle avait contracté un chapelet de plaques rouges qu'elle avait grattées jusqu'au sang.

— Ce n'est pas une vie. On passe nos journées à mendier et à éventrer des poubelles. La tente est complètement trouée à force d'être rangée à la hâte. On n'a même pas d'eau potable. Et la police… toujours sur nos traces : au Petit Bois, derrière la gare, sous les ponts, elle nous chasse comme des rats ! En Roumanie, tu ne jurais que par la France. La France ceci, la France cela. Nous serons heureux ! Mais même Tata ne nous adresse plus la parole parce qu'une *gadji* lui a retourné le cerveau. Tu sais ce que je pense ? Il faut rentrer chez nous. Que le choléra m'emporte si tu me forces à rester !

Avec ses yeux furibonds cernés par des nuits d'insomnie, Djino la trouva inquiétante. Cybèle s'emportait rarement. La dernière fois qu'une colère noire l'avait enflammée, c'était après que l'exécrable enseignante de Fara Vitor avait refusé de l'accueillir dans sa classe. Outrée de cette injustice, Cybèle avait campé toute une matinée devant l'école en brandissant une pancarte qu'elle avait fabriquée elle-même. « Mêmes droits pour tous », avait écrit l'adolescente sur le vieux carton récupéré dans la décharge. Puis la police était venue la dégager…

— Je comprends que tu sois fâchée, Cybi, mais nous ne pouvons pas repartir en Roumanie. En dix jours, j'ai mis cinquante euros de côté. Nous n'avons pas de quoi payer le Camatar. Et si je ne gagne pas plus d'argent rapidement, c'est sept cents euros que je devrai lui rembourser.

Sa fille croisa les bras, furieuse. Quand elle était en colère, elle avait exactement les mêmes traits que son épouse : un air de fouine prête à mordre.

— Écoute-moi, Cybi, je vais trouver une solution. Un de mes amis habite à Paris. Je vais le contacter pour savoir s'il y a plus d'opportunités là-bas.

— Je refuse d'aller à Paris ! rétorqua-t-elle, je ne veux plus rester en France. J'en ai assez, Papa.

Le père de famille soupira. Au vu de la ferme résolution qui transparaissait dans son visage, il savait que sa fille n'avait pas l'intention de se plier à sa volonté. Déterminée, l'adolescente inspira profondément avant de lui assener le coup de grâce :

— Au centre-ville, j'ai sympathisé avec une Romni qui vient de la région de Fara Vitor. Elle et son mari vivent depuis six mois dans une camionnette. Ils espéraient que la mairie leur donne un logement mais on leur a dit que seules les familles avec enfants pouvaient en bénéficier. Ils ont prévu de repartir bientôt.

— Et je suppose que tu veux rentrer avec eux ?

— Ils sont d'accord pour me ramener.

Confondu, Djino tisonna les braises avec la lame d'un couteau. Que pouvait-il répondre à sa fille ? Cybèle était si entêtée qu'elle remuerait ciel et terre pour arriver à ses fins.

— Écoute, Cybi…

Il n'eut pas le temps de terminer sa phrase car à la manière d'un ninja, Darius sauta vers le feu de camp en brandissant une branche qu'il venait d'aiguiser.

— Qu'est-ce qu'on mange ? hurla-t-il comme s'il s'apprêtait à empaler une pièce de bœuf.

Cybèle grinça des dents avec cynisme :

— Range ta brochette, mon Didi, on a droit au festin que Papa a trouvé dans les poubelles.

Elle pointa son index vers le sol où gisaient une boîte de sardines et trois oignons.

20

29 mai, Bugrassot, France

Claudette Bourdon repositionna chaque objet de son bureau à la place qui était la sienne : le porte-crayon à droite de l'ordinateur, la lampe en porcelaine à droite du porte-stylo et la montagne de dossiers parfaitement alignés à côté du cadre photo dans lequel souriaient ses deux enfants.

Tout à l'heure, monsieur le maire allait débarquer dans son bureau comme il le faisait toutes les fins d'aprèsmidi. Il se frotterait d'abord les mains en faisant mine d'examiner les livres posés sur l'étagère. Puis après l'avoir complimentée sur sa tenue du jour, il lui demanderait des comptes (sur le ton de l'humour) : « Alors, ma petite Claudette, comment vont les affaires ? »

Claudette Bourdon n'était pas niaise. Même s'il essayait de se montrer patient, son patron convulsait comme un épileptique à la simple idée de ne plus avoir le contrôle de la situation, ce qui, pour un élu, équivalait à perdre le soutien de ses électeurs. Depuis le début de leur mandat, le dossier « terrain sauvage » était devenu particulièrement houleux, au point que

Claudette Bourdon marchait en permanence sur des œufs de caille.

— Ma petite Claudette, quelle belle… chemise !

Elle ne s'était pas trompée.

— La fermeture du Petit Bois aura lieu le 1er juin, affirma-t-elle en anticipant sa question. Dès que les baraques auront été détruites, un grillage sera posé pour empêcher l'accès au site. Les familles rejoindront directement l'espace d'insertion.

— Parfait, parfait. N'oubliez pas d'envoyer le communiqué de presse.

Claudette Bourdon hocha la tête en lui montrant le communiqué déjà prêt sur son bureau. Elle avait consacré plusieurs heures à le rédiger, en essayant autant que possible de choisir des mots suffisamment édulcorés pour calmer la polémique : « campement illicite » plutôt que « bidonville », « déménagement » plutôt qu'« expulsion »… Généralement, la presse locale réutilisait assez docilement ses tournures de phrases, exception faite de cet abominable *Baveux rouge* qui passait son temps à tailler des costards aux élus. Heureusement, le tout nouvel espace d'insertion allait enfin clouer le bec à la gazette satirique. Douze familles avaient été sélectionnées pour intégrer un nouveau dispositif d'hébergement et d'insertion sociale sous l'égide d'une association mandatée par la ville.

Quand Claudette avait présenté son projet au maire, il avait frétillé de joie en la félicitant pour « son sens du bien social ». Toutefois, l'adjointe le soupçonnait de n'y voir que son propre intérêt, à savoir une vitrine à exhiber chaque fois que des bobos de gauche l'accuseraient de manquer de volontarisme. Pour preuve, maintenant que le terrain allait ouvrir ses portes, le maire s'évertuait à faire fuir tous les Roms qui osaient mettre les pieds à Bugrassot. Il craignait que l'espace d'insertion ne crée un appel d'air.

— Qu'en est-il des nouveaux arrivants ? demanda l'élu pour la cinquième fois de la semaine.

— Un couple est parti ce matin avec le bus en partance pour Lyon. Compte tenu des départs de ces trois derniers jours, il ne reste plus qu'une seule famille, le père et ses deux enfants.

Le maire se frotta les mains. Cette vague de nouveaux arrivants lui avait donné des sueurs froides. Après le passage du bus, il avait déjà entendu des plaintes sur cet afflux de « Bohémiens » qui divaguaient sur les trottoirs. Avec treize mendiants de plus au centre-ville, Bugrassot allait bientôt devenir la nouvelle cour des miracles.

— Assurez-vous que les trois derniers s'en aillent. Ainsi que tous ceux qui mettront les pieds ici ces prochaines semaines. Les autres communes n'ont qu'à se les répartir !

Le visage de Claudette se crispa.

Facile à dire !

Dans la police municipale, les gars se démenaient comme de beaux diables pour inciter les derniers Roms à partir. La veille, ils avaient réussi à mettre la main sur leurs affaires personnelles cachées derrière un buisson. Le brigadier avait tout jeté dans une benne : la tente, les couvertures, et même une valise remplie de vêtements.

En y repensant, Claudette Bourdon n'était pas fière. Ces enfants roms à la rue auraient très bien pu être ses propres enfants.

Peu après dix-sept heures, elle reçut l'appel tant attendu du brigadier de la police municipale.

— Allô ? Madame Bourdon ? J'ai une nouvelle à vous annoncer. La dernière famille a enfin quitté Bugrassot.

— Ils sont rentrés en Roumanie ?

— Seulement la fille. D'après les habitants du Petit Bois, le père a pris un bus pour Paris avec son gamin.

Claudette souffla de soulagement en laissant tomber ses bras sur le bureau. Sans le savoir, le brigadier venait de lui retirer de lourdes chaînes.

— Vous avez fait du bon travail ! répondit-elle avec reconnaissance, je vais en informer monsieur le maire.

À l'autre bout du fil, le policier rechigna.

— J'ai répondu à mes obligations, madame Bourdon. Car de vous à moi, j'ai du mal à concevoir ce qu'un tel travail a de bon.

II

LE CHEMIN DE FER

21

21 juillet, Fara Vitor, Roumanie

Duda n'arrêtait pas de pleurer.

Les bébés pleuraient souvent, surtout à Fara Vitor où les enfants tombaient malades à cause de l'humidité. Mais Duda était rarement malade. Sa mère la trouvait même plutôt en forme pour une enfant qui était venue au monde dans un bloc désaffecté. Du haut de ses quatorze mois, la dernière-née de la famille Stanescu était abondamment chevelue. Ses joues roses et rebondies donnaient l'impression que sa bouche était remplie de bonbons, même si les bonbons étaient rares dans les couloirs de leur squat.

— Peut-être que Papa et Didi lui manquent, suggéra Cybèle en la prenant dans ses bras.

Depuis que l'adolescente était revenue en Roumanie à la fin du mois de mai, Duda avait gémi des heures et des heures, sans que personne parvienne à apaiser ses sanglots.

Un torchon à la main, Maria sortit de la chambre dépourvue de porte pour se rendre dans une sorte de cuisine commune sans évier ni plaques de cuisson. Ici, les quatre familles du bloc se partageaient le réchaud à gaz et les bidons d'eau que les femmes remplissaient à un robinet à l'extérieur. Comme la cuisine donnait directement sur les toilettes, il n'était pas rare que des selles égarées croisent la route de denrées alimentaires.

Maria imbiba son torchon d'eau froide et retourna dans la pièce allouée à sa famille. Pour rendre les lieux plus chaleureux, elle avait recouvert les matelas poisseux de tissus et accroché des portraits de la Vierge Marie sur chaque pan de mur fissuré.

— Elle a de la fièvre, affirma-t-elle en tamponnant le front de son bébé.

— Et si c'était une malédiction ? s'alarma Cybèle.

— Qu'est-ce que tu racontes ?

— Un jour, Mami m'a dit que le diable pouvait changer les enfants en Locolicos.

— En quoi ?

— Locolicos ! D'horribles monstres au poil épais et aux longues oreilles. Les mythes racontent que la transformation commence avec de la fièvre…

Maria leva les yeux vers le plafond en priant le Seigneur de pardonner une si grande naïveté.

— Tu fabules, ma fille. Les Locolicos n'existent pas. La fée Ana et le géant Masurdalo non plus !

— Par contre, les hommes qui changent l'eau en vin…

— Oh, Grand Dieu de Dieu, mes oreilles saignent de t'entendre. Ne sois pas si insolente, Cybèle.

L'adolescente tourna le dos à sa mère et essaya de se remémorer un rituel de guérison que sa Mami pratiquait quand ils habitaient à Undeva. De son vivant, la mère de Djino était une grande *drabarni*, capable de soigner n'importe quelle douleur avec des sortilèges et des décoctions. En plus de lui raconter l'incroyable histoire de la fée Ana et de ses nombreux enfants démons, elle avait montré à Cybèle comment deviner l'avenir grâce aux arts divinatoires. Malheureusement, l'adolescente n'avait pas eu le temps de tout apprendre : frappée par la tuberculose, sa Mami était brutalement partie rejoindre le Cœur de feu entre les étoiles.

— Si seulement on avait des médicaments, se plaignit Maria en fouillant des cartons.

Mais ils n'avaient quasiment plus rien… Malgré toute sa bonne volonté, elle ne parvenait pas à préserver un semblant d'hygiène. Les bassines pour laver les enfants étaient incrustées de crasse. Les couches coûtaient cher, trop cher, le savon et les lingettes aussi. En partant pour la France, Djino avait utilisé leurs dernières économies.

— Maria, le Camatar veut te parler.

Un Rom du bloc numéro 1 était entré dans la pièce. Sa venue n'était pas bon signe, il faisait partie du *Criss rromano*, le haut conseil qui discutait des règles et qui faisait office de cour d'arbitrage sur le *platz*.

— Occupe-toi de ta sœur, souffla Maria en sortant de la pièce.

*

Anxieuse, Maria traîna son corps maigre et fatigué entre les blocs immondes laissés à l'abandon à la chute du régime communiste.

Entre ces murs gris effrités, il n'y avait que des Roms. La plupart étaient sans emploi ou survivaient au moyen d'activités de débrouille plus ou moins licites. Privés de papiers d'identité, une bonne partie d'entre eux n'avait accès à aucun droit, pas même celui d'être enterré.

En traversant le terrain vague, Maria se dit que cet endroit était de plus en plus pathétique : le sol défoncé était ensemencé d'excréments de chiens boiteux et de restes de nourriture en putréfaction. Au centre s'amassaient plusieurs tas de pneus crevés sur lesquels jouaient les enfants. Après beaucoup de promesses non tenues, les élus de Fara Vitor avaient décidé d'ériger un mur pour séparer cette misère du reste de la ville. Et comme une communauté isolée finit toujours par édicter ses propres règles, les Tsiganes avaient perdu toute confiance dans les institutions et la violence s'était intensifiée au point que plus aucun *gadjo* n'osait s'aventurer dans le quartier de peur d'être racketté.

Maria arriva enfin devant le bloc numéro 1, au pied duquel se trouvait le Camatar, assis dans un grand fauteuil aux allures présidentielles.

— Maria… Maria… as-tu une idée de pourquoi je t'ai fait venir ?

Pour attester de son rang, le Camatar portait toujours d'élégants costumes et des chapeaux aussi noirs que les corbeaux.

— Je suis allé à l'agence de transfert d'argent et, devine quoi, ton mari ne m'a toujours pas remboursé. Il est parti en France depuis plus de deux mois maintenant et sa dette a déjà doublé une fois.

Sais-tu combien il me devra le 1er août ? Mille euros, quatre mille six cents lei.

Maria baissa ses yeux verts. Elle savait. Emprunter de l'argent à cet homme avait été la pire erreur de leur misérable vie.

— Mon Rom va te rembourser, ce n'est qu'une question de temps.

— C'est lui qui te l'a dit ? Car moi, je n'arrive pas à le joindre.

Les lèvres de la Romni se pincèrent. Elle sentit les larmes monter.

— Personne n'arrive à le joindre. Depuis vingt-sept jours, nous sommes sans nouvelles.

— Vingt-sept jours ? Et qui va me rembourser si ton mari continue de faire le mort ? Tu sais ce qui arrive aux Roms qui ne payent pas leurs dettes ?

Maria frémit. Oui, le *Criss rromano* allait prononcer un jugement. En d'autres termes, toute sa famille risquait le bannissement du *platz* et plus que la perte de leur logement, cette sentence signerait leur mort sociale.

— S'il te plaît, je dépéris déjà de chagrin. Veux-tu que j'aie une attaque ? Laisse-nous encore un mois et que Dieu te bénisse.

— Dix jours, pas un de plus.

Prise au dépourvu, elle donna sa parole au Camatar avant de rebrousser chemin.

Alors qu'elle passait devant le premier bloc, évitant de peu les crachats des gamins qui mangeaient des graines de tournesol, une pie virevolta à sa droite.

Effrayée, Maria ferma les yeux comme si elle n'avait rien vu. Si sa belle-mère *drabarni* avait été présente, elle lui aurait dit que l'apparition d'un tel oiseau sur sa droite était un très mauvais présage. Bien trop mauvais…

— Mais ce ne sont que des fables de magicienne, se rassura-t-elle à voix haute sans pouvoir s'empêcher de faire un discret signe de croix.

22

23 juillet, Fara Vitor, Roumanie

Cybèle noua ses cheveux en une longue tresse noire lui tombant au milieu du dos. Face au miroir cassé puis recollé, elle tournoya dans sa jupe la plus belle surmontée d'une chemisette bleue, couleur de la liberté.

Pour mettre toutes les chances de son côté, l'adolescente avait conscience qu'elle devait être jolie, et même irrésistible, compte tenu de ce qu'elle s'apprêtait à demander.

Après s'être assurée que sa mère ne traînait pas dans les parages, elle sortit de l'édifice et traversa le terrain vague, où plusieurs familles avaient entrepris une partie de « pétanque » avec des boîtes de conserve.

Hélée par un groupe de garçons de son âge, Cybèle entra dans le bloc numéro 3, le plus éloigné de l'avenue principale.

— *Michto* cousine ! lui lança un Rom étendu dans la cage d'escalier.

En l'espace d'une année, le bloc numéro 3 était devenu le plus hasardeux des immeubles collectifs en même temps que les trafics de stupéfiants montaient en flèche. Appâtés par une vie de luxe et de loisir, certains jeunes avaient compris que vendre de la poudre blanche rapportait en quelques jours l'équivalent d'une année de ramassage de métaux. Alors les dealers s'étaient multipliés et les drogués aussi, puisque beaucoup s'étaient mis à consommer les substances qu'eux-mêmes fournissaient.

Dans les couloirs parsemés de seringues, Cybèle croisa des adolescents tatoués, affublés de faux habits de marque visant à en imposer. Elle savait que ces « businessmen » d'un nouveau genre passaient leurs week-ends dans les night-clubs de la ville, où en plus de dilapider leur argent comme de riches nantis, ils recrutaient des clients parmi les consommateurs *gadjé*.

Elle toqua à la porte de Gimi Caschku, son ami d'enfance d'Undeva qui n'avait pas pu résister à l'appât du gain. Quand elle entra dans la pièce, elle le trouva accroupi sur le sol, en train de faire du tri entre plusieurs paquets opaques et des bouteilles d'alcool.

— Cybèle !? s'étonna-t-il en se tournant vers elle. Je croyais que tu détestais venir ici. T'es vachement belle aujourd'hui, t'es même canon !

Elle fut chagrinée de constater que son visage s'était encore dégradé depuis sa dernière visite. Grisâtre, cerné, creusé, il avait perdu tout le charme qui l'habitait jadis.

Gimi se leva et l'embrassa sur la joue avec une assurance qu'elle devina artificielle.

— Tu viens d'en prendre, réprouva-t-elle.

— Oh, Cybèle, ne me regarde pas de cette manière ! On dirait que tu vas me gronder comme si tu étais ma Romni. Je te rappelle que tu refuses de m'épouser, alors…

Elle soupira avec tristesse. Même si elle tentait de les étouffer, les sentiments qu'elle avait éprouvés par le passé étaient toujours présents dans un coin de son cœur. En s'essayant à la cocaïne, Gimi avait anéanti tous leurs projets d'avenir commun. Le père de Cybèle n'accepterait jamais de prendre pour gendre un dealer.

— J'aurais besoin que tu me rendes un service, avoua la jeune fille en lui serrant la main, j'aimerais t'emprunter quatre cents lei.

Il écarquilla les yeux avec surprise. À chaque fois qu'il lui avait proposé quelques billets, elle avait toujours refusé.

— Je te connais, Cybi, pour que tu me demandes de l'argent, tu dois avoir de gros problèmes.

L'adolescente baissa le menton.

— Mon père et mon frère sont à Paris mais ils ne donnent plus de nouvelles depuis un mois. Je dois me rendre là-bas pour les trouver.

— À Paris ? Toute seule ? C'est beaucoup trop dangereux. Tu es une jolie fille. Tu risques de te perdre et des hommes vont te…

— Ma mère doit rester ici, elle allaite encore ma sœur. J'ai l'intention d'aller à Bugrassot pour demander de l'aide à ma tante et à mon oncle.

Gimi Caschku fronça les sourcils.

— Pourquoi tu ne les appelles pas directement ?

Il sortit de sa poche un smartphone flambant neuf qui puait l'argent sale.

Cybèle s'énerva.

— À quel numéro? Tout le monde n'a pas les moyens de s'acheter un téléphone!

— Calme-toi, Cybi, c'était une simple question. Tiens!

Il ouvrit le tiroir d'une commode en bois et en sortit un paquet de billets jaunes qu'il lui tendit de bon gré.

— Tu es sûr? Je te remb…

— Je ne veux pas que tu me rembourses. Je tiens à toi, Cybèle. Je vais arrêter la coke! Je te jure que je vais arrêter.

Gimi n'avait pas l'air de s'en souvenir, mais il lui avait déjà fait cette promesse plusieurs fois, sans rien entreprendre en ce sens. À vrai dire, Cybèle avait depuis longtemps renoncé à attendre un changement de sa part. Ils avaient été amoureux et peut-être s'aimaient-ils encore, mais cela ne suffirait pas à recoller les morceaux.

— Je dois partir, annonça-t-elle en se dirigeant vers la porte.

— Tu ne veux même pas m'embrasser?

Elle le scruta, chamboulée.

À quoi bon? Et pourtant…

Nostalgique, elle déposa un rapide baiser sur sa joue, puis s'en alla très vite, de peur de raviver ses souvenirs amoureux.

23

23 juillet, Bugrassot, France

— Une maison-container, c'est toujours mieux que rien.

Simona se faisait cette réflexion à chaque fois qu'elle regardait le cube de métal qui était devenu son nouveau « chez-soi » le 1er juin, date de leur « déménagement » du Petit Bois. Escortées par quelques policiers commandés par Mme Claudette, Simona et sa famille avaient posé leurs valises sur un *platz* en marge de la ville spécialement conçu pour les Roms. Les *gadjé* l'appelaient « village d'insertion » mais ce n'était pas vraiment un village : un grillage enclavait les lieux gardés vingt-quatre heures sur vingt-quatre par un vigile. Malgré tout, Simona et sa famille avaient un toit : la tôle brûlante du container aménagé de quatorze mètres carrés comme on en trouve sur certains chantiers de construction. Comparé aux belles maisons que construisaient certains Roms en Roumanie, le confort était sommaire, mais Simona vivait pour la première fois dans un logement avec une kitchenette et des sanitaires, le tout pour une participation financière symbolique de trente euros par mois.

— Travaille bien, mon Rom.

Après l'avoir embrassée sur la joue, son mari monta dans la navette qui s'éloigna à travers les champs de blé.

Tous les matins avait lieu le même rituel : Cristi et d'autres Roms du *platz* s'en allaient au centre-ville pour construire quelque chose qui s'appelait le « profet projessionnel ». Pendant ce temps, les enfants du terrain s'adonnaient à des activités « pégodagiques » avec des « écudateurs ». L'après-midi, c'était au tour de Simona de remplir sa part du contrat en suivant les cours intensifs de français dispensés par une formatrice roumaine. L'apprentissage était long et laborieux, d'autant plus que Simona s'emmêlait sans cesse les pinceaux entre les consonnes. Toutefois, pour avoir le droit d'habiter dans le « village », chacun devait se plier au règlement que Mme Claudette leur avait imposé.

— Plus personne ne doit mendier ni fouiller les poubelles ! avait exigé la *gadji* de la mairie.

Bien sûr, Simona et d'autres femmes le faisaient encore de temps en temps quand les colis alimentaires de la Croix-Rouge ne suffisaient pas à finir la semaine…

Alors que les enfants venaient d'entrer dans le containerécole, Simona finit d'étendre son linge sur un fil tiré entre deux poteaux. Elle avait lavé les vêtements dans la « chine à laver » du container numéro 6 et pour la première fois depuis son arrivée sur le *platz*, la Romni n'avait pas eu peur ! Il faut dire qu'à la première rencontre, Simona avait eu du mal à faire confiance à la « chine ». Avec sa gueule béante métallique, la créature donnait l'impression qu'elle allait broyer les vêtements et les avaler tout rond dans son gosier de tuyaux. Puis au fil des lavages, Simona s'était habituée à ne plus laver ses vêtements dans le canal, rapidement séduite par le miracle de l'eau courante et du courant électrique.

— Bonjour, Simona ! Tout va bien ?

En tournée sur le *platz*, l'équipe de Médecins du monde venait s'assurer qu'elle n'avait besoin de rien.

— Vie très belle, répondit la Romni.

Dès que les *gadjé* s'éloignèrent, elle se prépara un café et s'assit sur une chaise en plastique devant sa « maison ». Avec le soleil montant, l'intérieur se transformait déjà en fournaise et elle préférait de loin passer ses journées à l'extérieur.

La tasse au bord des lèvres, Simona observa un instant le décor drapé de métal et de béton qui lui faisait regretter la végétation sauvage du Petit Bois. Porté par de lointains souvenirs, son esprit s'égara ensuite dans les horizons verdoyants de sa Roumanie natale, ses champs de tournesols à perte de vue et ses majestueuses forêts de hêtres, de chênes et de peupliers où elle vagabondait avec son frère Djino.

À Undeva, ils étaient pauvres. Pauvres et pourtant si libres…

— Une maison-container, c'est toujours mieux que rien, répéta solennellement la Romni avant d'avaler une gorgée brûlante de café.

Cinq minutes plus tard, elle eut une nouvelle visite.

*

Simona écarquilla ses yeux de jais.

— Cybèle ? Que fais-tu là ? Je te croyais en Roumanie !

— J'ai pris le bus pour revenir en France, un ami m'a acheté le billet.

— Tu es venue toute seule ?

Sa nièce hocha la tête, un sac sur le dos.

Aux traits tirés de son visage, Simona comprit qu'elle avait toujours en travers de la gorge ce qui s'était passé au mois de mai. Sa réaction était compréhensible : quand le Petit Bois avait été démantelé, Simona avait tourné le dos à sa propre famille pour obtenir une place dans le village d'insertion. Néanmoins, elle avait pris cette décision à contrecœur, ne trouvant pas le courage de faire autrement face aux pressions des *gadjé* de la mairie.

Après l'avoir débarrassée de ses affaires, Simona tenta de se faire pardonner en la serrant dans ses bras. Crispée, l'adolescente se laissa étreindre sans manifester aucun enthousiasme.

— Cybi, je voulais m'excuser pour…

— Je ne suis pas venue pour ça, Tata. Je dois te parler sérieusement.

— Assieds-toi, tu as l'air épuisée.

Simona disparut dans la cuisine où elle prépara un verre de Coca-Cola frais et des petits gâteaux tirés du colis alimentaire de la Croix-Rouge. Quand elle revint, sa nièce scrutait le container de long en large, le visage sombre.

— Quand Papa m'a dit que vous alliez avoir un logement, je n'imaginais pas que ce serait une boîte en métal, lâcha-t-elle avec une pointe de cynisme. Je n'imaginais pas non plus que votre nouveau « village » serait entouré de grillages et surveillé par un gardien. En fait, cet endroit me fait penser à une prison.

Simona déposa son plateau sur un bout de tronc d'arbre en soupirant. La même réflexion avait traversé son esprit lorsqu'elle était entrée pour la première fois dans l'espace d'insertion.

— Tu as raison, ce n'est pas exactement ce que nous espérions, mais la *gadji* de la mairie nous a assuré que cette situation serait provisoire. Nous avons signé un contrat : si nous le respectons, nous aurons droit à un vrai appartement.

Cybèle planta son regard dans le sien.

— Combien de temps ça prendra ?

— Ils nous ont dit deux ou trois ans.

— Deux ou trois ans, ça vous laisse le temps de mourir deux ou trois fois, commenta l'adolescente.

Le ton était donné. Désarçonnée, Simona dut faire un effort pour ne pas déglutir. Si elle avait sous-estimé la colère de sa nièce, elle savait au fond d'elle-même qu'elle était parfaitement justifiée.

— Tu ne m'as pas dit pourquoi tu es revenue en France, fit-elle remarquer d'une voix douce en espérant attirer ses faveurs.

À son grand soulagement, les traits de Cybèle se pacifièrent, mais son visage se couvrit aussitôt d'une expression non moins inquiétante : celle d'une sourde crainte impossible à apaiser.

— Quand Papa est parti à Paris avec Darius, il a promis de nous appeler toutes les semaines avec le portable d'un ami. Pourtant, il ne nous donne aucune nouvelle depuis un mois…

— Depuis un mois ? répéta Simona avec étonnement.

— Mama et moi avons très peur qu'il soit arrivé un malheur.

— Je comprends que vous soyez inquiètes mais il a peut-être eu un problème de téléphone.

— Non, j'ai tiré les cartes du tarot : Papa et Darius ont de gros ennuis.

Simona soupira. Bien qu'elle ait été élevée par une mère *drabarni*, elle se méfiait de la cartomancie. Enfant, elle avait grandi avec le mépris de ceux qui accusaient sa mère de charlatanisme. Et même si elle n'avait jamais douté de sa bonne foi, elle avait progressivement pris ses distances avec la « magie tsigane ». Par contre, Cybèle avait toujours été séduite par les pratiques occultes. Dès son plus jeune âge, elle avait passé ses soirées sur les genoux de sa grand-mère, à écouter avec passion ses récits de sorcellerie et de guérisons miraculeuses. Par moments, leur proximité avait rendu jalouse Simona. Pourquoi n'avait-elle jamais réussi à se sentir proche de sa mère ?

La voix de Cybèle la ramena à la réalité.

— Nous devons encore cinq cents euros au Camatar, il nous a donné dix jours pour le rembourser. Alors je sais que vous n'avez pas d'argent, et Mama et moi n'avons pas l'intention de vous en demander. J'aimerais seulement que Tonton m'accompagne à Paris pour que je puisse retrouver mon père.

— À Paris ? s'exclama Simona, mais enfin, Cybi, ton oncle ne peut pas t'y emmener !

Face à la mine déconfite de sa nièce, la Romni redoubla de culpabilité. Elle n'avait même pas pris le temps de réfléchir avant de lui donner sa réponse. Les mots étaient sortis tout seuls, fulgurants, évidents. Surtout, elle s'était surprise à ressentir un soupçon de malin plaisir à lui adresser ce refus, comme une sorte de revanche personnelle.

— Tu sais que nous n'avons pas de véhicule, se justifia-t-elle avec gêne, et Tonton Cristi suit une formation, il doit absolument honorer le contrat, sinon nous devrons quitter le village.

— Et toi ?

— Moi je dois m'occuper de tes cousins et assister aux cours de français. Je suis vraiment désolée, mais nous ne pouvons pas quitter ce *platz*. Peut-être que quelqu'un d'autre pourrait t'accompagner…

Cybèle ne parvint plus à cacher sa rancœur. Son visage pointu se raidit comme un vieil élastique et elle fixa sa tante de ses yeux noirs furieux.

— Je m'en doutais. Mama a eu tort de penser que vous nous viendriez en aide. Vous ne voyez que votre assiette !

Elle attrapa son sac en se repassant le film des dernières années. Simona et Cristi n'avaient eu qu'un mot à la bouche, emprunté aux discours des politiciens qui rêvaient d'une nation « unie » : intégration ! Acquérir un logement et un travail, se fondre dans la masse des *gadjé*, oublier même qu'un jour ils aient été tsiganes. Voilà qui résumait bien l'ambition de Simona et de Cristi.

— Cybi…

Cybèle était déjà en train de s'éloigner en bouillonnant de colère.

— Cybi, attends ! Où est-ce que tu vas ?

— Là où vous ne serez pas !

Sans même dire au revoir à sa tante, l'adolescente attrapa son sac usé et quitta ce *platz* de malheur.

24

2 juin, France

Django avait été très sage.

Deux heures s'étaient déjà écoulées et il avait occupé son temps à faire des allers-retours dans la boîte à chaussures que Darius avait percée pour laisser circuler l'air. Pour éviter que Django ne coasse, l'enfant lui avait chanté une berceuse en romani. Mais Django ne s'était pas endormi. Il avait gardé ses deux yeux globuleux ouverts, même si son corps mi-calleux mi-flasque était de plus en plus ramollo. Depuis une vingtaine de minutes, ses petites pattes s'étaient affaissées et il fixait désespérément le carton de sa boîte vide comme s'il n'allait plus jamais en sortir.

— Rassure-toi, mon pote, on est bientôt arrivés.

Django ne répondit rien, comme à son habitude. C'était la première fois que Darius avait un copain si peu bavard. Pourtant, l'enfant sentait que Django était déjà gagné par le mal du pays. Pour cause, quitter Bugrassot pour Paris devait être un grand changement dans la vie d'un crapaud.

— Je sais ce que tu ressens, moi aussi j'ai dû laisser ma maison ! Mais on sera bien tous les deux. Tu dormiras dans ma cabane et ensuite on te trouvera une amoureuse. Il y a plein de jolies filles à Paris…

— Tu causes tout seul ?

L'espace d'une seconde, Darius pensa que Django s'était enfin décidé à parler, mais il déchanta rapidement en réalisant que c'était juste la voix de son père assis sur le siège d'à côté. Depuis qu'ils avaient quitté Bugrassot, il avait dormi à poings fermés.

— Non, je discute avec mon copain Django, répondit le garçon, il a mauvaise mine.

Djino se pencha au-dessus de la boîte entrouverte et observa l'animal olivâtre que son fils trimbalait depuis quinze jours.

— Il a chaud.

— Ah bon ?

— Oui, il est tout sec !

Sans prêter attention aux regards inquisiteurs des passagers du bus, Darius ouvrit sa bouteille d'eau et en versa sur Django.

— Il a déjà l'air mieux. Merci, Papa.

— De rien, mon fils.

— Maintenant que tu es réveillé, je peux te poser une question ?

— Bien sûr.

— Est-ce que Cybèle est fâchée contre toi ?

Djino prit une bonne inspiration. Il aurait mieux fait de continuer sa sieste.

— Non, mon bonhomme, ne t'inquiète pas.

— Mais Cybèle avait l'air fâchée !

— Ta sœur avait simplement envie de retourner en Roumanie.

— Elle va rester là-bas ?

— Pas très longtemps. Elle nous rejoindra bientôt à Paris avec ta mère et Duda.

Django se mit à coasser : lui aussi trouvait ça louche ! Même si Darius n'avait que neuf ans, il était loin de gober tout ce que disaient les adultes. Il savait par exemple que ses parents devaient beaucoup d'argent à cet homme que tout le monde appelait le Camatar. Sans compter qu'ils avaient donné trente euros au couple de Roms qui avait reconduit sa sœur à Fara Vitor !

Vers six heures du matin, le bus entra dans la capitale, bien avant que des hordes de piétons ne prennent possession des trottoirs.

Darius colla aussitôt son nez contre la vitre et regarda avec stupéfaction cette ville dont il avait tant entendu parler en Roumanie. Paris : l'avenir, l'espoir. L'enfant n'avait jamais vu une agglomération aussi grande et des bâtiments aussi beaux.

— Regarde, Papa, il y a une énorme rivière ! On va pouvoir pêcher !

Darius avait aperçu la Seine ondulant comme une couleuvre. Cette vision lui rappela les journées de pêche avec son grand-père paternel au bord de la Bistrita dorée. Étant donné la taille de cette « rivière », il allait sans doute attraper de gigantesques poissons que son père et lui feraient griller sur un feu de bois.

Tout à coup, le moteur du bus s'éteignit. Ils étaient enfin arrivés !

— Viens, Darius, on doit retrouver Nanosh.

25

23 juillet, Bugrassot, France

Lina avait passé sa matinée scotchée à l'écran de sa tablette tactile. Le mois d'août pointait le bout de son nez et déjà se profilait une laborieuse remise en question qu'elle traînait derrière elle comme une chaîne de fer à chaque fois qu'elle récitait l'histoire des comtes de Bugrassot aux touristes chinois en quête de dépaysement.

Jouer la guide touristique n'était pas sa vocation. Pas plus que le commerce international, même si sa parfaite maîtrise de cinq langues lui amenait sur un plateau une place en or dans n'importe quelle multinationale. Lina ne se voyait pas non plus occuper son quotidien en donnant des cours particuliers comme elle l'avait fait durant plusieurs mois après son retour de Chine. Depuis, un an s'était écoulé et elle avait maintenant le sentiment que sa vie était entachée d'un manque, d'un flottement, d'un grand point d'interrogation qui clignotait comme un warning à chaque fois qu'elle essayait de se projeter dans l'avenir.

Pour combler ce vide vertigineux, Lina piochait de vagues perspectives sur Internet. Deux sites accaparaient son attention : cherche-un-job et cherche-un-mec. D'un côté, la jeune femme était en quête d'un emploi dont elle n'arrivait même pas à définir les contours. De l'autre, elle se risquait à chercher un prince charmant auquel elle n'avait jamais cru. Et alors qu'elle basculait de l'un à l'autre en attendant qu'advienne un miracle, ce qu'elle trouvait sur la Toile était à la hauteur de son dépit :

« Ding ! Cherche-un-job.com a trouvé le job de vos rêves : vendeur parlant mandarin pour groupe de distribution de produits horlogers. CDD temps partiel non reconductible. SMIC horaire. » Incroyable !

« Ding ! Vous avez un message de bogoss-musclé-du-59. Souhaitez-vous répondre à son invitation ? »

Lina éteignit sur-le-champ sa tablette, de peur d'atrophier le peu de neurones qui acceptaient encore de la soutenir dans ce joyeux bazar en ligne.

Après avoir englouti une assiette de haricots verts au tofu, elle prépara sa tenue de bénévole des Blouses roses comme chaque jeudi après-midi. L'association œuvrait dans deux secteurs : la pédiatrie et les maisons de retraite. Or depuis son retour de Chine, Lina avait délaissé les enfants malades pour ceux qui semblaient attendre le grand soupir à l'écart de la société et qu'elle appelait avec humour « ses papis » et « ses mamies ». Avec toute la joie de vivre que requiert une telle mission, elle aidait l'animatrice de l'établissement Les Beaux Jours à organiser des ateliers de jardinage, de bricolage et de karaoké. Autant dire qu'en quelques mois, Lina était devenue une experte en tricot, en chansons de Georges Brassens et en rempotage de géraniums.

Mais quand Lina ferma la porte du bâtiment, prête à rejoindre la maison de retraite, un visage familier l'attendait au pied de son immeuble.

— Cybèle ?

Sa longue tresse à moitié défaite, l'adolescente était assise sur le trottoir comme la première fois où Lina l'avait aperçue, deux mois plus tôt.

— Je ne pensais pas te revoir !

La jeune fille sembla gênée.

— Je l'étais retourner en Roumanie.

— C'est ce que j'ai pensé, mais je me suis fait beaucoup de souci pour toi et ta famille.

Lina posa son sac et s'assit à côté d'elle. À la fin du mois de mai, Cybèle et ses proches s'étaient tout bonnement éclipsés de Bugrassot : du jour au lendemain, sans aucun adieu. L'inquiétude avait poussé Lina à ratisser plusieurs fois les rues de la ville, en vain. Puis Marc l'avait convaincue d'arrêter de se faire du mouron en imaginant le pire. « Tu n'es pas responsable de la vie des autres », avait-il proféré tout en prenant son bain, la porte grande ouverte sur la baignoire remplie de mousse. Ce jour-là, Lina avait enfin consenti à lâcher prise ; alors revoir le visage de Cybèle lui procurait une étrange impression composée à la fois d'appréhension et de soulagement.

— Ton père et Darius sont avec toi ? demanda-t-elle en sondant le fond de l'impasse.

Elle n'aperçut rien de plus que les trois bennes à ordures et un ignoble essaim de mouches tourbillonnant dans l'air tiède.

— Non. La madame Lina, tu es la gentille personne.

La jeune femme fronça les sourcils. Une réponse aussi inappropriée et flatteuse n'augurait rien de bon. D'ailleurs, le teint de Cybèle semblait anormalement pâle et de longs cernes violacés enténébraient ses yeux.

— Tu es toute seule ?

— Oncle et tante pas vouloir m'aider.

— Ceux qui habitaient au Petit Bois ? Pourquoi voudrais-tu qu'ils t'aident ?

Cybèle desserra les lèvres pour répondre mais sa mâchoire se mit à trembler doucement, sans bruit, comme une feuille froissée par le zéphyr. Elle saisit le foulard qui ornait son cou et enfouit son menton à l'intérieur, sans doute pour dissimuler des émotions qu'elle jugeait honteux de montrer. Malgré tout, Lina n'était pas dupe. Depuis la mort de sa mère, elle avait enduré tant de douleurs en silence qu'elle était maintenant capable de déceler toutes les peines, y compris les plus secrètes.

Elle posa doucement une main sur l'épaule de Cybèle pour l'inviter à parler.

À sa grande surprise, l'adolescente fondit en larmes.

26

23 juillet, Bugrassot, France

Cybèle n'était jamais entrée dans la « maison » d'un *gadjo*. La seule fois où elle en avait eu un aperçu, c'était lorsque la maîtresse d'Undeva l'avait fait attendre sur son palier, le temps d'aller chercher le dictionnaire français-roumain que l'adolescente n'avait plus quitté depuis. Ce jour-là, Cybèle avait été subjuguée par l'intérieur incroyablement propre aux meubles aussi brillants que du miel. Un pan entier de mur était recouvert d'étagères sur lesquelles se pavanaient une multitude de vieux livres qu'elle aurait rêvé d'ouvrir.

L'appartement de Lina était encore plus étonnant avec ses objets alambiqués et ses larges posters muraux aux formes géométriques insondables. « De l'art abstrait », avait expliqué la *gadji* aux cheveux de blé sans que Cybèle comprenne le sens et l'intérêt d'une telle décoration. Pendant que son hôte préparait du café, elle avait observé le salon et son coin cuisine avec une curiosité enfantine. Cette pièce lui paraissait très grande. Combien de personnes y dormaient ? Au moins six ou sept selon son estimation… et pourtant, Cybèle n'y relevait pas un seul matelas, juste cet étroit canapé sur lequel elle était assise. Parallèlement, l'adolescente n'avait aperçu aucun tapis, aucune nappe, aucune broderie comme dans les maisons tsiganes. « Un sol dépourvu de tapis est comme un corps sans vêtement ou un plat de *sarmale* sans chou », avait proféré sa mère. Sans doute aurait-elle été étonnée en voyant toutes ces ampoules aux quatre coins des murs… Les *gadjé* avaient-ils à ce point besoin de lumière ? Avaient-ils peur de la nuit ?

— Tu te sens mieux ? demanda Cheveux-de-Blé en déposant deux tasses de café et du chocolat sur la table basse.

Cybèle hocha la tête, peu habituée à autant de sollicitude.

— Donc si je reprends depuis le début, Djino et Darius sont partis à Paris le 2 juin dernier, et toi tu es retournée en Roumanie ?

— *Da.*

— Quand ton père t'a-t-il téléphoné la dernière fois ?

— 26 *iunie*, juin.

— D'accord. Et où dormait-il à Paris ?

L'adolescente ouvrit son sac et en sortit un bout de papier plié avec soin. Y figurait l'adresse du *platz* où son père et Darius avaient posé leur bagage presque deux mois auparavant. Elle expliqua qu'ils avaient rejoint un vieil ami roumain qui habitait sur un terrain occupé par des Roms.

— Ce n'est pas à Paris, fit remarquer Lina en déchiffrant les lettres, c'est en Seine-Saint-Denis.

Elle attrapa une fine boîte rectangulaire qui ressemblait à un téléphone géant et commença à tapoter sur l'écran en faisant défiler tout un tas de signes et d'images. Éberluée, Cybèle l'observa faire, jusqu'à ce qu'elle lui tende le mystérieux gadget pour lui montrer un plan.

— Regarde, la route de la Gare est juste ici, près de la station de métro Lavoisier.

— Métro ?

La jeune fille n'avait pas la moindre idée de ce qu'était une « station », un « métro » ou un « Lavoisier ».

— Oui, c'est une sorte de train. Tu vois ce que c'est, un train ?

— *Daaaaa!* Tchuu tchuuu ! s'exclama Cybèle pour lui montrer qu'elle avait compris.

Mais Lina n'eut pas l'air convaincue. Elle la dévisagea avec inquiétude, en se demandant comment elle pourrait s'en sortir si elle était lâchée toute seule dans le département du 93.

À cet instant, une porte s'ouvrit au fond de l'appartement et un homme démesurément noir entra dans le salon, vêtu d'une longue blouse rose et poilue sur laquelle était écrit « Hello Kitty ».

— J'ai cru entendre un train ! lâcha-t-il en bâillant comme un ours.

— Je te présente Marc, il habite ici, avec moi, lui dit Lina sans détacher son regard de l'écran.

Quand le *gadjo* la salua d'une main hésitante, les yeux exorbités, l'adolescente se demanda si elle devait rire ou prendre la fuite, tant il lui parut bizarre. Une peau sombre, un accoutrement digne du carnaval, des nattes très mal tressées… Pourquoi essayait-il de ressembler à une femme ?

Lina tapota le bras de Cybèle pour attirer son attention :

— Je suis en train de regarder les horaires des TER jusqu'à Paris-Nord. Il y en a toutes les heures et ce n'est vraiment pas cher. Ensuite, il suffit de prendre un métro.

Encore une fois, Cybèle ne comprit pas un mot de ce charabia.

— Je pourrais t'accompagner.

— Tu veux l'accompagner où ? questionna Marc en sortant de sa torpeur.

— En Seine-Saint-Denis, jusqu'au bidonville de son père.

— Tu plaisantes ?

— Non. Il y en a pour maximum deux heures et demie. Je peux facilement faire l'aller-retour.

En voyant la stupeur qui frappa son visage, Cybèle se demanda s'il n'allait pas tomber en syncope. D'un geste théâtral, il tapota son large front pour enlever une sueur invisible.

— Lina…

La *gadji* l'arrêta aussitôt d'un regard réprobateur :

— Ah non ! Pas aujourd'hui ! Je sais que je ne peux pas sauver la terre entière, mère Teresa, Mary Poppins, et tout le tralala… Mais sous prétexte qu'on ne peut pas aider tout le monde, personne n'aide plus personne !

Elle lui avait rabattu son caquet.

— Bonne journée ! susurra prudemment le phénomène avant de retourner dans son antre.

Même si elle n'avait pas tout compris, Cybèle s'autorisa à rire.

— Toi l'es un dragon ! s'exclama-t-elle, impressionnée.

— Je sais… Tu es prête pour prendre le tchu tchu ?

27

2 juin, Paris, France

Le bus s'était arrêté sur un petit parking à côté de la gare d'Austerlitz.

Sa boîte à chaussures sous le bras, l'enfant descendit les marches en réalisant qu'il n'avait qu'un vague souvenir de l'ami de son père. Nanosh Coloji avait habité la troisième maison du quartier rom d'Undeva, du temps où personne n'avait encore vu de bulldozer. Aussi bambochard qu'ivrogne, il était un adepte de la *țuica*, une eau-de-vie qu'il fabriquait lui-même dans son alambic à partir de mirabelles ramassées au bord des routes. Au village, la *țuica* faisait danser les Roms sur les tables au son de l'accordéon. Nanosh en buvait tellement que les autres l'avaient surnommé « Meurt-de-Soif ». D'ailleurs, Meurt-de-Soif avait trop soif pour partager son breuvage : Darius se souvenait qu'un soir, il lui avait cassé les pieds pour qu'il le laisse tremper les lèvres dans son verre, ce qu'il avait catégoriquement refusé. Pour se venger, Darius avait attendu un jour de pluie pour badigeonner sa porte avec de la bouse de mouton. Bizarrement, Nanosh avait quitté la Roumanie une semaine plus tard et l'enfant s'était longtemps demandé s'il n'en était pas responsable.

— Tu viens ou tu attends qu'un bus t'écrase ?

Quand Darius sortit de sa rêverie, il réalisa que son père se dirigeait vers un coin du parking où Meurt-de-Soif lui faisait signe. En cinq ans, son allure n'avait pas changé : grand chapeau brun décousu, moustache tombante. Peut-être avait-il perdu quelques dents car sa bouche rappelait les touches d'un vieux piano.

— Djino, mon cousin ! Quel plaisir de te revoir.

Darius les observa s'adresser des tapes amicales sur l'épaule en procédant aux sempiternelles salutations qu'exigeait la tradition. L'enfant avait toujours détesté ce moment où, dans un souci de politesse, les adultes se sentaient obligés d'énumérer l'intégralité de l'arbre généalogique de leur interlocuteur : « Comment va ta Romni ? Et ta sœur ? Et ta fille ? Toujours aussi jolie ? Que ton fils a grandi ! Et ta mère ? Et ton chat… Que Dieu leur apporte bonheur et santé ! »

— Et toi, Django ? Comment vont ta mère, tes cousins, ton oncle ? Toujours aussi baveux ? murmura l'enfant à son crapaud en attendant que les adultes changent de disque.

— Venez, lança enfin Meurt-de-Soif, mon cousin va nous conduire au Chemin de Fer !

Ils marchèrent en direction d'un vieux tacot rouillé conduit par un homme tatoué avec une cigarette au bec.

Pendant le trajet, Nanosh parla si fort que Darius en eut mal aux oreilles. Il leur décrivit le Chemin de

Fer, un *platz* de Roms roumains qui s'était formé le long d'une ancienne voie ferrée. Comme Meurt-de-Soif était apprécié du *bulibasa*, il l'avait convaincu d'accueillir Djino et son fils à la suite d'une famille qui venait de regagner la Roumanie. Selon lui, les places étaient très prisées sur ce « campement » car les habitants étaient fortement soutenus par une association locale.

— Tu verras, comparé à d'autres endroits, c'est un petit paradis ! annonça-t-il avec la même excitation qu'une puce tombée dans un chenil.

Mais alors qu'ils traversaient la capitale, les beaux édifices haussmanniens furent soudainement remplacés par des bâtiments plus fades aux façades défraîchies. Les graffitis se multiplièrent, tout autant que les tours et les barres lugubres sans charme ni balcon.

Intérieurement, Darius compara ce décor aux trois blocs gris et ternes qui formaient son *platz* à Fara Vitor. Aux dires de son oncle maternel, il s'agissait d'anciens habitats collectifs construits à l'époque communiste.

— Est-ce qu'ici aussi, il y a eu Ceaușescu ? demanda l'enfant en se tournant vers son père.

À l'avant du véhicule, Nanosh pouffa de rire.

— Il connaît Ceaușescu ?

— Tout le monde connaît le Camarade ! s'offusqua Darius. Il a offert des emplois aux Roms, c'est Tonton qui me l'a dit.

— Ah bon ? Et est-ce que ton Tonton t'a dit que Ceaușescu obligeait les Roms à abandonner leur culture ? À délaisser les métiers traditionnels ? À renoncer à leur vie de nomades ? Est-ce que ton Tonton t'a raconté comment le Conducator confisquait les bijoux des Romnis et plaçait leurs enfants dans des orphelinats où ils tombaient malades ?

Darius jeta un œil soucieux vers son père.

— C'est vrai, Papa ?

— Darius n'a pas l'âge pour parler politique, trancha Djino en tapotant la tempe de son fils.

Le véhicule roula encore dix minutes sur des routes de plus en plus austères, puis l'enfant commença sérieusement à s'impatienter.

— Pourquoi on doit rouler si loin ? demanda-t-il en donnant des coups de pied dans le siège de Nanosh.

— Parce que le Chemin de Fer n'est pas situé dans Paris mais dans la périphérie.

— Quoi ? On n'habitera même pas à Paris ?

Darius souffla de mécontentement en se rappelant les belles descriptions de Cybèle. Adieu la capitale et sa majestueuse tour Eiffel. Adieu les parties de pêche dans la Seine…

Vers sept heures du matin, ils posèrent leur maigre valise dans leur nouveau lieu de vie : un énième bidonville au pied d'un HLM.

28

23 juillet, France

Le train filait dans la plaine depuis une demi-heure déjà, sciant l'espace et le silence d'une nature abondante et paisible, brodée de prairies, de forêts et de rochers mousseux. Au loin, un vieux moulin à vent déployait ses ailes tranchantes, depuis longtemps désœuvrées.

Bien qu'elle ait grandi en Alsace, Lina connaissait parfaitement les paysages du Nord. De temps à autre, lorsque le besoin de quiétude se faisait trop pressant, la jeune femme quittait Bugrassot le temps d'une journée pour se réfugier dans ce panorama splendide où elle randonnait plusieurs heures. Elle traversait alors de petits villages médiévaux et leurs églises fortifiées, croisait la route de blockhaus ou autres vestiges de la Grande Guerre. Surtout, elle passait des heures à marcher le long de tortueux ruisseaux, jalonnés de grottes aux lignes fantasmagoriques.

Bercée par le son que déversaient ses écouteurs, Lina jeta discrètement un œil sur Cybèle qui contemplait le paysage, appuyée contre la vitre du train. Les traits de l'adolescente étaient tendus, rigides, masquant toute la finesse d'un visage délicat et hâlé. Rouillées par endroits, ses boucles d'oreilles dorées lui donnaient un côté Esmeralda que venait rehausser le châle violet tombant sur ses frêles épaules.

— Pourquoi tu ne portes pas ton foulard par-dessus tes cheveux comme les autres femmes roms ? lui demanda soudainement Lina en retirant ses écouteurs.

Cybèle grimaça plusieurs secondes avant de comprendre la question.

— Ah, les Romnis ! Je ne suis pas encore de mariage. Le *diklo* est pour les femmes mariées.

— C'est obligatoire ?

Cybèle ouvrit son sac en tissu et en sortit son vieux dictionnaire français-roumain dans lequel elle chercha un mot.

— Changer selon familles, répondit-elle quand elle eut trouvé, toi l'es mari ?

— Non, je n'ai pas de mari.

— Amoureux ?

— Non plus.

— Marc pas l'amoureux ?

Lina éclata de rire.

— Marc ? Non, c'est mon meilleur ami. En plus, il aime les hommes.

— *Ce?* L'aime les hommes ?

— Oui. Parfois, des hommes aiment des hommes et des femmes aiment des femmes.

L'adolescente écarquilla les yeux. Cette remarque la laissait profondément dubitative.

— Et toi, tu as un amoureux?

— *Nuuuu!* répondit-elle en gloussant, mais bientôt l'aimerais bien. Toi l'aimerais bien?

— Je n'en sais rien.

Au ton dépité de la jeune femme, Cybèle comprit que cette question la dérangeait. Pour cause : aussi longtemps qu'elle se souvenait, Lina avait toujours détesté les romances. Elle évitait scrupuleusement de tomber amoureuse, peut-être par crainte d'être lâchement abandonnée par un homme comme l'avait fait son père à sa naissance. C'était en tout cas l'hypothèse du psychiatre qui l'avait suivie après son voyage d'études.

La seule fois où la jeune femme avait ressenti une vague impression qui ressemblait à un sentiment, elle avait été considérablement déçue. La flamme était née un soir en Chine, où un élan soudain l'avait poussée dans les bras protecteurs du séduisant Thomas Mesli. Dans un hôtel misérable de banlieue, ils avaient passé une nuit sulfureuse et ardente, durant laquelle leurs deux corps avaient crépité en parfaite harmonie. Malheureusement, les braises s'étaient éteintes dès le petit matin sous des giboulées de sang. Depuis leur dernier échange téléphonique, en février 2013, Lina avait ignoré tous ses appels.

— À ton avis, pourquoi ton père ne donne pas de nouvelles? demanda-t-elle pour changer de sujet.

Cybèle haussa les épaules.

— Tata pense que problema de telefon.

Son ton indiquait qu'elle n'en croyait pas un mot.

*

Dès qu'elles descendirent du train à la gare du Nord, Lina consulta le plan des transports en commun qu'elle avait téléchargé sur son téléphone portable. Une fois leur itinéraire planifié, les deux femmes traversèrent le vaste hall, où de nombreux passants patientaient sur des bancs. Sous la gigantesque verrière éclairant le pôle d'échanges, elles attiraient les regards, peut-être en raison du contraste saisissant qu'offraient leurs deux silhouettes marchant côte à côte. Lina et son chignon doré évoquaient les collines ardentes du désert, à l'image de ses jambes lisses et interminables qu'elle ne se refusait pas à montrer. À l'opposé, Cybèle laissait tomber sa tresse noire sur le haut de sa chemise, sa longue jupe plissée de Tsigane ne dévoilant que pudiquement la pointe de ses pieds. Même si elle n'avait que seize ans, l'adolescente semblait aussi indomptable qu'audacieuse tant son regard de cendre soutenait avec assurance celui des autres voyageurs.

— Père joue de l'accordéon, le vouloir être musicien, dit-elle alors qu'elles passaient devant un piano mis à disposition du public.

Elle s'arrêta pour observer l'homme qui avait pris possession de l'instrument pour jouer la *Comptine d'un autre été* de Yann Tiersen.

— Et toi, quel métier t'intéresse? demanda Lina avec curiosité.

— Moi, le sais pas. Peut-être *drabarni*. Le *doctor* de les Roms. Ma Mami l'être *drabarni*. Guérir *multe* Roms.

Dans un français approximatif, elle lui expliqua que les *drabarni* étaient de puissantes guérisseuses qui avaient recours aux plantes et aux prières pour venir à bout des maladies. Douée dans cet art, sa grand-mère lui avait également appris à deviner l'avenir en tirant les cartes du tarot. C'est par ce biais que Cybèle avait décelé des éléments inquiétants sur le silence de son père.

Alors qu'elles s'engouffraient dans une rame de métro baignée d'odeurs de transpiration et de tabac, Lina ne put s'empêcher de cogiter sur cette histoire de présage. S'était-elle montrée trop optimiste en imaginant qu'un simple aller-retour suffirait à régler le problème de Cybèle ? Que découvriraient-elles sur place ? Surtout, que feraient-elles si elles ne trouvaient pas Djino et Darius ?

À leur arrivée en Seine-Saint-Denis, dans l'ombre d'une frondaison de barres HLM aussi négligées que vilaines, son pressentiment s'accentua.

Quand trente minutes plus tard elles mirent enfin les pieds au 46, route de la Gare, un sentiment d'angoisse l'envahit.

Là, aux portes d'une cité, elles tombèrent nez à nez avec ce qui semblait être le fantôme d'un bidonville surmonté d'un grillage de fer.

Une étendue de cendres et de carcasses. Des milliers de débris calcinés.

29

22 juillet, Seine-Saint-Denis, France

Izzi Asanovski n'était pas un policier comme les autres. Déjà, parce qu'il était rom et qu'il était par conséquent le seul foutu flic rom de ce pays. Ensuite, parce que, pour intégrer la brigade d'enquête du commissariat de circonscription, il avait dû bosser trois fois plus que ses collègues afin de prouver sa valeur.

En 1990, Izzi n'avait que cinq dents de lait quand ses parents étaient arrivés en France avec la première vague de migrants économiques roumains. À Bucarest, Nicolae Ceaușescu et son épouse venaient de passer l'arme à gauche, jugés « coupables de génocide » et fusillés en décembre 1989. À la chute du régime, beaucoup de Roms étaient partis tenter leur chance à l'Ouest : l'Allemagne, la Pologne, la France. Certains fuyaient les discriminations qui avaient explosé avec la fin du communisme, d'autres partaient faire des affaires en espérant devenir riches. Enfin, les familles les plus pauvres quittaient la Roumanie sans projet de retour, en vendant parfois tous leurs biens.

Izzi et ses parents appartenaient à cette dernière catégorie. Et en dépit des économies qu'ils avaient apportées avec eux en France, la rue avait été sa première demeure : des squats souvent insalubres en bordure de forêt ou sous des ponts routiers. L'enfance d'Izzi avait été ballottée entre les trottoirs sales et les bancs de l'école que ses parents l'obligeaient à fréquenter malgré le quotidien difficile. Après des années d'efforts et de débrouille, mais aussi grâce à une incroyable détermination à obtenir son bac, Izzi avait attendu patiemment sa majorité pour demander la nationalité française. Sa nouvelle carte d'identité en poche, il était devenu interprète assermenté en romani le temps de réussir le concours de gardien de la paix, sans doute pour ressembler au généreux policier qui avait bataillé pour le sortir de la rue lorsqu'il avait huit ans. Izzi n'oublierait jamais son prénom : Edgard, parce qu'il avait accueilli toute sa famille pendant un mois le temps de leur trouver une place dans un foyer d'hébergement. Quatre semaines… c'est tout ce qu'il avait fallu pour changer la vie du petit garçon qu'il était.

— Tu comptes y passer la nuit ? lui lança de sa grosse voix le lieutenant Nicolas Barbarin.

Son collègue patientait en fumant une cigarette, son large dos appuyé contre le grillage installé par la municipalité le lendemain de l'incendie.

— Laisse-moi encore une minute, répondit Izzi en tâchant de se concentrer.

Depuis un quart d'heure, le brigadier parcourait de long en large les résidus carbonisés du Chemin de Fer, sa belle gueule juvénile et hâlée gélifiée dans une pause méditative. N'en déplaise à son éminent confrère, il était sans doute l'enquêteur le plus minutieux du commissariat de circonscription. Il n'hésitait pas à passer de longues minutes en silence à examiner chaque détail, et ses collègues racontaient qu'il écoutait le vent lui souffler des indices. Pour se moquer, ils le surnommaient même « le Chaman romanichel » en simulant de ridicules prosternations.

— Izzi, ça fait six jours que tu tournes en rond.

— Je sais.

— Et tu ne veux pas lâcher l'affaire ?

— Toujours pas.

— Bon sang de bonsoir…

Au grand désarroi du lieutenant Barbarin, Izzi Asanovski refusait de croire que l'incendie du 16 juillet était accidentel. Le campement du Chemin de Fer était sujet à d'énormes tensions entre ses occupants – tous des Roms roumains – et leurs voisins de la cité Lavoisier. Dans les couloirs des barres HLM environnantes, de troublantes rumeurs bruissaient, laissant entendre que des hommes du quartier avaient mis le feu au bidonville après que le tribunal administratif avait rejeté la demande d'expulsion de la mairie. Avant l'audience, la plupart des habitants de la cité étaient persuadés que le juge délogerait enfin les Roms qui « pullulaient » au pied des tours. Contre l'avis général, ce dernier avait décidé l'inverse, estimant qu'un réel travail d'intégration était en cours grâce aux associations locales.

— Imagine, retenta Barbarin, imagine juste une seconde que le feu ait été causé par un accident domestique. Regarde, c'est parfaitement plausible :

toutes les baraques étaient en bois et les Roms allumaient des feux de camp pour cuire leurs grillades de blaireau. Entre nous, il suffit d'une braise et c'est le grand barbecue.

Izzi rejoignit son collègue en soupirant de dépit.

— Tu as d'autres clichés sous le coude ?

— De quels clichés tu parles ?

— Des grillades de blaireau.

— Pardon, mais c'est bien connu que les Roms mangent du blaireau et du hérisson.

— Et que les hommes domptent des ours pendant que leurs femmes lisent l'avenir dans des boules de cristal.

— Exactement !

Barbarin lui adressa une tape sur l'épaule et sa voix de camionneur mua en un éclat de rire rauque.

Izzi savait que son collègue adorait le charrier.

Il faut dire que leurs rapports n'avaient pas toujours été au beau fixe. À son arrivée à la brigade, Nicolas Barbarin s'était montré aussi réticent qu'un catho lâché dans un gang bang. Lui qui avait déjà jeté derrière les barreaux une bonne dizaine de criminels tsiganes avait été exaspéré de devoir travailler avec un gars de son « espèce ». Car même s'il était brigadier, Izzi était avant tout un Rom avec une gueule de Rom et un passé de mendiant.

Pourtant, leurs rapports avaient fini par se détendre au fil du temps. Barbarin s'était adouci dès qu'il avait pris conscience qu'Izzi n'était pas un méchant truand et qu'il pouvait même être un flic plutôt doué quand on lui faisait confiance. Le fait qu'il parle romani était un précieux atout lorsqu'ils partaient enquêter dans les bidonvilles de Saint-Denis. Depuis peu, une unité parisienne essayait même de lui mettre le grappin dessus : l'Unité de coordination contre l'immigration clandestine, dite UCLIC, spécialisée dans la traque des réseaux criminels tsiganes.

— Je vais refaire un tour du quartier.

— Encore ? Tes piles ne sont jamais vides ?

— Quelles piles ?

Barbarin poussa un soupir.

— Le lapin Duracell, tu connais ? Bref, je commence à avoir faim.

La moustache du lieutenant sembla frétiller dans la brise, appâtée par les odeurs alléchantes de son restaurant turc préféré à deux pas de là.

— Kebab ? suggéra-t-il en levant le menton vers les quatre immeubles qui formaient le Cercle Lavoisier.

Izzi savait que le cuisinier lui servait deux fois plus de viande et de sauce blanche depuis qu'il avait retrouvé le malfrat qui avait fracassé sa vitrine au pilon.

— J'aimerais bien, mais je ne peux pas, répondit-il d'un air sincèrement navré, je dois finir des restes de lasagnes au hérisson !

30

23 juillet, Paris, France

Thomas Mesli avait tout pour être heureux. Un physique ravageur, des amis indéfectibles et un passeport tamponné aux quatre coins du monde. Âgé de trente-quatre ans, il était déjà propriétaire d'un duplex au nord de Paris – un cadeau de Papa et Maman – et exerçait un poste à responsabilité dans une organisation humanitaire spécialisée dans les droits des enfants.

Depuis six mois, il avait surtout une ravissante petite amie qui avait redonné le sourire à ses parents quand elle avait énuméré une liste de prénoms pour leurs futurs bambins. Thomas avait rencontré Sophie dans un bar branché du centre de Paris et, après des années de batifolage chronique, il n'avait pas attendu la fin de ses congés hivernaux pour la laisser poser ses bagages dans son quatre pièces tant il était hypnotisé par son regard et ses courbes de poupée russe.

Ensuite, tout avait été très vite. Poussés par le désir fulgurant de sceller leur union, ils avaient acheté un Thermomix et adopté un poisson rouge que la jolie brune avait appelé Raymond. Sa bien-aimée avait aussi repeint le salon en mauve puis Thomas avait demandé sa mutation à Paris pour répondre au besoin insatiable d'attention de sa dulcinée. Finies, les équipées rocambolesques en Chine, au Nigeria ou dans l'est de l'Irak. Désormais l'homme dévoué qu'il était rentrait tous les soirs pour retrouver sa Sophie.

Tous les soirs… jusqu'au mois dernier. Car face à l'arrivée de nombreux migrants syriens et irakiens, Thomas avait été envoyé en urgence à Calais pour soutenir ses collègues. Seule dans l'appartement, Sophie avait vécu ce départ comme un abandon. En trente jours, Thomas n'avait effectué qu'un passage éclair à Paris, ce qui lui avait à peine laissé le temps de faire amende honorable sous la couette.

Le samedi précédent, ils auraient dû fêter leurs six mois ensemble, au restaurant avec une coupe de champagne et des pétales de rose mais Thomas avait été débordé à Calais par un subit arrêté d'expulsion.

— Je sais que ton boulot te tient à cœur, s'était-elle apitoyée au téléphone, mais cela fait déjà trois semaines que tu es parti ! Combien de jours vont-ils encore te retenir là-bas ? Tu passes plus de temps à t'occuper des migrants que de la femme de ta vie…

Cette dernière phrase l'avait laissé perplexe. S'était-il engagé trop vite dans une relation qui avait fini par occulter tout le reste ? Lorsqu'il avait rencontré Sophie, il venait de traverser une période difficile en Irak et aspirait à retrouver un quotidien plus paisible… ce qui était moins le cas aujourd'hui.

Devant la porte de son appartement, Thomas rajusta sa cravate et passa un coup de peigne dans sa toison brune. Maintenant que sa mission était finie à Calais, il avait sorti le grand jeu pour se faire pardonner : la barbiche parfaitement taillée, le costume, le bouquet de fleurs et surtout deux billets pour une soirée « massages et spa » dans un établissement parisien chic. Étant donné le cahier de doléances, cette surprise ne serait pas de trop…

— Chérie ? osa-t-il d'une voix timide en ouvrant la porte.

Armé de ses cadeaux, il se glissa dans l'antre, sur ses gardes. Bizarrement, il avait à l'esprit l'image d'une lionne rugissante de fureur, le pelage hérissé et les griffes tendues. Pourtant, aucun assaut à l'horizon. Raymond le poisson nageait sereinement dans son aquarium sur le buffet du vestibule.

Thomas était sur le point d'annoncer haut et fort son arrivée quand la sonnerie de son téléphone portable retentit. Il sursauta, lâcha le bouquet, et faillit s'étouffer d'étonnement lorsqu'il vit le prénom « Lina » s'afficher sur son écran.

Il cligna des yeux plusieurs fois. Non, pas de doute. Il s'agissait bien de Lina. La Lina qui refusait de lui parler depuis des mois… Lina qui avait hanté ses nuits après qu'il avait quitté la Chine.

Il hésita avant de décrocher.

— Allô ?

— Thomas. Ça fait longtemps…

Un frisson lui parcourut l'échine.

— À qui le dis-tu ! répondit-il en simulant l'indifférence.

— J'espère que tu vas bien.

Il resta silencieux. Pourquoi entendre sa voix lui remuait-il le ventre ?

— Thomas, je suis consciente que c'est un peu bizarre de t'appeler comme ça à l'improviste. Je ne t'ai pas donné de nouvelles depuis plus d'un an. J'ai bien reçu tes messages mais j'avais besoin de…

— Tirer un trait.

Elle soupira.

— Tu es à Paris en ce moment ?

31

7 juin, Seine-Saint-Denis, France

— Salut, gamin, qu'est-ce qu'il te faut ?

L'enfant resta planté un long moment devant la grande étagère bancale, fasciné par le vaste assortiment d'objets qui excitaient sa convoitise. Le cabanon du marchand ressemblait à une caverne d'Ali Baba dans sa version tsigane. Sans qu'aucune logique en régisse l'ordonnancement, on y trouvait des marteaux, des *diklo*, des bijoux plaqués or et même des instruments de musique. Près du « comptoir » – une planche sur deux tréteaux – trônaient aussi des produits un peu plus rares car typiquement roumains : du miel Apicola et de la bière Timișoreana. Les objets s'entassaient dans moins de dix mètres carrés sous une étrange lucarne en plastique emboîtée dans la tôle du toit.

— Alors, gamin, qu'est-ce que tu cherches ? insista le vieux marchand en le fixant depuis la porte.

— Des clous, pour construire la maison de mon ami le crapaud. Il trouve que sa boîte est trop étroite.

— Il a de la chance ton crapaud.

— Je peux payer avec du cassoulet ?

Sous l'œil dubitatif du marchand, l'enfant ouvrit son sac en toile décousu et en sortit une boîte de conserve que son père avait dénichée dans une poubelle.

— Tu n'as pas d'argent ?

— On doit beaucoup de sous à notre *camatar.*

Le marchand plissa son front ridé avec un soupçon de pitié. Les Roms endettés auprès d'autres Roms sans merci, il en voyait tous les jours : ils couraient autant les rues que les politiciens roumains corrompus.

— Que les pigeons lui chient dessus ! J'accepte ton deal, petit homme, dit-il en lui présentant un pot de yaourt rempli de clous, mais seulement parce que tu es nouveau.

L'enfant s'empara du pot, l'air mécontent.

— Mais ils sont rouillés, tes clous !

— Et il est périmé, ton cassoulet !

Le marchand n'était pas aussi bête qu'il le paraissait. Sans demander son reste, Darius quitta le cabanon.

Sur le *platz* du Chemin de Fer, le marchand avait planté son commerce clandestin dans un endroit stratégique : à côté des toilettes sèches et du point d'eau installés par une association caritative. Avec son enfilade de baraques et de caravanes, le Chemin de Fer faisait penser à un village de taudis en bordure de cité. Ceux qui avaient connu la Petite Espagne de La Plaine-Saint-Denis le comparaient aux bidonvilles qui avaient existé jadis, lorsque l'industrialisation du nord-est de Paris avait appelé des centaines d'immigrés pour travailler dans les usines polluantes et dangereuses qui recrutaient de la main-d'œuvre bon marché.

À l'image du Petit Bois, une seule artère ondulait sur le flanc d'une butte, agrafée de rails tordus et vieillis qui n'avaient plus vu passer un train depuis quatre décennies au moins. D'un côté, un serpent de tôles et de planches s'enchevêtrait le long des rails. De l'autre, un mur couvert de tags se dressait face aux grands ensembles dont les matériaux préfabriqués pourrissaient à vue d'œil faute de réhabilitation.

Si Darius était arrivé à peine quatre jours auparavant, il avait déjà l'impression de connaître la quarantaine de Roms qui occupaient les lieux. Il avait rapidement compris que tout ce petit monde survivait au moyen des mêmes activités que les Roms de Bugrassot : mendicité, récupération de cuivre et de métaux, petits jobs en tous genres souvent payés au black. Le *bulibasa* – un vieux Roumain qui parlait très bien français – dirigeait le *platz* d'une main de fer en s'assurant que personne ne trouble l'ordre qu'il s'attachait à faire régner. Darius en avait fait les frais dès le premier jour, lorsque le *bulibasa* l'avait vu jeter un emballage en plastique sur les rails.

— Tu balayeras toute l'allée ! avait-il hurlé en brandissant une canne. Ici, aucun écart n'est toléré. Je vais te dire, mon petit : quand un Rom vole une pomme, c'est toute la communauté qui est montrée du doigt. Chacun doit être exemplaire.

Heureusement, à côté de ce vieux rabâcheur, Darius s'était fait des alliés. Déjà, le Rom « mécanicien » qui habitait au centre du terrain et réparait n'importe quel objet avec un simple couteau suisse.

Les gens le surnommaient « le Dépanneur » et racontaient qu'il était capable de démonter et remonter un bus à mains nues. Dès qu'il avait vu Darius, le mécanicien avait senti qu'il aimait bricoler et lui avait collé une clé à molette dans la main pour lui apprendre à désosser un vélo.

L'enfant pouvait aussi compter sur la gentillesse du prêtre orthodoxe dont la cabane ornée d'une croix servait de lieu de culte et de recueillement pour toute la communauté.

— Ma chapelle est toujours ouverte, s'était glorifié le curé, loin de se douter que Darius avait fini par détester la religion à force d'endurer les incessants Ave Maria de sa mère.

Accompagné de son régiment de clous, l'enfant s'installa à l'arrière de la cabane efflanquée que son père avait rapidement construite en arrivant sur le *platz*. Pour l'instant, les cloisons étaient incomplètes et il avait dû tendre des bâches sur les brèches à colmater. À l'intérieur, il y avait tout juste assez de place pour le vieux matelas que leur avait donné Nanosh et qui serait probablement leur seul et unique mobilier.

— Salut, Django ! lança-t-il à l'adresse de son crapaud qui s'ennuyait dans sa boîte. Ça y est, j'ai tout ce qu'il faut pour te construire la plus belle des villas !

Il s'agenouilla sur un coin de terre où il avait creusé un étang miniature. Il avait une idée très précise de la « villa » qu'il voulait construire : au moins deux étages, avec un coin cuisine rempli de vers de terre et de limaces. Tapissée d'herbe, la chambre serait directement reliée au point d'eau au moyen d'un toboggan qu'il fabriquerait avec un tuyau en plastique. Rien n'était assez beau pour son ami Django !

— Et un jour, tu pondras de l'or, n'est-ce pas ? lança Darius en commençant à taper sur une planche avec un marteau.

Mais il n'avait même pas enfoncé le premier clou que son père surgit de nulle part, un large chapeau sur la tête.

— Darius, où étais-tu passé ?

— J'avais des choses très importantes à faire, Papa.

Sceptique, Djino jeta un œil à la « villa » en construction avant de souffler de consternation.

— Tiens donc ! Et tu as sans doute oublié que nous sommes samedi. Qu'est-ce qu'il y a le samedi ?

— Le samedi ?

— Précisément. Qu'a dit le *bulibasa* ?

L'enfant secoua innocemment les épaules.

— Je ne me rappelle plus !

Malgré toute l'application qu'il mit à paraître sincère, son père lut sur les lignes de son visage qu'il le menait en bateau. Darius se souvenait parfaitement des règles édictées par le *bulibasa* : tous les samedis, il devrait se rendre aux cours de français dispensés par une association du quartier.

— Darius…

— Oh, Papa, je suis mort de la tête !

Djino l'attrapa par le bras et le força à se relever.

— Qu'on me coupe les oreilles si tu n'arrêtes pas tes âneries, gronda-t-il en gonflant son ventre proéminent, maintenant, va à l'école ou je te fais manger ton crapaud !

32

23 juillet, Seine-Saint-Denis, France

Pour rejoindre la Brasserie Lavoisier, aux portes de la cité du même nom, Thomas Mesli avait le choix entre deux itinéraires. Soit il empruntait la grande route à l'écart des habitations qui longeait le centre d'enfouissement des déchets, soit il traversait le square construit au milieu du cercle que formaient les quatre plus vieux HLM de la ville.

Dans ces bâtiments grisâtres aux cages d'escalier empestant l'urine et les vapeurs de shit, les habitants n'avaient pas d'autre horizon à leur fenêtre que la laideur écrasante des immeubles d'en face. L'année précédente, la municipalité avait installé des balançoires et des structures de jeux en bois pour occuper les gamins. Sans doute n'avait-elle pas prévu que les trafiquants de stupéfiants s'approprieraient les lieux pour y faire leurs affaires.

« Toi qui rêvais de grands espaces et n'as eu que des fenêtres, aimerais-tu renaître et déserter ces rangs d'esclaves ? » Thomas se remémorait une chanson de Nekfeu en se disant qu'il était impossible de ne pas se sentir oppressé dans un endroit si confiné et sanglé d'immeubles.

Au milieu du square, il passa devant un couple de préadolescents qui échangeaient goulûment leurs salives sur un banc tagué de slogans anarchistes. Cette scène lui fit penser à Sophie qu'il avait laissée en plan dans le salon juste après lui avoir promis de l'emmener au spa dans la soirée.

— Je sais que tu attendais mon retour avec impatience, mais je ne peux pas rester, je dois aider une amie.

— Une amie ? Quelle amie ? Tu viens à peine d'arriver…

— J'en ai pour une heure et demie maximum, avait-il assuré… sans assurance.

Sophie avait été sidérée, partagée entre l'agréable excitation qu'avait générée son retour et la déception de le voir tourner les talons avant même d'avoir franchi le vestibule. Ses protestations n'avaient pas suffi : Thomas était reparti dans Paris avec la moue d'un enfant coupable.

Alors qu'il arrivait bientôt à destination, Thomas accéléra le pas.

Quelle que soit la colère de sa dulcinée, il ne pouvait tout simplement pas refuser d'aider Lina. Il lui était redevable depuis le jour où elle avait accepté de le suivre dans cette monstrueuse affaire de disparitions d'enfants qui s'était mal terminée. Et même si la jeune femme avait été dure avec lui en le tenant pour responsable du carnage qui s'était ensuivi ; même si elle avait ignoré ses appels pendant plus d'un an, Thomas se serait senti honteux de lui tourner le dos alors qu'elle avait besoin de lui.

Il marcha en silence en proie à une agitation grandissante. Des questions s'immisçaient dans son esprit : Lina était-elle toujours la même? Entière et passionnée? Belle et ardente? Douce mais rebelle? Que ressentirait la jeune femme quand elle le verrait arriver? Le trouverait-elle changé, vieilli? Thomas passa une main à travers les fines mèches grises qui s'étaient invitées sur sa tempe. Pour le rassurer, Sophie lui avait dit qu'elles lui donnaient un air de George Clooney.

Un peu plus loin, les cloches d'une paroisse retentirent pour annoncer dix-huit heures, l'heure où les enfants du quartier quittent le parc pour laisser place à des activités moins innocentes.

Quand il arriva enfin devant la Brasserie Lavoisier, coincée entre une boucherie halal et un coiffeur bon marché, Thomas ne franchit pas tout de suite la porte d'entrée. Il resta un long moment planté devant la baie vitrée à la recherche de ce visage qu'il avait longtemps essayé d'effacer de son esprit.

La voir lui procura un choc.

Lina était fidèle à elle-même, avec ses yeux de Fée Clochette et son chignon doré rappelant le blé sauvage. L'éclat de son regard raviva en lui une foule d'images, de sonorités et d'odeurs aussi exaltantes que douloureuses. Là, en l'observant, il lui sembla que c'était hier. Hier qu'il l'avait apostrophée au milieu d'un aéroport pour lui demander de l'aide. Hier qu'il la regardait s'offusquer devant lui avec l'envie irrésistible de la serrer dans ses bras. Hier qu'il caressait son visage maculé de sang après avoir tremblé à l'idée de la perdre. Hier qu'elle s'était donnée à lui dans la chambre miteuse d'un hôtel chinois, pour une nuit qui avait longtemps continué d'habiter ses songes.

Leurs regards se croisèrent et alors qu'il sentait son cœur tressaillir, il poussa énergiquement la porte comme s'il venait d'arriver.

« Tu as l'air en forme » fut l'unique banalité qu'il réussit à proférer lorsqu'il parvint à sa hauteur.

— Toi, tu as l'air fatigué, répondit-elle alors qu'il se penchait vers elle pour la saluer d'une bise.

Il se tourna ensuite vers l'adolescente assise à la même table dont l'habillement si spécifique révélait l'origine tsigane. Il lui tendit une main crispée qu'elle serra en le dévisageant.

— Je te présente Cybèle, je t'ai parlé d'elle au téléphone.

— Oui, je n'ai pas tout compris, mais j'imagine que tu vas m'éclairer.

Il tira une chaise capitonnée et s'installa en face des deux jeunes femmes, gardant une vue sur la salle. Les murs lambrissés de la brasserie paraissaient aussi défraîchis que le teint de l'adipeuse patronne accoudée au comptoir. Dans un angle, un téléviseur analogique diffusait une course PMU qu'aucun client ne regardait. Visiblement, les lieux étaient aussi vieillots que les HLM qui s'élevaient derrière les vitres.

— Alors, c'est quoi cette histoire de bidonville incendié ?

Sa rudesse sembla heurter Lina mais Thomas ne se sentait pas capable d'aborder un autre sujet que celui pour lequel il était venu. Se retrouver face à elle après dix-huit mois de silence, affronter l'intensité de son regard et les souvenirs que ce visage ravivait le mettait profondément mal à l'aise.

— Vous voulez boire quoi ? lui lança la patronne sans même se déplacer.

Étant donné son bouillonnement intérieur, Thomas se dit qu'un alcool fort serait hautement appréciable. Il consulta la carte posée devant lui. Whisky ou vodka ? Sa raison le fit pencher pour une simple bière.

— Tu as vraiment l'air fatigué, insista Lina avec une réelle inquiétude dans la voix.

— J'ai passé la semaine dans la jungle de Calais. Je venais de rentrer chez moi quand tu as appelé. Cela fait des mois que je n'ai pas pris de vacances.

— Tu n'étais pas obligé de venir.

Il osa enfin la regarder droit dans les yeux :

— Et si tu m'expliquais ce qui t'amène ici ?

33

7 juin, Seine-Saint-Denis, France

Dès qu'elle posait son regard sur lui, il avait l'impression de plonger dans la mer. Depuis le début de la leçon, le garçon fixait les yeux bleus de Mme Pascale avec la même fascination que lorsqu'il avait vu pour la première fois la Seine. Au Chemin de Fer, Mme Pascale venait tous les samedis garer sa caravane-école à l'entrée du terrain. Le *bulibasa* avait décrété que la participation des enfants aux cours de français était une condition sine qua non pour habiter sur le *platz*. Mme Pascale ne parlait ni romani ni roumain, mais elle déployait toute son énergie à capter l'attention de ses « élèves ».

De son côté, Darius avait passé ses années d'école à lancer des boules de papier sur Levana Antonescu en espérant qu'elle voudrait bien devenir son amoureuse. Le résultat était mitigé : il n'avait obtenu de Levana qu'un rapide bisou volé tout en perdant une occasion inespérée d'apprendre le français. Au fond, c'était complètement sa faute s'il en était là aujourd'hui, à regarder Mme Pascale sans comprendre un traître mot sortant de sa bouche.

— Darius, tu m'écoutes ?

Darius se rendit compte que l'enseignante s'était tournée vers lui pour lui montrer une série de vignettes posées sur la table. Il fronça les sourcils en apercevant une multitude de personnages bigarrés bizarrement accoutrés.

— Quelmetitvodrafeurplutar ?

Sa question sonna comme un vague baragouin qui le fit écarquiller les yeux.

— Elle te demande quel métier tu veux faire, traduisit un gamin assis à côté de lui.

Il s'appelait Ionuts.

De part et d'autre de la table, tout le monde fixait Darius en attendant sa réponse.

— Dis-lui que je veux être gardien de décharge.

— Ça n'existe pas, gardien de décharge.

— Il faut bien quelqu'un pour chasser les rats !

— Je te dis que ça n'existe pas.

— Mon poing dans ta face que ça existe !

Bizarrement, cette menace plut à Ionuts. Parce qu'il avait compris que Darius était du même calibre, c'est-à-dire le genre de mec à ne pas se laisser marcher sur les pieds.

— Tu veux que je te montre le quartier tout à l'heure ?

— Carrément !

Quarante minutes plus tard, Ionuts l'entraîna en dehors du parking pour l'emmener au milieu du Cercle Lavoisier. Depuis qu'il était arrivé au Chemin de Fer, Darius n'avait jamais mis les pieds à l'extérieur. Son père le lui interdisait. Pourtant, le garçon aurait bien voulu lui tenir compagnie dans les rues de Paris. Tous les matins, Djino partait « chercher du travail » et revenait vers dix-huit heures avec pour seul butin des aliments entamés ou pourris, glanés dans les poubelles. Pendant ce temps, Darius explorait le *platz* ou jouait avec Django à côté de la fontaine à eau. Après quatre jours, il commençait déjà à trouver le temps long.

— Ici, c'est la cité ! lui dit Ionuts en shootant avec arrogance dans une canette de Coca vide.

Même s'il n'avait aucune idée de ce qu'était une « cité », Darius fit semblant de savoir pour ne pas paraître ridicule. Les blocs taciturnes qui les entouraient étaient assez similaires à ceux de Fara Vitor. Sauf qu'ici, il ne manquait aucune vitre et personne ne suspendait son linge aux fenêtres.

— Est-ce qu'il y a des rats par ici ?

Ionuts prit un air suspicieux.

— Tu es obsédé par les rats ?

— Bien sûr que non !

Darius n'osa pas lui dire qu'il avait été terriblement déçu de ne pas en trouver à l'intérieur du Chemin de Fer, et ce n'était pas faute d'avoir cherché !

Ils arrivèrent au centre d'un cercle d'immeubles où avaient été plantés quelques arbres agonisants, étouffés par le bitume. Par endroits, d'étranges peintures bariolées agrémentaient les murs et les bancs, et une poignée d'enfants jouaient sur une aire de jeux au sol amortissant.

En Roumanie, Darius n'allait jamais dans les parcs, c'était une occupation de *gadjé* et les adultes faisaient les gros yeux à chaque fois qu'un Rom s'y hasardait. De toute manière, la décharge de Fara Vitor était bien plus amusante. Après vingt-trois jours en France, il se sentait nostalgique des journées passées au milieu des ordures avec sa lance sous le bras.

Il s'affala sur un cube de béton qui faisait office de banc.

— Je connais tous les enfants qui viennent dans ce parc, lui dit Ionuts, ils étaient dans mon ancienne école.

— Ton ancienne école ?

— J'ai changé trois fois d'école à cause des expulsions.

— Alors en France aussi il y a des expulsions ? s'étonna Darius en pensant au jour où les bulldozers avaient rasé sa maison.

— Évidemment, pourquoi il n'y en aurait pas ?

Darius comprit que, pour Ionuts, les démantèlements de « camps » étaient devenus monnaie courante…

— Et lui, c'est qui ? demanda-t-il en montrant un préadolescent à quelques mètres de là.

Au vu de ses vêtements un peu sales et de la couleur de son teint, Darius devina qu'il était rom.

Par contre, son comportement lui parut assez étrange : il restait immobile, les yeux rivés sur un arbre comme s'il le regardait pousser.

— Lui ? C'est Viorel la Pierre, répondit Ionuts, on le surnomme « la Pierre » parce qu'il est tout le temps assis sur cette pierre et qu'il suce des cailloux.

— Il habite au Chemin de Fer ?

— Non, il vient de Romano Pero, un *platz* de l'autre côté de la cité. Les gens disent qu'il n'est pas net.

— Hum…

Darius aimait les gens « pas nets », il les trouvait moins ennuyeux !

34

23 juillet, Seine-Saint-Denis, France

Quand Cybèle était enfant, sa grand-mère *drabarni* lui avait appris à lire le futur dans le marc de café. Jadis, la cafédomancie avait été un art divinatoire largement reconnu au sein de la communauté rom, du temps où leurs ancêtres sillonnaient les routes en exerçant des activités ambulantes. La technique était simple d'apparence : une fois le café bu, il suffisait de retourner le récipient et d'attendre que le liquide s'évapore pour analyser les taches laissées par le café. Parfois, des figures se dessinaient très clairement sur le fond de la tasse : un aigle, une cloche, une croix, une lune, mais le reste du temps, on discernait seulement des formes vagues et ambiguës que seule une très bonne intuition permettait de déchiffrer.

Cybèle se souvenait que des lignes arrondies ou des cercles étaient un signe de richesse alors que des figures carrées ou tranchées annonçaient des ennuis. Et alors qu'elle venait de vider sa tasse à la Brasserie Lavoisier, elle ne résista pas à la tentation d'en examiner le contenu.

Aussi concentrée que lorsqu'elle tirait les cartes du tarot, l'adolescente fixa le marc en posant intérieurement sa question. Cette fois-ci, pas de figures clairement identifiables, plutôt des traits enchevêtrés. Peut-être des éclairs ? Si tel était le cas, les prochains jours seraient difficiles…

— Donc si je comprends bien, le père et le frère de Cybèle ne donnent plus signe de vie depuis fin juin, résuma Thomas après que Lina eut tenté de lui expliquer le pourquoi du comment de son appel.

— C'est le vrai, répondit Cybèle en levant soudainement le menton, les habitaient dans le terrain *calcinate* ! Avec l'ami Nanosh.

— Vous avez demandé à la patronne du bar si elle sait ce qui est arrivé au bidonville ?

— Non, répondit froidement Lina, elle n'a pas l'air commode. Quand elle a vu Cybèle, elle a failli nous mettre dehors.

Thomas fronça les sourcils avant de se lever et de se diriger vers le comptoir. Lui ne comptait pas se laisser impressionner par une mégère acariâtre. Lina et Cybèle le regardèrent apostropher la corpulente patronne en tablier, sans parvenir à entendre les phrases qui s'échangèrent à travers le brouhaha ambiant.

Il revint cinq minutes plus tard, vivement contrarié.

— Effectivement, elle n'est pas très sympa. Elle dit que le bidonville a brûlé cet été suite à un accident domestique. J'ai essayé d'en savoir plus mais elle m'a juste dit « bon débarras » en ajoutant que les gens de la cité ramaient suffisamment pour ne pas s'encombrer de problèmes supplémentaires avec – je cite – « des pouilleux et des voleurs ».

Cybèle ne comprit pas l'intégralité de son propos, mais elle avait appris suffisamment de mots dans le dictionnaire pour saisir l'essentiel. Consternée, elle dut pincer les lèvres pour ne pas laisser éclater ses émotions. Elle aurait tout aussi bien pu fondre en larmes que hurler d'indignation.

— Est-ce que tu sais où on pourrait se renseigner ? demanda Lina à Thomas. Ton association pourrait nous aider ?

— Non, ça ne relève pas vraiment de notre domaine de compétence. Le siège de Cœurs d'enfants est à Paris mais les équipes sont toutes dispersées ailleurs.

— Et toi ? Tu peux faire quelque chose ?

Thomas pensa à Sophie qui devait tourner en rond dans son appartement. Quelle heure était-il, dix-huit heures ?

— En fait, j'avais prévu d'aller au spa avec ma petite amie.

Quand il vit Lina écarquiller les yeux, il réalisa à quel point il devait paraître ridicule.

— Au spa ! Tu veux dire : sauna, hammam et bain à remous ?

— Ta définition est assez juste.

— Avec ta petite amie…

Thomas soupira. À l'époque où il avait rencontré Lina, il chantait les louanges de la vie de célibataire et son refus catégorique de se « ranger ».

Songeur, il termina sa bière d'une traite et posa le verre sur la table tel un guerrier intrépide.

— Je vais reporter le spa, annonça-t-il avec une ferme résolution.

— Eh bien, tu as le sens du sacrifice !

Aussi vexé que Lina était jalouse, Thomas se tourna vers Cybèle :

— Je vais vous emmener au local d'une association du quartier, ceux qui y travaillent auront peut-être des informations. Tu as compris ce que j'ai dit ?

— Petit peu.

Elle avait surtout remarqué que ce *gadjo* perdait tous ses moyens à chaque fois que Lina le regardait avec un peu d'insistance. D'ailleurs, Cybèle n'avait pas besoin de maîtriser parfaitement le français pour comprendre que ces deux-là jouaient au chat et à la souris comme deux enfants boudeurs cherchant à se réconcilier.

Alors que Lina s'emparait de son sac, Cybèle se risqua à poser une dernière question :

— C'est quoi, « hammam et bain à remous » ?

35

7 juin, Seine-Saint-Denis, France

— C'est vrai que tu suces des cailloux ?

Celui qu'on surnommait « Viorel la Pierre » se tourna vers lui et lui sourit. Sur ses joues, un léger duvet inégalement réparti annonçait sa puberté naissante.

— Ça coûte trop cher, les chewing-gums. T'en veux ?

Darius hocha la tête en repensant au jour où son Papu d'Undeva lui avait appris à sucer des branches d'arbres pour apaiser la faim.

— Qu'est-ce que tu fais ? demanda-t-il.

— J'attends un vendeur de gazon. Il vient ici toutes les fins d'après-midi pour commercialiser de la pelouse. Il se fait une fortune !

Intrigué, Darius s'installa à côté de Viorel la Pierre sur le rocher brûlant chauffé par le soleil. Le jeune Tsigane scrutait un coin du square où se dressait un gros tilleul amputé de plusieurs bras.

— Il arrive quand ?

— Ça dépend des jours, mais il ne va pas tarder.

Darius comprenait mieux pourquoi Ionuts et les autres le trouvaient « pas net ». Son histoire de vendeur ne tenait pas la route. Comment un type pouvait-il gagner de l'argent en proposant du gazon ?

— Tu dis qu'il se fait une fortune ?

— Je te jure ! Plein de gens en achètent. Ils donnent de gros billets pour en avoir. Attends un peu et tu verras.

Darius accepta d'attendre. Non pas qu'il accordât un quelconque crédit à ce que disait la Pierre mais parce qu'il voulait avoir la confirmation que ce garçon était fou.

Il fit signe à Ionuts de le rejoindre mais ce dernier préféra retourner au Chemin de Fer : personne n'aime traîner avec les dingos.

Assis à côté de Viorel, il ne sut pas exactement combien de temps il passa à attendre le vendeur mais au fur et à mesure que les minutes s'écoulèrent, la chaleur ambiante lui donna le tournis.

Comme son nouveau camarade était aussi bavard que son crapaud, Darius occupa son esprit à observer les enfants qui jouaient dans le parc. Il était frappé par le fait que certains avaient la peau noire. À l'école d'Undeva, tous les enfants étaient blancs. Tous, sauf lui. Darius l'avait compris à l'âge de sept ans, lorsque la belle Levana s'était plantée devant lui :

— Pourquoi tu n'es pas tout blanc ? avait-elle demandé en jouant avec ses tresses. Tu as bu trop de chocolat chaud ?

Darius était resté sans voix. Déjà, parce qu'il ne buvait jamais de chocolat chaud : sa famille n'avait pas les moyens d'acheter du cacao. Ensuite, parce qu'il ne s'était jamais rendu compte que la couleur de sa peau était plus foncée.

Terrifié à l'idée d'avoir une grave maladie, il avait questionné sa grand-mère *drabarni* en rentrant de l'école.

— Pourquoi on est différents, Mami ?

— Tous les gens sont différents, mon Didi.

— Mais pourquoi on n'est pas tout blancs ?

— Tu veux savoir ? Je vais te dire ! Quand le Grand Dieu a voulu créer les hommes, il les a fabriqués avec de la farine et de l'eau et les a mis au four. À la première fournée, la pâte était trop cuite et il créa les hommes noirs. À la deuxième fournée, la pâte était encore crue alors les hommes étaient blancs. La troisième fournée était la bonne : la pâte était cuite à point et donna les Roms joliment hâlés.

Deuxième prise de conscience de la journée : en l'absence de réponse, les adultes faisaient toujours appel au vieux barbu.

Darius commençait à s'impatienter quand Viorel la Pierre attira son attention :

— Regarde, le voilà !

Les mains enfoncées dans les poches de son jean, un homme encapuchonné s'approchait du tilleul. Darius était plutôt surpris. En entendant parler de « vendeur de gazon », il s'était imaginé un type plein de terre avec une salopette et une brouette. Pourtant, force était de constater que Viorel la Pierre n'était pas fou. Des clients ne tardèrent pas à arriver. Au compte-gouttes. À pas de loup. Les échanges étaient brefs. Quelques mots. Une tape sur l'épaule. Puis une main sortait de la poche du vendeur pour rencontrer celle du client et y déposer un paquet d'herbe verte.

— Sois plus discret, somma Viorel, il y a un surveillant qui surveille.

— Un surveillant ? Il surveille quoi ?

— Qu'est-ce j'en sais ? Mais ils viennent toujours ensemble : le vendeur et le surveillant.

Viorel avait cessé de regarder fixement le tilleul et faisait maintenant semblant de rêvasser en sifflotant.

— Tu es sûr que c'est du gazon ? l'interrogea Darius. C'est peut-être de la sauge !

— De la sauge ?

— Oui, une plante magique. Ma Mami *drabarni* soignait tous les Roms du village avec la sauge qu'elle cultivait.

— Tu dois avoir raison, concéda Viorel, ça rapporte beaucoup la médecine.

Darius scruta l'homme à la capuche, hypnotisé par les liasses de billets qui défilaient sous ses yeux. Sauge ou pas sauge, ce type avait trouvé un moyen de s'en mettre plein les poches.

— Tu crois qu'il est guérisseur ? Il a quand même l'air louche !

À côté de lui, Viorel poussa un soupir de regret :

— Je n'en sais rien, mais j'aurais dû écouter mon grand-père. En Roumanie, on habitait à la campagne et il voulait toujours m'apprendre.

Darius fronça les sourcils, interloqué :

— T'apprendre quoi ?

— À jardiner !

36

23 juillet, Seine-Saint-Denis, France

Les locaux de l'association de prévention spécialisée avaient été aménagés dans un ancien cabinet médical non loin de la Brasserie Lavoisier. Sur place, trois éducateurs de rue se relayaient pour accompagner les jeunes en difficulté et soutenir leur famille.

À la fin de l'hiver précédent, Thomas Mesli avait rencontré l'équipe dans l'idée de construire un projet commun avec sa propre ONG mais le partenariat n'avait pas pu se concrétiser, faute de moyens. Ensuite, le budget alloué par les pouvoirs publics avait fondu comme neige au soleil alors que ces mêmes pouvoirs publics insistaient sur la nécessité de multiplier les efforts pour lutter contre la radicalisation dans les cités.

Lorsque Thomas, Lina et Cybèle se présentèrent à la porte, une jeune femme dynamique aux cheveux parsemés de mèches rouges les accueillit à l'intérieur des locaux. Son look collait au stéréotype de l'éduc' : baskets, pantalon baggy et headband de hippie, ce qui ne l'empêchait pas d'être féminine avec ses ongles vernis et ses cils recourbés.

— Bonjour, Cécilia.

Quand elle reconnut l'humanitaire, un sourire béat fleurit sur son visage.

— Thomas, quelle bonne surprise ! Je suis contente de te revoir. Toujours à Cœurs d'enfants ?

— Toujours !

— C'est vraiment dommage que le partenariat n'ait pas pu se faire. J'ai entendu dire que ton association avait le vent en poupe.

— C'est vrai, on a pas mal de dons en ce moment et on n'arrête pas de recruter. Il y a plus de soixante salariés maintenant, avec des antennes dans douze pays du monde.

— Impressionnant ! J'ai bien envie de postuler.

Cécilia rajusta sa frange sans le quitter des yeux.

En voilà une qui voudrait bien grimper aux rideaux, se moqua intérieurement Lina.

Elle savait parfaitement reconnaître une femme pressée par un désir charnel. D'ailleurs, elle ne put s'empêcher de penser que Thomas se l'était déjà tapée. Depuis leur rencontre, elle le comparait à un papillon volage qui butinait de fleur en fleur. Avec un physique comme le sien, la récolte était toujours bonne.

Thomas expliqua brièvement à Cécilia l'objet de leur venue et elle les invita à la suivre au fond d'une vaste pièce où squattait un groupe d'adolescents. Chapeautée par le conseil départemental, la prévention spécialisée avait pour principe la libre adhésion : les jeunes du quartier allaient et venaient sans que personne les y oblige.

— Asseyez-vous, leur dit Cécilia une fois dans un bureau.

Le lieu était exigu mais chaleureux, émaillé de plantes vertes exotiques et d'affiches en lien avec la protection de l'enfance. À côté de l'ordinateur, plusieurs paquets de bonbons narguèrent l'estomac de Cybèle.

— Comment s'appellent ton père et ton frère ? lui demanda l'éducatrice en sortant un carnet.

— Djino et Darius Stanescu.

Elle plissa le front en fouillant dans sa mémoire. Ces noms ne lui disaient rien.

— Ils étaient au Chemin de Fer depuis quand ?

— Deux juin.

— Hum… Le problème, c'est que je ne sais pas grand-chose sur ce bidonville. L'association qui intervenait au Chemin de Fer se nomme Scolarom. Elle a son siège à Bobigny. Des bénévoles passaient régulièrement sur le terrain pour apporter des colis alimentaires avec la Croix-Rouge et pour donner des cours de français aux enfants. Ils avaient aussi installé un point d'eau potable et des toilettes sèches. Tout a cramé la nuit du 16 juillet.

Même si son propos les concernait tous, elle regardait exclusivement Thomas comme si les autres étaient invisibles à ses yeux.

— Que sont devenus les occupants ? demanda Lina pour capter son attention.

— Il y a eu plusieurs blessés assez graves qui ont été hospitalisés. Je crois que les jours qui ont suivi, la plupart des familles ont été relogées par le Samu social. Elles ont été dispersées dans les centres d'hébergement d'urgence du département. En tout cas, aucune n'a pu revenir sur le terrain. La mairie a posé des grillages le lendemain de l'incendie.

— Rapide comme l'éclair, ironisa Thomas.

— Tu m'étonnes ! Personnellement, j'ai trouvé ça suspect. Cet incendie au milieu de la nuit… il y a de quoi s'interroger. Cela fait deux ans que les habitants de la cité réclament le démantèlement du camp. Ils ont même monté un collectif pour faire pression sur les élus locaux ! Le maire a engagé une procédure d'expulsion au tribunal administratif. Il a perdu le mois dernier. Quinze jours plus tard, tout partait en fumée.

Thomas haussa les sourcils sans oser divulguer le fond de sa pensée : il y avait bien longtemps qu'il ne faisait plus confiance aux politiques. Cela dit, pour mettre le feu à un campement de Roms, il imaginait tout aussi bien un facho pyromane habillé en bleu marine.

Cécilia leur proposa du café mais ils déclinèrent son offre avant de retourner dans la rue. Une fois à l'extérieur, Cybèle demanda à Lina si elle pouvait lui résumer en termes simples les grandes lignes de l'entrevue à laquelle elle n'avait presque rien compris.

— Et *ce facem* ? s'inquiéta l'adolescente quand elle eut saisi l'essentiel.

— J'ai un ami qui travaille à la police, déclara Thomas, peut-être qu'il pourra nous filer un coup de main.

Cybèle sembla glacée d'effroi.

— *Politie ? Nu, nu !* Beaucoup problèmes ! Me dire « dégage, dégage ».

— Personne ne va te demander de dégager, la rassura Lina.

Alors que Thomas s'éloignait pour passer son appel, la jeune femme consulta sa montre en imaginant le temps qu'il leur faudrait pour faire le tour de tous les centres d'hébergement d'urgence du département. Le dernier train pour Bugrassot partait à vingt-deux heures trente et il était déjà dix-neuf heures.

— Mon ami va contacter ses collègues du commissariat de circonscription pour voir s'ils ont entendu parler d'un Djino ou d'un Darius Stanescu. À mon avis, il ne rappellera pas avant demain matin.

Lina eut la mine déconfite.

— Qu'est-ce que vous comptez faire ?

Elle haussa les épaules.

— Moi rester le Paris ! annonça résolument Cybèle.

— À Paris ? s'exclama Lina, mais tu vas dormir où ?

— La rue ! Peut-être sous le pont. Demain je chercher encore Père et Didi.

Thomas jeta un regard à Lina mais comprit très vite qu'elle était désemparée. Pour l'avoir déjà vue en action, il savait pertinemment qu'elle ne retournerait pas chez elle tant que Cybèle n'aurait pas retrouvé son père.

Désappointé, il souffla à plusieurs reprises en tapant nerveusement le sol avec son pied droit. Il n'allait tout de même pas les laisser tomber…

— Bon, vous n'avez qu'à venir dormir chez moi ! concéda-t-il non sans réserve, j'habite à une demi-heure d'ici. Vous pourrez poursuivre vos recherches demain matin !

— Vraiment ? Cela ne te dérange pas de nous héberger ?

— Moi, non ! ironisa-t-il en pensant à Sophie.

37

24 juillet, Seine-Saint-Denis, France

L'appartement d'Izzi Asanovski était situé au rez-de-chaussée d'une paisible copropriété en Seine-Saint-Denis.

Le brigadier avait emménagé six mois plus tôt, après que ses parents avaient décidé de retourner en Roumanie pour y passer leurs vieux jours. Et même si la décoration n'avait jamais été son fort, Izzi avait attaché beaucoup de soin à agrémenter chaque mur d'un mélange cacophonique de faux tableaux contemporains et de vieilles reliques tsiganes que lui avait données sa mère. L'élément le plus surprenant était situé dans le couloir d'entrée : une statue à taille humaine représentant une Gitane jouant de la mandoline. À chaque fois qu'il rentrait du travail, Izzi se plaisait à saluer sa « compagne » en plâtre qui avait au moins le mérite de ne jamais le contrarier.

— Salut, princesse, lança Izzi en ouvrant la porte, tu as passé une bonne journée ?

Pas de réponse…

— La mienne n'était pas terrible : le dossier sur l'incendie du Chemin de Fer a été classé sans suite.

Le magistrat ne veut plus qu'on gaspille du temps sur cette affaire…

La gorge nouée, il rangea ses clés dans un tiroir et écouta le message qui l'attendait sur son répondeur. Aussi guillerette qu'il était abattu, sa petite sœur lui annonçait qu'elle avait décroché son diplôme d'avocate à l'université de Bucarest. Au moins une qui était heureuse !

— J'attends ton coup de fil pour me féliciter ! disait-elle pour conclure.

Izzi ronchonna, les yeux rivés sur le combiné. Il adorait sa *sora*, mais elle allait passer des heures à déblatérer son bla-bla d'étudiante surexcitée. Et même si écouter sa sœur faisait partie de ses corvées familiales, il pourrait se montrer particulièrement désagréable, au risque de profondément la vexer.

— Tu n'as qu'à l'appeler, toi ! lança-t-il à sa taciturne Gitane, moi je vais me faire couler un bain.

Il s'empressa d'enlever sa chemise lorsque la sonnette d'entrée interrompit son élan.

Izzi ronchonna une nouvelle fois. Le sort s'acharnait contre lui ! N'avait-il pas le droit à un moment de paix ?

Agacé, il retourna dans le vestibule et regarda à travers le judas.

— Monsieur Asanovski ?

Son unique voisine de palier se tenait derrière la porte, emmitouflée dans un gilet de fourrure mauve qui riait au nez des trente degrés ambiants. Âgée de quatre-vingt-un ans, la gentille Suzette s'appliquait scrupuleusement à rester jolie. Son brushing était toujours impeccable et elle ne sortait jamais sans une touche de rouge à lèvres rose signé Lancôme.

Quand il ouvrit la porte, Suzette pouffa de rire avec malice.

— Monsieur Asanovski, vous êtes sacrément musclé !

Le visage d'Izzi faillit s'empourprer. Il fila chercher une couverture pour cacher son torse dénudé.

— Ce n'était pas nécessaire, lui dit Suzette à son retour, mes yeux d'octogénaire en ont vu d'autres ! Tenez, c'est pour vous remercier d'avoir réparé mon armoire.

Elle lui tendit un plat de hachis parmentier qu'elle venait de sortir du four.

— Il y a souvent des odeurs de brûlé depuis chez vous alors j'ai pensé qu'un bon petit plat vous ferait du bien.

Izzi accueillit le mets comme une bénédiction en pensant aux restes peu ragoûtants d'épinards qui l'attendaient dans son réfrigérateur depuis quatre jours. Finalement, cette journée ne serait peut-être pas si catastrophique…

— Merci, Suzette, ça me fait très plaisir, répondit-il en s'emparant du plat.

Le visage poudré de la vieille femme s'illumina.

— Tout compte fait, je suis contente que vous soyez mon voisin.

— Tout compte fait ?

— Ne vous vexez pas, monsieur Asanovski, mais quand le concierge m'a dit que vous étiez un Romanichel, j'étais méfiante… Avec ce qu'on voit à la télé ! La semaine dernière, ils ont montré un Tsigane qui a écopé de quinze ans de prison pour avoir obligé des handicapés à mendier. Il a empoché cent mille euros en deux ans.

— Tous les Roms ne sont pas des criminels, Suzette.

— Je le sais bien, mais même en ville, il y a des voyous qui essaient de nous arnaquer avec leur pétition pour les sourds-muets. Vous, au moins, vous êtes honnête !

Même s'il garda le sourire, Izzi soupira malgré lui.

— Parce qu'on m'a donné ma chance. Mais quand j'étais dans le besoin, il m'est aussi arrivé de mentir pour apitoyer les gens. Je me disais que c'était le seul moyen pour qu'on accepte de m'aider. Cela fait-il de moi un mauvais homme ?

Suzette sembla gênée.

— Bon appétit, monsieur Asanovski, la prochaine fois, je vous ferai goûter mon bœuf bourguignon.

En claudiquant, elle retourna dans son appartement où l'attendait une colonie de chats errants qu'elle avait pris sous son aile. Dans un coin de son salon, le téléviseur qu'elle croyait sur parole diffusait une énième enquête sur la dangerosité des rues de Paris.

38

9 juin, Paris, France

Aux yeux de Djino, toutes les rues de Paris se ressemblaient.

De hauts bâtiments couleur crème arboraient les mêmes ornementations haussmanniennes et les mêmes balcons filants. Au bord des avenues, il lui semblait voir partout ces mêmes terrasses de café aux devantures pourpres sur lesquelles s'affairaient des serveurs débordés.

Djino n'était pas particulièrement craintif, il n'avait aucune difficulté à s'adresser aux *gadjé*. Toutefois cette ruche bourdonnante s'étirant sur des kilomètres lui donnait parfois le vertige : comment trouver un emploi dans ce dédale survolté ?

« Le plus important, c'est de sourire ! » lui avait conseillé Nanosh Coloji.

Paré de sa plus belle chemise, le père de famille s'était contenté d'une méthode élémentaire : passer la porte de chaque supérette et de chaque épicier en déblatérant un très simple discours que lui avait pondu son ami :

— Je chercher du travail. Peux tout faire : balayer, ranger, sécurité.

Il aurait même accepté de nettoyer des W-C.

Pourtant, sa bonne volonté n'avait pas suffi. Djino n'avait essuyé que des refus, et même des refus violents, à l'image de ce marchand qui l'avait menacé avec une batte.

Au fond, le Rom savait qu'il avait très peu de chances de décrocher un emploi. Or même s'il devait urgemment rembourser le Camatar, il ne se voyait pas ramasser des métaux pour les revendre, ni accepter des offres de travail au noir avec le risque de se laisser exploiter par de vils mafieux roulant en Mercedes. Non, le père de famille voulait un vrai travail, à l'image de celui qu'il avait obtenu en 1983, lorsqu'il avait été embauché dans une coopérative agricole d'État.

Sous la dictature du bien-aimé Camarade Ceaușescu, la majorité des Roms avaient un emploi. Ils accomplissaient des tâches difficiles et leurs salaires n'étaient pas mirobolants, mais la plupart s'estimaient heureux de pouvoir manger au moins une fois par jour. En 1989, la chute du communisme avait sonné le glas d'une fugitive intégration. Les coopératives avaient fermé les unes après les autres et de nombreux Roms s'étaient retrouvés désœuvrés, parce que les patrons roumains refusaient de les embaucher. Souvent privés d'allocations chômage, ils avaient dû faire preuve de débrouillardise. Ceux qui maîtrisaient un savoir-faire artisanal ou qui avaient quelques sous à investir s'étaient lancés dans des domaines comme la chaudronnerie, l'hôtellerie ou le commerce d'antiquités. Ces derniers étaient les plus chanceux et faisaient maintenant partie des classes moyennes ou supérieures. À l'inverse, ceux qui n'avaient pas de qualification étaient restés sur le banc de touche. Pour survivre, ils s'étaient reconvertis dans de petites activités comme la vente de lames de rasoir ou de cigarettes. Pour sa part, Djino s'était improvisé cueilleur de champignons et revendait ses trouvailles sur le marché pour deux euros le kilo.

Lassé de faire du porte-à-porte, Djino s'arrêta à côté d'une boulangerie, attiré par une douce odeur de croissant.

Le matin, trois marchands avaient refusé ses services, ce qui avait porté un coup supplémentaire à son optimisme invétéré. Depuis huit jours, le même scénario se rejouait : après de longues heures d'errance, Djino finissait par s'asseoir de façon hasardeuse sur un trottoir pour quémander de l'argent.

Mieux vaut être un mendiant qu'un truand, pensa-t-il en s'installant au pied de la vitrine.

Il observa les *gadjé* entrer et sortir, les bras chargés de pain ou de viennoiseries. Peut-être parviendrait-il à récolter quelques pièces ?

— Eh, toi ! C'est mon emplacement !

Un homme au pantalon troué se dressa devant lui, le visage rougi par l'alcool.

— *Ce?*

— Dégage !

Djino ne comprenait rien au français alors il plissa les yeux en se demandant ce que ce type crasseux lui voulait.

— T'as entendu ? insista le SDF en gesticulant d'énervement, bouge ton cul ! C'est ma place.

Il shoota dans le gobelet que Djino avait placé devant lui avant de lui saisir le bras pour le forcer à se relever.

— Allez, dégage !

Le Rom n'était pas bagarreur. Il préféra partir de peur que l'autre ne lui arrange le portrait.

Cette semaine-là, c'était déjà la troisième fois qu'un mendiant l'obligeait à décamper. Djino n'en voulait pas à ces types : ils étaient aussi indigents que lui et se réfugiaient dans l'alcool.

« La faim transforme les hommes en chiens », disait un proverbe tsigane.

Il s'éloigna de la boulangerie et alla s'asseoir dans un parc où les Parisiens emmenaient crotter leurs chiens.

Là, son moral flancha sérieusement quand il se risqua à faire le point sur ses économies. Depuis son arrivée en France, il n'avait réussi à mettre de côté que soixante-dix euros pour rembourser le Camatar. Ce dernier lui avait accordé un délai jusqu'au 1er juillet mais il devait encore trouver deux cent quatre-vingts euros sans quoi il doublerait la dette.

Djino déchanta. Pourquoi avait-il accepté un tel marché ? Comment avait-il pu espérer qu'un avenir plus heureux les attendait ici ?

Les yeux embués, il pensa à sa femme et à ses filles qui patientaient dans le bloc désaffecté de Fara Vitor.

— Grand Del, pourquoi m'as-tu abandonné ? se plaignit-il en levant les yeux vers la voûte céleste.

Son cœur regrettait la Roumanie.

39

23 juillet, Paris, France

Rencontrer Sophie l'avait laissée pantoise.

Déjà, parce qu'elle était stupéfaite que Thomas se soit installé en ménage, lui qui revendiquait son besoin de voyager et son goût pour l'indépendance. Ensuite, parce que Sophie semblait aux antipodes de l'état d'esprit qu'il incarnait : Thomas était jovial, dynamique, avenant ; Sophie était une beauté brute, mais froide. Derrière son visage fardé à outrance, Lina avait le sentiment d'affronter un mur de glace.

— Elle est juste un peu contrariée, s'était justifié Thomas alors qu'ils venaient d'entrer dans l'appartement.

À sa décharge, il est vrai qu'il venait de lui imposer – en lieu et place d'une soirée romantique au spa – la présence de deux invitées-surprises, plutôt jolies de surcroît. Mais même si Lina pouvait imaginer l'irritation de Sophie, constater que son « amant d'un soir » en pinçait pour ce glaçon lui avait coupé l'appétit.

— Je te sers ?

Thomas lui tendit le plat de saucisses à la chair encore brûlante. Il était assis à sa droite, à côté de Cybèle et en face de Sophie à la table ronde du salon.

— Non merci. J'évite d'en manger.

— Tu es devenue végétarienne ?

— Flexitarienne.

— C'est-à-dire ?

— J'ai décidé de diminuer ma consommation de viande pour des raisons environnementales. La forêt amazonienne dépérit à cause des cultures de céréales qui servent à nourrir les bovins. Sans compter qu'il faut en moyenne quinze mille litres d'eau pour produire un kilo de bœuf : les réserves s'épuisent. Si les gens continuent à se gaver de viande, ils vont foutre en l'air la planète.

— Tu travailles à Greenpeace ? demanda Sophie sans que Lina parvienne à savoir s'il s'agissait ou non d'une plaisanterie.

— Non, je suis… guide touristique.

— Ah.

Elle s'empara du plat de brocolis et jeta un œil à Cybèle, qui n'avait pas attendu que les autres soient servis pour croquer allègrement dans une knack.

— Et toi ? questionna Sophie en essayant de se montrer courtoise. Tu viens de Roumanie ?

— Vrai ! répondit l'adolescente.

— Pourquoi ta famille est venue en France ?

— Ma famille pas l'argent. Pauvre. Chercher meilleure vie.

Sophie hocha le menton. Pourtant, Lina sentait qu'elle demeurait sceptique.

— Quel âge as-tu ?

— Seize ans. Et toi ?

— Trente ans.

— Trente ans ! Tu l'as combien d'enfants ?

— Je n'ai pas d'enfants, répondit Sophie.

L'adolescente fronça les sourcils en essuyant sa bouche couverte de ketchup.

— Tu l'es *steril* ?

Les mots semblèrent résonner dans le salon comme un orgue perçant le silence d'une église. À cet instant, le visage de Sophie se tassa en une laide grimace et elle toussa plusieurs fois pour libérer un morceau de saucisse coincé dans sa gorge. Malgré elle, Lina se retint de rire en se cachant derrière une serviette en papier. Même si le thème de la filiation était prédominant dans la culture tsigane, elle aurait parié que Cybèle avait posé cette question par pure provocation.

— Non, je ne suis pas stérile, finit par répondre Sophie.

Elle afficha une mine contrariée tout en ayant la décence de ne pas s'emporter à table. Elle attendit le moment du coucher pour laisser éclater son mécontentement contre Thomas, surestimant sans doute le potentiel d'insonorisation de leur chambre.

— J'ai beaucoup d'admiration pour ce que tu fais, Thomas, mais j'ai parfois du mal à te comprendre. Tu me laisses de côté pendant un mois en partant à Calais ; tu débarques un soir à l'improviste en m'annonçant que ta mission est finie ; puis tu repars sur-le-champ et tu reviens avec une Bohémienne et une soi-disant « amie » sortie de nulle part !

— Je sais que le moment est mal choisi, mais je dois les aider. Lina m'a donné un gros coup de main lorsque j'étais en Chine.

— Tu ne m'as jamais parlé d'elle.

— Dans quel but ? Je sais que je n'ai pas été présent ces dernières semaines, mais je suis de retour maintenant. Je suis ici, pour toi !

Allongée sur le canapé convertible du salon, Lina entendit leurs corps glisser sur l'oreiller puis ils se réconcilièrent avec tant de ferveur qu'ils semblèrent parodier un film pornographique.

Dépitée, la jeune femme se tourna vers Cybèle qui somnolait sur le canapé après avoir passé plus d'une heure à feuilleter son dictionnaire. L'adolescente la fixa plusieurs secondes puis retira le châle qu'elle avait posé sur son nez pour respirer une odeur familière. Depuis la fin du repas, Cybèle avait très peu parlé, gardant pour elle ses craintes et ses espoirs quant à la disparition de ses proches. Toutefois, cela ne l'avait pas empêchée d'observer attentivement toutes les réactions de ceux qui l'entouraient.

— Thomas et toi, amis amis ? demanda-t-elle innocemment tout en serrant un coussin.

— Je… pardon ?

— Thomas et toi, seulement amis ?

Un courant d'air fila dans ses cheveux, soulevant plusieurs mèches farouches ondulées comme les vagues. Lina soupira.

— Oui, on est amis…

Affligée, elle jeta un regard vers la porte de la chambre. Elle n'avait pas besoin d'en dire plus. Cybèle avait appris à lire au travers des soupirs.

40

15 juin, Paris, France

Ce jour était un grand jour pour Darius.

Pour la première fois depuis leur arrivée à Paris, son père l'autorisait à venir avec lui parcourir les rues de la capitale. Ce privilège soudain n'était pas sans raison. Darius savait que son très cher Papa avait entendu parler de ses escapades « interdites » dans la cité et qu'il préférait le garder à l'œil, même si cela impliquait de l'emmener mendier.

Après avoir traversé le Cercle Lavoisier, ils marchèrent au moins une heure, durant laquelle Darius ne cessa de s'extasier devant le flot de voitures et de piétons. Le garçon avait l'impression d'avoir mis les pieds dans une gigantesque fourmilière à mille lieues des paysages de Roumanie où des chariots de foin étaient encore tirés par des chevaux.

Si seulement Django pouvait voir ça, pensa l'enfant en culpabilisant.

Il avait lâchement abandonné son ami dans la cabane miniature qu'il avait confectionnée au Chemin de Fer. Avant de l'emmener avec lui, il devait d'abord vérifier que Paris était un endroit sûr pour un crapaud.

— Comment se passe l'école avec Mme Pascale ? demanda Djino pour rompre le silence.

— Bien, on apprend à parler russe.

Son père écarquilla les yeux avant de réaliser qu'il s'agissait d'une blague.

— Qu'est-ce que tu as dans la bouche ?

Il tira la langue pour lui montrer.

— Tu suces des cailloux maintenant ?

— Mon copain Viorel dit que ça enlève la soif.

— C'est avec lui que tu vas traîner dans la cité ?

— On va seulement jouer au parc, Papa !

Après avoir pris l'air le plus innocent du monde, Darius détourna son attention en faisant mine de scruter la longue allée bordée de bâtiments en pierre de taille.

— Où est-ce qu'on va ?

— Près d'un édifice qui s'appelle le « Patéon ». Je connais un bon emplacement.

— Pourquoi on ne s'assied pas ici ? Regarde, il est assis, lui !

Darius montra du doigt un SDF avachi près de la porte d'une supérette. Aussitôt, son père lui attrapa le bras pour l'éloigner.

— Ne te fais pas remarquer ! La rue a aussi ses lois. Ceux qui ne les respectent pas risquent de s'attirer des problèmes.

— Des problèmes ? Quoi comme problèmes ?

— Des problèmes de grands.

— Je suis grand !

Son père refusa de lui en dire plus, mais Darius n'était pas né de la dernière pluie. À force de déambuler entre les cabanes du Chemin de Fer, il avait appris un tas de choses que les adultes essayaient de cacher aux enfants. Par exemple, il savait qu'il y avait parfois des bagarres entre les Roms et les autres mendiants pour défendre des territoires.

— Papa, tu crois que les *gadjé* nous aiment bien ?

— Pourquoi ils ne nous aimeraient pas ?

— Eh bien, beaucoup de gens disent que les *gadjé* ne nous aiment pas.

Djino souffla.

— Tu sais, Darius, les *gadjé* sont comme les Roms : il y en a certains qui t'aimeront et d'autres qui ne t'aimeront pas. Toi non plus tu ne t'entends pas avec tout le monde !

— Il est encore loin, ton « Patéon » ?

— Une trentaine de minutes.

Au terme d'un interminable boulevard, ils empruntèrent un pont qui traversait la Seine. De l'autre côté, Darius reconnut la gare devant laquelle le bus les avait déposés deux semaines plus tôt. Son père l'entraîna ensuite dans un incroyable jardin aux allées rectilignes et impeccablement nettoyées. Ils arrivèrent au « Patéon » en milieu de matinée et après que son père lui eut expliqué que les plus grands hommes étaient enterrés ici – ce à quoi Darius rétorqua qu'il n'y avait pas Papu –, ils s'assirent à côté d'une fontaine au centre d'une place ombragée.

— Et maintenant ? demanda l'enfant.

— On attend !

Son père plaça un gobelet en plastique bien en évidence devant eux et ils patientèrent sagement en observant les piétons.

Cinq minutes s'écoulèrent, puis dix, puis quinze.

Des dizaines de passants défilèrent sur la place mais aucun ne déposa d'argent.

Quand l'attente lui parut vraiment interminable, Darius croisa les bras avec dépit.

— Mon copain Viorel dit qu'on gagne plus d'argent si on a un chiot, affirma-t-il d'un ton savant.

— C'est vrai. Les gens sont attendris quand ils voient des animaux.

— Et si j'emmène mon crapaud ?

Son père éclata de rire.

— Tu peux toujours essayer ! En fait, il paraît que le mieux est d'avoir un accordéon. On devient riche quand on fait de la musique.

Darius se renfrogna. Ils n'avaient ni chiot ni accordéon.

— J'aurais préféré qu'on aille à la pêche…

Djino réfléchit un instant avant de se lever d'un bond.

— C'est une excellente d'idée !

Jubilant, il se précipita vers un bosquet et coupa une longue branche sèche avec son couteau de poche. Ensuite, il retira les lacets de ses chaussures en demandant à son fils d'en faire de même. En nouant les quatre lacets bout à bout, il constitua une longue cordelette qu'il fixa au sommet de la branche. Il ne lui restait plus qu'à percer un gobelet pour l'attacher au bout de la « ligne ».

— Voilà une très belle canne à pêche ! s'exclama-t-il en contemplant son ouvrage. Nous allons avoir du succès !

41

24 juillet, Paris, France

Ses cheveux noirs encore ébouriffés par une courte nuit de sommeil, Thomas Mesli fit couler un expresso auquel il ajouta un doux nuage de lait et deux morceaux de sucre de canne. Avec application, il coupa deux tranches fines et croustillantes de pain frais qu'il tartina avec du beurre bio et un filet de confiture de framboises. Après avoir disposé le tout sur un plateau, il le porta dans la chambre où sa muse inspiratrice émergeait de son sommeil enchanté.

Quand il revint dans le salon, Cybèle fixait avec fascination les images psychédéliques d'un clip musical sur l'écran de la télévision. Elle venait de terminer sa quatrième tartine trempée dans du chocolat chaud. De son côté, Lina s'était contentée d'avaler un thé, de plus en plus mal à l'aise dans cet appartement suintant les émois amoureux.

— Bien dormi ? demanda le beau brun en se faisant un café.

Lina bâilla bruyamment. Le matin, elle mettait toujours au moins une heure avant d'avoir les idées claires, le temps pour la théine d'atteindre son cerveau.

— Moyennement, j'ai eu un peu de mal à trouver le sommeil.

Elle l'observa un instant, animée par le désir irrépressible de lui faire une blague sur la porosité sonore des cloisons. Mais après avoir tourné sept fois sa langue dans sa bouche, elle renonça de peur de le froisser.

La chemise légèrement entrouverte, Thomas s'assit en face d'elle et comme s'il avait deviné qu'elle venait de l'épargner, la gratifia d'un sourire.

Toujours aussi charmeur, pensa la jeune femme.

Une pointe d'envie la traversa. Le seul fait de l'imaginer au spa avec sa « princesse » lui hérissait le poil.

— Donc tu es guide touristique ? demanda-t-il d'un ton neutre.

À tous les coups il essayait de recoller les morceaux…

— Provisoirement, le temps de trouver un emploi plus sérieux.

— Quel type d'emploi ?

— Je ne sais pas encore. Après mon master, j'ai travaillé trois mois comme traductrice pour une multinationale implantée en Chine. Le salaire était vraiment alléchant, mais le profit passait avant l'humain : je ne me sentais pas à ma place. Et toi ? Je ne t'ai pas demandé ce que tu faisais dans la jungle.

— J'y ai passé un mois pour soutenir une équipe. Beaucoup de migrants sont arrivés ces dernières semaines à cause de la guerre en Irak et en Syrie.

Il pointa une photo de son groupe exposée sur un meuble. Contrairement à la plupart de ses collègues, Thomas ne portait pas de blouse médicale, il était spécialisé dans les questions de logistique.

— Vos actions sont toujours axées sur les enfants ?

— Bien sûr. Notre mission consiste à repérer les mineurs isolés, ceux qui sont sans famille. Souvent, ils sont noyés dans la masse des adultes. Comme ils n'ont pas encore dix-huit ans, ils relèvent de la protection de l'enfance et doivent être mis à l'abri.

— Pas évident.

— Rien n'est jamais évident quand on travaille dans le social. Je te ressers ?

Alors qu'il s'apprêtait à remplir sa tasse de thé, Lina brûla d'envie de lui demander s'il pouvait aussi lui beurrer de jolies tartines de confiture de framboises et les mettre sur un plateau. Sentant poindre sa raillerie, Thomas détourna son attention en allumant son ordinateur portable.

— Tu veux que je jette un œil aux centres d'hébergement d'urgence qui auraient pu accueillir Darius et Djino ?

— Je les ai déjà listés, répondit-elle tout naturellement en ouvrant un fichier sur son smartphone.

— Ah bon ? Quand ça ? Il est à peine huit heures !

— Je t'ai dit que j'ai eu du mal à m'endormir…

Elle lui montra le fruit de ses recherches nocturnes : en comptant les centres de réinsertion sociale, elle avait répertorié une quinzaine de lieux d'accueil en Seine-Saint-Denis et une cinquantaine dans la capitale. Parallèlement, certaines structures proposaient d'autres types d'hébergement comme des chambres d'hôtel, des appartements ou même des chambres de particuliers souhaitant accueillir des SDF. Des sans-logis, des réfugiés, des femmes victimes de violences, en parcourant la toile, Lina avait réalisé que des milliers de personnes étaient hébergées chaque année grâce aux différentes associations et aux collectivités publiques. Malheureusement, elle avait aussi découvert que de nombreux établissements étaient en train de mettre la clé sous la porte, faute de dons ou de financements. À quoi ressembleraient les rues si ces institutions venaient à fermer ?

— Tu m'impressionnes, commenta Thomas en parcourant la liste. À mon avis, on devrait commencer par appeler le Samu social, c'est lui qui centralise les demandes et qui répartit les sans-abri en fonction des places disponibles. Tu veux que je m'en occupe ?

— Mais je t'en prie, répondit-elle d'un ton grandiloquent.

Il la fixa avec tendresse.

— J'ai beaucoup pensé à toi, tu sais.

Elle le regarda avec une mine interloquée. Pourtant, il vit dans ses prunelles bleues que cette parole ne la laissait pas insensible.

— Qu'est-ce que tu essaies de me dire ?

— Si tu avais répondu à mes appels…

Il avait commencé sa phrase sans savoir comment il allait la finir, et heureusement pour lui, son smartphone vibra contre sa paume.

Sans quitter Lina des yeux, il haussa les épaules d'un air désolé avant de décrocher :

— Allô ?… Oui… Tu en es sûr ?… Quand ça ?

Progressivement, la jeune femme vit les traits de sa mâchoire se raidir comme s'il avait mâché de la colle. Visiblement, un oiseau de mauvais augure venait de pousser son cri d'alarme.

— D'accord… On arrive.

Quand Thomas reposa le téléphone, il était complètement blême.

42

21 juin, Seine-Saint-Denis, France

— Purée ! Tu étais passé où ?

Une casquette du PSG vissée sur la tête, Viorel la Pierre croisa les bras d'un air réprobateur. Cela faisait pile-poil une semaine que Darius n'était pas venu le retrouver à leur point de rendez-vous dans le parc de la cité Lavoisier.

— Mon père ne veut plus que j'aille traîner dans la cité, il m'emmène pêcher avec lui.

— Ah ouais ? Vous allez pêcher où ?

— À Paris.

Même si son pote n'était pas du genre à se moquer, Darius n'avait pas envie de lui préciser qu'ils « pêchaient » l'argent des passants dans leur gobelet suspendu. Aujourd'hui, il avait profité du cours de français avec Mme Pascale pour filer en douce à la cité.

— Il y a du nouveau ? demanda-t-il en levant le menton en direction du tilleul.

— Et comment ! J'ai découvert que le vendeur d'herbes médicinales n'était pas le seul vendeur du quartier, chuchota Viorel sur le qui-vive, il y a un type qui lui ressemble à trois rues d'ici. Tu veux que j'te montre ?

— Vas-y !

La Pierre sauta sur ses jambes et l'entraîna à l'extérieur de l'ensemble des HLM sur une route jalonnée de feux tricolores, en retrait des habitations. Sur la chaussée, de nombreux camions se succédaient en projetant leur ombre sur des trottoirs larges mais vides. Des cyclistes s'y aventuraient parfois en pédalant à toute allure, sans doute pour quitter au plus vite l'austérité de cette rue.

— Qu'est-ce qu'il y a derrière cette butte ? demanda Darius alors qu'ils longeaient un long treillis en fer dressé sur le flanc du trottoir.

— Là ? La plus grande décharge de la terre : un énorme tapis d'ordures qui s'étale sur des kilomètres à la ronde. Les *gadjé* appellent cet endroit le « centre d'enfouissement ».

Darius fut déçu que le « centre d'enfouissement » ne soit pas visible depuis la route. À quoi pouvait ressembler la plus grande décharge de la terre ? D'ici, il ne discernait rien de plus qu'un long monticule caillouteux parsemé des mêmes mauvaises herbes que celles que Papu lui demandait d'arracher dans leur cour. Difficile de croire que cette ignoble butte puisse dissimuler un tel trésor…

Sa curiosité lui donna envie d'escalader le grillage mais Viorel ne lui en laissa pas le temps, l'entraînant dans une rue transversale flanquée d'immeubles vétustes.

Ils s'arrêtèrent devant le numéro 14.

— Dommage, il n'est pas encore là ! lui dit la Pierre en désignant la cage d'escalier. D'habitude, il se met toujours devant la porte pour vendre ses bonbons.

— Des bonbons ? s'étonna Darius. Ce n'est pas un vendeur d'herbes médicinales ?

— Non, celui-là vend des friandises. Ça ressemble à des Smarties. C'est mon petit-cousin Adrian qui me l'a dit. Tu as déjà mangé des Smarties ?

— Une fois.

— Eh bien, il demande dix euros par dragée.

Darius crut qu'il avait mal entendu.

— Dix euros ? C'est super cher !

— Oui, mais il paraît que ce sont des bonbons magiques.

— Encore un guérisseur ?

Dubitatif, Darius insista pour rester en espérant que le soi-disant « guérisseur » se pointerait bientôt.

Adossés à un muret, les deux garçons attendirent une quarantaine de minutes avant que le fameux vendeur ne fasse son apparition. Comme dans le parc Lavoisier, une flopée de clients arriva dans la foulée pour faire le plein de friandises. Un « surveillant » faisait le guet.

— Viens, il faut partir, lui dit l'adolescent au bout de cinq minutes.

Dans une rue si peu fréquentée, leur présence attirait les regards.

Silencieusement, ils se remirent en route le long de la déchetterie. Darius était pensif. Même si la tentation était grande de continuer à fouiner autour des mystérieux vendeurs, son estomac lui rappelait qu'il ferait mieux d'aller fouiller une ou deux poubelles pour le repas du soir.

Il était sur le point de prendre la direction du Chemin de Fer quand la Pierre se pencha vers lui, on ne peut plus sérieux :

— Franchement, ils se font un fric fou ! Tu ne voudrais pas qu'on essaie ?

43

24 juillet, Seine-Saint-Denis, France

Habillé en civil, le brigadier Izzi Asanovski sortit du parking et attendit au point de rendez-vous, devant la baie vitrée de l'énorme bâtiment. Vingt minutes plus tôt, le lieutenant Nicolas Barbarin lui avait passé un coup de fil pour lui dire qu'ils avaient «enfin du nouveau» sur l'affaire du parc Lavoisier. Après s'être coupé en quatre pour tenter d'identifier la victime, Izzi s'était réjoui de cette nouvelle.

L'agression avait eu lieu le 28 juin au pied des quatre immeubles qui formaient le Cercle Lavoisier. Le passant qui avait donné l'alerte était un vieux à moitié myope qui promenait son bichon dans l'aire de jeux. Alors que, dans la cité, tout le monde s'était déjà volatilisé de peur de s'attirer des ennuis, le vieux était tombé presque par hasard sur ce qui était vraisemblablement le corps léthargique et ensanglanté d'un Rom âgé d'une cinquantaine d'années.

Des altercations entre les Roms et les riverains, il y en avait tous les mois. Mais là, c'était plus grave : la victime était sur le fil du rasoir entre la vie et la mort. La brigade d'enquête du commissariat de circonscription avait aussitôt déboulé dans la cité, non sans subir quelques traditionnels caillassages de bienvenue.

Sans que cela surprenne personne, les premières investigations n'avaient rien donné. « Une enquête de voisinage dans la cité Lavoisier, c'est comme chercher des témoins visuels dans un institut pour aveugles », disait souvent Nicolas Barbarin. Quatre tours HLM, mille cinq cents fenêtres, zéro témoin, zéro emmerde.

Le Rom agressé était un parfait anonyme : pas de porte-feuille, pas de documents d'identité.

Le jour même, un appel téléphonique avait orienté Izzi Asanovski dans le bidonville de Romano Pero, rue Sainte-Catherine, or ce *platz* était celui où il avait le plus de mal à se faire des alliés, compte tenu de la grande diversité de Roms qui y vivaient,

Comme Izzi l'avait souvent répété à ses collègues, la population tsigane ne constituait pas un groupe homogène. Elle s'était fragmentée au fil de ses déplacements puis recomposée en différents lieux et à différentes périodes. Par conséquent, il existait d'énormes différences culturelles et plus d'une quinzaine de variantes de la langue romani. À Romano Pero cohabitaient plusieurs communautés issues de diverses nationalités : des Kosovars, des Serbes, des Roumains, des Bulgares, des Hongrois. Parmi eux, certains groupes se détestaient sans même essayer d'apprendre à se connaître.

Appuyé contre le mur de l'hôpital, Izzi alluma une Marlboro qu'il porta à sa bouche à la manière d'un cow-boy. Le lieutenant Barbarin ne tarda pas à le rejoindre avec son habituelle dégaine de vieux sergent.

— Toujours à l'heure, notre Chaman romanichel.

— Bien dormi ?

— Comme une bûche. Ça devient difficile de te joindre !

— L'UCLIC me sollicite pas mal. On est en plein rush avec le gang des enfants voleurs.

— Ils ont qu'à se trouver un autre flic rom au lieu de nous voler le nôtre !

Izzi se retint d'écarquiller les yeux face à ce qu'il estimait être un compliment à demi masqué.

— Qu'est-ce qu'on a de neuf ? demanda-t-il.

— On a retrouvé sa fille.

— Comment ?

— Un collègue a fait le lien. Elle serait venue de Roumanie pour retrouver son père et son petit frère… Darius, neuf ans.

— Oh, alors Darius est son fils !

Avant de perdre connaissance dans l'ambulance, « Darius » était le seul mot que la victime avait prononcé sans que personne sache à qui il faisait référence.

— On sait où est le gamin ?

— Volatilisé.

— Espérons qu'il soit juste planqué quelque part.

— « Disparition inquiétante », le parquet voudra de toute façon qu'on s'y colle, signala Barbarin.

— Il faudrait refaire le tour des camps de Roms.

— Tu t'en chargeras, monsieur l'interprète. J'en ai marre de me dégueulasser les chaussures. T'as fini ta clope ? On nous attend à l'intérieur.

Impatient, Izzi écrasa sa cigarette et suivit son collègue dans le service des soins intensifs.

44

28 juin, Seine-Saint-Denis, France

Viorel la Pierre lui avait donné rendez-vous à leur point de ralliement dans le parc pour enfants.

La semaine passée, les deux amis avaient élaboré un plan d'action et s'étaient réparti les tâches. Viorel s'occupait des bonbons et Darius des feuilles de sauge préalablement séchées au soleil. Ils divisèrent la « marchandise » dans de petits sachets en plastique récupérés dans les poubelles. Pour que leur plan fonctionne, ils avaient pris soin d'adopter une tenue vestimentaire similaire à celle des « guérisseurs ». Au moment venu, il ne leur resterait plus qu'à rabattre leur capuche avant de se lancer à la recherche de potentiels clients.

— Combien on a de sachets ? demanda Darius.

— Trente et un. Si on vend tout, on gagnera au moins trois cents euros !

Darius retrouva le sourire.

La semaine écoulée avait été particulièrement stressante pour son père, qui avait reçu une visite inopinée du Camatar en déplacement à Paris. Ce dernier lui avait rappelé que l'échéance de la dette touchait bientôt à son terme et qu'il attendait toujours ses trois cent cinquante euros pour le voyage. En le priant de lui accorder un délai pour le reste, Djino lui avait donné l'intégralité de leur butin de « pêche », cent euros en liquide, mais le Camatar n'était pas de nature à marchander. Aussi intraitable qu'un homme d'affaires, il avait prévenu le père de famille qu'au 1er juillet, chaque euro dû serait doublé.

— Allons-y ! s'exclama la Pierre en tenant fermement un sac noir en plastique rempli de marchandise.

Trois années passées à Paris lui avaient donné l'occasion d'apprendre plusieurs phrases en français, ce qui lui permit d'aborder facilement la première passante venue, une septuagénaire claudicante qui promenait son toutou.

— Pardon, vieille gentille madame, nous vendons des choses très bonnes pour dix euros un. Vous voulez ?

La femme osa à peine regarder à l'intérieur du sac que Viorel ouvrait en grand à son intention. Elle serra son sac à main contre sa hanche, secoua la tête avec horreur avant de leur tourner le dos et de décamper illico.

— Peut-être que les vieux *gadjé* n'aiment pas les bonbons, suggéra Darius pour justifier cet échec.

— Tu penses ? Moi je crois surtout que les *gadjé* n'aiment pas les Roms !

Ils prirent le parti de se diriger vers un trentenaire qui buvait une bière et recommencèrent leur manège.

Cette fois, le passant se montra intrigué et jeta un œil à leurs paquets. D'un mouvement discret, il renifla le contenu avant de froncer les sourcils.

— Tu te fous de ma gueule ? C'est des Smarties et de la tisane. Dégage !

Grâce aux policiers de Bugrassot, Darius connaissait bien le mot « dégage ». Il s'empressa de s'éloigner en tirant son copain avec lui.

Fermement déterminés, les deux garçons réitérèrent leur manœuvre au moins huit fois avant d'admettre que personne ne voulait de leurs produits. Au bout d'une demi-heure, le vrai vendeur de gazon se pointa sous le tilleul et Darius fulmina intérieurement lorsqu'il vit les premiers clients s'approcher. Comment ce type arrivait-il à vendre aussi bien de simples herbes séchées ?

— Je vais aller lui parler.

— Quoi ? s'égosilla la Pierre.

— Je veux savoir comment il fait.

— Mais tu ne parles même pas français.

Qu'importe. Darius s'était déjà hasardé sur la pelouse et marchait bravement vers le groupe qui faisait son commerce.

À cet instant, il était loin d'imaginer qu'il n'était pas le seul à avoir le vendeur dans sa ligne de mire : deux motos de police aux mécaniques rugissantes jaillirent entre deux immeubles et foncèrent en direction du tilleul.

Tout se passa très vite.

En un éclair, les clients apeurés se dispersèrent et le vendeur détala vers une cage d'escalier.

Les deux agents éteignirent leurs machines et coururent à pied sur ses traces. Aussitôt, d'autres policiers surgirent des quatre coins du quartier pour se lancer aux trousses des acheteurs.

Figé comme une statue de pierre, Darius vit les enfants du parc déguerpir à travers le méli-mélo de coursespoursuites traversé de cris. Alors que tout le square s'excitait, il aperçut surtout un sachet d'herbes sèches tomber de la poche du vendeur au moment où il prenait la fuite.

C'était le moment ou jamais !

L'enfant profita du grabuge général pour se faufiler entre les bosquets à la recherche du trésor égaré.

— Eh, toi !

Il plaqua son corps au sol lorsqu'il vit un policier arriver vers lui. Heureusement, l'agent ne fit que passer, coursant un autre individu.

— Darius, reviens ! cria Viorel en panique.

Le garçon ne l'entendit même pas, obnubilé par sa mission. Survolté, il rampa sur l'herbe comme un commando à la recherche du Graal.

— Je l'ai ! hurla-t-il tout à coup.

À deux pas du tilleul, il mit le grappin sur une très grosse prise : trente grammes d'« herbes magiques » empaquetés.

45

24 juillet, Seine-Saint-Denis, France

À peine y avait-elle mis les pieds que Cybèle détestait cet endroit.

Les murs étaient blancs, les plafonds étaient moches, les sols étaient nus. Comment les *gadjé* espéraient-ils guérir leurs malades dans des lieux aussi maussades ? Partout, les couloirs exhalaient une odeur chimique que l'adolescente n'avait jamais sentie ailleurs. Des hommes et des femmes criaient dans les chambres et d'étranges individus vêtus de bleu tiraient des chariots métalliques et sombres. Ce bâtiment empestait la souffrance et la maladie comme un bidonville empeste l'urine.

— Le patient est maintenu dans un coma artificiel, annonça l'infirmière en accompagnant Cybèle, Lina et Thomas dans le service des soins intensifs. Il est placé en isolement depuis quinze jours car il a développé une infection.

Elle les emmena dans une sorte de sas bleu canard et demanda à Cybèle de regarder à travers un hublot.

— C'est bien lui ?

Le cœur de l'adolescente se serra.

— Papa…

— Vous pouvez entrer mais il faut respecter certaines règles pour éviter tout risque de contamination. Pas plus d'une personne dans la chambre. Je vous prépare une tenue. Si vous souhaitez voir le médecin, il faudra prendre rendez-vous, il sera là vers dix-sept heures.

Cybèle n'avait pas compris grand-chose mais elle avait de toute façon la tête ailleurs.

L'infirmière lui donna une blouse, des gants, un bonnet et des chaussons en plastique. Une fois équipée, la jeune fille regarda Lina comme pour chercher son appui.

— Il ne faut pas toucher le patient, précisa la soignante avant de la faire entrer dans la chambre.

Seule face au lit, Cybèle éprouva un choc.

Son cher et tendre père ne ressemblait en rien à l'homme qu'elle avait connu. La chaleur naturelle de ses traits avait laissé place à un visage livide, terriblement amaigri, aussi figé et cadavéreux que s'il était déjà mort. De part et d'autre de son corps, plusieurs tuyaux remplis de différents liquides filaient vers d'effrayantes machines. Un étrange masque couvrait sa bouche et propulsait de l'air dans ses poumons.

Les genoux de Cybèle fléchirent subitement. Elle s'effondra sur le sol en pleurant et en fustigeant le Grand Del de lui infliger une telle épreuve. Qu'était-il arrivé à son père ? Pourquoi ce masque sur le visage et cette aiguille plantée dans le bras ? Des *drabarni*, il fallait des *drabarni* ! Pas ces guérisseurs en blouse bleue qui ne connaissaient aucun sortilège.

Dix minutes plus tard, l'infirmière ouvrit la porte pour lui demander de sortir car des policiers souhaitaient s'entretenir avec elle.

Quand l'adolescente retourna dans le sas, deux hommes habillés en civil se tenaient à côté de Lina et de Thomas.

— *Latcho to divès*[1], lui dit le plus grand en romani, je m'appelle Izzi Asanovski, je suis brigadier de police. Voici mon coéquipier le lieutenant Barbarin.

Cybèle observa le visage hâlé et mal rasé du policier qui se voulait bienveillant. Sa peau lisse et satinée lui fit dire qu'il n'avait pas encore une trentaine d'années. En d'autres circonstances, elle l'aurait trouvé attirant.

— Je ne fais pas confiance à la police, lâcha-t-elle en séchant ses larmes avec un pan de son châle.

Elle fixa avec insistance le deuxième policier qui la regardait en chien de faïence. Ce lieutenant trapu et moustachu transpirait le mépris à cent kilomètres à la ronde.

— Je m'en doute, répondit Izzi dans sa langue. Je suis vraiment désolé que ton père soit souffrant. Que Dieu le bénisse et le protège. Comment tu t'appelles ?

— Qu'est-ce que ça peut te faire ?

— Je suis chargé d'enquêter sur ce qui est arrivé.

— Tu es rom ?

— Ma famille appartient à la lignée des Kalderash, dit-il en essayant de la mettre à l'aise, mes parents ont quitté la Roumanie quand j'avais deux

1. « Bonjour » en romani.

ans et j'ai fait mes études en France pour devenir policier. Ça n'a pas été tous les jours facile parce qu'on a longtemps vécu dans la rue, mais le Grand Del m'a permis d'y arriver.

Les traits de Cybèle se détendirent. Même si elle aurait préféré regarder les lignes de sa main pour s'assurer de sa bonne foi, son intuition lui dictait qu'il ne mentait pas.

— Je veux bien te parler, mais à toi seulement !

Compréhensif, Izzi échangea quelques messes basses avec son collègue qui partit dans une autre pièce avec Lina et Thomas.

Seuls dans le sas, ils s'assirent sur deux tabourets en métal au milieu du matériel médical. Le policier lui expliqua que Djino avait été agressé le 28 juin dans la cité Lavoisier. Pour l'instant, la police n'avait pas encore identifié formellement ses agresseurs et en vingt-six jours de coma, Djino Stanescu n'avait reçu aucune visite. Par contre, un homme avait téléphoné à l'hôpital pour prendre des nouvelles du « Rom agressé dans la cité ». Les policiers avaient localisé le téléphone dans un camp rue Sainte-Catherine surnommé « Romano Pero ».

— Si je ne me trompe pas, tu as un frère ? demanda-t-il à la fin de son récit.

— Oui, Darius, il a neuf ans.

Elle lui raconta leur arrivée en France et comment ils en étaient venus à se séparer. Le brigadier lui posa plusieurs questions sur son frère en lui expliquant qu'une enquête serait ouverte pour le retrouver. Malheureusement, Cybèle n'avait aucune photo de Darius pour l'aider dans ses investigations.

À la fin de leur entretien, il accompagna l'adolescente au secrétariat médical pour prendre rendez-vous avec le médecin. L'entrevue fut fixée à dix-sept heures et Izzi proposa gracieusement de lui servir d'interprète.

Vers onze heures et demie, ils retrouvèrent Lina et Thomas qui avaient mitraillé de questions le lieutenant Barbarin.

Après avoir pris leurs coordonnées, les deux enquêteurs quittèrent l'hôpital en les laissant dans un état d'hébétude similaire à celui qui suit un mauvais rêve.

Encore sous le choc, Cybèle se tourna vers ses deux compagnons de fortune comme si une force mystérieuse avait pris possession de son esprit.

— Je aller Romano Pero, annonça-t-elle, Didi est possible là-bas !

Lina regarda Thomas.

— Elle a raison, l'appel téléphonique pour prendre des nouvelles de Djino a été passé depuis ce bidonville.

— Quand bien même, tu as entendu ce qu'a dit le lieutenant Barbarin ? Ce campement est immense, sordide, insalubre. Il est sous le coup d'une expulsion qui aura lieu très prochainement. Ce n'est pas un endroit sûr.

— Tu as peur des Roms maintenant ?

— Qu'est-ce que tu racontes ? Là n'est pas la question !

— Moi je vais avec elle !

Assommé par le bourdonnement de la circulation automobile, Thomas considéra un instant la jeune femme, sidéré par autant de détermination. Il savait par avance qu'il ne parviendrait pas à la raisonner. En Chine, Lina n'en avait fait qu'à sa tête, quelles que soient ses mises en garde. Comment avait-elle trouvé le courage de s'infiltrer dans la maison d'un possible meurtrier ? Paradoxalement, c'est ce côté intrépide et rebelle qui l'avait progressivement séduit. Thomas aimait qu'on lui résiste.

— Tu es sûre de toi ?

— Complètement sûre.

— Alors je vais être obligé de vous accompagner, dit-il en prenant sa besace.

— Tu n'es pas censé rentrer pour le déjeuner ?

Il consulta sa montre en soupirant. Sophie devait l'attendre sur le pied de guerre.

— Effectivement, mais tu commences à peine à me supporter à nouveau, je ne vais pas gâcher ma chance !

Lina secoua une tête amusée. Thomas n'avait pas complètement tort : un soupçon de connivence avait refait surface.

— Alors en route !

46

28 juin, Seine-Saint-Denis, France

Ce n'était pas de la sauge, Darius en avait la conviction.

Dès qu'il était sorti de la cité, il avait tâté et humé le paquet d'herbes en espérant que ses souvenirs d'enfant l'aideraient à en identifier la nature. Mais même après avoir mâché longuement une brindille, le mystère restait entier. Si Mami le regardait depuis le Cœur de feu entre les étoiles elle ne devait pas être contente, elle qui connaissait sur le bout des doigts toutes les herbes et tous les sels qui peuplaient ce bas monde.

De retour au Chemin de Fer, il sépara la marchandise en deux sachets équivalents et se promit d'apporter sa part du butin à Viorel la Pierre. Ensuite, il fila jusqu'à la cabane du marchand.

— Salut, gamin ! lui lança le vieux en le voyant entrer, qu'est-ce que tu veux aujourd'hui, encore de la sauge ?

Darius s'avança vers lui d'un pas décidé et posa vaillamment son paquet sur le comptoir de fortune.

— Combien me donnes-tu ? lâcha l'enfant.

— C'est quoi ?

— Des herbes magiques.

Le marchand renifla le contenu.

— Oh, je vois !

Darius essaya de cacher son étonnement. Ah bon ? Il voyait ? Mais que voyait-il au juste ?

— Alors tu me donnes combien ?

Le commerçant croisa les bras.

— Moi, je ne donne jamais d'argent, mon garçon. Par contre, je suis ouvert au troc. Regarde les rayons et dis-moi ce qui te ferait plaisir.

Légèrement déçu, Darius accepta tout de même de jeter un œil aux articles exposés. En plus des produits alimentaires, un tas d'objets avaient une utilité : un réchaud, une bassine, des couvertures, un sécateur, un tabouret pliant… un vieil accordéon !

— Ça ! Je veux ça !

— L'accordéon ? Il est à toi.

— Génial ! Je peux aussi avoir une sucette ?

— Seulement parce que c'est toi.

Une poignée de main scella leur accord puis Darius quitta fièrement la boutique avec l'accordéon dans les bras et une sucette dans la bouche.

— Papa va être fou de joie, annonça-t-il à Django en entrant dans la baraque, il aime tellement l'accordéon. Je ne te mens pas : il est le meilleur musicien de la terre. On va être riches, Django, on va être riches.

L'attente fut longue jusqu'au retour de son père. Darius était impatient de voir à quel point le bonheur allait irradier son visage.

Mais lorsque vers vingt heures Djino franchit la porte, fatigué par une journée de mendicité, sa réaction fut à mille lieues de ce que l'enfant avait imaginé.

Stupéfait, le père de famille ouvrit la bouche en frissonnant d'inquiétude.

— Darius, où as-tu trouvé cet instrument ?

— C'est un cadeau pour toi, Papa.

— Réponds !

— Mais pourquoi tu t'énerves ? Le marchand me l'a donné contre un paquet d'herbes magiques.

— Des herbes magiques ? Qu'est-ce que c'est que ces bobards ?

Certains signes ne trompaient pas. Si Darius n'avouait pas la vérité sur-le-champ, son père allait exploser de colère et hurler comme un bulldozer géant.

L'enfant prit son courage à deux mains et lui raconta tout : Viorel, le vendeur de gazon, l'arrivée de la police, le paquet tombant sur le sol. Malgré sa bonne foi, son récit ne fit que redoubler la furie de Djino.

— Je rêve ! s'exclama-t-il. Espèce de petit voleur ! Qu'est-ce qui t'est passé par la tête ? C'est ainsi que je t'ai élevé ? Je n'ose même pas imaginer ce que dirait ta mère. Ramène tout de suite cet accordéon au marchand et annule votre échange.

Djino était rarement en colère mais lorsque le courroux l'enflammait, la terre entière se mettait à trembler.

Django se réfugia dans sa boîte.

— D'accord, Papa.

Mais Darius n'avait pas prévu que le commerçant lui opposerait un refus. Djino alla trouver le vieil homme qui lui donna la même réponse : ce qui était fait, était fait, il n'y avait pas à négocier.

Pour calmer la fureur de son géniteur, Darius lui confia la marchandise qu'il avait mise de côté pour Viorel.

— Tu vas m'emmener à l'endroit précis où tu as ramassé le paquet ! Nous allons le remettre à son propriétaire !

— Oh, non, Papa, c'est une très mauvaise idée ! Les *gadjé* n'aiment pas les Roms, les *gadjé* n'aiment pas les Roms !

— Les *gadjé* n'aiment pas les Roms qui volent, vilain fripon, alors tu vas leur montrer que tu n'es pas un voleur !

Darius n'eut pas le choix : la colère de son père était telle qu'il s'exécuta sans broncher et le guida dans la cité.

En arrivant devant le tilleul, l'enfant jeta un œil soucieux aux alentours. Le calme était revenu dans le parc où quelques enfants grimpaient sur les structures de jeux.

— Voilà, je l'ai trouvé ici !

Sous l'œil intransigeant de son père, Darius posa le paquet au pied de l'arbre, là où le vendeur faisait son commerce.

— C'est bon, on peut rentrer maintenant ?

— On peut rentrer.

Il se croyait tiré d'affaire, mais des ombres surgirent des cages d'escalier.

III

ROMANO PERO

47

20 juin, Szalmapuszta, Hongrie

— Écoutez-moi bien, ce soir c'est décisif ! On va flanquer une bonne raclée à tous les pourris de Tsiganes qui n'auront pas été fichus de foutre le camp. Vous m'entendez ? On nous a appelés ici. Les gens de Szalmapuszta veulent qu'on les débarrasse de la vermine qui croupit aux abords de la ville. Vous êtes des sauveurs ! La Hongrie compte sur vous pour mettre au pas ces voleurs de poules et ces fouille-merde qui continuent de souiller nos terres. Alors ce soir, vous allez défendre les Hongrois ! Défendez votre race, défendez votre honneur !

Gabor Szabo caressa sa moustache hitlérienne en jetant un œil sur sa troupe : quinze types engoncés dans un uniforme noir frappé d'une tête de mort.

— *Heil* Gabor ! s'écria l'un d'eux en brandissant une main. Vive la Hongrie blanche !

Comme pour chaque « opération spéciale », les miliciens enfilèrent de sombres cagoules sur leur crâne fraîchement rasé, puis ils se munirent de battes et de fouets.

Leurs muscles étaient puissants, taillés à coups de serpe par des heures d'entraînement au combat. Les plus forts d'entre eux étaient capables de fendre des briques à main nue comme ils fendraient des os humains. Purifier la Hongrie avait un prix, celui de leur sueur et de leur sang.

Cinq minutes plus tard, une trentaine de bottes noires foulèrent le chemin qui menait au quartier rom. En tête de file, Gabor Szabo tenait trois chiens en laisse, des pittbulls sans muselière aussi hargneux que leur patron.

Après plusieurs journées de menaces, l'heure de l'assaut final était arrivée. Les Tsiganes avaient été prévenus : en Hongrie, l'Armée des Libérateurs imposait sa loi et ils n'avaient d'autre choix que de partir. Des patrouilles de miliciens sillonnaient la région, délivrant les communes de l'invasion des Tsiganes. Car ces derniers pullulaient partout, des cafards infâmes et vicieux impossibles à éradiquer. « Écrasez-en un avec le pied et ses œufs se logeront dans vos semelles pour éclore quelques jours plus tard, disait souvent Gabor. On n'en finit jamais avec les cafards, comme avec les Roms, à moins de les faire fuir, de les chasser sans pitié. »

Gabor poussa un cri :

— En avant !

Sa troupe le suivit en hurlant.

Au loin, le néonazi aperçut les premières maisons. Sous le soleil déclinant, la tôle ondulée des toits rougissait à vue d'œil, comme imbibée de sang.

Gabor ne savait pas combien de Tsiganes étaient restés. Depuis l'arrivée de leur patrouille, quelques jours plus tôt, au moins quatre familles avaient quitté le quartier.

La plupart du temps, les intimidations suffisaient. Certains déféquaient dans leur froc dès qu'ils voyaient une matraque, mais pour d'autres, la tâche était plus ardue. Ils s'accrochaient à leur baraque comme des moucherons sur les déjections des chevaux. L'Armée des Libérateurs y était habituée. Ce n'était pas la première fois que son groupe était appelé à nettoyer un territoire. Généralement, l'affaire était réglée en une semaine moyennant quelques maisons brûlées et quelques volées de coups. Bien sûr, leur patrouille emportait toujours quelques grenades ou cocktails Molotov destinés aux plus féroces Tsiganes contestant leur suprématie.

La troupe pénétra dans le quartier rom de Szalmapuszta, un terrain poussiéreux en marge de la ville. Là, les miliciens se figèrent dans la lumière orangée du soleil. Une brise poussiéreuse leur chatouilla le nez. Pas un bruit, pas un chat. Un silence morbide enveloppait les rangées de masures en bois, des baraques parfois croulantes, datant de bien avant l'époque communiste.

Les trois chiens reniflèrent, l'un d'eux aboya.

Toujours rien. Bizarre.

Les Roms avaient-ils déserté leur quartier avant que la milice ne les trouve ?

— Chef, ils sont partis ?

— Qu'est-ce que j'en sais ? s'énerva Gabor. On voit la même chose, non ? Ces peureux ont peut-être pris la fuite !

L'autre baissa la tête, légèrement déçu. Si déloger les Roms était leur objectif, une victoire si facilement acquise lui semblait ennuyeuse.

Devant la troupe, les chiens s'excitèrent en montrant les crocs. Gabor serra plus fermement les doigts sur les trois laisses avec méfiance.

— Fouillez les maisons, ordonna-t-il, ils doivent se cacher à l'intérieur !

Les miliciens allaient obtempérer quand un homme apparut au fond de l'allée principale. Gabor fronça les sourcils. Pas de doute : une raclure de Tsigane.

Le pouilleux avança vers eux, un bâton dans la main. Il avait le visage hâlé et durci, le regard sombre et résolu. Derrière lui, un autre Rom arriva. Et encore un, puis deux, puis trois. Plus de dix insurgés venaient vers eux en tenant des bâtons.

— Pitoyable ! cracha Gabor. Ils s'imaginent faire le poids avec leurs baguettes ? En avant, les héros, montrez-leur qui commande !

Survoltés, les patrouilleurs cagoulés se mirent en marche, prêts à en découdre avec les rebelles.

Mais les Tsiganes ne rebroussèrent pas chemin, au contraire : ils serrèrent leurs poings rugueux, fermement déterminés à défendre leur territoire.

Putain de Roms, pensa Gabor.

Et il lâcha les chiens.

48

22 juin, Budapest, Hongrie

L'armée des Libérateurs s'était formée en 2009 à la dissolution de la Magyar Gárda, une « garde hongroise » créée par le parti radical nationaliste Jobbik. Lorsque le tribunal de Budapest avait prononcé la décision, les hommes de la Magyar Gárda n'avaient pas pu renoncer à « défendre la Hongrie ». De nouveaux groupuscules étaient nés : l'Armée nationale des Sentinelles, la Garnison, l'Armée des Brigands, la Nouvelle Garde hongroise. Partout dans le pays, des hommes en uniforme munis de capes, de bérets, de chapeaux noirs ou de fouets défilaient dans les quartiers roms en entonnant des chants patriotiques.

— *Heil* Gabor ! lança un milicien quand le chef de patrouille entra dans le local de l'Armée des Libérateurs situé dans la banlieue de Budapest.

— *Heil* soldat !

Après avoir salué ses hommes dans la salle de musculation, Gabor Szabo enleva sa veste paramilitaire, découvrant l'énorme croix fléchée tatouée sur son bras droit. Emblème des anciennes tribus magyares, ce symbole représentait la pureté de la race contre les innombrables envahisseurs qui menaçaient la Hongrie.

— Pirate vous attend dans votre bureau.

Gabor sourcilla : ce n'était pas bon signe.

Lorsqu'il entra dans la pièce exiguë aux murs bardés de posters provocateurs, un milicien aux bras menus était assis près du pupitre, une pochette entre les doigts. Comme il était coutume de donner à chacun un sobriquet, les autres l'avaient surnommé « Pirate » parce qu'il était capable de pirater n'importe quel compte Facebook pour en extraire les données. Le jeune homme avait demandé à intégrer leur « armée » six mois auparavant, et même si sa carrure ne lui permettait pas de briller en salle de combat, ses talents d'informaticien l'avaient rendu indispensable aux yeux de Gabor. En plus de lui confier le secrétariat de leur comité, le chef de patrouille l'avait nommé « recruteur », c'est-à-dire que chaque jour, Pirate embrigadait de nouvelles têtes grâce aux réseaux sociaux et à son blog spécialisé dans « la lutte contre les envahisseurs tsiganes ».

— Mauvaises nouvelles ? lança Gabor sans même le saluer.

Pirate lui tendit une feuille de papier : un article trouvé sur le web intitulé « Des miliciens attaquent le quartier tsigane de Szalmapuszta ». Pour illustrer le texte, le journal en ligne avait aussi publié plusieurs photos des maisons réduites en cendres.

Le chef de patrouille grommela :

— *Buzik*[1] de journalistes de gauche. Ils nous ont grillés ?

— Pas pour l'instant, répondit Pirate, mais la police locale a ouvert une enquête.

Gabor se laissa tomber sur son siège en triturant sa moustache. En foulant le sol de Szalmapuszta, il n'avait pas envisagé que ses hommes rencontreraient une telle résistance. D'ordinaire, quelques démonstrations de force suffisaient à imprimer la terreur. Or jeudi dernier, l'affrontement avait mal tourné.

— Ce n'est pas la première fois que des baraques roms sont incendiées, lâcha-t-il avec mépris, tout le monde s'en contrefiche.

— Je suis d'accord, mais les journalistes parlent aussi du gamin défiguré…

— Vraiment ? Ils sont gonflés. Personne n'est mort à ce que je sache.

— On parle d'un enfant de cinq ans, chef, il s'est fait dévorer le visage. Des enquêteurs sont déjà en train de faire le tour des milices de la région. Le gouvernement veut clore cette affaire rapidement pour éviter tout conflit interethnique.

Le chef de patrouille grommela. Bon, d'accord, il avait commis une erreur. Ses pitt-bulls étaient dressés au combat : en les lâchant, il courait tout droit au bain de sang. Cela dit, ses hommes avaient toujours défendu une cause juste, patriotique et d'intérêt public. Eux seuls osaient se salir les mains pour défendre l'identité nationale. Alors pourquoi ne le laissait-on pas en paix ?

1. En hongrois : « pédés ».

Il tritura machinalement sa moustache en réfléchissant.

— J'ai un ami haut placé au parti Jobbik. Je vais lui passer un coup de fil, il arrangera nos affaires.

Pirate hocha la tête en signe d'approbation. Pourtant il resta planté devant le bureau d'un air pleutre.

— Chef…

— Quoi ? Tu as d'autres bonnes nouvelles à m'annoncer ?

Le milicien tortilla sa pochette en carton comme un enfant craignant une punition.

— Des rumeurs circulent sur les réseaux sociaux. Les gens disent que le gamin défiguré était sous le joug d'un gros *mafioso* du coin qui se fait appeler le Roi Ametovich.

Gabor ne put s'empêcher de ricaner.

— Le Roi Ametovich ? Je ne savais pas que les Tsiganes avaient un roi.

— Un maquereau et un voleur. Je n'ai pas son identité exacte, mais d'après mes sources, le grand manitou est énervé. Si ses hommes remontent jusqu'à nous, nous aurons des représailles.

Le chef de patrouille s'enfonça dans son siège, en arborant un rictus sardonique. Depuis la création de son armée, il n'avait jamais eu affaire à la mafia tsigane. Ce n'était pas faute d'avoir cherché, il avait toujours rêvé d'infliger une bonne correction à ces escrocs qui se pavanaient au volant de voitures de luxe, les doigts garnis de bagues diamantées. Un jour, Gabor avait entendu dire que les plus sauvages d'entre eux pratiquaient toujours le cannibalisme, comme le faisaient leurs ancêtres.

— Chef, vous frissonnez ?

Pirate pointa du doigt son gros bras sur lesquels plusieurs poils s'étaient dressés.

— Jamais de la vie, mon petit. Tu sais combien j'ai d'hommes de main ? Personne ne peut m'intimider, et surtout pas un satané Tsigane.

Il déchira l'article de journal, comme pour témoigner de sa puissance.

— Qu'ils viennent, ces enfoirés de mafieux, on les saignera à vif !

49

28 juin, Seine-Saint-Denis, France

— Viens là, petit con !

Le cœur battant comme un tambour de guerre, Darius courut à s'en arracher les tendons pour échapper aux deux *gadjé* de la cité qui s'étaient lancés à ses trousses.

Alors qu'il venait de déposer le paquet d'herbe au pied du tilleul, le vendeur avait déboulé dans le square pour récupérer son bien.

— Il manque au moins dix grammes ! Tu sais combien ça vaut, dix grammes ? Plus de cent euros.

Le vendeur avait mimé un coup de couteau sous la gorge, alors Darius avait compris.

— T'en as fait quoi, hein ? Dis-moi ou je te plante !

Aussitôt, une claque humiliante lui avait écorché la joue et un goût de sang chaud avait inondé sa bouche.

— Ne touche pas à mon fils ! avait hurlé Djino en roumain avant de se jeter sur l'agresseur.

La suite était prévisible. Tout le groupe l'avait encerclé et roué de coups jusqu'à ce qu'il s'écroule.

Face à un tel déchaînement de brutalité, Darius n'avait pas trouvé le courage de lui porter secours.

Alors que son père s'effondrait sur le sol, une peur panique s'était emparée de ses jambes, une peur viscérale et animale venue du plus profond de son instinct de survie.

Tu n'es qu'un froussard, pensa Darius, *tu as laissé tomber Papa!*

Les yeux mouillés de larmes, l'enfant cligna plusieurs fois des paupières pour ne pas perdre de vue le trottoir, la route, puis cette clôture immense qu'il escalada à mains nues en se griffant les bras et les mollets.

Derrière la butte, il ne s'émerveilla même pas à la vue des collines escarpées et sans fin du centre d'enfouissement technique.

Le corps tremblotant, il se réfugia parmi les milliers d'ordures ménagères, d'encombrants et de rebuts de déchetterie stockés dans des «casiers» creusés dans la terre.

— Papa va bien, il a toujours été le plus fort, articula l'enfant pour se tranquilliser.

Après s'être assuré qu'il n'était pas suivi, il se cacha dans un trou, en prenant garde de ne pas se couper avec les bords tranchants des débris qui composaient le sol instable. Recroquevillé derrière la carcasse d'une machine à laver, il patienta à l'affût du moindre bruit.

— Papa va bien, Papa va bien.

Au fond de lui, Darius savait qu'il se berçait d'illusions. La violence des coups avait été fulgurante. Le crâne de son père avait heurté le béton en le colorant de rouge.

— Grand Del, si tu existes, il faut que tu aides mon Papa, tu entends?

Le silence l'enveloppa.

Ses poursuivants avaient-ils renoncé à l'attraper ?

À la nuit tombée, Darius quitta la décharge et retourna prudemment au Chemin de Fer en espérant que son père l'y attendait sain et sauf.

Malheureusement, son espoir s'évanouit en même temps que les derniers rayons du soleil. De retour à la baraque, l'absence de Djino lui tordit le cœur comme une éponge qu'on essore.

Assis sur un tronc d'arbre, son ami Viorel la Pierre lui fit signe.

— Mon pote, je t'attendais. J'ai eu trop peur ! lui dit le garçon en lui tapant l'épaule. Quand je t'ai vu ramasser le paquet, j'ai pensé que la police allait te jeter en prison. Tu as les herbes magiques ?

Darius essaya de retenir ses larmes, mais un tel désespoir le submergea qu'il éclata en sanglots.

— Non, pleura-t-il, mon père a voulu les rendre au vendeur et il s'est fait tabasser !

Viorel siffla entre ses dents.

— Ça alors ! C'est ton père qui a été conduit à l'hôpital ? Les gens racontent qu'un Rom s'est fait agresser dans la cité. Il était dans un sale état, j'espère qu'il va s'en sortir !

Le nez enfoui dans ses doigts, Darius sanglota de plus belle. La Pierre était gentil mais il n'avait aucun tact. Maintenant, Darius se sentait coupable. Aussi coupable que le jour où il avait malencontreusement tué les deux chèvres de Papu en leur donnant à manger des végétaux toxiques.

— Ils l'ont emmené à quel hôpital ?

— Aucune idée, mais mes parents doivent savoir, viens ! Désemparé, Darius accepta de le suivre à Romano Pero.

— On va contourner la cité, lui dit Viorel alors qu'ils quittaient le Chemin de Fer, si ces salauds te tombent dessus, ils vont te faire la peau.

50

24 juillet, Seine-Saint-Denis, France

En arrivant à Romano Pero, un peu avant midi, Lina ne s'attendait pas à éprouver un tel choc.

La jeune femme n'était jamais entrée dans un bidonville auparavant et, même en ayant visionné des reportages à ce sujet, elle n'imaginait pas mettre les pieds dans un pareil bain de crasse et de précarité.

La stupeur commença à l'envahir à l'entrée du terrain, où le sol avait pris l'allure d'une décharge à ciel ouvert. Pour accéder à Romano Pero, il fallait piétiner un tapis de détritus et de débris de verre avant d'atteindre un chemin de palettes en bois serpentant entre les cabanons. Ces derniers étaient rudimentaires : de la tôle, du plastique, des rebuts. À l'intérieur, Lina aperçut des parois couvertes de tapis, de tissus et d'affiches bariolées, une décoration qui visait sans doute à donner une touche chaleureuse à des habitations foncièrement tristes.

À la vue des occupants, elle éprouva un pincement au cœur en pensant à la désillusion qu'ils avaient dû connaître en arrivant en ces lieux. Ces enfants jouant pieds nus dans la terre, ces femmes harassées berçant leurs bébés. À chaque fois qu'elle croisait le regard d'un Rom, Lina avait l'impression de sentir cette existence de galère, tissée de rejet, d'indifférence et de mépris. Il fallait beaucoup de courage pour mener une telle lutte, et au fond de leurs prunelles, elle percevait aussi une grande force et une ferme volonté de se battre pour accéder à une meilleure vie.

— Tu as l'air mal à l'aise, lui dit Thomas en posant une main sur son dos.

Habitué à la jungle de Calais, il se déplaçait avec beaucoup d'aisance, malgré la méfiance évidente des Roms qui les regardaient passer.

— Ils vivent dans une telle misère, répondit Lina, ils ne reçoivent aucune aide ?

— Pour bénéficier des prestations sociales, les citoyens européens doivent avoir un droit au séjour. Et pour avoir un droit au séjour, il faut une domiciliation reconnue par l'administration – c'est-à-dire ni bidonville ni squat – et un contrat de travail. Légalement, les Roms ont trois mois pour trouver un emploi. Au-delà, l'État peut les expulser du territoire.

— Alors ceux qui racontent que les Roms touchent plein d'allocations…

— Ne connaissent pas la loi ou essaient d'attiser la haine.

Indifférente à leur conversation, Cybèle leur emboîta le pas pour s'aventurer plus en profondeur dans le gigantesque intestin de bois et de ferraille.

Comme après plusieurs va-et-vient personne n'était venu à leur rencontre, elle décida d'interpeller un homme qui brûlait des câbles électriques.

Légèrement soupçonneux, l'homme interrompit son activité et traversa le nuage de fumée toxique pour s'avancer vers eux.

— *Latcho to divès*, jeune fille, dit-il à Cybèle en romani, tu cherches la *puri* ?

— Qui est la *puri* ? demanda l'adolescente.

— L'aïeule et la gardienne du *platz*. Tous les visiteurs qui foulent la terre de Romano Pero doivent se présenter à la *puri*, surtout quand ce sont des *gadjé*.

Il inclina le menton en direction de Thomas et de Lina d'un air qui signifiait : « Tu as d'étranges fréquentations. »

— Il n'y a pas de *bulibasa* ? s'étonna Cybèle qui n'avait jamais vu une femme diriger un *platz*.

— Il faut nettoyer tes oreilles, jeune fille : c'est la *puri* qui garde le terrain. Viens, je vais te conduire auprès d'elle.

Le collecteur de métaux ouvrit la marche dans les entrailles sales et tortueuses. Au terme d'un sentier jonché de pneus, de branches et de vieilles casseroles, il les abandonna au pied d'une longue caravane sans roues sur laquelle avait été greffée une baraque faite de planches.

Quand Cybèle toqua à la porte, une femme à la peau aussi ridée que le tronc d'un chêne centenaire en sortit. Malgré les trente degrés ambiants, une myriade de tissus brillants cachait ses jambes et un épais *diklo* violet tombait sur ses épaules. Plusieurs de ses dents étaient plombées et Lina remarqua qu'elle portait de lourds bijoux couleur or, sans doute pour se donner un air plus imposant.

— Qui es-tu ? grogna la mégère en toisant Cybèle. Et pourquoi as-tu amené cette minette blanche et ce pingouin ici ?

Beaucoup de vieilles Romnis se montraient provocantes et vulgaires. Habituée, l'adolescente s'inclina poliment.

— Bonjour, *puri*. Je m'appelle Cybèle Stanescu, fille de Djino Stanescu. Je suis venue avec mes deux amis *gadjé* car ils m'aident à chercher mon petit frère Darius, âgé de neuf ans. Mon père est à l'hôpital, il dort depuis vingt-six jours.

La vieille sortit une boîte d'allumettes d'une poche cousue sous sa jupe et alluma une pipe qu'elle tenait dans sa main droite.

— Tu dis qu'il dort ?

— Les *gadjé* appellent ça le coma.

Perplexe, la gardienne de Romano Pero aspira quelques bouffées en regardant dans le vide comme si elle ouvrait successivement les tiroirs de sa mémoire ancestrale. L'odeur corsée du tabac enveloppa bientôt sa silhouette.

— Je vois passer chaque Rom et chaque Romni qui entrent sur ce *platz*, finit-elle par cracher, il n'y a jamais eu de Stanescu !

Cybèle pensa à l'appel téléphonique initié depuis Romano Pero.

— Peut-être connaissez-vous Nanosh Coloji ? C'est un ami de mon père, ils ont passé le mois de juin ensemble au Chemin de Fer.

Cette fois, la vieille n'eut pas à réfléchir.

— L'ami de ton père habite dans ce camp depuis que son *platz* a brûlé. Viens !

*

L'aïeule était vive et dégourdie. Armée d'une canne ornée de faux diamants, elle les conduisit dans le labyrinthe de palettes en saluant chaque habitant par son prénom. Si la *puri* n'utilisait pas sa canne pour marcher, elle s'en servait sans pitié pour écarter les chiens errants et les détritus de son passage, de manière à ne jamais avoir à lever le pied.

Elle s'arrêta devant la porte d'un cabanon fraîchement construit, duquel un homme moustachu sortit, une bouteille de *țuica* à la main. À cet instant, Cybèle se remémora son surnom : Meurt-de-Soif.

— Nanosh !

— Cybèle ? La petite Cybèle d'Undeva ? Que tu as grandi !

Manifestement surpris par sa venue, Nanosh lui prit la main et la baisa avec amabilité, puis il inclina la tête vers les trois autres.

— Qu'est-ce qui vous amène ? demanda-t-il en romani.

— C'est au sujet de mon frère…

Cybèle pensait que la *puri* allait retourner chez elle mais, telle une fouine farfouilleuse, elle resta plantée sur place pour assister à leur échange.

Étonnamment, le visage tanné de Nanosh se décomposa quand l'adolescente lui apprit que son père avait été hospitalisé suite à une agression. La mine affligée, il se laissa tomber sur un tabouret et avala une grosse gorgée de *țuica*, en renversant la même quantité sur sa chemise bleue froissée.

— Grand Dieu, je n'en savais rien ! Je n'ai plus revu Djino et le gamin depuis la fin du mois de juin. Une partie de leurs affaires n'était plus là. Il n'y avait même plus cet horrible crapaud que Darius gardait toujours avec lui. J'ai pensé qu'ils étaient retournés en urgence en Roumanie.

— En Roumanie ? s'indigna l'adolescente. Et tu n'as même pas essayé de savoir pourquoi ils ne t'avaient pas dit adieu ?

Meurt-de-Soif pinça les lèvres d'un air coupable.

— Tout va trop vite dans ce pays. Les gens viennent et repartent… Oh, la vie est dure, tu sais. Comment je pouvais le savoir, qu'il était à l'hôpital ?

Son corps d'ivrogne sembla agité d'un soubresaut.

— Mon pauvre Djino… mon Djino à l'hôpital ? Tu as raison, je suis un piètre ami. Je mérite qu'un nid de fourmis m'avale. Oh oui ! Que je pourrisse si je ne termine pas cette bouteille !

Il ingurgita trois nouvelles gorgées d'eau-de-vie en larmoyant des excuses sur le ton du mélodrame.

— Assez, assez ! s'énerva Cybèle. Tu ne vas rien changer en picolant comme un pochetron. Tu n'as aucune idée de l'endroit où pourrait être mon frère ?

Nanosh secoua sa tête rougie.

— Je suis terriblement navré.

— Moi aussi je suis navrée pour toi, les interrompit la *puri* avec commisération, je sais à quel point les frères nous sont chers. J'espère que tu trouveras quelqu'un pour t'orienter mieux que nous.

Même s'ils ne parlaient pas romani, Thomas et Lina avaient compris que la vieille était en train de les congédier. Sous son œil ombrageux, Lina laissa ses coordonnées téléphoniques à Nanosh dans l'éventualité où Darius se manifesterait.

Après un au revoir de politesse, la *puri* insista pour les raccompagner à la sortie du terrain.

— Que le Grand Del te vienne en aide ! s'exclama-t-elle plaintivement. Ô combien je suis désolée pour ton père, ô combien je suis désolée pour ton frère. Que le ciel te protège ainsi que toute ta famille !

En s'éloignant, Cybèle jeta un dernier regard furtif en direction de la doyenne plantée au milieu des ordures.

Cette vieille faisait du cinéma.

51

28 juin, Seine-Saint-Denis, France

Les Covaci étaient les rois de la débrouille.

Installée à Romano Pero depuis un an déjà, la famille de Viorel la Pierre formait le plus grand clan roumain du *platz*, assiégeant une allée entière avec ses caravanes et ses baraques.

En chef de file, le père Covaci menait la barque parce qu'il était le plus vieux de sa fratrie. Alors que d'autres misérables volaient sur les chantiers, lui pédalait tous les jours sur son vélo à la recherche de câbles abandonnés qu'il brûlait pour récupérer le cuivre. Pour plaisanter, le père Covaci se disait « écolo » car son travail était une lutte quotidienne contre le gaspillage des *gadjé*. Il en allait de même pour sa Romni qui fouillait les poubelles à la recherche de vieux vêtements ou de tissus usagés. Une fois raccommodé, un pantalon de bébé se revendait deux euros à la sauvette. Encore fallait-il ne pas se faire choper ! Avec ses talents de couturière, la mère Covaci gagnait un peu moins que ses nièces qui chantaient dans le métro. Les bons jours, leur prestation leur rapportait entre trente et quarante euros, soit l'équivalent du salaire moyen d'un ouvrier en Roumanie.

— Vous avez vu ce qu'ils rapportent ? Les enfants n'ont pas besoin d'aller à l'école, répétait le père Covaci, l'école est réservée aux *gadjé*, elle ne nourrit aucun Rom !

Le chef de famille estimait que même les plus jeunes devaient mettre la main à la pâte pour réaliser le projet d'envergure entrepris trois ans auparavant en Roumanie : construire une bâtisse à deux étages équipée de l'eau courante et de l'électricité.

— Ne dis pas un mot sur les herbes magiques ! lui enjoignit Viorel alors qu'ils entraient dans Romano Pero, et d'abord, laisse-moi parler !

Darius hocha la tête. Maintenant qu'il avait conscience d'avoir fricoté avec la drogue, il comprenait que son ami la Pierre n'ait pas envie d'ébruiter leurs malheureuses péripéties.

— Je vous présente mon copain Darius, le fils du Rom qui a été tapé dans la cité, annonça Viorel de but en blanc en arrivant à la baraque.

Ses parents, ses oncles, ses tantes, tous ouvrirent de grands yeux de hibou à la vue du gamin au visage humide et rougi qui reniflait bruyamment.

— Darius et son père se baladaient dans la cité quand de méchants *gadjé* avec de longues oreilles et d'énormes dents leur sont tombés dessus. Ils ont frappé son père, comme ça, sans raison ! Mon ami a réussi à leur échapper… Toute sa famille est en Roumanie.

La mère Covaci laissa tomber le torchon qu'elle avait dans la main pour attraper le bras de Darius.

— Pauvre caneton ! s'exclama-t-elle. Ne reste pas dehors, entre ! Ne t'assieds pas par terre, prends cette chaise !

— Viens vers l'oncle, dit un homme en lui adressant une tape dans le dos, ton père n'a pas eu de chance. Les *gadjé* sont cruels, ils détestent les Roms. Certains sont si fous qu'ils les frappent. Dans la pierre et dans le bois, j'espère que Dieu aidera ton père !

— Oui, il ne faut jamais approcher les *gadjé*, ajouta une tante, ils sont *mahrime*, impurs.

— Que le ciel lui porte secours !

Les trois tantes de Viorel l'entourèrent pour lui manifester leur affection.

— Où est ta mère ? demanda la plus vieille.

— Tu n'as pas écouté ? Elle est en Roumanie, rétorqua une autre.

— Vraiment ? Qu'il doit être malheureux !

— Il le sera moins avec une tisane de thym, déclara la mère Covaci en apportant une tasse, le thym porte bonheur !

Darius sirota plusieurs gorgées en observant le quatuor de Romnis s'activer autour de lui. Après les sombres minutes passées dans la décharge, il ne trouvait pas désagréable d'être chouchouté par des femmes. Cette envolée de douceur maternelle lui faisait même le plus grand bien.

Devant la baraque, les hommes se rassemblèrent autour d'un feu de bois, cigarette au bec. Si le père Covaci restait silencieux, ses frères n'arrivaient plus à contenir leur colère.

— Ce n'est pas la première fois que les *gadjé* de la cité s'attaquent à un Rom ! s'exclama un oncle furieux. On devrait leur faire manger un bon gratin de phalanges !

Il brandit un poing pour illustrer sa métaphore. Depuis son arrivée en France, sa fougue belliqueuse lui avait déjà valu deux fractures du poignet et une mâchoire brisée.

— Et quoi encore ? Tu n'en as pas assez de croupir en garde à vue ? Quel exemple donnes-tu à nos fils ?

— L'un des nôtres est à l'hôpital. Ces *gadjé* méritent d'être punis.

— Alors Dieu s'en chargera, trancha le père Covaci.

Sans donner d'explication, il disparut dans une allée de Romano Pero puis réapparut dix minutes plus tard, un annuaire sous le bras. Toutes les fois où une bagarre avait éclaté sur le *platz*, les blessés avaient été conduits à l'hôpital de la Fontaine, le centre de soins le plus proche.

— On va demander des nouvelles de ton père ! annonça-t-il à Darius en prenant place à ses côtés.

Il fit glisser ses gros doigts couverts d'égratignures sur le clavier de son antique Motorola. Une femme décrocha à la troisième sonnerie.

— Je voulus savoir comment aller le Rom agressé dans la cité, indiqua-t-il sans même se présenter.

Son français était imparfait mais il réussit à se faire comprendre. En moins d'une minute, le père Covaci lâcha une quinzaine de « hum » et de « *da* » que personne ne réussit à interpréter.

Quand il raccrocha, toute la baraque était suspendue à ses lèvres.

— Alors ? demanda Viorel.

— Ils m'ont dit qu'il était dans le « coma ».

— « Coma » ? répéta la mère Covaci. Ça veut dire quoi, « coma » ?

— Ça signifie qu'il est plongé dans un profond sommeil mais il va bientôt se réveiller.

Une tante aux cheveux blanc cassé hocha frénétiquement la tête.

— Oui, le « coma » est arrivé à mon petit-neveu Adrian. Il a été touché par le « coma » et s'est réveillé dix jours plus tard.

— Ah bon ? s'étonna un oncle. Comment il s'est fait toucher ?

— Il a essayé de voler un vélo et une voiture l'a heurté. Paf. Le « coma » l'a touché comme un mauvais sort.

Tous les Covaci sifflèrent face à cette étrange magie de *gadjo*.

— Qu'est-ce que ça veut dire ? questionna Darius complètement désorienté.

Viorel lui adressa une tape sur l'épaule.

— Que ton père va se réveiller dans dix jours !

— Si Dieu le veut ! rectifia sa mère en faisant un signe de croix.

Darius soupira.

Dix jours… autant dire une éternité.

52

24 juin, Seholbékésföldvár, Hongrie

Ce soir-là, en sortant de la douche, Brigitta Szabo avait mis du parfum. Pas le parfum de tous les jours acheté sur les étals du marché : elle s'était aspergée de celui qui avait une fragrance sucrée et sensuelle qui par un effet magique invitait aux étreintes amoureuses. Comme Brigitta aimait faire les choses en grand, elle avait aussi remisé au placard son vieux pyjama en pilou pour revêtir sa plus affriolante nuisette. Le tissu noir et dentelé retombait avec légèreté sur ses grosses cuisses comme une cloche élégante dissimulant un plat.

Une fois dans la chambre, Brigitta ne se glissa pas tout de suite sous le drap. Elle s'allongea lascivement sur le lit et prit soin d'adopter une pose de sirène aguicheuse en offrant à la vue de son mari son décolleté vertigineux. L'effet fut instantané : Gabor piaffa d'excitation.

— Tu voudras encore de moi quand tu seras ministre ? demanda-t-elle d'un ton innocent.

— Ministre ? s'amusa Gabor. Qui te dit que je serai ministre ?

Elle se faufila langoureusement sur lui et chevaucha son corps tatoué avec assurance.

— Quand le parti Jobbik dirigera le pays, tu seras sans doute ministre ! Ministre de la Défense… qu'en dis-tu ? Pour tous les services rendus à la patrie.

Le chef de l'Armée des Libérateurs éclata de rire en la faisant rouler sur le matelas. Ses mains épaisses empoignèrent avec gourmandise cette paire de seins parfaits qu'il aimait malaxer pendant l'amour. En trente ans de mariage, le temps n'avait rien enlevé à la générosité de ses formes. Il trouvait même sa Brigi de plus en plus appétissante.

— Bien sûr que je voudrai encore de toi, ma déesse.

— Quel flatteur ! Viens là, mon chaton.

— Chaton ? Je suis un tigre !

Gabor contracta les muscles de son torse en prononçant des « grr » faussement intimidants.

Surexcitée, Brigitta simula une parade de défense en couinant quelques « au secours » de vierge effarouchée.

La puissance du tigre eut raison de sa nuisette. Le vêtement valsa au pied du lit, laissant une jungle foisonnante à la merci du félin affamé.

— Attends ! Les chiens aboient.

— Les chiens sont au garage, ils font leur vie, répondit Gabor survolté.

— Et s'il y avait un cambrioleur ?

— Tu regardes trop de séries. Allez, viens, j'ai envie de te croquer.

Il commença à lui mordiller un téton mais elle le repoussa en tendant l'oreille. Les pitt-bulls s'étaient tus mais un bruit inhabituel semblait provenir du garage.

— Tu devrais aller voir !

Gabor se leva avec agacement. Même s'il adorait ses clébards, il était tenté de leur filer quelques mornifles pour avoir interrompu ses ébats.

— Garde-moi tout ça au chaud ! somma-t-il en se grattant négligemment les roubignoles.

Le milicien sortit de la chambre à poil et dévala les escaliers grinçants et obscurs qui menaient au garage.

Quand il ouvrit la porte, son cœur fit un bond à la vue de la fenêtre fracturée, traversée d'un rayon de lune.

Perturbé de ne pas entendre ses chiens, Gabor actionna l'interrupteur.

Le néon clignota plusieurs fois avant de projeter sa lumière pâle sur les murs ensanglantés.

C'est là qu'il les vit : ses trois pitt-bulls décapités et évidés comme des porcs.

53

24 juillet, Paris, France

Thomas Mesli était rarement aussi fébrile.

D'ordinaire, il avait la faculté d'adopter une attitude positive et pragmatique quelles que soient les circonstances. Dans son travail, son sang-froid à toute épreuve était un atout majeur étant donné les difficultés auxquelles il était confronté. La famine, la maladie, l'indigence, la force d'un ouragan balayant cent villages : sur le terrain, il se heurtait en permanence à la dureté du monde et à son implacable imprévisibilité. Dans ce cas, pourquoi perdait-il son calme dès que Sophie le contrariait un peu ?

— Qu'est-ce qu'elle t'a dit ? demanda Lina depuis le salon.

— Elle m'en veut de lui avoir posé un lapin ce midi, répondit Thomas en enfilant ses gants de boxe, elle va au cinéma avec « un ami ».

— Ah… C'est vrai qu'il y a de bons films en ce moment.

Sa touche d'humour ne le fit pas rire. Alors pendant qu'il défonçait un punching-ball, les nerfs en pelote, Lina s'allongea sur le canapé de la pièce voisine, les yeux rivés sur les poutres du plafond qui lui rappelaient celles du vieil appartement où elle avait vécu avec sa mère jusqu'à l'âge de quinze ans. Depuis son séjour en Chine, la jeune femme avait pris beaucoup de recul sur le suicide de sa mère. Elle y était progressivement parvenue en discutant régulièrement avec les moines bouddhistes des monastères chinois de Canton. Suite à de nombreux exercices de détente et de méditation, ses nuits avaient cessé d'être souillées par l'image obsédante du corps écrasé au pied de l'immeuble. Plutôt que de s'acharner à vouloir tout effacer de sa mémoire, elle avait autorisé ses souvenirs et ses émotions à remonter à la surface, ce qui paradoxalement l'avait amenée à y penser de moins en moins.

Après une heure de boxe intensive, Thomas prit une douche, fignola sa barbiche, enfila un bermuda, puis s'assit sur une chaise, une serviette sur les épaules.

Du coin de l'œil, Lina l'observa essuyer sa tignasse brune ébouriffée. Même s'il semblait plus détendu, ses traits d'ordinaire si confiants étaient toujours assombris par un masque d'inquiétude.

— Tu te sens mieux ? questionna-t-elle d'une voix claire.

Il haussa les épaules en s'efforçant de sourire. À cet instant, elle ne put s'empêcher de le trouver beau.

— Je ne suis pas habitué aux tensions, confia-t-il. Au début de notre relation, tout marchait comme sur des roulettes. On passait nos soirées ensemble, à se balader dans Paris, à aller au théâtre ou dans les bars. Quand ils l'ont rencontrée, mes parents ont tout de suite eu un coup de cœur pour Sophie. Pour la première fois de leur vie, ils ont pensé que j'aspirais à une vie « normale », à l'abri du danger. En réalité, j'avais surtout besoin de souffler après ma mission en Irak. Je ne m'étais jamais mis en ménage, c'était l'occasion d'essayer. Puis les semaines se sont écoulées. La routine, le boulot. J'ai commencé à rentrer de plus en plus tard. Sophie m'a demandé plusieurs fois d'être plus présent, mais au lieu de l'écouter, je suis parti à Calais.

— Parce que ton patron te l'a demandé ?

— Parce que je suis irremplaçable, essaya-t-il de plaisanter.

Lina laissa échapper un « hum hum » incrédule qu'il n'eut aucun mal à interpréter. S'il n'avait pas été en mesure de se bouger les fesses pour accorder de l'attention à sa petite amie, c'est qu'il estimait peut-être qu'elle n'en valait pas la chandelle.

— Et ce type avec qui elle est allée au cinéma ?

— Un ami d'enfance, elle le voit de temps en temps.

— De temps en temps ?

— Je sais ce que tu as dans la tête, mais Sophie a beaucoup de principes.

— C'est vrai qu'elle a l'air un peu rigide ! se moqua Lina.

— Détrompe-toi, elle peut se montrer très souple.

Son ton prêtait volontairement à confusion. D'ailleurs, l'expression outrée de la jeune femme l'amusa secrètement. Il sentait que ses questions masquaient une part de jalousie.

— Et toi, tu en veux toujours à tous les hommes de la terre ?

— Naturellement, répondit-elle, mais comme je n'aimerais pas finir vieille fille, j'ai commencé une thérapie.

— Ton psy doit en baver.

— Énormément, il est à deux doigts de la dépression. Mais à nous deux, on tient le bon bout !

Les sourcils noirs de Thomas s'arrondirent comme deux parapluies déployés. L'ironie et le franc-parler de Lina l'avaient toujours conquis.

— Si je peux t'être d'une quelconque utilité, je te rappelle que je suis bientôt cocu alors…

— Je ne suis pas contre un cinéma !

Leurs rires résonnèrent dans le salon, accompagnés par le tintement des cloches de l'église du quartier.

Dix-sept heures.

Ils avaient encore deux heures à tuer avant d'aller chercher Cybèle à l'hôpital de la Fontaine.

— Tu penses que Darius a décidé de quitter le Chemin de Fer ? questionna tout à coup Lina.

— Si ses affaires ont disparu, cette hypothèse est la plus plausible !

— Je suis d'accord, mais pour aller où ? Il aurait pu prévenir Nanosh !

Thomas haussa les épaules. Peut-être Darius avait-il assisté à la scène. Peut-être cherchait-il à fuir une menace. Qui sait ce qui pouvait traverser la tête d'un gamin de cet âge ?

— J'espère seulement que personne ne s'en est pris à lui !

En consultant son téléphone portable, il remarqua deux appels en absence et un message vocal.

— Cécilia, de la prévention spécialisée, annonça-t-il après l'avoir écouté, elle dit qu'un collectif d'habitants se réunit aujourd'hui à la Brasserie Lavoisier. Apparemment, ils vont parler de Romano Pero.

— Quelle heure ? demanda Lina.

— Dix-sept heures !

La jeune femme se jeta sur sa veste. Ils étaient déjà en retard.

54

24 juillet, Seine-Saint-Denis, France

Cybèle n'avait jamais rencontré de vrai médecin. Même si au cours de sa vie, elle avait côtoyé une floraison de maladies dangereuses, la rougeole, la gale et la tuberculose n'avaient jamais eu raison de sa santé. Son incroyable résistance n'avait pourtant rien de miraculeux. Depuis qu'elle était haute comme trois pommes, sa grand-mère *drabarni* lui avait toujours enseigné une panoplie d'astuces pour préserver sa vitalité.

Déjà, Cybèle gardait en permanence cousue sous sa jupe une poche de tissu dans laquelle elle avait glissé une brindille, une amulette, un bout de ficelle et une plume de paon dotés de pouvoirs protecteurs. Si la maladie rôdait d'un peu trop près, l'adolescente mâchait des feuilles de luzerne ou exécutait des rituels de magie. À la mort de sa grand-mère paternelle, elle avait décidé qu'elle deviendrait elle aussi *drabarni*.

— Vous comprenez le français ? demanda le guérisseur en blouse blanche assis derrière son grand bureau immaculé.

La pièce était épurée et peu chaleureuse, décorée d'un seul poster représentant les organes du corps humain. Près de la fenêtre, seules quelques plantes aux tiges jaunies donnaient une parcelle de vie à cet ensemble aseptisé.

— Petit peu.

— Ne vous inquiétez pas, docteur Bernard, je vais traduire, lui dit le brigadier Izzi Asanovski en offrant un sourire rassurant à Cybèle.

— D'accord. Je n'ai pas beaucoup de temps devant moi alors je vais aller droit au but. L'état de santé de M. Stanescu est alarmant, mais nous faisons tout notre possible pour améliorer la situation.

Le médecin ajusta les lunettes ovales qui lui grossissaient les yeux. Les bases étaient jetées. L'entretien promettait d'être expéditif.

— À son arrivée, le patient était déjà dans le coma. Il a perdu connaissance dans l'ambulance. Les examens médicaux ont révélé un œdème cérébral et une fracture des deux côtes entraînant une perforation pulmonaire. M. Stanescu a été opéré mais, suite à l'intervention, il a contracté une infection nosocomiale. Nous avons essayé deux antibiotiques différents, sans aucune amélioration. La fièvre ne descend pas et les examens sanguins restent perturbés. Il y a deux jours, nous avons entamé un nouveau traitement associant plusieurs antibiotiques. Pour le moment, il semble résister à toutes les molécules.

Izzi Asanovski ne prit pas la peine de traduire en détail ce charabia si caractéristique des grands médecins. Il rapporta l'essentiel, à savoir que Djino souffrait d'une grosse infection que le corps médical n'arrivait pas à freiner. Pourtant, Cybèle parut aussi abasourdie que si elle n'avait rien compris ou qu'elle ne voulait pas comprendre.

— Vous avez des questions ? demanda le docteur Bernard en se préparant déjà à refermer le dossier.

L'adolescente répondit directement en français :

— Quand qui se réveille ?

— Qu'il se… ? Il m'est difficile de donner un pronostic.

— Il a peu de chances de s'en sortir, je me trompe ? questionna Izzi sans grand espoir.

Le docteur Bernard joignit ses deux mains en entrecroisant les doigts.

— La vie est parfois imprévisible.

Cette fois, le brigadier traduisit mot à mot, peut-être pour éviter de dire explicitement à Cybèle que cette philosophie de comptoir cachait probablement une entourloupe.

À la fin de l'entretien, une secrétaire médicale aux ongles parfaitement manucurés entra dans le bureau pour leur demander si Djino Stanescu bénéficiait d'une couverture sociale. En France, les ressortissants étrangers en situation irrégulière pouvaient prétendre à l'aide médicale d'État s'ils résidaient sur le territoire depuis au moins trois mois, ce qui n'était pas le cas de Djino…

— Dans ce cas, je me dois de vous dire qu'il revient à votre famille de régler les frais, annonça la secrétaire.

Cybèle blêmit.

— Pas d'argent, pas de travail ! bredouilla l'adolescente.

Le front d'Izzi se plissa en même temps qu'il faisait le calcul : un mois en soins intensifs à mille deux cents euros la journée, sans compter les honoraires chirurgicaux et les traitements médicaux, ils pouvaient toujours se foutre leur facture là où…

— J'imagine qu'en cas d'insolvabilité, la note passe dans les frais généraux de l'hôpital ? demanda innocemment le brigadier.

La secrétaire rougit.

— Je… eh bien… il faudra voir avec l'assistance sociale.

— C'est ce qui arrive la plupart du temps, répondit le médecin avec un mélange de fatalisme et d'ironie, dans ce genre de situation, on peut toujours compter sur le contribuable.

55

24 juillet, Seine-Saint-Denis, France

Ils marchèrent côte à côte dans l'ombre des barres HLM en savourant le vent de fraîcheur après une journée de canicule.

— Tu te souviens ?

Lina fit mine de ne pas comprendre.

— La dernière fois qu'on est allés dans une brasserie où on n'était pas les bienvenus, précisa Thomas.

Elle hocha la tête avec un demi-sourire. La dernière fois, c'était en Chine, lorsque la jeune femme l'avait entraîné malgré lui dans un bar isolé au milieu d'une zone industrielle. Sans le savoir, Lina et Thomas avaient mis les pieds dans un vivier de mafieux qui leur avaient sauté à la gorge à la première occasion. Les quatre ans de boxe de Lina s'étaient révélés profitables, mais elle aurait sans doute été salement amochée si Thomas n'avait pas pratiqué des arts martiaux.

— Espérons que cette fois, l'ambiance sera plus amicale, dit-elle en replaçant une mèche blonde derrière son oreille.

— Moi, j'ai bien aimé l'issue de la soirée !

Lina rougit en se remémorant la nature de cette «issue». Après s'en être sortis miraculeusement indemnes, Lina et Thomas étaient retournés dans leur chambre d'hôtel, où ils avaient été saisis par l'irrépressible besoin de «décompresser». À peine avaient-ils passé la porte que les doigts de Thomas s'étaient égarés sans pudeur dans la culotte de la jeune femme qui ne s'était pas privée de lui offrir ensuite son bas-ventre.

— On ne devrait pas parler de la Chine, déclara-t-elle tout à coup en sentant sa gorge se serrer.

La figure de Thomas s'assombrit. Il savait que des images moins agréables venaient de surgir dans son esprit.

— Lina, ce qui est arrivé le lendemain…

— Je sais que tu es désolé ! Je suis sincère quand je dis que je ne t'en veux pas. Certaines choses échappent à notre contrôle. Tu ne pouvais pas prévoir que tant de gens allaient mourir…

Même si les mots étaient crus, elle sentit un imperceptible changement dans les traits de son visage. En lui, un nœud s'était desserré quelque part, pour laisser place à une forme de soulagement.

— Merci, répondit-il simplement.

*

Quand ils arrivèrent devant la Brasserie Lavoisier vers dix-sept heures trente, les débats avaient déjà commencé. Derrière la vitre, une douzaine d'hommes et de femmes conversaient autour d'une table, sous l'œil de la patronne qui n'en perdait pas une miette.

Le plus naturellement possible, Lina et Thomas entrèrent et s'installèrent dans un coin pour écouter l'homme grisonnant et moustachu qui parlait en faisant de grands gestes :

— On sait comment ça se passe avec les campements sauvages. Au départ, une dizaine de familles débarquent. Un an après, ils sont une centaine à construire des baraques en tronçonnant des arbres et en transformant la zone en dépotoir géant. À Romano Pero, on croirait le tiers-monde !

Un Africain assis à la même table s'offusqua de cette comparaison.

— Tu exagères, Césario, laisse le tiers-monde là où il est.

— Oui. Ce que je veux dire, c'est qu'il y en a partout : du bois pourri, des emballages, des carcasses. Je sais bien que le maire a fait empirer les choses en suspendant le ramassage des déchets, mais il a raison, c'est l'argent public qui est dilapidé dans le nettoyage. Ces gens ne sont de toute façon pas propres et ils n'ont pas envie de s'intégrer.

Un murmure d'approbation général sembla le plébisciter.

— Et toi, Najia, tu n'as pas encore parlé. Qu'est-ce que tu as à dire ?

Une femme portant un hijab prit timidement la parole :

— Je suis venue à cette réunion parce que je me sens de plus en plus en insécurité chez moi. J'habite au rez-de-chaussée du bâtiment 18, juste en face de Romano Pero, j'ai peur qu'un Rom me cambriole. Je les vois tous les jours, ces enfants qui partent dans le métro pour voler les touristes ! Alors je sais qu'ils vivent dans la misère. Je ne veux pas jeter la pierre car je sais que nos jeunes deviennent des dealers pour aider leurs familles, mais moi, je vis dans la peur.

— Tu es trop gentille, Najia, répondit un homme basané. Ici, tout le monde est au chômage. Nos jeunes diplômés ne trouvent pas de travail parce qu'ils sont de couleur. Il y a assez de problèmes dans ce quartier pour que les Roms n'en rajoutent pas une couche !

Silencieux, Thomas et Lina les regardèrent s'emporter contre les Roms comme s'ils étaient la source de tous leurs maux. Ici, les Noirs, les Blancs et les Arabes étaient tous tombés d'accord. Aussi d'accord que les soi-disant Français de souche qui, dans le sillage du Front national, stigmatisaient les « étrangers ». Face à un monde en crise où l'argent semblait manquer, tous se mettaient à chasser les profiteurs. Le cas social, le délinquant, le chômeur ou l'immigré : personne n'était à l'abri du soupçon. Et pendant que le petit peuple s'entredéchirait pour désigner un coupable, des milliers de milliards d'euros s'évaporaient chaque année entre la fraude et l'évasion fiscales. Lina avait appris que, bientôt, une minorité indécente de dix nantis cumulerait plus de richesse que la moitié de l'humanité. Comment le monde avait-il pu devenir aussi absurde ?

— Je ne voulais pas en parler ce soir, mais j'ai eu vent d'une nouvelle qui va tous nous soulager, dit soudainement un homme avec une cravate à rayures mal nouée. Ce n'est pas encore officiel, mais mon beau-frère qui travaille à la mairie m'a dit qu'un arrêté de péril a été prononcé et sera rapidement mis à exécution.

— Un arrêté de péril ?

— Oui, pour cause d'insalubrité. Romano Pero est sur le point d'être rasé.

La réaction du «comité» fut sans équivoque. Des éclats de joie et des soupirs de soulagement emplirent la salle si bien que la patronne décida d'offrir une tournée.

— Ils commencent à me chauffer les oreilles, murmura Lina en les fusillant des yeux.

Si jusqu'à présent, elle avait réussi à garder son calme en se malaxant fébrilement la paume, la colère venait de lui monter au nez comme une moutarde piquante.

Thomas posa une main sur son épaule.

— Reste tranquille, c'est inutile de s'énerver.

— Je ne suis pas énervée.

— Bien sûr que si, tu…

Elle lui donna raison en se levant brusquement.

— Comment pouvez-vous vous réjouir ? lança-t-elle à l'intention du groupe.

Dans la brasserie, tout le monde s'interrompit pour dévisager l'odieuse importune qui se mêlait de leurs oignons.

— De puissantes pelleteuses balayeront tout sur leur passage, des dizaines de familles vont se retrouver à la rue. Des enfants, des bébés. Et vous fêtez cette nouvelle en ingurgitant des bières ?

— C'est qui, celle-là ? demanda l'homme qui s'appelait Césario.

— J'sais pas, répondit la patronne.

L'homme se leva, agacé.

— Qu'est-ce que vous êtes venue faire ici ? Défendre la cause des Roms ?

— Vous n'avez aucune idée des difficultés que ces familles traversent !

— De quelles difficultés vous parlez ? Non seulement ces pouilleux nous piquent nos allocations, mais ils ne bougent pas d'un pouce pour trouver du travail !

— Qu'est-ce que vous en savez ? Êtes-vous déjà allé à Romano Pero ? Pour rien au monde vous ne voudriez être à leur place.

— Alors ils n'avaient qu'à rester dans leur pays ! rétorqua la patronne avec l'allure d'une poissonnière.

— Que vous êtes drôle ! se moqua rageusement Lina. Vous connaissez le pourcentage d'immigrés ou de descendants d'immigrés dans votre cité ? S'ils devaient tous rentrer dans leur pays, vous n'auriez plus de clientèle !

Dans le « comité », des voix courroucées s'élevèrent bruyamment.

— Fichez le camp de ma brasserie, petite morue ! vociféra la patronne.

Depuis le comptoir, elle balança une éponge que Lina esquiva de justesse. L'offensive était lancée. Lina se préparait à riposter avec une gifle magistrale lorsque Thomas lui saisit la main au vol pour l'entraîner vers la porte.

— Lâche-moi, elle mérite qu'on lui arrange le portrait !

— Elle est déjà assez laide, viens !

Elle se débattit sans succès, car Thomas n'avait pas l'intention de la laisser déclencher une bagarre.

Salués par les huées des clients qui hurlaient « bon débarras », ils quittèrent la brasserie et s'éloignèrent dans la rue.

Soudain, une femme vêtue d'un ample chemisier vert se leva au fond de la salle et se lança derrière eux.

56

24 juillet, Seine-Saint-Denis, France

— Tu aurais pu me soutenir ! s'indigna Lina dès qu'ils furent au-dehors de la brasserie.

— Te soutenir pourquoi ? On ne pouvait pas les raisonner.

— Et alors ? Tu n'as pas entendu les aberrations qui se disaient ? Il faut courber l'échine et se taire ?

Le menton relevé, elle hâta le pas en direction du parc Lavoisier déformé par l'obscurité tombante.

— Si tu veux aider les Roms, ce n'est pas en faisant la morale à ceux qui ont des préjugés, Lina. Attaque-toi plutôt à ceux qui les fabriquent !

Elle stoppa net sa marche et le scruta attentivement. Sans qu'elle sache pourquoi, une chaleur la traversa, comme une envie soudaine de l'embrasser.

— Excusez-moi ! s'exclama une voix dans leur dos.

Lina se retourna pour poser un regard interrogateur sur la femme aux cheveux gris acier qui venait de lui sauver la mise. Les talons de ses sandales en cuir claquaient sur les pavés crasseux, jonchés de crachats et de mégots. Longue et légère, sa jupe blanche donnait le sentiment qu'elle appartenait à un autre monde.

— Cette dame était dans la brasserie, lui glissa discrètement Thomas, elle lisait un magazine dans un coin.

La sexagénaire arriva vers eux. Avec la lumière déclinante du soleil, ses rides rappelaient les sillons du sable du désert.

— Pascale Vasier, dit-elle en tendant sa main à Lina, je suis bénévole dans une association qui lutte pour la scolarisation des enfants roms.

La jeune femme lui serra la main tout en essayant d'évaluer la véracité de ses propos.

— Ma démarche va peut-être vous sembler étrange, mais je voulais vous dire que je vous ai trouvée très courageuse de vous révolter ouvertement dans la brasserie.

— C'était peine perdue, visiblement…

— La situation est compliquée. Il y a douze millions de Roms en Europe et seulement vingt mille en France. Pourtant, les gens se sentent envahis. Ici, les terrains habités par les Roms sont vidés les uns après les autres. Tous les enfants qui étaient scolarisés vont devoir quitter le quartier et seront à nouveau sans école.

— Vous faites partie de Scolarom ? demanda Thomas en se remémorant les propos de son amie éducatrice.

Pascale Vasier hocha la tête. Ses iris étaient d'un bleu pénétrant et insondable.

— Oui, nous donnons des cours de français dans une caravane-école. Nous tentons aussi de sensibiliser les Roms à l'importance de la scolarisation. En France, des milliers d'enfants roms ne sont pas scolarisés. Aller à l'école est un parcours du combattant quand on ne maîtrise pas la langue et qu'on n'a pas de quoi acheter des cahiers. Je ne vous parle même pas des maires qui refusent leur inscription.

Elle s'interrompit en réalisant qu'elle était en train de s'égarer. Lina en profita pour rebondir :

— Peut-être pourriez-vous nous renseigner : nous sommes à la recherche d'un enfant âgé de neuf ans, rom roumain. Son père est dans le coma depuis qu'il a été agressé dans le square Lavoisier, le 28 juin dernier.

— Comment s'appelle-t-il ?

— Darius Stanescu. Il habitait au Chemin de Fer.

La figure fatiguée de Pascale Vasier se couvrit d'un voile d'inquiétude qui fit ressortir ses cernes. Son expression ne laissait planer aucun doute : elle connaissait Darius.

— Vous dites que son père est dans le coma ?

— Oui, à l'hôpital de la Fontaine.

— Je ne savais pas. Je pensais que Darius était retourné en Roumanie avec son père ! Je ne l'ai pas vu depuis la fin du mois de juin. Pourtant, il venait tous les samedis aux cours de français. Sous ses airs de caïd, c'est un petit garçon très attachant qui a fait beaucoup de progrès en peu de temps.

Visiblement bouleversée, Pascale fit un pas de côté pour s'asseoir sur un banc à l'ombre d'un platane. Elle avait besoin de rassembler ses esprits.

— Vous n'avez aucune idée de l'endroit où il aurait pu aller après l'agression de son père ?

— J'aimerais pouvoir vous répondre. J'espère seulement qu'il ne lui est rien arrivé de grave. Il y a des personnes mal intentionnées avec les Roms. Vous l'avez constaté par vous-mêmes. En même temps, les habitants de la cité vivent dans de telles conditions… La précarité et l'exclusion génèrent de la violence. Comment alléger leur peine ?

Les yeux de la bénévole s'embuèrent et dans l'abysse de ses pupilles, Lina put ressentir toute la tristesse qu'avait éprouvée cette femme quand les enfants du Chemin de Fer s'étaient retrouvés sans toit.

— Je peux vous laisser mon numéro ? demanda-t-elle.

— Bien sûr. Et si vous me donnez votre adresse mail, je pourrai même vous transmettre des photos de Darius prises lors d'un atelier. J'ai l'habitude de confectionner des albums-souvenirs pour les enfants.

— Ça nous serait d'une grande utilité.

— Je vous l'envoie très vite. Et n'hésitez pas à me tenir informée pour Darius !

Pascale Vasier épousseta sa jupe blanche puis regagna le parking sur lequel elle avait garé sa voiture.

Restés dans le parc, Lina et Thomas s'assirent à leur tour sur le banc et observèrent les premières étoiles percer le ciel encore clair.

— Cette femme m'impressionne, confia Lina, à présent apaisée.

Elle se surprit à sourire en pensant au travail remarquable qu'accomplissaient de nombreuses associations.

À côté de ceux qui se réfugiaient dans la haine par peur de l'altérité, il y avait aussi ces autres individus, ceux qui par un élan d'altruisme embrassaient l'humanité et toutes ses différences.

— Toi aussi, tu m'impressionnes, lui répondit Thomas en l'entourant de ses bras.

57

27 juin, Akár, Hongrie

Le lac Balaton resplendissait sous le soleil estival. Près de la côte, l'eau limpide aux reflets bleus azurés évoquait la douceur d'une mer rainurée de vaguelettes. Quelques timides bateaux glissaient sur les eaux peu profondes qui s'étiraient au loin, jusqu'à la cime verte des pentes volcaniques de Badacsony plantées sur la rive nord.

Comme chaque matin, Carmena s'était levée de bonne heure pour accompagner Zorita à l'école. La fillette était scolarisée dans un établissement du quartier qui accueillait tout aussi bien les *gadjé* que les Roms. Mais alors que Carmena s'apprêtait à remonter dans sa voiture, Zorita lui avait tenu la main et l'avait embrassée sur la joue pour lui dire au revoir.

— À ce soir, Carmi !

Carmena avait tressauté de surprise.

Depuis la mort de sa mère, huit mois auparavant, Zorita ne supportait pas que son père puisse fréquenter une autre femme. Du haut de ses sept ans et demi, la fillette avait instinctivement compris que leur mariage ne devait rien à l'amour : son père avait seulement besoin d'une conjointe pour tenir les rênes de la maison pendant ses séjours à l'étranger. Dans la famille, les hommes se transmettaient l'art de la verrerie depuis plusieurs générations et Maldini était régulièrement sollicité en Europe pour rénover des vitraux. Parmi les prétendantes potentielles au poste d'épouse disciplinée, Carmena avait le profil parfait : belle, candide, affable, issue d'une bonne famille chrétienne fidèle aux traditions tsiganes. En deux semaines, l'affaire avait été bouclée : le père de Carmena avait engrangé une dot outrageusement confortable et, après de courtes noces, la jeune femme avait rejoint le domicile de son époux.

En dépit de son infatigable bonne volonté, les cinq premiers mois avaient été particulièrement difficiles. Son nouveau mari avait brillé par son absence et Zorita avait déployé des trésors d'imagination pour lui mener la vie dure. Pour se rassurer, Carmena s'était répété qu'elle avait beaucoup de chance en comparaison de tous les Roms qui s'entassaient dans les bidonvilles de l'agglomération voisine. La maison de Maldini était située dans un quartier relativement aisé non loin d'une station balnéaire. L'intérieur était spacieux : plus de douze pièces agrémentées de tapisseries fleuries, de meubles baroques et de lustres en cristal que Carmena s'évertuait à dépoussiérer. Le soir, l'apprentie mère de famille se reposait dans le canapé en cuir sous le splendide plafond doré. Quand elle se rendait au marché, toutes les Romnis étaient jalouses de la pléthore de jupes et de châles offerts par Maldini pour leur mariage. Alors pourquoi se plaindrait-elle ?

Alors qu'elle venait de mettre au four un chapelet de *pogácsa*, de délicieux petits pains hongrois confectionnés à partir de pomme de terre, quelqu'un toqua à la porte. À travers le judas, Carmena reconnut sa voisine qui venait régulièrement faire un brin de causette.

Parmi les Tsiganes du quartier, Mozol était sans doute la plus moderne : pas de *diklo* ni de tenue traditionnelle, elle traînait en pantalon, parlait couramment anglais, et conduisait son propre scooter en écoutant du rock. Un mois avant, la jeune femme avait terminé ses études de pharmacie, devenant ainsi la troisième diplômée de sa famille après son frère ingénieur et sa sœur professeure des écoles.

— Mes parents se sont toujours efforcés d'adopter le mode de vie des Hongrois, avait-elle expliqué le jour de leur rencontre. Cela ne veut pas dire qu'ils ont renoncé aux valeurs tsiganes : nous savons d'où nous venons. Néanmoins, nos ancêtres se sont installés il y a si longtemps en Hongrie que personne n'est en mesure de dire qui a été le dernier nomade de la lignée.

Cette remarque avait rendu Carmena pensive. Elle n'avait jamais connu ses arrière-grands-parents, mais elle savait qu'ils étaient arrivés en Hongrie dans les années 1930, après avoir parcouru d'interminables chemins dans une roulotte tirée par des chevaux. Conscients qu'il serait de plus en plus difficile de nourrir leurs sept enfants avec des activités ambulantes, ils s'étaient résignés à abandonner le nomadisme, tandis que les autres membres du clan avaient poursuivi leur route en Serbie et en Russie.

Carmena ouvrit la grande porte d'entrée avec un sourire.

— *Michto* Mozol, tu viens de bonne heure !

Soudain, elle réalisa que le teint de sa voisine était anormalement pâle et qu'elle serrait les mâchoires d'un air préoccupé.

— Viens, entre.

Carmena s'empressa de la faire asseoir au salon et de lui servir du café. Quelle que soit l'heure de la journée, elle avait toujours de quoi accueillir des visiteurs.

— Dis-moi, ma belle, qu'est-ce qui te cause tant de souci ?

Mozol brandit un journal avec une expression épouvantée.

— Tu es au courant pour le quartier rom de Szalmapuszta ?

Carmena secoua la tête.

— Il y a sept jours, des hommes l'ont pris d'assaut, dit-elle d'un ton grave, ils ont mis le feu aux maisons et ont tabassé les habitants. Un enfant a été hospitalisé, le visage dévoré par un chien. Le journal *Eloado* a publié un dossier spécial avec des photos, regarde !

Lorsqu'elle aperçut les clichés, Carmena plongea son visage dans ses mains comme pour atténuer le choc. Le contenu était absolument abominable : le visage maculé de sang, le garçon avait plusieurs trous béants dans les joues et son nez avait tout bonnement disparu.

— J'ai du mal à y croire, murmura la Romni.

Pourtant, elle savait que l'animosité contre les Roms ne datait pas d'hier. Elle avait même suivi une pente ascendante depuis que le parti Jobbik diabolisait les Tsiganes pour gagner des électeurs. En quelques années, les discours de haine s'étaient banalisés à la télévision et une méfiance grandissante fleurissait à l'égard des Tsiganes, aux dépens de tous ceux qui avaient réussi à exister dans la société.

— Szalmapuszta ne se situe qu'à trente kilomètres d'ici, déplora Mozol, que va-t-on faire si ces fous débarquent à Akár ? Il y a au moins vingt familles roms dans le quartier.

— Les Roms d'ici ont tous un bon statut et sont appréciés des non-Roms. Je ne vois pas pourquoi ils s'en prendraient à nous.

— Ce sont des extrémistes… Ils se moquent bien de savoir si nous sommes appréciés ou non. Pour eux, les Tsiganes sont une sous-race. Lis l'article !

Intitulé « Mauvaise passe pour la population rom », le texte accompagnait les clichés de l'enfant défiguré.

« La ville de Kereszthely est le théâtre de tensions interethniques violentes suite à plusieurs altercations entre Roms et Hongrois. Depuis le début du mois de juin, plusieurs accrochages ont eu lieu dans des villages environnants impliquant des sympathisants d'extrême droite connus par les services de police. Ces tensions interviennent un mois avant les élections municipales et sont fortement attisées par des manifestations de représentants de partis nationalistes. Dans ce climat de haine grandissante, le Premier ministre a récemment appelé au calme afin d'éviter tout conflit ethnique. Il… »

Carmena secoua la tête. Non, elle n'avait pas envie de connaître tous les détails d'une haine raciale qu'elle trouvait complètement absurde.

— Je ne comprends pas que l'on puisse détester l'ensemble des Roms… Il y a des gens bien et des gens mauvais partout !

— Bien sûr, mais avec ce que font les politiciens… À chaque fois qu'un Rom est impliqué dans une sale affaire, ils le crient sur tous les toits en ajoutant : « Votez pour nous, ou les Roms vont vous voler et vous frapper. » Les gens deviennent paranoïaques ! Et puis les médias parlent tout le temps des Roms délinquants, jamais des autres. Mon mari travaille depuis cinq ans pour une grande industrie hongroise. Ses patrons l'apprécient énormément. Pourquoi les journalistes ne viennent pas l'interviewer, lui ?

— Je ne sais pas.

Les pensées de Mozol se noyèrent dans l'eau calme du lac stagnant derrière la baie vitrée. Cette ambiance teintée de soupçon lui rappelait son enfance, lorsque son père lui intimait de cacher ses origines tsiganes pour ne pas subir de moqueries. Pourtant, la Hongrie n'avait pas toujours été aussi inhospitalière. Leurs ancêtres avaient connu une époque où l'État s'était mobilisé pour les Roms. Unique en Europe, la loi de 1993 sur les droits des minorités nationales et ethniques avait permis aux Tsiganes de créer leurs propres collectivités. Partout, des institutions étaient nées, visant à leur donner une place dans la société hongroise. Même la langue romani avait été officiellement reconnue.

Malheureusement, quelle que soit la bonne volonté qui les avait fait naître, ces initiatives n'avaient pas suffi. À croire que les mentalités n'étaient pas prêtes à considérer les Roms sur un pied d'égalité…

Pourquoi en étaient-ils arrivés là ?

L'odeur alléchante des *pogácsa* dorant au four ne tarda pas à pénétrer le salon. Pourtant, Mozol n'y prêta aucune attention, tout absorbée qu'elle était dans ses pensées et préoccupée par les événements des derniers jours.

— Je dois t'avouer quelque chose, dit-elle tout à coup en prenant la main de la douce Carmena.

Elle baissa d'un ton, comme si les murs pouvaient l'entendre.

— Hier soir, quand je fermais les volets, j'ai vu des hommes rôder dans le quartier.

— Des hommes ? Quel genre d'hommes ?

— Des hommes au regard de loup avec des crânes rasés. Ils sont passés plusieurs fois dans la rue comme s'ils observaient les façades des maisons.

— Tu crois que… ?

— Je n'en sais rien, Carmi, mais si c'étaient ces fachos ?

Mozol soupira d'un air affligé.

Pour la première fois depuis des années, elle se sentait en danger en tant que Tsigane.

58

1er juillet, Hongrie

Aussitôt que la nuit tombait, le lac Balaton changeait de parure. En lieu et place des arbres verdoyants, des lumières jaunes émergeaient le long des côtes, comme si des centaines de lucioles se miraient dans les eaux sombres du lac. De l'autre côté de la rive, la lune se faufilait pour jeter ses rayons lactescents sur la montagne Badacsony, des terres volcaniques recouvertes de vignes qui offraient de nombreux circuits de randonnée très appréciés de Gabor et de ses hommes.

Pourtant, en cette chaude soirée d'été, l'heure n'était pas aux promenades champêtres. Après le massacre de ses trois pitt-bulls, le chef de patrouille Gabor Szabo avait enjoint à ses soldats de trouver le domicile du Roi Ametovich. Armé de son ordinateur, Pirate s'était attelé corps et âme à cette tâche en piratant une quinzaine de messageries Facebook appartenant à des Tsiganes de la région. Son travail avait payé : en une semaine à peine, le jeune hacker avait découvert que le *mafioso* habitait un quartier résidentiel au bord du lac Balaton à une heure et quart environ de Budapest. Une équipe s'était rendue sur place et, même si les numéros des maisons n'étaient pas clairement indiqués, AMETOVICH était écrit en grand sur l'une des boîtes aux lettres.

— Ici Arpad 1, vous me recevez ?

— Arpad 2 et Arpad 3, cinq sur cinq.

— Arpad 4, je vous reçois.

Trois heures du matin. Le commando était en place.

Gabor, alias Arpad 1, avait choisi le nom de code « Arpad » en référence au fondateur de la dynastie hongroise.

Campé dans une voiture garée en retrait, le chef de patrouille observa une nouvelle fois la somptueuse villa typiquement tsigane : un toit argenté, des grilles ornementées et des colonnades dorées ; d'après Pirate, le criminel s'était enrichi en se spécialisant dans la traite d'humains à l'échelle internationale.

— En avant ! s'exclama Gabor dans son talkie-walkie, cette raclure d'Ametovich a étripé mes chiens pour nous impressionner… il a badigeonné les murs de mon garage avec leur sang… Cette nuit, montrez-lui que seuls les Hongrois véritables peuvent avoir le dernier mot !

Aussitôt, les trois miliciens cagoulés et vêtus de noir se dirigèrent vers la bâtisse. Une bombe de peinture rouge à la main, Arpad 2 tagua une phrase sur le muret qui protégeait l'enceinte puis ils escaladèrent tous les trois la grille avant de se disperser autour de la villa.

Son équipe savait exactement comment frapper. Grâce aux savants repérages effectués la semaine passée, ils avaient remarqué que le Roi Ametovich avait un amour démesuré pour le bois : des meubles ciselés décorés à la feuille d'or, des poutres au design audacieux et du parquet en chêne. À partir de ce constat, le plan s'était imposé avec évidence : tout brûler. Y compris les tapis faits main, les lustres hors de prix, les deux voitures et le home cinéma. En fait, ils allaient foutre le feu à la baraque entière en espérant qu'il y aurait en prime le Roi Ametovich carbonisé à l'intérieur !

— Arpad 2, je suis à l'arrière de la bâtisse, toujours pas de vidéosurveillance. Il y a une baie vitrée qui donne sur une salle à manger. C'est le calme plat, tout le monde doit dormir. Je me mets au travail.

Crocheter le loquet d'une baie coulissante était un jeu d'enfant pour celui qui avait été employé vingt ans dans une serrurerie. Pendant que deux miliciens aspergeaient les portes, les fenêtres et les poutres extérieures d'essence, Arpad 2 s'occupa de la salle à manger et de la cuisine.

Au signal de Gabor, ils balancèrent des journaux en feu aux quatre coins de la villa.

— Mission accomplie, soldats, revenez !

En même temps que les hommes regagnaient le véhicule, des flammes infernales grimpèrent jusqu'au toit et le bâtiment s'embrasa comme une forêt desséchée frappée par une foudre vengeresse.

Dans la voiture, les quatre miliciens ne purent s'empêcher de contempler avec fierté le ballet rouge qui anéantissait progressivement les murs. Cette scène était à l'image de l'entreprise d'envergure que menait l'Armée des Libérateurs : nettoyer le pays de sa vermine.

— Chef, il faut partir ! lâcha soudainement Arpad 3 en tapotant le bras de Gabor.

À côté de lui, le chef de patrouille restait cramponné au volant, hypnotisé par ce spectacle jouissif. Jamais il n'avait ressenti un tel sentiment de puissance.

— Une minute.

— Chef, on va nous repérer.

— Regardez !

Il pointa du doigt le deuxième étage de la villa. À travers les flammes, une silhouette féminine avait ouvert une fenêtre et hurlait de douleur en se frottant le crâne.

— Elle est en train de brûler vive ! s'exclama Gabor avec un amusement sadique.

Satisfait, il enclencha une vitesse et enfonça l'accélérateur.

Puis le véhicule disparut à travers une nappe de fumée.

59

7 juillet, Seine-Saint-Denis, France

En attendant que Papa arrête de dormir, la famille de Viorel la Pierre l'avait accueilli à bras ouverts dans leur baraque à Romano Pero.

Après avoir demandé l'autorisation de la gardienne du camp, une *puri* d'apparence peu sympathique, Darius s'était rendu au Chemin de Fer pour chercher ses affaires et son crapaud qui boudait d'avoir retrouvé sa boîte. Là-bas, l'enfant n'avait prévenu personne : ni Nanosh, ni le *bulibasa*, ni qui que ce soit susceptible d'avertir sa famille en Roumanie. Plus il repensait à sa bêtise, plus il se sentait submergé par un sentiment de culpabilité qui ne le lâchait pas d'une semelle. Darius avait commis une grosse bavure, et si Maman l'apprenait, elle allait se fâcher très fort, peut-être même pour toute la vie.

— Allez, tu n'as que dix jours à attendre pour que ton père se réveille ! lui dit Viorel pour le réconforter.

Dix jours, c'est long. Surtout quand on tourne en rond dans sa tête. Le père de Viorel lui avait déconseillé de se rendre à l'hôpital en arguant que c'était bien trop dangereux. Peu après l'agression, des policiers étaient passés dans le camp pour poser des questions. Bien sûr, personne n'avait ouvert la bouche. Lorsque des représentants de l'État se pointaient sur le terrain, tout le monde avait peur d'être emmené en prison.

Alors, pendant neuf jours, Darius avait attendu sagement à Romano Pero où il avait découvert que la vie n'était pas aussi simple qu'au Chemin de Fer.

À Romano Pero, il était plus difficile de se faire des copains. Les Roms appartenaient à des nationalités et à des groupes ethniques différents qui entretenaient des rivalités. Ici, les bagarres étaient fréquentes et il valait mieux ne pas s'aventurer seul dans le camp une fois la nuit tombée. Comme il n'y avait pas de fontaine ou de toilettes sèches, les habitants faisaient leurs besoins derrière un amoncellement de ferraille où s'accumulaient jour après jour d'infects excréments. Pour l'eau, il fallait attendre le soir et marcher une demi-heure jusqu'au stade de foot pour remplir de gros bidons, lourds à porter. Les jours de marché, la famille de Viorel passait après le démontage des stands pour ramasser les légumes tombés par terre. Il y en avait de toutes sortes et la mère Covaci les cuisinait à merveille dans sa chaudière à *mamaliga* posée sur un trépied en fer.

Après le coucher du soleil, un oncle branchait un poste de radio sur le générateur électrique et les Romnis dansaient sur la musique entraînante de vieilles cassettes tsiganes. Les plus agiles montaient sur les tables et, en tapant dans les mains, faisaient tournoyer leurs jupes plissées en poussant des cris de fête. Les plus timides buvaient de la bière jusqu'à ce que l'alcool leur fasse pousser la chansonnette.

Juste à côté, les hommes préféraient rester autour du feu à écouter les vieux rapporter les histoires qu'aucun livre ne contait. Encouragés par le mouvement inspirant des flammes, ils évoquaient le temps où leurs ancêtres étaient regroupés en *kumpanias* et se déplaçaient dans des *wagos* ou des charrettes tirées par les chevaux. À cette époque, les Roms vivaient en accord avec leurs convictions. L'idée de propriété leur paraissait absurde : la terre appartenait à tout le monde et chacun devait se contenter du strict nécessaire. Par contre, la famille avait toujours tenu une place primordiale : « *But chave, but baxte*[1] », disait un proverbe romani. Seule la joie d'être ensemble comptait. C'est pourquoi le père Covaci avait refusé le logement social que lui avait proposé la mairie. Il ne souhaitait pas vivre à l'écart de sa famille élargie.

Une semaine plus tard, toute sa « tribu » retournerait en Roumanie pour célébrer le mariage de la quatrième sœur de Viorel, âgée de douze ans. Darius avait d'abord trouvé bizarre qu'on puisse se marier si jeune mais une tante avait invoqué la « tradition ».

— Tête de nœud, réveille-toi ! hurla Viorel le 7 juillet à huit heures du matin.

Quand Darius ouvrit les yeux, son ami était debout au milieu de la baraque, le sourire aux lèvres. Il portait une casquette rouge trop grande pour lui sur laquelle était écrit « Switzerland ».

— Quel jour on est ?

---

1. « Beaucoup d'enfants, beaucoup de chance. »

— Mardi ! Il ne te reste plus qu'un jour à attendre. Je dois te parler d'un truc.

Viorel s'assit sur le matelas troué en trépignant d'excitation. Il suçait un gros caillou.

— Combien d'argent ton père doit au Camatar ?

— Deux cent cinquante fois deux, répondit Darius en pensant au fait que la dette avait doublé le 1er juillet.

— Tu ne vas jamais me croire. Mon cousin Adrian vient de s'acheter de nouvelles baskets et un super téléphone, un téléphone qui va sur *Gogole.* Tu connais *Gogole* ?

— Non.

— C'est pas grave. Je lui ai demandé comment il a fait pour trouver l'argent et il m'a donné son secret. Tu veux savoir ?

Darius ne répondit rien : les bons plans de Viorel la Pierre, il en avait déjà fait les frais.

— Allez, mon pote, tire pas cette tête ! Cette fois, c'est cent pour cent sans danger. Et on peut gagner plus de deux cents euros en un après-midi ! Avec cette somme, tu auras vite fait de rembourser ton Camatar !

— Deux cents euros ? s'égosilla Darius. Il faut faire quoi ?

La Pierre prit un air mystérieux.

— Viens avec moi, je vais tout t'expliquer.

60

2 juillet, Akár, Hongrie

À chaque fois que Carmena rêvait de son mari, elle se réveillait en sueur, avant de se rappeler, soulagée, qu'elle était seule dans le lit conjugal.

Maldini était parti en Europe à la fin du mois de mai et, à chacun de ses appels, il n'avait fait que repousser la date de son retour. En d'autres termes, Carmena avait joui pendant plus de quatre semaines d'une savoureuse liberté qu'elle craignait maintenant de perdre, lorsque Maldini déciderait de s'en retourner. Ce jour-là encore, la jeune Romni ouvrit les yeux en sursaut, le souffle court, écœurée par l'image d'un corps adipeux se coulant mielleusement contre sa peau.

Elle s'extirpa des draps et, en veillant à ne pas réveiller Zorita, se hâta vers la salle de bains pour s'asperger le visage d'eau froide.

— Encore une journée de répit, proféra-t-elle à voix haute en essayant d'oublier son cauchemar.

Dans le miroir, elle sourit à ce visage gracieux et coquet qui séduisait tous les hommes. Ses parents avaient eu l'embarras du choix, pourquoi avaient-ils élu Maldini ?

Mélancolique, Carmena retourna dans la chambre et ouvrit les volets.

Soudain, une quinte de toux lui déchira la trachée.

Un brouillard épais avait envahi la rue et une bouffée de suie et de fumée lui comprima les poumons.

Une main sur la bouche, la jeune Romni inclina la tête de part et d'autre de la fenêtre avant de réaliser avec épouvante qu'une maison avait presque entièrement brûlé, offrant à la vue de tous les restes de son chétif squelette de fer et de poutres calcinées.

— Mais c'est la maison du petit-cousin Radul ! s'écria Carmena en se penchant sur le rebord.

Comme plusieurs membres de la famille Ametovich, le cousin de Maldini s'était installé avec sa femme à Akár, au bord du lac Balaton.

Affolée, Carmena s'assura que Zorita dormait paisiblement dans sa chambre puis revêtit une chemisette, une jupe et un *diklo* pour sortir dans la rue.

Quand elle arriva devant la villa consumée, elle remarqua qu'un groupe d'hommes et de femmes s'était formé sur le trottoir. Des Roms, des *gadjé*... tous échangeaient à voix basse, le visage frappé de stupeur.

Même si le feu avait l'air éteint, un camion de pompiers était toujours stationné au bord de la route. Un policier immobile se tenait appuyé contre le capot du véhicule. Il avait probablement pour mission de prévenir tout débordement.

— Carmena !

Son amie Mozol accourut vers elle, affublée d'un pyjama rouge démodé. Réveillée par le bruit sourd et alarmant du feu, elle n'avait pas pris le temps d'enfiler une tenue convenable.

— Tu as entendu la nouvelle ? La Romni de Radul a été emmenée à l'hôpital.

— Robia ?! Elle va s'en sortir ?

— Un policier nous a dit que son pronostic vital n'était pas engagé mais son corps a été méchamment brûlé.

Carmena frissonna. Même si elle ne fréquentait jamais la femme du petit-cousin Radul, cette dernière était un membre à part entière de sa famille.

— Et Radul ?

— Il n'a pas dormi ici, il donnait un concert. Bon sang, les flammes ont failli se propager dans mon jardin… Tu te rends compte, j'étais à deux doigts de tout perdre.

— Et eux ont tout perdu !

Carmena observa l'amas de restes encore chauds. En l'espace d'une nuit, le fruit du travail d'une vie était parti en fumée. L'appétit vorace des flammes avait tout emporté, y compris des centaines de souvenirs précieux.

— Il faut que je téléphone à mon mari, souffla-t-elle sans détacher son regard du monceau de débris et de cendres, il est très proche de son petit-cousin.

— Attends, tu ne sais pas tout, la retint Mozol, la police a mis une bâche sur le muret devant l'entrée. Des gens du quartier ont vu ce qu'ils essaient de cacher. Quelqu'un a écrit en rouge « Mort aux porcs de mafieux tsiganes ».

— « Mort aux porcs de mafieux tsiganes » ?

— C'est ce qu'ont dit les voisins…

Carmena écarquilla les yeux. Cette situation était complètement absurde : Radul Ametovich était un musicien de renom diplômé du conservatoire et Robia gardait des enfants. Jusqu'à présent, le couple avait toujours mené une petite vie tranquille, sans que personne ait rien à leur reprocher.

— C'est ridicule. Qui a pu écrire une telle sornette ?

— N'importe quel simple d'esprit qui regarde trop la télé. À force d'exhiber à tout-va les villas des mafieux tsiganes, les médias liguent les *gadjé* contre nous. Dès qu'un Rom a de l'argent, il devient suspect !

Carmena remua le menton, attristée. Malgré son optimisme naturel, elle devait reconnaître que sa voisine avait raison.

— Je vais appeler mon mari.

— À tout à l'heure !

*

De retour à son domicile, la Romni trouva Zorita dans le salon, accroupie sur le somptueux tapis de laine confectionné dans les ateliers de Kostandovo.

D'une main précautionneuse, l'enfant jouait avec une poupée en tissu pour laquelle Carmena avait tricoté une robe et un chapeau aux couleurs du drapeau hongrois.

— Tu viens de te réveiller, ma chérie ?

Zorita ne leva même pas les yeux.

— Je ne suis pas ta chérie.

Carmena soupira. Malgré toute l'énergie qu'elle déployait au quotidien, la fille de Maldini ne lui témoignait de l'affection qu'un jour sur deux, au gré de son humeur.

— Zorita, je sais que c'est difficile pour toi que ton papa soit si loin, mais il travaille dur pour que tu ne manques de rien.

— Je ne manque pas de rien, je manque de lui !

Les yeux de la fillette s'embuèrent. À sa place, Carmena aurait aussi été en colère. Sa mère était décédée depuis huit mois à peine et son père ne faisait aucun effort pour passer du temps avec elle.

Espérant la consoler, la Romni l'entoura de ses bras mais Zorita refusa de se laisser faire.

Alors Carmena se dirigea vers la commode, sur laquelle trônait un vieux tourne-disque que Maldini avait rapporté de France.

— Tu sais ce que disait ma mère quand j'avais ton âge ? demanda-t-elle pour piquer sa curiosité.

La fillette dodelina de la tête.

— « Une Romni ne pleure pas. Quand elle est malheureuse, elle danse. »

Elle alluma l'appareil et positionna le bras de lecture sur le vinyle déjà en place. Soudain, une mélodie lancinante de jazz inonda le salon, comme si Django Reinhardt en personne leur offrait ce concert.

Aussitôt, Carmena fit onduler ses hanches en se laissant glisser sur le carrelage blanc. Ses pieds se soulevaient à peine, pudiques ou discrets, tandis que sa jupe fleurie frôlait le sol avec grâce. Comme envoûtée, la Romni fit tournoyer ses bras autour de sa tête, élégante, bouleversante. Puis elle s'approcha de Zorita et lui tendit la main.

— Viens, la danse apaise les douleurs.

La fillette se leva et, après avoir séché ses larmes, bougea lentement son corps triste pour honorer la musique.

Quand le morceau s'arrêta, un sourire ressuscita sur ses lèvres.

61

24 juillet, Paris, France

Lina déambula plusieurs minutes dans le bureau qui jouxtait la cuisine.

Quand Thomas l'avait fait entrer dans cette pièce, elle avait eu l'impression de mettre les pieds dans un sanctuaire où étaient entreposées toutes les babioles accumulées au cours de ses nombreux voyages. À côté d'un vieux piano et d'une dizaine de statuettes hétéroclites se dressait un sofa dépareillé recouvert de plaids africains. Sur les murs, une ribambelle de cadres exhibaient des paysages aussi grandioses que contrastés : les rizières chinoises, les plateaux de sable rouge de Somalie, le Gange et ses éléphants.

Dans un coin, une étagère semblait crouler sous le poids des romans de voyage, des guides touristiques, mais aussi de quelques manuels d'économie qui dataient très certainement de ses années d'étudiant. À dix-huit ans, Thomas avait intégré une école de commerce pour satisfaire les exigences de ses parents fidèles à leur tradition bourgeoise, ce qui ne l'avait pas empêché de s'engager ensuite dans l'action humanitaire, contre leur volonté. Ces dernières années, il s'était toujours comporté comme un loup solitaire vis-à-vis de ses proches, incapable de se conformer à la vie rangée qu'ils désiraient pour lui.

La porte s'ouvrit et un irrésistible sourire collé aux lèvres, Thomas entra dans la pièce en portant un plateau.

Il déposa un chocolat chaud et une bougie sur une table basse.

— Tellement romantique, se moqua-t-elle gentiment, c'est pour me faire oublier le fait que tu vas au restaurant et au spa avec Sophie ?

Thomas vérifia que sa petite amie était toujours dans la salle de bains. Heureusement pour lui, elle mettait systématiquement plus d'une heure à se préparer.

— Elle va me faire la tête si je n'y vais pas. Tu sais ce qu'elle m'a dit ? Elle commence à penser que je la trompe avec toi…

— Ce qui est plutôt plausible, répondit Lina avec une pointe de taquinerie.

— Plausible ? Tu me connais mal. Je suis l'homme le plus fidèle de la terre !

Elle le regarda prendre place sur le sofa, un sourire en coin. Thomas avait toujours aimé jouer avec l'ambiguïté.

— Cybèle dort déjà, fit-elle remarquer pour mettre fin à l'équivoque, elle s'est assoupie quand tu parlais avec Sophie. L'entrevue avec le médecin l'a épuisée.

— Elle a essayé de joindre son oncle et sa tante ?

— Plusieurs fois, mais ils n'ont pas décroché.

— Et sa mère ?

— Je crois qu'elle n'ose pas lui téléphoner pour l'instant.

Lina but une gorgée de chocolat chaud en se demandant ce qui était le pire : un père dans le coma ou un petit frère volatilisé dans la nature ? Même si Darius était débrouillard, il n'avait plus donné signe de vie depuis bientôt un mois, ce qui était très long pour un enfant livré à lui-même.

Songeuse, elle pianota sur l'écran de son téléphone pour consulter sa boîte mail. La bénévole de Scolarom ne lui avait pas encore écrit. Par contre, elle avait reçu une dizaine de messages passionnés de ses fougueux prétendants de cherche-un-mec.com.

— Avec la photo que Pascale Vasier va nous envoyer, on aura plus de chance de le retrouver.

Thomas remarqua qu'à chaque fois qu'elle était inquiète, une fossette se dessinait sur sa joue. Discrète, légère, aérienne, comme une virgule au milieu d'une page blanche sur laquelle il aurait aimé souffler.

— Je te trouve très altruiste.

— Pourquoi ?

— Essayer d'aider une famille rom que tu as rencontrée sur le trottoir.

— Je ne fais rien d'exceptionnel. Tu as passé ces dix dernières années à porter secours à des populations défavorisées aux quatre coins du monde.

— C'est mon métier, je suis payé pour le faire.

— Tu aurais pu vendre des glaces.

— Je suis sûr que les vendeurs de glaces rendent beaucoup de gens heureux.

Elle se mit à rire en rajustant son chignon. La présence de Thomas l'apaisait.

— Je ne savais pas que tu jouais d'un instrument, dit-elle en montrant le piano.

Plusieurs partitions en désordre étaient posées sur le pupitre à côté d'un livret de perfectionnement.

— C'est un bon moyen de draguer les filles.

Elle fronça les sourcils.

— Je plaisante. Encore une lubie de mes parents : six heures de piano par semaine, ils voulaient que je sois le nouveau Mozart. Malheureusement, je n'ai jamais eu assez de talent pour prétendre à une quelconque carrière. Cela m'a tout juste permis d'impressionner quelques pimbêches immatures quand j'avais quinze ans.

— C'est comme ça que tu as séduit Sophie ?

Face à sa mine ahurie, elle plongea le nez dans son bol en riant de sa propre boutade.

— Tu es toujours aussi comique, répondit Thomas d'un air faussement vexé.

La jeune femme termina son chocolat chaud en attendant le retour de Sophie.

Quand la duchesse reparut dans le salon, elle portait une minijupe noire extracourte et des talons de cinq centimètres aiguisés comme des couteaux.

— Tu es prêt ? demanda-t-elle en lui jetant un regard soupçonneux.

Des cils démesurés, un teint parfait, des sourcils redessinés au crayon, elle avait de quoi désarmer n'importe quel homme…

Thomas enfila ses chaussures, le visage crispé.

— À tout à l'heure, souffla-t-il à Lina depuis le vestibule.

— Amusez-vous bien !

Avant de fermer la porte, Sophie la gratifia d'un regard assassin.

62

7 juillet, Paris, France

Pour la première fois de sa vie, Darius allait « prendre le métro ». L'enfant n'avait aucune idée de ce qu'était un « métro », mais étant donné le nombre de *gadjé* qui s'introduisaient dans la bouche, ça devait être vraiment cool.

— Il ressemble à un gros serpent en métal, lui dit Viorel la Pierre alors qu'ils descendaient les escaliers en direction des guichets, tu montes dans son ventre, il te transporte sous la terre.

— Waouh !!

Darius adorait les serpents. À Undeva, il s'amusait à attraper des couleuvres qu'il libérait dans le lit de Cybèle lorsqu'elle était occupée à lire son dictionnaire de français. À tous les coups, sa sœur hurlait de terreur en se précipitant hors de la chambre.

Quand ils arrivèrent aux portillons d'accès, Viorel lui expliqua que, pour entrer sans ticket, il n'avait pas d'autre choix que de se coller au dos d'un *gadjo* ou d'une *gadji* pour passer le portique en même temps.

— Mais ce n'est pas poli ! s'exclama Darius.

— Parce que tu trouves que les *gadjé* sont polis quand ils nous traitent comme des pouilleux ? Là, on ne fait de mal à personne. Par contre, ne choisis pas un vieux, les vieux sont lents comme des limaces. Ni un homme trop baraqué, il risque de te briser les dents.

Passant à la pratique, Viorel balaya la foule du regard et choisit une cible : une *gadji* d'une trentaine d'années avec un casque sur les oreilles. Soudain, avec la dextérité d'un frôleur expérimenté, il se faufila derrière elle et épousa son mouvement pour arriver de l'autre côté de la barrière. Bien que surprise, la trentenaire ne protesta même pas, habituée à ce genre de désagréments.

— À toi ! cria Viorel.

Darius n'avait pas l'intention de se dégonfler.

Déterminé à le suivre, il jeta son dévolu sur une touriste asiatique qui avançait un plan de métro à la main. Il attendit que la jeune femme ait inséré son ticket puis, dans un élan un peu brusque, se plaqua dans son dos et la poussa en avant. Le contact fut très court mais Darius rougit de honte quand elle le couvrit d'insultes de l'autre côté de la barrière.

Viorel éclata de rire.

— Tu ne t'en sors pas si mal ! s'exclama-t-il avant de l'entraîner dans les interminables couloirs du métro.

Ils coururent en slalomant entre les passagers jusqu'à ce qu'un bruit assourdissant fasse vibrer les murs, suivi d'un long sifflement aigu.

Arrivé sur le quai, Darius s'immobilisa. Le serpent était là, devant lui, magnifique et monstrueux. Une bête féroce et rapide qui avalait progressivement la foule pressée de se faire dévorer.

Les deux garçons montèrent à bord et le serpent fila, agile, dans les profondeurs des souterrains.

Si seulement Cybi pouvait voir ça, pensa Darius en s'accrochant à une barre de fer.

Quand ils remontèrent à la surface, l'enfant se sentit groggy. Il aurait bien aimé faire un tour de plus dans ce manège pour explorer les entrailles de la terre à la recherche de créatures magiques.

— Viens, c'est par ici !

Viorel avait d'autres projets pour eux, des projets qui allaient peut-être leur rapporter beaucoup d'argent.

Devant la gare du Nord, il l'invita à s'asseoir sur le macadam et lui montra du doigt un groupe d'hommes qui fumaient autour d'un lampadaire. La plupart étaient âgés de plus de quarante ans et observaient les passants avec nonchalance.

— Tu vois ces *gadjé* ? Mon cousin Adrian est allé les voir plusieurs fois et il m'a dit que certains lui donnaient cinquante euros pour passer un quart d'heure avec lui.

— Un quart d'heure ? Qu'est-ce qu'ils font pendant un quart d'heure ?

— Je crois qu'ils se frottent contre toi.

Darius fronça les sourcils. Viorel se payait sa tête.

— Tu dis n'importe quoi ! Pourquoi ils voudraient se frotter ? Ce sont les animaux qui se frottent, quand ils ont des puces ou des vers au cul.

— Moi, j'en sais rien, répliqua la Pierre, je répète seulement ce qu'Adrian m'a dit. Tu vas les voir, ils t'emmènent quelque part, ensuite ils se frottent. Tu n'as rien à faire, c'est facile !

Même si cette entreprise ne lui disait rien qui vaille, Darius ne put s'empêcher d'y songer. Cinquante euros, c'était beaucoup, surtout pour quelqu'un qui n'avait pas un rond.

— Je parie que ton cousin est un mythomane ! lança-t-il sur le ton de la provocation.

— Vas-y, tête de nœud, tu verras !

Darius croisa les bras, contrarié. Bien sûr ! Ce péteux de Viorel la Pierre l'envoyait au front parce qu'il était aussi hardi qu'une patate molle.

— Eh bien, oui, regarde !

Il gonfla le torse, redressa le menton, et avec l'incroyable audace dont sont capables les enfants de neuf ans, il marcha comme un soldat en direction du lampadaire.

Sans doute aurait-il pris ses jambes à son cou si Viorel ne l'avait pas tenu à l'œil, quelques mètres dans son dos.

Je vais lui montrer de quoi je suis capable !

— Bonjour, lâcha Darius en français quand il arriva devant le groupe.

Les hommes le dévisagèrent avec surprise.

— Cinquante euros ? ajouta l'enfant.

À sa grande surprise, l'un d'eux lui fit signe d'approcher, le visage barré d'un sourire.

63

25 juillet, Paris, France

C'était la troisième fois de sa carrière qu'Izzi Asanovski était appelé en renfort à la brigade de protection des mineurs de Paris. La première fois remontait au 7 juillet, quand un gamin qu'il avait arrêté avec l'Unité de coordination contre l'immigration clandestine avait attiré son attention sur un curieux manège qui se déroulait devant la gare du Nord. Toujours posté à côté du même lampadaire, un groupe d'hommes attendait le passage de garçons roms mineurs pour leur proposer d'insoutenables arrangements. Pour les coincer, une équipe enchaînait les surveillances et les filatures afin de récolter des preuves.

Conscient qu'Izzi pouvait être un véritable atout dans une enquête impliquant des Roms, le capitaine Pablo Guinez, une grande perche baraquée au crâne dégarni, lui demandait régulièrement des coups de main à la brigade de protection des mineurs. Depuis peu, ses sollicitations répétées commençaient à faire des jaloux dans le commissariat d'Izzi.

— Brigadier Asanovski ! Je suis content que vous ayez pu vous libérer.

— Mon commissaire est conciliant.

— J'apprécie votre commissaire, il a le sens des priorités.

Le capitaine l'accueillit dans leurs locaux bondés où s'enchaînaient des interrogatoires autour d'innommables affaires. Izzi s'était toujours demandé s'il serait capable de travailler dans un tel service, où la perversité dont sont capables les adultes côtoie l'innocence de l'enfance.

À côté de lui, le capitaine lui donna l'impression d'avoir empoché le gros lot.

— Cette fois, on a un flagrant délit, annonça-t-il avec un sourire de vainqueur. Vous vous rappelez le jeune de quatorze ans que vous avez identifié la semaine dernière, celui qui habite dans le camp de La Courneuve?

— Adrian Mikhi?

— Lui-même! Mes hommes les ont chopés directement dans les toilettes d'un souterrain en pleine «tétée». Rieffel cuisine le client à côté.

Ils entrèrent dans le bureau où avait lieu l'audition du mineur. Assis en face de l'enquêteur, le Rom gardait les yeux fixés sur le sol en triturant ses doigts. En prenant place devant lui, Izzi remarqua que son visage encore imberbe était rouge et contrit sous l'effet d'une honte si viscérale qu'il semblait envahi de nausées.

— Je me demande s'il comprend mes questions ou s'il refuse de parler, mais il ne dit pas un mot, souffla son collègue atterré.

Le brigadier inspira une grande bouffée d'air avant de s'adresser à lui en romani :

— Adrian, tu te souviens de moi? Je suis le policier Izzi Asanovski, je suis déjà passé à ton *platz*.

Le jeune hocha la tête. Oui, il se souvenait : on n'oublie pas un flic rom.

— Je travaille avec le lieutenant que tu viens de rencontrer et qui est chargé de protéger les mineurs comme toi.

L'adolescent leva soudainement les yeux en reniflant.

— Me protéger ?

C'était donc un problème de langue.

— Exactement. Je pense que ta vie doit être très difficile pour que tu en sois arrivé là. Ce qui intéresse les enquêteurs, c'est d'arrêter le *gadjo* qui était avec toi, parce que même s'il te donne de l'argent, un adulte n'a pas le droit de faire ça à un mineur, tu comprends ?

Adrian fit une grimace qui devait signifier qu'il comprenait.

— Combien il t'a donné ?

— Quarante euros.

— D'accord. Donc cet homme t'a donné quarante euros pour lui faire une fellation ?

Il plongea à nouveau son menton vers le sol en marmonnant un « oui » étouffé. Pour lui laisser le temps de reprendre son souffle, Izzi traduisit ses propos à son collègue qui tapa les réponses sur son clavier.

— Demande-lui s'il a un mac.

Le brigadier réfléchit à une façon plus délicate de le formuler en romani pour éviter que l'adolescent ne se replie sur lui-même.

— Mes coéquipiers et moi, on aimerait savoir si quelqu'un te demande de faire ce que tu fais ?

Adrian Mikhi afficha un « non » catégorique. Il ne mentait pas.

— C'est moi tout seul.

— D'accord. Pour quelles raisons ?

L'adolescent mordit si fort dans sa lèvre qu'elle se mit à saigner.

— Pour aider ma famille !

Tout à coup, il fondit en larmes.

Le visage enfoui dans ses mains, il confia au brigadier que ses parents n'avaient pas de travail, que ses sœurs avaient souvent faim et que, même s'il n'en était pas fier, donner son corps une heure par semaine lui permettait de nourrir toute la fratrie.

— Ne le dites pas à mes parents, insista Adrian, ils pensent que je gagne cet argent en mendiant.

Pas de réseau criminel structuré : dans le jargon de la police, on appelait ça de la « débrouille économique ».

La suite de l'audition se passa dans le même registre. Adrian n'était pas le seul à vendre ses attributs pour améliorer les conditions de son quotidien. À la gare du Nord, une multitude de « clients » raffolaient des garçons roms, de plus en plus nombreux à se passer le mot.

Après dix années de service dans la police, Izzi avait rencontré des flopées de mineurs roms à la dérive, poussés vers des « activités de survie » qui les dépouillaient de leur dignité. À chaque fois, le brigadier éprouvait la même peine. Quelle tournure aurait pris sa vie si un policier ne lui était pas venu en aide à l'époque où il mendiait dans la rue ?

La réponse s'imposait à son esprit : si à l'âge de huit ans, Izzi n'avait pas intégré un foyer d'hébergement social, lui aussi aurait pu être un Adrian.

64

7 juillet, Paris, France

— Dis, c'est la première fois que je te vois, s'étonna l'homme en costume tandis qu'il l'emmenait dans une rue derrière la gare du Nord.

Darius le dévisagea sans comprendre. En dépit des cours de français promulgués par Mme Pascale, la plupart des phrases lui semblaient aussi indéchiffrables que des hiéroglyphes égyptiens.

— T'es plus jeune que les autres ! T'as quel âge ?

— Âge ? Ahhhh, âge ! Neuf ans.

Le gars parut émoustillé, un peu comme le marchand du Chemin de Fer quand Darius lui avait montré les herbes magiques.

— T'es beau, tu sais.

Le gamin ne répondit rien, il se contenta de le suivre d'un air un peu paumé.

Après avoir monté un escalier en pierre, le *gadjo* l'entraîna dans une ruelle aussi glauque que déserte, perpendiculaire aux quais. Ici, le sol était maculé d'excréments de pigeon et de nombreux graffitis couvraient les volets clos.

Tout à coup, l'homme s'arrêta devant un immeuble décrépit et ouvrit une grande porte en bois qui grinça sinistrement.

— C'est par ici !

L'enfant hésita. Au fond de lui, il sentait que ce type n'était pas net. Les propos de Viorel lui revinrent en mémoire : « Ils t'emmènent quelque part, ensuite ils se frottent. Tu n'as rien à faire, c'est facile ! »

— Facile, facile, grommela Darius entre ses dents, la Pierre aurait déjà chié dans sa culotte.

— Tu viens ? lança l'homme au costume.

Crispé, Darius le suivit dans un couloir puis dans une cage d'escalier parsemée de mouchoirs usagés et infestée de mouches. Quand l'autre stoppa net, dans un coin sombre derrière les marches, le gamin le dévisagea de ses yeux tout ronds et hébétés.

— Eh bah quoi ? Tes copains ne t'ont pas expliqué ? Baisse ton froc !

Face à l'immobilité du garçon, l'homme prit l'initiative de lui caresser les fesses sur le pantalon.

Dès qu'il commença à insinuer ses doigts sous le tissu, Darius se débattit comme un diable.

— Arrête ça, espèce de vieux cochon ! cria-t-il en romani.

Surpris, le pédophile le plaqua contre le mur des toilettes en pressant une main contre sa bouche.

— Tais-toi, petit con ! Qu'est-ce qui te prend ? C'est toi qui es venu me trouver. Baisse ton froc, ce sera vite réglé.

Il essaya de le forcer, mais Darius lui asséna un coup de pied dans le tibia qui lui fit relâcher sa pression.

Dans un élan de colère, l'homme lui attrapa un bras en le griffant sauvagement.

— Tu vas baisser ton…

L'enfant riposta en le mordant à pleines dents. Du sang gicla. En deux temps trois mouvements, Darius se dégagea de son emprise et se précipita vers la porte.

— Que ta bite chope un ulcère ! cria-t-il depuis la rue en espérant que tous les mauvais esprits de Paris entendent sa malédiction.

65

5 juillet, Akár, Hongrie

Quand Maldini regagnait leur domicile après plusieurs semaines d'absence, Carmena savait qu'elle devait passer à la casserole. Cet état de fait n'avait rien d'exceptionnel : tous les époux de la terre étaient amenés un jour ou l'autre à fêter leurs « retrouvailles ». Cependant, dans le cas de la jeune Romni, partager le lit conjugal revenait à se plier aux insupportables fantasmes de son Rom machiste et pervers, ce qui, au lieu de la combler, transformait ses nuits en cauchemar.

Par conséquent, Carmena avait horreur des retrouvailles. Et si elle concoctait, à chaque fois, de copieux repas dignes des grands monarques, c'était toujours dans le but de clouer son mari sur le divan pour toute la durée de la digestion.

— Zorita ! Tu es prête ? cria-t-elle depuis la cuisine remplie d'odeurs ragoûtantes.

— J'arrive !

La Romni se pencha au-dessus de la gazinière et inspecta la marmite fumante de goulasch qu'elle espérait narcotique. La viande de bœuf mijotait depuis plusieurs heures déjà, dans un panaché de légumes rigoureusement sélectionnés et saupoudrés de paprika.

— Est-ce que je suis jolie ? lui demanda Zorita qui venait d'apparaître dans la cuisine.

La fillette tournoya dans sa plus belle robe pailletée offerte par son père à Noël.

— Une vraie Cendrillon ! répondit Carmena tout en préparant les couverts.

En prononçant cette phrase, elle réalisa qu'elle avait passé sa journée à récurer les sols et à dépoussiérer les meubles.

C'est peut-être toi, Cendrillon ! se fit-elle remarquer.

Sa poupée dans les bras, Zorita s'installa sur les escaliers en marbre descendant vers la rue. Depuis que son père avait annoncé son retour, trois jours plus tôt, elle rêvait du moment magique où il la prendrait dans ses bras.

— Le voilà, le voilà ! s'écria la fillette au bout de cinq minutes.

À peine Maldini était-il sorti de sa grosse Mercedes qu'elle se précipita sur lui en hurlant de joie.

Derrière la vitre du salon, Carmena soupira en se remémorant à quel point elle trouvait son mari disgracieux et antipathique. Elle l'avait trouvé repoussant dès le premier jour de leur rencontre, et ce, malgré le soin particulier qu'il attachait à faire preuve d'élégance. Impeccablement rasé, Maldini était toujours affublé d'un costume foncé et d'un chapeau brillant qui lui donnaient un air d'homme d'affaires tsigane.

Carmena se résigna à sortir.

— Ma belle Romni, toujours aussi flamboyante !

— Et que dire de mon adorable mari ?

Après l'avoir embrassée pudiquement – ce dont elle se contenta fort bien –, Maldini ouvrit une portière du véhicule et un enfant aux traits éreintés en sortit.

— J'ai oublié de te prévenir… Je n'ai pas fait la route tout seul. Voici Binone, le neveu d'un ami, dit-il en lui présentant le curieux garçon.

— *Latcho to divès*, le salua la jeune femme.

Mais le gamin resta de marbre, le regard vide. Maigre et courbé, son corps semblait aussi rigide qu'une statue de Turul. En s'approchant de lui, Carmena remarqua que ses cheveux étaient gras et que son pantalon en tissu était déchiré par endroits.

— Il n'a pas l'air en forme, se soucia la jeune femme en lui adressant une caresse affectueuse sur la joue.

— Il est fatigué, expliqua Maldini, le voyage a été long. Ses parents vivaient sur un *platz* à Paris mais les *gadjé* ont tout rasé. Ils m'ont demandé de le ramener à sa grand-mère le temps qu'ils trouvent un nouveau terrain. Je l'emmène demain matin dans la banlieue de Budapest.

— Pauvre enfant… Je vais lui préparer une chambre.

Maldini fit quelques pas sur la route pour jeter un œil à la maison ravagée de son petit-cousin Radul.

Bien que plusieurs personnes lui aient rapporté les dégâts de l'incendie, il n'imaginait pas que la bâtisse était à ce point détruite.

— Tu es passée voir Robia à l'hôpital ? demanda-t-il à Carmena.

— Bien sûr.

— Et ?

— Elle va très mal. Son corps est…

Sa phrase se termina par un geignement étouffé.

Intrigué, Maldini s'approcha du muret sur lequel l'inscription « Mort aux porcs de mafieux tsiganes » avait été recouverte d'une bâche.

— La police essaie de calmer les polémiques, lui expliqua son épouse, les journalistes n'arrêtaient pas de prendre des photos. Depuis l'incendie, tout a changé dans le quartier. Certains *gadjé* n'adressent plus la parole aux Roms, ils sont méfiants. Des rumeurs circulent sur le fait que ton petit-cousin n'est peut-être pas musicien.

Maldini s'esclaffa sans vergogne :

— Ah bon ? Et qu'est-ce qu'il serait alors ? Trafiquant d'armes, de fourrures de renard, de défenses d'éléphant ? Que les *gadjé* sont stupides ! Ils sont toujours persuadés que les Gitans sont des bandits. Sais-tu combien de milices chassent les Roms partout en Europe ?

— Je n'en sais rien, bredouilla Carmena.

Elle redoutait les excès de colère de son mari. Avec lui, une petite contrariété pouvait prendre des proportions démesurées, et c'était toujours sur elle qu'il finissait par calmer ses nerfs.

— Je vais te dire la vérité : ceux qui ont mis le feu à cette villa sont d'abominables ordures, des pustules qui méritent de pourrir en enfer.

D'un air princier, il tourna ses grosses joues barbues en direction de sa maison, d'où s'échappaient d'alléchantes odeurs de goulasch.

— Assez parlé, je commence à avoir faim. Tu as préparé le dîner ?

66

25 juillet, Paris, France

Aussi lessivé que s'il avait couru un marathon, Izzi Asanovski quitta la brigade de protection des mineurs une heure plus tard, avec le sentiment d'avoir atteint son quota d'affliction pour la journée.

Après ce qu'il venait d'apprendre sur les pédophiles de la gare du Nord, il ne se sentait pas capable de retourner immédiatement dans son commissariat de secteur. Son esprit était submergé par un flot d'écœurantes images qu'il ne parvenait pas à chasser.

À défaut de remède miracle, le brigadier s'assit sur un banc et essaya de décompresser.

— Monsieur s'accorde une minute de détente ?

Izzi n'eut pas le temps de souffler.

Habillé en civil, son collègue Nicolas Barbarin se dirigeait vers lui en grignotant une mauricette.

— Ça sent pas bon, lui lança Izzi quand il arriva à son niveau.

Son coéquipier renifla bêtement son casse-croûte.

— Thon-mayonnaise, répondit-il.

— Non. Je voulais dire : que tu m'attendes ici. Tu devrais être au bureau. Je suppose qu'on a des emmerdes ?

— Pas tout à fait, mais je pense que ça va t'emmerder ! avoua Barbarin en avalant d'une traite son en-cas.

Il essuya sa moustache dégoulinante avant de s'asseoir à côté du brigadier.

— Alors, je t'écoute ?

— C'est au sujet de l'incendie du Chemin de Fer. On sait enfin qui a fait le coup !

Izzi écarquilla les yeux. Devait-il comprendre qu'il avait eu raison ? Que l'incendie était bel et bien criminel ?

— Laisse-moi deviner ! Le collectif de la cité ?

— Non.

— Alors un gars de la municipalité…

— Non, non ! coupa Barbarin, juste un groupe de gamins roms qui jouaient avec des pétards. L'un d'eux a avoué la vérité à son père et l'info a fini par remonter jusqu'à nous.

Le brigadier tomba des nues. Avec ses soupçons sur les habitants du quartier, il avait été loin du compte. Pour la première fois de sa carrière, il s'était planté en beauté… lamentablement planté… sur toute la ligne.

Barbarin lui posa une main sur l'épaule.

— Oh, allez, ne tire pas cette tête ! Tout le monde peut se tromper. Regarde : quand je t'ai rencontré, je pensais que tu étais un voleur de poules. Eh bien, j'avoue, je me suis trompé.

Son collègue n'arriva même pas à en rire. En voulant se faire justicier, il avait été trop vite en besogne et son intuition s'était entachée d'idées préconçues.

— J'ai besoin d'une pause.

— À toi de voir, chaman.

Sans rien ajouter, Izzi Asanovski se leva et se dirigea vers une brasserie située sur le quai. Avec la saison touristique, les berges de la Seine étaient prises d'assaut par les promeneurs qui profitaient de l'ombre des arbres pour s'asseoir au bord de l'eau.

Après s'être installé en terrasse, il commanda un café et ferma les yeux, le visage tourné vers le soleil. Même s'il aimait beaucoup Paris, Izzi se plaisait à imaginer la Roumanie et ses champs de tournesols, de vastes paradis jaunes épousant la ligne ondulée de l'horizon.

Hormis la première année de sa vie, Izzi n'avait jamais vécu sur sa terre natale. Dans les années 1990, il avait passé plusieurs étés en Transylvanie, où ses grands-parents avaient une maison. Il avait alors réalisé qu'il serait à jamais ballotté entre deux nationalités. En Roumanie, ses proches et ses amis l'avaient surnommé le « petit Français », persuadés qu'il était devenu un gros mangeur de grenouilles. En France, la plupart de ses connaissances le considéraient avant tout comme un Roumain, et ce même s'il avait obtenu la citoyenneté française.

Le brigadier venait tout juste de vider sa tasse, lorsque son téléphone sonna.

Quel genre de nouvelle allait encore lui tomber sur la tête ?

En décrochant, il se surprit à apprécier la voix de Lina Soli, la grande blonde plutôt jolie croisée à l'hôpital de la Fontaine. Bien qu'il n'ait pas eu l'occasion d'échanger beaucoup avec elle, la jeune femme lui avait tapé dans l'œil.

— J'ai quelque chose qui pourrait vous être utile, dit-elle après les salutations d'usage, j'ai rencontré une bénévole de Scolarom qui a donné des cours à Darius au mois de juin. Elle m'a transmis une photo qu'elle a prise au cours d'un atelier. Je vous la transfère ?

Izzi aurait préféré qu'elle la lui remette en main propre, mais la technologie lui volait ce plaisir.

— Bien sûr, envoyez-la sur ce numéro.

— D'accord. Vous m'appellerez si vous avez du nouveau ?

— Je ferai mon possible, mademoiselle… ou madame ?

Elle laissa échapper un grincement mi-amusé, mi-soupçonneux.

— Vous voulez savoir si je suis toujours sur le marché ?

— J'attends votre MMS.

Décidément, il avait frôlé le ridicule.

Cinq minutes plus tard, le cliché arriva dans sa boîte de réception. Izzi cliqua sur le fichier et la pièce jointe s'ouvrit.

— Bordel de merde ! jura-t-il.

Il devait une fière chandelle à ce gamin.

67

5 juillet, Akár, Hongrie

L'heure fatidique avait sonné.

Malgré toute l'application dont Carmena avait fait preuve, le goulasch bien bourratif du dîner n'avait pas suffi à enrayer la faim libidinale de Maldini qui, après avoir parcouru des milliers de kilomètres pour regagner la Hongrie, se tenait maintenant au garde-à-vous dans la chambre, prêt à consommer son dessert.

Après avoir retardé ostensiblement le moment où elle se glisserait sous les draps, Carmena dut se résigner à le rejoindre dans le lit en se demandant combien de temps il faudrait à son mari avant de lui écarter les jambes.

« Vite fait mal fait » aurait pu être sa devise, surtout après plusieurs semaines d'abstinence avec pour seule compagnie les vitraux de l'église française qu'il rénovait.

À peine entrée dans le lit, elle sentit une main rocailleuse lui palper la cuisse comme un poissonnier tâtant un poulpe fraîchement sorti de l'océan.

La Romni serra les dents lorsque son corps nu et transpirant se colla contre elle.

— Alors, ma belle friponne, j'espère que je t'ai manqué !

Elle resta silencieuse. Répondre par l'affirmative lui aurait écorché la gorge.

— Dis-moi que je t'ai manqué, insista Maldini.

— Les mots me manquent pour te le dire.

— Allons, ne fais pas semblant d'être timide. Tu sais ce qui me ferait plaisir ? Que tu danses. Veux-tu danser pour moi, ma Romni ?

Non, Carmena n'avait pas envie de danser. Pourtant, elle se hissa hors du lit et s'exécuta docilement, sans même lui offrir un sourire. Ce soir, ses pieds semblaient enracinés dans le sol et seuls ses bras s'entortillaient. Ses mouvements étaient tristes, indolents, semblables à ceux qu'elle aurait effectués un jour de deuil.

— Tu m'ennuies, renâcla son odieux mari, on dirait que tu vas enterrer un mort ! Viens vers moi.

À son grand soulagement, elle n'eut pas besoin de le rejoindre, car la porte s'ouvrit subitement.

— Papa !

Maldini tressauta comme sous l'effet d'une impulsion électrique. Une petite tête brune était apparue au pied du lit. Sa fille se tortillait comme un ver en pressant contre sa poitrine un ourson deux fois plus grand qu'elle.

— Zorita, pourquoi tu n'es pas dans ta chambre ? Tu devrais déjà dormir !

— Je sais, Papa, mais j'ai peur que Binone se fasse attraper par un monstre.

— Un monstre ? Voyons, il n'y a pas de monstre ici !

— Il y en a dehors. Les monstres du jardin ! Ils sortent de leur cachette pendant la nuit.

Maldini mit plusieurs secondes avant de comprendre ce qui était en train de se passer. Quand son esprit percuta, il enfila à la hâte des vêtements et se précipita dans la chambre d'amis qui était effectivement vide. Au rez-de-chaussée, il constata que la baie vitrée du salon était entrouverte.

— Il y a un problème ? demanda Carmena en descendant les escaliers.

— Binone a pris la fuite.

— Tu en es sûr ? Pourquoi ferait-il une chose pareille ?

— Qu'est-ce que j'en sais, moi ? Il n'a peut-être pas envie d'aller chez sa grand-mère.

La Romni fronça les sourcils, gagnée par la méfiance. Si elle pouvait concevoir que l'enfant ait été traumatisé par la destruction de son campement à Paris, cette raison à elle seule était loin de justifier l'étrangeté de son comportement.

Depuis qu'il était sorti de la voiture, en fin d'après-midi, Binone n'avait pas souri une seule fois. Il avait gardé le silence tout le long du repas et ses yeux avaient fui vers le sol à chaque fois que Maldini s'était adressé à lui. Lorsque Carmena lui avait montré la chambre d'amis, le garçon était resté immobile plus d'une minute en fixant le matelas.

— Qu'est-ce que tu vas faire ? demanda la jeune femme.

Son mari ouvrit le tiroir d'une commode et s'empara d'une lampe torche.

— Tu vas le forcer à revenir ?

Excédé, Maldini fixa un instant les traits angéliques et inquiets de celle qu'il connaissait à peine.

Lorsqu'il l'avait rencontrée la première fois, trois semaines avant Noël, c'est cette candeur ingénue qui l'avait poussé à demander sa main. Après la mort de sa mère, Zorita avait besoin de bienveillance et de douceur, ce que Carmena savait lui donner. Comment aurait-il pu deviner que la Romni n'adhérerait pas à leur mariage ?

— Va aider Zorita à se rendormir, somma-t-il avec autorité.

Et il fila dans la nuit.

68

7 juillet, Paris, France

Deux cents euros par jour, c'était le strict minimum pour que ses chefs soient satisfaits. Crina, surnommée « l'Abeille », était âgée de douze ans et était assurément l'une des meilleures voleuses de Paris. Vol aux distributeurs de billets, chapardage de téléphones, fouille dans les sacs à main : elle excellait dans toutes les disciplines. Les bons jours, elle et Moustique étaient capables de rapporter plus de cinq cents euros en liquide, ce qui leur donnait droit à de jolies « récompenses ». Les mauvais jours, Crina préférait ne pas y penser…

— Tu veux que je te raconte une blague ? proposa Crina à Moustique alors qu'ils longeaient la gare du Nord.

— Seulement si elle est drôle.

— Tu sais pourquoi Jésus-Christ est tombé de sa croix ? Un Rom a volé les clous !

Alors que Crina éclatait de rire comme une folle, Moustique resta de marbre.

— Jésus n'est pas tombé de sa croix, corrigea-t-il, on l'a détaché.

— Mange mes couilles ! s'exclama-t-elle comme à chaque fois qu'elle envoyait paître quelqu'un.

Les deux enfants se positionnèrent à leur poste habituel à quelques pas d'un distributeur automatique de billets. Pour n'éveiller aucun soupçon, ils firent semblant de jouer avec une balle rebondissante en attendant qu'une « proie facile » se présente. Généralement, les touristes étaient leurs premières cibles : candides, souvent désorientés, faciles à duper.

Mais alors que Crina observait du coin de l'œil les piétons, elle sentit une main tapoter son épaule.

— Eh, vous deux, vous êtes roms ?

Quand elle se retourna, elle tomba nez à nez avec un garçon un peu plus jeune qu'elle aux cheveux noirs ébouriffés. Son romani était teinté d'un accent roumain très différent de celui des Roms hongrois.

— Dégage ! s'exclama-t-elle.

— Je cherche mon copain Viorel. Il était devant la gare quand je suis parti avec un chien de *gadjo* qui a essayé de me caresser le…

— On s'en fout, casse-toi !

Elle le poussa en arrière pour l'inciter à s'éloigner.

— Tu as une cible ? demanda-t-elle à Moustique.

— Trois mètres à bâbord ! répondit le garçon qui adorait parler comme un marin.

Une touriste coréenne venait de s'approcher du distributeur. Une proie parfaite.

En un instant, Moustique et l'Abeille se mirent au travail. Dès que la touriste eut inséré sa carte bancaire et tapé son code, l'Abeille se jeta sur elle et lui agrippa le sac à main pour détourner son attention. Sur la gauche, Moustique profita de l'effet de surprise pour appuyer sur la touche correspondant à la somme la plus élevée qui s'affichait à l'écran. Focalisée sur son sac, la Coréenne ne vit même pas le garçon s'emparer de la liasse sortant de la machine.

— Cours ! hurla Crina.

Des billets plein les mains, Moustique s'élança sur le trottoir en bousculant plusieurs passants qui essayaient de s'interposer.

Dès qu'il fut à une distance satisfaisante, Crina relâcha le sac de la touriste.

— C'est dans la poche, se réjouit-elle.

Toutefois, au moment où elle allait prendre la fuite à son tour, deux énormes bras musclés surgirent dans son dos et l'enveloppèrent brutalement.

— Lâchez-moi ! hurla-t-elle en se débattant, mais plusieurs policiers jaillis de nulle part réussirent à l'immobiliser.

Un peu plus loin, elle entendit des supplications en romani. Quand elle réalisa qu'un enfant tsigane venait d'être appréhendé, Crina paniqua à l'idée que les forces de l'ordre aient rattrapé son comparse.

— Au secours, j'ai rien fait !

Heureusement, ce n'était pas la voix de Moustique.

Quand les policiers le plaquèrent contre le mur de la banque, Crina reconnut le garçon qui cherchait son copain Viorel. Ces abrutis de *klisté* devaient penser qu'il faisait partie de leur groupe.

— Je t'avais dit de te casser, lâcha-t-elle d'un ton moqueur.

Le brigadier Asanovski fit monter les deux enfants dans une voiture de police.

69

25 juillet, Paris, France

La photo que lui avait envoyée Lina Soli ne laissait planer aucun doute : le 7 juillet, Darius avait été interpellé devant la gare du Nord en compagnie d'une jeune fille rom âgée de douze ans et impliquée dans une dizaine de vols au distributeur automatique de billets.

Depuis qu'il avait obtenu ses qualifications d'officier de police judiciaire, Izzi Asanovski épaulait régulièrement les policiers de l'Unité de coordination contre l'immigration clandestine, localisée dans le 13e arrondissement. L'une des missions de l'UCLIC était de mettre la main sur les bandes criminelles organisées du milieu tsigane qui officiaient dans la capitale. Avec au moins deux mille Roms répartis dans cinquante bidonvilles rien qu'en Seine-Saint-Denis, identifier les mineurs exploités par des mafias de l'Est relevait d'un travail de fourmi.

Pour y parvenir, une plate-forme d'échanges internationale avait été mise en place et des officiers de liaison roumains, bulgares et bosniaques avaient été recrutés par la préfecture de Police.

En 2012, cette étroite collaboration entre les différents pays de l'Union européenne avait permis de démanteler une filière de trente enfants-voleurs pilotés par trois familles roms. En une année, les instigateurs de ce réseau s'étaient mis des milliers d'euros dans les poches pour construire de somptueuses villas en Roumanie. Depuis, d'autres gangs avaient pris leur place. C'est pourquoi le 7 juillet, Izzi Asanovski et ses collègues avaient planifié une surveillance dans le quartier de la gare du Nord, le «terrain de fauche» d'un petit groupe qu'ils n'avaient pas encore réussi à identifier. Par chance, les enfants-voleurs avaient été pris en flagrant délit de vol au DAB. Le «receleur» s'était enfui, mais deux autres mineurs avaient été interpellés.

Toutefois, sur le chemin du commissariat, Izzi Asanovski s'était rendu compte que le garçon qu'il avait arrêté ne faisait pas partie du réseau.

— Pourquoi vous m'emmenez? s'était estomaqué le gamin quand il avait réalisé qu'Izzi parlait romani, j'ai rien à voir avec eux! Je ne connais même pas cette fille. Je suis venu à cause de mon copain Viorel. Moi, j'ai jamais voulu que le vieux cochon me déshabille…

Pris de panique, l'enfant débitait son monologue à une vitesse ahurissante, sans prendre le temps de mâcher ses mots.

— Qu'est-ce qu'il baragouine? avait demandé son collègue de l'UCLIC qui ne comprenait pas le romani.

— Attends.

Assis sur le siège passager, Izzi s'était retourné vers le garçon qui continuait de parler.

— Calme-toi, gamin, arrête de paniquer. Tu ne voulais pas que qui te déshabille ?

— Le *gadjo* devant la gare ! Le cousin de Viorel a dit qu'ils se frottaient seulement un quart d'heure.

À côté de lui, la jeune voleuse s'était mise à lui balancer des coups de coude pour le faire taire.

— Tu es malade ? Ne leur dis rien. Rien ! Ce sont des abrutis de flics.

Sa réplique lui avait cloué le bec : même arrivé au poste de police, le gamin était resté fermé comme une huître tout le long de l'audition.

Malgré tout, Izzi Asanovski avait aujourd'hui le sentiment qu'il était grandement redevable envers Darius : les quelques mots qu'il avait prononcés dans la voiture avaient suffi à braquer un projecteur sur les manigances perverses qui se déroulaient devant la gare du Nord. Une fois le procureur averti, une enquête de la brigade des mineurs avait été ouverte pour débusquer le groupe de pédophiles qui abusaient des garçons roms.

Confortablement installé à son bureau, le brigadier consulta le contenu des procès-verbaux dressés le 7 juillet.

— « Je suis venu à cause de mon copain Viorel », relut-il à voix haute.

70

7 juillet, Paris, France

Les *klisté* le relâchèrent devant le commissariat au beau milieu de Paris, à l'heure où les derniers salariés pressés finissaient d'engloutir leur jambon-beurre.

D'abord, Darius eut du mal à y croire, lui qui s'imaginait déjà croupir dans une geôle infâme avec pour seule compagnie de vieux rats qui lui grignoteraient les doigts de pied. Après l'interrogatoire, le policier qui parlait romani l'avait simplement fait attendre dans une pièce, avant de le reconduire vers la sortie.

— Content d'être libre, morpion ?

Une fois dehors, Darius réalisa que la voleuse qui avait été interpellée en même temps que lui était elle aussi sur le trottoir.

— Ça alors ! Tu n'es pas en prison ? demanda-t-il, stupéfait.

Elle lui lança un regard fier en souriant.

— Eh non ! Ils ne sont pas près de me coffrer.

À cet instant, une étrange émotion lui chatouilla la poitrine. Cette fille avait une allure garçonne, mais elle était vraiment mignonne avec ses mèches violettes et son nez légèrement retroussé. À la cime de son front, trois grains de beauté formaient un joli croissant de lune qui surplombait son visage rond.

— La loi française l'interdit, expliqua-t-elle, si tu as moins de treize ans, ils ne peuvent pas te garder. J'espère que tu ne leur as pas donné ton nom !

Darius secoua la tête. Dans le bureau du policier, il était resté muet comme une carpe.

— Alors tu es tranquille.

Elle lui tourna le dos et se mit à marcher d'un pas déterminé.

— Eh, attends ! Comment tu t'appelles ?

La voleuse se retourna, lui fit un clin d'œil complice puis sans crier gare, courut sur le trottoir pour essayer de le semer.

Interloqué, Darius se lança à ses trousses, bien décidé à ne pas laisser filer cette fille au regard ensorcelant.

La voleuse était véloce. Aussi agile qu'un lièvre fuyant un prédateur, elle enjamba barrières et arbustes avec une facilité déconcertante.

Quand elle arriva au bout de la rue, elle se risqua à traverser un rond-point. Darius ne se laissa pas démonter, il la suivit. Dans un déferlement de klaxons, il slaloma entre les voitures avant d'atteindre l'entrée d'un parc. Là, il rattrapa la fille aux mèches violettes et se jeta sur elle.

Les deux enfants roulèrent sur un parterre de fleurs qui s'aplatirent comme des crêpes.

L'adolescente éclata de rire.

— Tu cours vite, tu ferais un bon voleur.

— Ce n'est pas bien de voler ! rétorqua Darius en prenant un air volontairement scandalisé.

— Tous les Roms sont des voleurs. C'est le Grand Del qui l'a décidé.

— Qu'est-ce que Dieu a à voir là-dedans ?

Elle le fixa intensément avant de s'allonger de tout son long dans l'herbe fraîchement tondue. Le visage vers le ciel, elle se mit à réciter une légende qu'elle connaissait par cœur :

— « Il y a des milliers d'années, quand Dieu distribua les terres et les biens, il oublia le Tsigane qui se retrouva sans rien. Quand Dieu s'en rendit compte, il était trop tard : les *gadjé* étaient déjà loin. Alors pour leur permettre de survivre, Dieu autorisa le Tsigane à occuper la terre des autres et à leur voler leurs biens. »

Darius resta stupéfait. D'habitude, il ne croyait pas un mot de ce que les gens racontaient au sujet du Grand Del. Pourtant, l'histoire de la voleuse tenait sacrément la route : tous les Tsiganes qu'il avait rencontrés vivaient dans la misère. Était-ce la faute du Créateur ?

— Tu gagnes beaucoup d'argent ?

— Pas mal, oui. On nous donne toujours une part de ce qu'on lui rapporte. Dix euros, vingt euros, trente euros. On reçoit aussi des cadeaux.

— Vous êtes combien à… travailler ?

— Avant, on était trois, mais le chef a décidé de ramener Cafard en Hongrie parce qu'il ne rapportait pas assez. Maintenant, il n'y a plus que Moustique et moi.

Darius pouffa. Quelle drôle d'idée de se donner des noms d'insecte.

— Et toi, comment tu t'appelles ?

— L'Abeille, mais en vrai je m'appelle Crina.

— Moi, c'est Darius… mais tu peux m'appeler la Mouche.

Il lui tendit une main solennelle qu'elle serra en riant.

— Enchantée, la Mouche. Si je ne me trompe pas, tu viens de Romano Pero.

Il écarquilla les yeux.

— Comment tu sais ?

— J'habite sur le même *platz*. On fait le chemin ensemble ?

71

5 juillet, Akár, Hongrie

Lorsque Carmena ouvrit la porte, elle trouva Zorita dans son lit au milieu d'une panoplie de peluches. La chambre de sa belle-fille était la pièce la plus chaleureuse de la maison : spacieuse, coquette, remplie de jouets et de robes pailletées que lui avait offertes son père. Près de la penderie étaient accrochées plusieurs photos en noir et blanc de sa mère, comme les derniers reliquats d'une époque heureuse révolue.

— Où est Papa ? demanda la fillette en se redressant.

Elle avait posé sur sa tête une fausse couronne de princesse assortie à un collier bleu.

— Il est parti chercher Binone.

— Il va le sauver des monstres ?

— Oui, il va le sauver des monstres.

La fillette eut l'air rassurée. Sans doute avait-elle à l'esprit le foisonnement de créatures effrayantes qui peuplaient les contes de sa bibliothèque miniature.

— Binone va rester avec nous ?

— Non, ma chérie. Demain, ton papa va l'emmener chez sa grand-mère.

— Binone n'a pas de grand-mère.

Carmena tiqua, hébétée. Comment Zorita détenait-elle une telle information ?

— Tu as parlé avec lui ?

— Un peu. Je lui ai montré mes jouets.

Carmena s'assit sur le lit, la curiosité piquée au vif. Lorsqu'elle avait tenté d'engager la conversation avec leur jeune « invité », il était resté muet comme une tombe.

— Et qu'est-ce que Binone a dit d'autre ? demanda-t-elle ingénument, bien décidée à mettre à nu les mensonges de son mari.

Zorita saisit son ourson et le fit marcher sur les draps en fredonnant.

— Il a dit qu'on avait de la chance de vivre dans une belle maison. Lui, il n'a jamais eu de maison. Et il n'a jamais eu d'ourson !

— C'est vrai que nous avons beaucoup de chance, confirma Carmena. Sais-tu pourquoi Binone est parti ?

Elle hocha sa tête brune et bouclée.

— Binone a peur que Papa le punisse.

— Qu'il le punisse ?

— Oui ! Parce qu'il a fait des bêtises. En France, Papa est un grand chef. Il décide de tout et il punit les méchants !

Zorita avait prononcé cette phrase sur un ton enflammé, imaginant sans doute que son père menait une lutte héroïque pour rétablir la justice.

De son côté, Carmena éprouva un sentiment diffus de malaise qui lui retourna l'estomac. Elle revit le visage de son mari, s'apprêtant à se lancer sur les traces du jeune fuyard. Avant qu'il ne disparaisse dans le jardin, une violence fugitive avait traversé son regard…

« Il punit les méchants. »

Que pouvaient signifier ces mots dans la bouche d'un enfant ? Et quel rapport y avait-il avec le métier qu'exerçait son mari ?

— Ton papa rénove des vitraux, il n'a personne sous ses ordres, déclara Carmena pour se rassurer elle-même. Maintenant il faut dormir, il est tard.

Déçue, Zorita retira sa couronne et lui tourna le dos.

*

Carmena regagna la chambre où, une demi-heure plus tôt, elle aurait dû s'adonner à sa corvée conjugale.

Anxieuse, elle s'allongea sur le lit et fixa une grande photo encadrée prise le jour de son mariage. Rigide comme la pierre, le couple regardait solennellement l'objectif sans le moindre soupçon d'amour.

— Qui es-tu, Maldini ? murmura-t-elle.

Après cinq mois de mariage, elle avait le sentiment de ne toujours rien connaître au sujet de son mari. Maldini était un homme réservé, qui passait son temps à faire des allers-retours entre la Hongrie et le reste de l'Europe. Lors de ses passages en coup de vent, leurs rapports s'étaient résumés à de brefs échanges fastidieux et aux relations sexuelles parfois rudes qu'il lui imposait sans aucune forme de pitié. Dans ces conditions, comment pouvait-elle lui faire confiance ?

La Romni envisagea d'appeler sa voisine Mozol pour lui relater sa soirée, mais elle se ravisa en apercevant son réveil : il était minuit passé.

Pour s'occuper, elle feuilleta le journal régional et désespéra encore un peu plus en apprenant qu'un groupe de miliciens d'extrême droite organiserait bientôt un grand rassemblement antitsiganiste.

Ce n'est que vers deux heures du matin que la porte du rez-de-chaussée claqua, la réveillant de son demi-sommeil.

Anxieuse, la jeune femme descendit l'escalier et aperçut son mari dans le salon, agrippant fermement le bras de Binone.

— Tu l'as trouvé…, souffla-t-elle.

Quand elle réalisa que le corps du gamin était couvert de griffures, elle porta une main à sa bouche, effrayée. Le garçon leva le menton dans sa direction. Rouge et enflé, son œil gauche donnait l'impression d'avoir triplé de volume.

— Qu'est-ce qui s'est passé ? s'inquiéta la Romni.

— Il est tombé.

— Tombé ? On dirait qu'il a pris un coup.

— Va te coucher, Carmena.

— Il lui faut un médecin !

Son époux fouilla le tiroir d'une commode et en sortit une corde.

— Tais-toi et va te coucher !

— Mais…

— Obéis !

Une sombre fureur déforma ses mâchoires.

Terrorisée, Carmena remonta précipitamment les escaliers, avant de s'immobiliser dans la mezzanine.

Pourquoi son mari avait-il besoin d'une corde ? Et comment le garçon avait-il été amoché ?

La Romni tendit l'oreille : au rez-de-chaussée, Maldini ouvrit la porte de la cave.

72

7 juillet, Seine-Saint-Denis, France

Confortablement installée sur la banquette de sa caravane sans roues, la *puri* ouvrit le cahier à spirale dans lequel elle répertoriait les résidents du *platz*. Pour habiter à Romano Pero, chaque famille devait s'acquitter d'un droit d'entrée de cinquante euros ainsi que d'un loyer de vingt euros par mois payé en liquide. Pour maintenir l'ordre, la *puri* s'appuyait sur huit gros bras serbes et croates à qui elle versait régulièrement une « indemnisation » financière. Cependant, les habitants de Romano Pero n'étaient pas dupes, tous savaient qui était le véritable chef : un Rom hongrois implacable à qui la *puri* reversait tous les loyers.

Armée d'un crayon, la vieille entoura le nom des familles qui projetaient de retourner dans leur pays d'origine le mois prochain. Si le camp était traversé de perpétuels va-et-vient, les emplacements ne restaient pas longtemps vacants. Dès qu'une place se libérait, de nouveaux Roms posaient leur candidature.

La *puri* allait allumer sa pipe lorsque deux frimousses familières se profilèrent dans le chambranle de la porte. L'Abeille et Moustique revenaient de leur « cueillette ».

— *Puri*, c'est nous.

— Déjà ! La journée a été bonne ?

Moustique lui tendit immédiatement un paquet qu'elle s'empressa de compter.

— Pas mal, dit-elle en glissant l'argent dans son soutien-gorge.

Soudain, elle remarqua qu'une troisième tête s'était furtivement introduite dans son *wago.*

— Eh, toi ! Qu'est-ce que tu regardes ? Tu veux que je pisse sur tes yeux ?

— Il est avec nous ! s'exclama Crina.

Malgré son âge avancé, la *puri* avait une vue de lynx et une mémoire d'éléphant. En bonne gardienne du *platz*, elle était surtout incollable quand il s'agissait d'identifier les visages des habitants.

— T'es le gamin qui dort chez les Covaci ?

— Il s'appelle Darius, répondit l'Abeille en l'invitant à approcher, il aimerait travailler avec nous.

La vieille le jaugea de haut en bas en relevant son menton poilu. Sur ses poignets, les gros bracelets dorés tintèrent en s'entrechoquant.

— Pourquoi tu souhaites travailler pour moi ?

— Je voudrais aider mes parents à rembourser le Camatar, déclara l'enfant avec aplomb.

Avec sa tête d'ange innocent, il avait dû entourlouper plus d'un adulte.

— Ils sont où, tes parents ?

— Ma mère est retournée en Roumanie et mon père est à l'hôpital, il a été agressé dans la cité.

— Je vois !

Comme elle avait des oreilles partout, la *puri* avait déjà entendu parler de ce Rom tombé dans le coma.

Ses yeux roulèrent comme des billes en même temps qu'elle faisait pirouetter ses neurones de renard rusé. Un voleur supplémentaire ne serait pas de trop, surtout s'il s'offrait à elle de son plein gré.

La semaine précédente, la *puri* avait dû se résigner à se débarrasser d'un gamin qui n'était plus rentable. Après un mois de « cueillette » infructueuse, elle avait expédié Binone en Hongrie en un simple claquement de doigts.

— Je veux bien te laisser ta chance, mais d'abord, tu dois me promettre que tu ne diras à personne ce que tu fais pour moi. Si tu en parles, sois sûr que mes corbeaux me le souffleront dans l'oreille. Et tu auras de gros problèmes.

Elle lui lança un regard sans équivoque qui ne sembla pas du tout l'intimider.

— Marché conclu, répondit Darius en mimant une bouche cousue.

La *puri* s'éclaircit la gorge. Ce gosse avait du cran, la vieille adorait ça !

— Reviens demain matin. Tu auras une journée d'essai.

73

25 juillet, Seine-Saint-Denis, France

Le matin, lorsqu'elle avait regardé le fond de sa tasse, Cybèle n'avait pas apprécié ce qu'elle y avait lu. À peine estompées, les taches de café formaient un arsenal de formes rectangulaires qui ne laissaient présager rien de bon.

Après le petit déjeuner, elle avait emprunté le téléphone de Thomas pour essayer de joindre sa tante de Bugrassot qui avait enfin décroché. En apprenant que son frère était mal en point à l'hôpital et que son neveu avait disparu, Simona s'était mise à sangloter comme une Madeleine en implorant le pardon du Grand Del.

— Tu ne m'aides pas avec tes pleurs ! s'était exclamée l'adolescente sans décolérer. J'ai besoin de soutien et de réconfort !

À l'autre bout du fil, sa tante avait fini par se ressaisir et lui avait promis de venir le plus vite possible à Paris.

Vers quatorze heures, Cybèle, Lina et Thomas avaient vaillamment repris la route de Romano Pero munis de la photo de Darius. Toutefois, quand ils arrivèrent sur le *platz*, une atmosphère étrangement pesante s'était emparée des lieux. Au pied des baraques, les Roms s'affairaient à rassembler leurs affaires : des vêtements, des tapis, des ustensiles de cuisine. Ils remplissaient des valises et des sacs-poubelle prêts à être emportés. Partout, des coups de marteau visaient à démonter les murs et les toits. Les planches les moins abîmées étaient entassées dans des charrettes et des caddies que des hommes poussaient déjà vers la sortie.

— On dirait que l'évacuation a commencé, commenta Lina.

Au bout du sentier de palettes, ils aperçurent cinq policiers en uniforme qui étaient visiblement en train de relever le nom des habitants. Thomas s'avança vers eux pour leur demander l'origine de ces remous.

— Un arrêté municipal de péril a été prononcé, lui répondit un agent aussi mollasson qu'un paresseux en pleine digestion, le terrain va bientôt être évacué, mais certains Roms préfèrent anticiper.

Dans ses mains, Thomas remarqua plusieurs feuilles estampillées avec le sceau de la République française. Il reconnut des OQTF : des obligations de quitter le territoire français, distribuées aux Roms arrivés en France depuis plus de trois mois.

— Est-ce que des solutions de relogement ont été prévues ? demanda Lina en s'avançant à son tour.

Un profond agacement traversa le visage du flic. *Encore des emmerdeurs qui défendent les Roms*, devait-il penser.

— Renseignez-vous à la mairie, nous, on fait juste notre boulot.

Son ton indiquait qu'il était habitué à ce genre de manœuvres. À la vitesse où fleurissaient les bidonvilles, il n'en était pas à son premier démantèlement.

Face au mur d'indifférence de la police municipale, les trois acolytes poursuivirent leur chemin entre les rangées chaotiques de cabanes.

À plusieurs reprises, Cybèle interpella des occupants en romani pour leur montrer la photo de son frère, mais tous secouaient la tête d'un air détaché. Visiblement, la solidarité si chère aux Roms n'avait pas sa place sur ce *platz*.

Lorsqu'ils arrivèrent devant le *wago* de la *puri*, la porte était entrouverte, dévoilant un intérieur complètement vide. Sur une banquette, un gros matou à la queue coupée ronflait imperturbablement.

— On dirait que la « gardienne » du terrain a déserté son poste, lâcha Thomas en faisant le tour de la caravane.

Il trouva les restes d'un feu de camp autour duquel étaient dispersés quelques jouets d'enfants.

Accablée, Cybèle tenta sa chance avec la voisine : une quadragénaire bulgare qui entassait des sacs sur une brouette. Quand elle lui montra la photo de Darius, la Romni aux longs cheveux grisonnants secoua les mains comme si elle ne voulait pas lui parler.

— Tu le connais ? questionna Cybèle en romani, c'est mon petit frère !

— Non, non, va-t'en, j'ai du travail !

Au lieu de laisser tomber, l'adolescente insista plus fortement.

— Bien sûr que si, tu le connais, je le vois dans tes yeux ! Pourquoi mens-tu ?

La Bulgare la pria de partir, mais Cybèle s'entêta en brandissant le cliché sous son nez.

— Cybèle, qu'est-ce qui te prend ?

Lina et Thomas venaient de la rejoindre.

— Le dit pas reconnaître Darius, mais le mensonge !

Furibonde, elle poussa méchamment la Romni qui faillit trébucher sur un panier et tomber en arrière.

— Arrête de mentir, grosse chèvre !

Tout à coup, un homme moustachu aussi baraqué qu'un soldat sortit d'une cabane et attrapa sa longue tresse comme s'il s'agissait d'une corde.

— Qu'est-ce que tu viens de dire, petite sotte ?

Brutalement, il tira sur la tresse de Cybèle qui valsa sur le sol en hurlant.

Le sang de Thomas ne fit qu'un tour.

Dans un élan de colère, il sauta sur le Bulgare, lui assena un coup dans le nez puis lui tordit le bras si fort qu'il le fit chuter sur les genoux.

— Arrête ! cria Lina de peur que la situation ne dégénère.

La dernière fois qu'elle l'avait vu fou de rage, il avait brisé le coude d'un type, manquant de lui arracher l'épaule.

Lina aida Cybèle à se relever et attrapa Thomas par le bras pour l'entraîner vers la sortie de Romano Pero.

S'ils restaient une minute de plus sur ce *platz*, ils allaient se faire massacrer !

— Vous vous croyez malins ? hurla la jeune femme une fois dehors.

Cybèle se massa la tête, le crâne encore douloureux.

— Je le sais que les mensonges ! Tous les mensonges.

L'émotion la submergea. Comme un violent orage un soir de canicule, elle ne put réprimer le flot de larmes qui se déversa tout à coup sous le poids de l'impuissance et de l'angoisse.

Émue, Lina la serra pour la première fois dans ses bras pendant qu'elle gémissait en romani. Elle savait que cette situation commençait à peser sévèrement sur ses petites épaules. Seize ans, ce n'était pas un âge pour endosser autant de responsabilités : c'était un âge pour rire, pour s'amuser, pour découvrir les joies de l'existence.

— On va essayer de rappeler ton oncle et ta tante.

— Ils viennent de téléphoner ! dit tout à coup Thomas en consultant son téléphone portable.

Un message avait été laissé sur sa boîte vocale.

Quand il lança l'écoute, haut-parleur activé, un long charabia roumain coula de l'appareil, si tonitruant qu'il dut écarter le téléphone de son oreille de peur de devenir sourd.

— C'est Oncle Cristi ! s'exclama Cybèle en retrouvant aussitôt le sourire. Être dans le bus avec Tante Simona et cousins. Arriver à Paris à huit heures le soir.

— Vingt heures ? Les visites à l'hôpital ne seront plus autorisées.

— Pas de problème. Aller demain !

Lina jeta un regard amusé à Thomas qui comprit instantanément le fond de sa pensée.

— Heureusement que tu as un grand salon, lui glissa-t-elle l'air de rien.

74

8 juillet, Paris, France

Depuis neuf heures du matin, Darius – alias la Mouche – parcourait les rues de Paris à la recherche de belles pièces à se mettre sous la dent. Pour sa première journée d'essai, Moustique et l'Abeille l'avaient emmené dans le 11e arrondissement, dans une avenue bordée de bars et de restaurants fréquentés par une clientèle jeune.

Onze heures. Les terrasses se remplissaient. La Mouche était à l'affût.

Le visage innocent, Darius se faufila entre les piétons en direction d'un café à la devanture rouge criarde. Attablés sous le soleil, les *gadjé* sirotaient des boissons fraîches en laissant bronzer leurs bras nus, comme s'ils jalousaient le teint acajou des Roms.

Après un bref repérage des lieux, la Mouche identifia une « cible ». Petite, blanche, rectangulaire, posée bien en évidence à côté d'un verre de jus d'orange. Le détenteur de cette prouesse technologique était absorbé dans la lecture d'un livre si passionnant qu'il n'en décollait pas le menton. Merci l'auteur.

Darius prit son élan et se lança.

En moins de trois secondes, l'iPhone flambant neuf tomba entre les doigts de l'enfant qui l'emporta avec lui en galopant.

Darius était rapide, très rapide.

Derrière lui, le *gadjo* bondit de sa chaise et se lança à ses trousses, en vain. Il abandonna au premier feu tricolore, lorsque Darius se jeta entre deux voitures en manquant de se faire percuter.

L'Abeille et Moustique l'attendaient deux rues plus loin, impatients de collecter le précieux butin destiné à la *puri*.

— Cinq, le compte est bon ! lui dit Crina, la *puri* va être épatée.

Fier comme un coq, Darius lui fit un clin d'œil en reprenant son souffle. Il avait apprécié le moment où montait l'adrénaline.

— C'était facile !

— Tu es un vrai voleur maintenant.

Le garçon sourcilla. La voix de son père avait résonné dans sa tête : « Ce sont les bandits qui volent, je préfère lécher des miettes que devenir bandit. » En vérité, Maman et Papa seraient sans doute en colère s'ils apprenaient sa « reconversion ». Même au marché, ses parents lui avaient toujours interdit de chaparder sur les stands. Pas une pomme, même pas une cerise. Ignoraient-ils que le Grand Del avait autorisé les hommes à voler comme le prétendait Crina ?

L'enfant essaya de se rassurer : s'il « travaillait » efficacement pour la *puri*, il pourrait rembourser le Camatar avant la fin du mois de juillet et toute la famille le remercierait !

— Tu as été très rapide, lui dit la vieille Romni quand il lui apporta la « récolte ».

Pour le féliciter, elle lui remit un billet de dix euros en lui promettant qu'il gagnerait des sommes de plus en plus importantes s'il rejoignait l'équipe.

Darius passa l'après-midi à s'amuser avec l'Abeille et Moustique à l'arrière du *wago*.

Quand il retourna chez les Covaci vers dix-huit heures, la mère de Viorel était en pleine préparation d'un plat de porc aux pissenlits : de la viande coupée en morceaux, rissolée puis bouillie avec les feuilles et la farine de maïs.

Son copain la Pierre l'attendait dans la baraque.

— T'étais où ? demanda-t-il d'un ton réprobateur.

— Je suis allé me balader.

— Je t'ai vu traîner avec le groupe de la *puri*. Tu sais que ce sont des voleurs ?

— Tu racontes n'importe quoi !

— Menteur !

Darius sentit la colère l'envahir. Une colère subite et impétueuse qu'il gardait enfouie depuis l'agression de son père.

— C'est toi, le menteur ! Tu dis toujours des bobards. Le vendeur de gazon, les *gadjé* qui se frottent... À cause de toi, mon père est à l'hôpital ! À cause de toi, je suis dans la mouise jusqu'au cou !

Viorel croisa les bras, incapable d'admettre ses erreurs.

— Qui t'héberge depuis dix jours ?

— Va te faire cuire un œuf, Viorel. Tu n'es plus mon ami.

— Dans ce cas, va dormir ailleurs !

Fâché, Darius rassembla ses affaires dans un sac et quitta la baraque des Covaci en maudissant Viorel.

Livré à lui-même, l'enfant se rendit à l'entrée de Romano Pero et s'assit au milieu des ordures. Là, à l'abri des regards, il ouvrit la boîte à chaussures qui contenait son crapaud.

— Tu vois, Django, on ne peut faire confiance à personne. On va encore devoir déménager. Cette vie n'est pas facile, tu ne trouves pas ? Il faut que Papa se réveille… Pourquoi il ne se réveille pas ?

Tout à coup, le petit garçon se mit à pleurer en se cachant le visage. Il avait horreur de pleurer : seuls les faibles laissaient couler leurs larmes.

Immobile dans sa boîte, Django coassa.

— Tu as raison, lui dit Darius, on va aller chez la *puri*.

75

25 juillet, Seine-Saint-Denis, France

Romano Pero n'était pas un bidonville comme les autres. Contrairement à la plupart des *platz* habités par des Roms, il n'y avait ni *bulibasa* ni *Criss rromano* chargés de résoudre les litiges. Le camp tout entier appartenait à un *mafioso* hongrois qui avait missionné une *puri* et quatre sbires pour faire régner l'ordre à sa place. Cette même *puri* était à la tête d'une tripotée de gosses qui avaient été « formatés » pour devenir de parfaits petits voleurs.

Depuis plusieurs semaines, Izzi Asanovski et ses collègues de l'Unité de coordination contre l'immigration clandestine suaient sang et eau pour identifier la *puri* et le Hongrois. À force de travail, les enquêteurs avaient dégoté le nom de la vieille femme, connue des services de police magyars. Par contre, le mafieux qui la commandait était fantomatique, ne passant sur le camp qu'en coup de vent pour récupérer l'argent. Comme il semblait « fournir » les enfants à la *puri*, les policiers de l'UCLIC le soupçonnaient d'alimenter un réseau de voleurs à l'échelle européenne. Ils devaient donc mener leurs investigations en toute discrétion le temps de récolter suffisamment d'éléments.

— Changement de programme, annonça le commissaire de l'UCLIC à son équipe rassemblée dans la salle de réunion.

Quand un quart d'heure plus tôt, son confrère de la police municipale l'avait avisé que la *puri* s'était fait la malle pendant la nuit, le commissaire avait été mécontent, très mécontent. Pourtant, il avait pressenti que l'évacuation de Romano Pero risquait de mettre à mal tous les efforts fournis par son équipe. La décision était tombée brutalement, ordonnée par le maire dans un « arrêté de péril grave et imminent ». Pour se débarrasser rapidement du bidonville, la municipalité avait suspendu la collecte des déchets afin que l'hygiène se dégrade et menace la sécurité des occupants. Dans ces conditions, le maire était en droit de planifier une expulsion sans l'accord du tribunal, pour « mettre fin à l'imminence du péril ». En d'autres mots, il s'agissait d'un habile stratagème pour court-circuiter la justice.

— On laisse tomber la filature. Les collègues qui vont procéder à l'expulsion se sont rendus aujourd'hui à Romano Pero pour faire un dernier point sur les familles répertoriées. Notre *puri* a senti le vent venir. Elle a quitté le camp en douce et avec tous les gosses.

Un brouhaha s'éleva.

— Bordel, mais ils sont passés où ? s'exclama un policier dépité.

— Vous savez comment ils opèrent : dès qu'ils se croient menacés, ils changent de terrain. On va devoir refaire le tour des bidonvilles.

Dans un coin de la salle, Izzi Asanovski observa ses collègues clamer leur déception. Le brigadier affichait un détachement inhabituel, absorbé par le souvenir de sa rencontre avec Darius devant la gare du Nord. Après avoir relu les procès-verbaux, il s'était longuement questionné sur ce qui avait pu se produire après l'audition. Où Darius était-il allé ? Avait-il retrouvé son copain Viorel ? Où avait-il passé ses nuits après l'agression de son père ?

À la fin de la réunion, Izzi retrouva le commissaire dans son bureau, concentré sur la lecture d'un dossier.

— Commissaire, j'ai une faveur à vous demander.

— Je vous écoute, Asanovski.

— J'ai appris que pour organiser au mieux l'expulsion, les policiers municipaux ont référencé le nom des occupants ainsi que leur date de naissance et leur ville d'origine. Pourrais-je consulter le document ? J'en ai besoin pour un autre dossier.

L'officier s'interrompit.

— Un autre dossier ?

— Une affaire traitée par ma brigade : un Rom agressé dans la cité Lavoisier.

— Je vois ! J'avais presque oublié que vous n'étiez pas de la maison ! Il faut reconnaître que vous êtes un cas à part, Asanovski…

Le commissaire sourit de toutes ses dents. Après tous les services qu'il avait rendus à l'UCLIC, Izzi savait qu'on lui offrirait une place en or s'il souhaitait un jour quitter le commissariat de circonscription dans lequel il était officiellement employé.

L'officier ouvrit un tiroir et lui tendit une feuille. Au cours du mois passé, plus d'une centaine de Roms avaient été recensés. Barrés au stylo rouge, certains avaient déjà déserté le *platz*.

Fébrile, Izzi Asanovski consulta attentivement le listing à la recherche du prénom « Viorel ». Il le trouva deux fois. Le premier Viorel avait cinquante-six ans et était de nationalité serbe. Le deuxième était âgé de treize ans et était originaire de Mora en Roumanie.

Bingo !

D'après les informations recueillies par les policiers municipaux, Viorel Covaci et sa famille avaient quitté de leur plein gré le terrain aux alentours du 10 juillet.

Les pièces du puzzle s'emboîtaient : après l'agression de son père, Darius avait probablement abandonné le Chemin de Fer pour se réfugier chez son « copain Viorel » à Romano Pero ; sauf qu'une dizaine de jours plus tard, toute la famille Covaci était retournée en Roumanie…

Qu'en était-il de Darius ? Était-il parti avec eux ?

Après avoir remercié le commissaire, Izzi quitta les locaux de l'UCLIC en cogitant.

Non seulement il n'avait aucune adresse, mais mille cinq cents kilomètres le séparaient de Mora. Inutile de se leurrer : il pouvait toujours courir pour obtenir une commission rogatoire internationale, bien trop coûteuse.

Une fois dans son véhicule, le brigadier fit tournoyer son téléphone entre ses doigts en passant en revue son répertoire.

— Réfléchis, murmura-t-il pour lui-même.

Il devait trouver un moyen de contacter Viorel.

76

11 juillet, Akár, Hongrie

— … Et la *drabarni* lui dit : « As-tu déjà entendu parler des filles du Roi Brume ? On les appelle Kesalyia. Ce sont des créatures aux yeux verts qui résident au cœur des forêts, dans des palais d'or et de diamants. Pourtant, quand le brouillard se lève, elles apparaissent dans la brume, leurs longs cheveux flottant sous la forme de fins fils luisants. Les Roms et les Romnis qui parviennent à les toucher s'assurent le bonheur pour toute leur vie future, ils… »

Carmena s'interrompit car Zorita avait fermé les paupières. Assise au bord du lit, elle attendit une minute avant de sortir de la chambre.

Mozol patientait dans le salon, vêtue d'une salopette de garçon manqué et d'un châle au style bohème. Même si elle revendiquait son statut de femme moderne, elle se plaisait à ajouter quelques touches puisées dans le folklore tsigane. Lorsqu'elle aperçut Carmena, elle retroussa les manches de sa chemisette beige pour montrer qu'elle était prête à en découdre.

— Elle dort ?

— Oui, elle dort.

— J'espère qu'elle ne se réveillera pas. Tu as pensé à l'enfermer ? Si elle nous voit…

— Je ne l'enfermerai pas, Mozol.

Son amie rechigna. La prudence restait de mise.

Trois jours après la fugue de Binone, Carmena lui avait relaté en détail le déroulé de la soirée. Après avoir retrouvé le garçon, Maldini l'avait emmené dans la cave où il l'avait attaché et roué de coups. À six heures et demie du matin, il avait fait monter le gamin dans sa Mercedes, sans que Carmena parvienne à savoir où il l'avait conduit.

— Je ne veux rien entendre, avait déclaré Maldini à son retour.

Ensuite, il s'était enfermé dans son bureau jusqu'au soir.

— Mon cousin est arrivé ! annonça Mozol en consultant son smartphone.

Impatiente, la jeune femme ouvrit la porte d'entrée pour l'accueillir.

— *Michto* cousine ! s'exclama le Rom, c'est ici pour le cambriolage ?

Mozol éclata de rire avant de jeter des regards circonspects à gauche et à droite pour être sûre que personne ne les observait.

— Espèce d'idiot ! Bien sûr que c'est ici. Entre !

Sorin la suivit dans le salon.

— *Latcho to divès*, Carmena !

La femme de Maldini le salua, légèrement anxieuse. C'était seulement la deuxième fois qu'elle le rencontrait.

Grand, costaud, malin comme le plus malin des renards, Sorin était tantôt peintre en bâtiment, réparateur de deux roues ou revendeur de marchandises. Selon Mozol, il excellait dans l'art de l'opportunisme et du camouflage suite à cinq années tempétueuses dans le monde interlope. Aujourd'hui, le Rom avait réussi à économiser assez de forints pour s'acheter une petite maison à la campagne et revenir dans le « droit chemin ».

— Le bureau de mon mari est à l'étage, précisa Carmena, tu es sûr qu'il ne s'apercevra de rien ?

— Fais-moi confiance, j'ai déjà ouvert plus d'une porte.

— Où as-tu appris à crocheter des serrures ?

— Tous les Roms savent le faire, plaisanta Sorin.

L'ancien margoulin fouilla dans sa poche et en sortit deux épingles à cheveux qu'il avait tordues pour former un tendeur et un crochet. Quand sa cousine lui avait demandé ce service, trois jours avant, il n'avait pas hésité une seconde avant d'accepter. Par le passé, Mozol et son mari avaient volé plusieurs fois à son secours alors qu'il s'était embourbé dans ses magouilles…

Dès qu'il fut à l'étage, il inséra les deux épingles dans la serrure et se mit à aligner les goupilles avec une facilité déconcertante. En moins de trente secondes, il libéra le rotor et la serrure cliqueta comme par magie.

— Alors, impressionnées ?

Carmena grimaça, peu courageuse. Maintenant que la porte du bureau était ouverte, elle n'osait pas y mettre les pieds.

— Je n'ai pas le droit d'entrer dans ce bureau. Si Maldini le découvre, il va être furieux !

— Ton mari te mène en bateau, lui répondit Mozol, tu as le droit de savoir la vérité.

Elle prit Carmena par le bras et l'entraîna à l'intérieur.

À côté d'un secrétaire à cylindre ambré s'élevaient plusieurs étagères remplies de pochettes en carton et de classeurs. La pièce était décorée avec goût : sur un grand tapis persan, deux statuettes dorées côtoyaient un énorme tableau impressionniste.

— Je vous attends dans le salon, leur dit Sorin depuis le couloir.

S'il avait consenti à crocheter la serrure, il ne voulait pas être mêlé à leurs affaires.

Aussitôt, les deux Romnis se mirent au travail.

Mozol s'attaqua aux étagères tandis que Carmena réglait leur compte aux tiroirs du secrétaire. En tout, les deux femmes passèrent au moins deux heures à explorer les rangements et à éplucher les classeurs entreposés.

Hormis quelques justificatifs de transferts d'argent manifestement véreux, elles ne trouvèrent rien de probant. Par contre, elles ne croisèrent la route d'aucun document en rapport avec le métier de verrier. Pas de diplôme, pas de contrat, pas de facture. Rien !

— Est-ce que ton mari t'a déjà présenté un collègue ou une personne pour qui il aurait travaillé ? demanda Mozol en s'asseyant sur le tapis.

— Je ne crois pas.

— Et tu ne l'a jamais vu à l'œuvre ?

— Bien sûr que non, il passe son temps à l'étranger.

— Hum… alors si ça se trouve, il n'a jamais rénové de vitraux !

Carmena baissa les yeux. Elle devait se rendre à l'évidence : soit Maldini gardait tous ses dossiers avec lui, soit il mentait sur les activités qui lui garnissaient les poches.

— Je me pose une question, avoua tout à coup Mozol d'un air méditatif. Et si ton Rom avait un lien avec l'incendie criminel qui a détruit la villa Radul ?

— Je ne comprends pas. Pourquoi y aurait-il un lien ?

— Souviens-toi de l'inscription laissée par les malfaiteurs : « Mort aux porcs de mafieux tsiganes ». Tu sais comme moi que le petit-cousin de ton mari n'est pas un mafieux. Par contre, il a le même nom que lui : Ametovich… et vos maisons se ressemblent.

— Je ne vois pas où tu veux en venir, Mozi, ton raisonnement est tiré par les cheveux.

Cette remarque vexa sa voisine qui se renfrogna instantanément.

— Alors je vais chercher Sorin, déclara-t-elle avec froideur, puisqu'il n'y a rien d'intéressant dans ce bureau, autant éviter de s'y éterniser.

Les deux femmes s'assurèrent que chaque dossier avait été remis à sa place puis Sorin crocheta la serrure dans le sens inverse, afin de refermer le verrou.

Dix minutes plus tard, Carmena se retrouva seule dans son lit, à cogiter sur ce que lui avait dit sa voisine.

Oui, Mozol avait raison de s'interroger. Le slogan tagué sur le muret était injustifiable. À ce jour, ni la police ni les journalistes n'avaient trouvé le moindre élément probant pour incriminer Radul. Devait-elle pour autant tenir pour suspect Maldini ? Quel genre de mafieux aurait pu être son mari ? Et quel genre de trafic pouvait être le sien ?

Le corps de Carmena frémit jusqu'à la moelle quand elle pensa à Binone, attaché et battu dans la cave.

Finalement, elle plongea son nez dans un livre en espérant chasser son effroi.

77

18 juillet, Seholbékésföldvár, Hongrie

Pirate n'arrêtait pas de soupirer.

Aussi raide que le dos d'une fourchette, le milicien de l'Armée des Libérateurs était cloué depuis plus d'une heure sur la même chaise sans prononcer un fichu mot. Parfois, il posait des prunelles dépitées sur l'émission que visionnait la femme de Gabor : un show où des andouilles anonymes gesticulaient sur une scène pour montrer leur « incroyable talent ».

Pour l'inciter à se détendre, Brigitta lui proposa une boisson fraîche mais il refusa d'un revers de la main. Aussi entêté qu'ennuyeux !

À vrai dire, Brigitta se serait bien passée de ce disgracieux « garde du corps », mais, depuis que leurs chiens avaient été massacrés par un fichu *mafioso* tsigane, son mari ne voulait pas la laisser sans protection. Ce week-end-là, Gabor était à Bárhalom, où il organisait un grand camp d'entraînement rassemblant cinq milices antitsiganistes de la région. Inquiet de devoir s'absenter pendant deux jours, il avait imploré Brigitta d'aller dormir chez sa sœur, ce qu'elle avait catégoriquement refusé. Par conséquent, Gabor avait demandé à ses hommes de se relayer à son domicile.

— Dis-moi, Pirate, ils t'appellent Pirate, n'est-ce pas ? lui lança Brigitta sans bouger ses fesses de son moelleux canapé.

Son « garde du corps » resta silencieux. À l'opposé de ses « confrères », le spécialiste de la propagande sur Internet n'avait ni gros muscles ni tatouages à l'effigie d'Hitler. Aussi fin qu'une brindille, il boudait comme un enfant depuis le début de la soirée, frustré d'être cloîtré dans ce trou alors que tous ses petits copains étaient en train de bambocher à Bárhalom.

Brigitta s'obstina, bien décidée à le faire sortir de son silence.

— J'ai cru comprendre que c'est toi qui as localisé la villa que vous avez incendiée à Akár… Et aussi que ce n'était pas celle du Roi Ametovich. Comment tu as fait pour te planter de maison ?

Le milicien la fusilla du regard. Jamais il n'avait envisagé que toute la famille du mafieux habitait dans le même quartier.

— Je vais fumer ma clope ! lâcha-t-il après une heure de parfaite immobilité.

— Si ça peut t'aider à te détendre !

Agacé, Pirate quitta le salon pour se rendre sur la terrasse aménagée donnant sur la forêt. Une odeur de fleur de sureau envahit la pièce. Gabor Szabo et son épouse habitaient une commune à flanc de montagne située à quinze kilomètres de Budapest. Dans le village, un homme sur trois avait rejoint l'Armée des Libérateurs grâce à un long travail de persuasion amorcé trois ans avant.

Le présentateur annonça une page de publicité.

Munie de sa télécommande, la plantureuse Brigitta parcourut les différentes chaînes pour éviter de subir l'odieuse propagande consumériste qui transpirait à l'écran. Un débat attira son attention sur un canal : encore un satané philosophe libéral qui fustigeait la droitisation du gouvernement.

— *Basszák meg a kurva anyukat!* s'exclama Brigitta en levant les bras. Qu'ils baisent leur putain de mère, il a bien raison de se durcir, Orbán !

Elle zappa aussitôt, agacée par ces gauchistes hypocrites et leurs faux discours humanistes. Comment pouvaient-ils se pavaner comme des paons après tout le mal qu'ils avaient infligé à leur pays ? Peu de temps avant la chute du mur de Berlin, quand les communistes avaient senti le vent tourner, ils avaient poignardé leur patrie en bradant les industries et en les offrant sur un plateau d'argent aux grandes puissances capitalistes. Fini le plein emploi et le système de protection sociale, les *pédés* du parti des travailleurs avaient livré la Hongrie aux Juifs et à la mondialisation, tout en s'assurant une place de choix sur le nouvel échiquier économique. Qu'était-il resté au peuple après ça ? Les miettes ! Les Hongrois avaient été trahis et dépossédés et on les ruinait encore un peu plus en versant des allocations à ces charognes de Tsiganes…

— Tu veux une bière ? dit-elle en direction de la porte-fenêtre ouverte sur l'obscurité.

Pas de réponse. Pour un homme en charge du recrutement, les relations humaines n'étaient pas son fort !

— Eh, Pirate, tu m'as…

Un soubresaut la secoua. Un homme venait d'apparaître dans l'encadrement de la porte, et même s'il avait pris soin de cacher le bas de son visage avec un foulard, elle n'eut aucun mal à reconnaître son teint basané de Tsigane.

— Enfoiré de…

Sa phrase s'étrangla en un cri. Le Rom entra dans le salon et lui assena un violent coup au visage.

Dans la lumière blême et éparse projetée par le téléviseur, plusieurs silhouettes se glissèrent autour d'elle en même temps qu'un goût de sang inondait son palais.

Brigitta redressa péniblement la tête, quand un nouveau coup la percuta.

— Je vous en…

— *Moukave*, ta gueule !

La dernière chose qu'elle entendit fut la voix du présentateur qui annonçait la fin de l'émission.

Puis elle perdit connaissance sous un tonnerre d'applaudissements.

78

14 juillet, Seine-Saint-Denis, France

Derrière le *wago* de la *puri*, il y avait un agréable coin où poussait de l'herbe sur laquelle Crina et Darius aimaient s'allonger après leur journée de travail. Pendant que Moustique partait explorer les boyaux de Romano Pero sur les traces des chats sauvages, Darius et Crina réinventaient le monde en regardant les nuages danser sur l'écran bleu. Des bateaux, des châteaux et des créatures enchanteresses. Les cieux étaient remplis de magie. Parfois, ils se lançaient à la recherche de coquilles d'escargots qu'ils enterraient à cinquante centimètres de profondeur dans un endroit secret. Crina prétendait qu'après un an sous la terre, les coquilles se transformeraient en or et qu'ils seraient aussi fortunés que le roi des Roms.

Darius croyait toujours ce que disait Crina.

En plus d'être grande et jolie avec ses longues mèches violettes, Crina était drôle et courageuse. Elle émaillait ses poignets de toutes sortes de bracelets colorés gagnés dans des distributeurs forains. Très vite, Darius s'était rendu compte qu'elle connaissait une profusion de contes et de légendes tsiganes qu'elle racontait surtout le soir, allongée près des flammes. Quand le garçon était avec elle, son sourire malicieux lui faisait oublier que Maman devait se faire un sang d'encre en Roumanie. Il oubliait aussi que Papa était toujours endormi à l'hôpital, comme si la fée Ana lui avait jeté un mauvais sort.

— Mes corbeaux me préviendront dès qu'il sera sorti du coma, l'avait rassuré la *puri.*

Même si elle était intransigeante en affaires, la *puri* avait aussi de bons côtés. Par exemple, elle n'avait pas hésité à lui faire une place sur la banquette de son *wago* quand il s'était disputé avec son copain Viorel. Maintenant, toute la famille Covaci était repartie en Roumanie pour fêter le mariage de la fille aînée.

Alors qu'ils venaient de rentrer de la « cueillette », les trois enfants s'assirent en cercle autour du feu de camp. Dès que le soleil déclinait, la *puri* allumait les flammes pour préparer le dîner.

— Ils sont où, tes parents ? demanda Darius à Crina.

Pour une fois, Moustique était resté avec eux, lassé de courir après des chats qu'il n'arrivait jamais à attraper.

— Quelque part en Hongrie, répondit l'Abeille. Quand j'avais dix ans, un homme est passé à la maison parce qu'il voulait me marier à son fils. Il a proposé une très grosse dot à mon père et il accepté. Ensuite, l'homme m'a conduite dans un grand bâtiment où on apprend aux enfants à voler. Je suis d'abord allée en Allemagne puis en Italie et enfin j'ai atterri en France.

— Et tes parents ?

— Ils ne savent rien, c'est mieux comme ça.

Elle fixa le sol l'air pensif.

— Et toi ? demanda Darius à Moustique.

Âgé de onze ans et demi, le garçon avait une longue cicatrice sur le crâne depuis qu'un bouc endiablé lui avait donné un coup de sabot. D'apparence chétive, Moustique avait étonné Darius par la force de ses jambes lorsqu'ils avaient volé des portefeuilles à l'entrée du musée du Louvre. Il avait semé les touristes japonais avec une prodigieuse facilité.

— Moi, je suis ici parce que mes parents devaient beaucoup d'argent à un *camatar.* Comme ils n'arrivaient pas à le rembourser, il leur a dit qu'un de leurs enfants devait travailler pour lui pendant au moins deux ans pour effacer la dette. Je ne voulais pas qu'il prenne mes petites sœurs alors je me suis porté volontaire. On m'a appris à voler puis la *puri* m'a recueilli.

— Quand je serai grand, je vais punir tous les *camatari*, promit Darius avec colère.

Un bâton dans la main, l'enfant remua les braises en pensant à Cybèle et à Duda. Même si la première lui cassait les pieds et que la seconde était une pleureuse, lui aussi aurait tout fait pour les protéger : il ne laisserait jamais personne faire du mal à ses deux sœurs.

Derrière eux, la *puri* sortit du *wago* et vint s'asseoir près du feu. Dans sa main droite se trouvait un harmonica rouge carmin à la paroi aussi usée que ses vieux os.

— Darius ne connaît pas notre chanson, dit-elle avec un rictus piqueté de couronnes en métal.

Les visages des enfants s'illuminèrent.

Surexcité, Moustique chercha un seau en plastique qu'il plaça à l'envers entre ses jambes.

Avec toute la vigueur que lui permettait son âge, la *puri* souffla dans son instrument en même temps que le garçon tapotait gaiement sur son tam-tam improvisé.

Quand Crina se mit à chanter, un frisson parcourut la nuque de Darius.

Un ange.

Il n'y avait qu'un ange pour avoir une voix si cristalline !

— Nous avons froid, faim et soif, lança la jeune fille, nous vivons comme les pauvres oiseaux. Les vents soufflent et nous gelons, nous sommes aussi nus que les vers en hiver. Les esprits malins nous persécutent et personne ne nous aide, pauvres de nous ! Et pourtant nous continuons à te louer, Grand Dieu du ciel. Car nous sommes libres, libres, libres comme l'air ! Et nous sommes riches, riches, riches par la foi !

Ensorcelé, Darius se mit à danser autour des flammes sans pouvoir détacher son regard de Crina.

Oui, il se sentait libre. Oh, qu'il se sentait bien.

Là, sous la lumière encore balbutiante des étoiles, l'enfant tomba amoureux.

79

25 juillet, Paris, France

Quand ils avaient aperçu une famille rom au complet débarquer dans leur immeuble, les voisins de Thomas avaient frôlé la syncope. Il faut dire que les proches de Cybèle n'avaient rien à envier aux clichés. Ils parlaient fort, trimbalaient une panoplie de sacs et posaient des prunelles soupçonneuses sur chaque *gadjo* qui osait les dévisager.

Pour sa première sortie à Paris, Simona avait revêtu sa jupe la plus froncée et son *diklo* le plus fleuri. De faux colliers en or ornaient son cou ridé, marqué par les rudes hivers passés à l'extérieur.

— La maison l'est très jolie, s'exclama la Romni en entrant dans l'appartement de Thomas, mais l'est un peu nue.

Après plus d'un an et demi sur le territoire et une centaine d'heures de cours intensifs, la tante de Cybèle commençait à maîtriser assez bien le français.

— « Nue » ? s'étonna Thomas.

— Oui, pas de tapis, tissus, tableaux, photos.

— Tout nu ! confirma son mari.

Coiffé d'un chapeau noir en feutre, Oncle Cristi déposa toutes les affaires dans le salon pendant que ses deux garçons se précipitaient sur le canapé en gesticulant avec la même frénésie que les écureuils Tic et Tac.

Cybèle s'assit près de ses cousins, manifestement soulagée qu'une partie de sa famille soit enfin à ses côtés.

— Nous appellerons ta mère demain, l'avait rassurée sa tante quand elle s'était écroulée dans ses bras à la sortie du bus.

Sur la table, Simona déballa un énorme récipient en plastique en annonçant à ses hôtes qu'elle avait apporté le dîner. Têtes de poisson au paprika et au chou blanc. En voyant la gueule de la poiscaille, Lina se demanda s'ils ne l'avaient pas pêchée dans une poubelle.

— Chéri, je peux te parler une minute ?

Sophie sortit de la salle de bains, drapée de son joli peignoir rouge. Ses cheveux sombres encore mouillés étaient imprégnés d'un agréable effluve de vanille qui fut aussitôt recouvert par un relent de cabillaud. À la vue des nouveaux « invités », les effets relaxants du bain qu'elle venait de prendre s'évaporèrent sur-le-champ.

— Bien sûr, répondit Thomas.

Aussi désappointée que le jour où il avait escamoté leur romantique « dîner des six mois », Sophie l'entraîna dans la chambre et ferma la porte.

— Tu es sérieux ? Ils vont tous dormir chez nous ?

— Une nuit seulement.

— Une nuit seulement ? Mon amour, je sais que tu veux bien faire, mais on ne peut pas héberger une famille rom au complet !

— Un membre de leur famille est à l'hôpital, à l'article de la mort. À leur place, tu aimerais aussi que quelqu'un te vienne en aide.

Sophie s'assit au bord du lit en passant une main sur son visage humide. Thomas sentait que sa petite amie était à bout.

— Mon amour, implora-t-elle, pourquoi les choses sont devenues si compliquées ? Tout était plus simple au début. On passait nos soirées ensemble, juste tous les deux, à profiter de la vie en oubliant tout le reste…

Les yeux fixés sur la fenêtre, Thomas soupira. Au-dehors s'élevait un panache de cheminées orangé coiffant les toits de Paris, une ville dont il se sentait déjà las.

— Ce n'est pas moi, Sophie. J'ai cru que je pouvais revenir dans les clous, prétendre à une vie « normale »… mais ce n'est pas moi.

Il lut dans son regard le tsunami de déception qu'il venait de déclencher.

Sophie enfila ses vêtements, le visage dur.

— On a tous besoin de donner du sens à notre vie. Quand je t'ai rencontré, j'étais admirative devant ton courage et ton dévouement… mais tu ne peux pas sauver toute l'humanité, Thomas.

Quand elle rouvrit la porte, elle aperçut, bouche bée, les deux cousins de Cybèle qui sautaient sur le canapé en criant « Vive la France ».

— Je vais dormir chez ma mère, annonça-t-elle avec dépit.

Elle rassembla ses affaires et, à cet instant précis, Thomas réalisa qu'il était crucial de la retenir s'il ne voulait pas la perdre. Lui présenter des excuses, admettre qu'elle avait raison, virer une bonne fois pour toutes ces maudits Roms de l'appartement… Pour un beau parleur comme lui, trouver les mots aurait été facile, mais il n'en eut pas la force. Il n'en avait même pas envie. Sophie était belle, brillante, aussi lucide qu'étonnante, mais si elle voulait partir… qu'elle parte. Peut-être leurs deux mondes étaient-ils trop différents ?

— Quelque chose ne va pas ? demanda Lina en posant une main discrète sur son dos.

— Oh non, je nage dans le bonheur.

Un sac sous le bras, Sophie passa devant eux sans cacher son amertume.

Elle partit en claquant la porte.

80

18 juillet, Bárhalom, Hongrie

Plus de cinq cents miliciens avaient répondu à l'appel de Gabor pour le camp d'entraînement exceptionnel qui se tenait à Bárhalom ce week-end-là. Le bourg était niché au milieu de vallons plantés de vignobles, tout près de gigantesques forêts garnies de grottes et de cascades, dont l'eau alimentait plusieurs stations thermales dans la région.

Venus des quatre coins de la Hongrie, les paramilitaires étaient tous issus de groupuscules ultranationalistes se revendiquant héritiers du parti fasciste des Croix fléchées.

Sous un soleil aussi éclatant que le zèle patriotique ambiant, le samedi avait commencé sur les chapeaux de roues au rythme des chants nationalistes et des cours d'« autodéfense » dispensés par d'anciens soldats de la Magyar Gárda. Quelle que soit leur milice d'origine, tous les hommes avaient le même profil : de grands gaillards au crâne rasé, abondamment tatoués, qui enchaînaient les mouvements de bodybuilding pour gonfler comme des taureaux.

Après une journée d'intenses exercices de combat, agrémentés de saucisses, de mayonnaise et de bière, ils étaient maintenant impatients d'entendre le discours tant attendu de leur invité d'honneur. Kornél Horváth, conseiller spécial du parti Jobbik, s'était déplacé en personne pour encourager les troupes.

— Horváth ! Horváth !

Les cris déchaînés des miliciens retentirent dans toute la vallée comme si un célèbre chanteur s'apprêtait à donner un concert.

Un homme âgé d'une cinquantaine d'années grimpa sur l'estrade montée en plein air. Son costume gris bien taillé contrastait avec les tenues guerrières et les T-shirts révisionnistes de ses admirateurs.

— Chers amis, chers libérateurs de la Hongrie, les temps sont durs. À l'heure où notre monde est tombé sous la domination des Juifs qui en contrôlent la finance… à l'heure où l'invasion musulmane nous guette et où la race blanche et chrétienne est menacée… le moment est grave.

Une clameur féroce et virile s'éleva en face du politicien qui dominait la horde avec un plaisir jubilatoire.

— Car en plus des menaces qui planent sur le pays, il est un ennemi tout aussi dangereux qui nous ronge de l'intérieur. Rappelez-vous les propos de cet éminent journaliste que vous connaissez tous : « Les Roms ne sont pas aptes à vivre parmi les gens. Ils sont des animaux et se comportent comme des animaux. Ils sont incapables de communication humaine ; leurs crânes bestiaux déversent des sons inarticulés. On doit se venger plutôt que de tolérer ces animaux qui ne devraient pas être autorisés à exister, d'aucune façon. » Mes chers compatriotes, je vous le dis, l'heure est grave. Ces animaux de Tsiganes sont partout et mettent en péril l'identité de la nation. C'est pourquoi j'aimerais remercier mon ami Gabor d'avoir organisé ce rassemblement. La Hongrie a plus que jamais besoin d'hommes courageux et volontaires pour défendre ses valeurs. Vous êtes les libérateurs de la Hongrie !

Un tonnerre d'acclamations retentit, avec tant de ferveur qu'un écho résonna jusque dans les communes voisines.

Tel un Führer face à ses vassaux, Kornél Horváth brandit son poing et Gabor Szabo le rejoignit fièrement sur la scène. Cette année-là, les deux compères célébraient leurs trente ans d'amitié. À la fin de leurs études, ils avaient choisi des voies différentes mais complémentaires pour restaurer l'ordre : la force et la terreur pour Gabor et la duperie politique pour Kornél.

— Gabor ! Gabor ! clama la foule déchaînée.

Le chef de patrouille tendit les bras, s'imprégnant de cette gloire momentanée avec autant de voracité que s'il se goinfrait d'oie un soir de Noël.

— Ils sont de plus en plus nombreux, lui glissa Kornél à l'oreille.

— Ta présence les a motivés.

— J'ai failli ne pas être là.

Gabor soupira. Il savait que son ami était fâché.

— Je m'en doute. Les élections approchent, le parti essaie de polir son image…

— Et tes soldats multiplient les bévues ! Je suis venu, Gabi, mais si vous continuez à défigurer des enfants et à brûler des mères de famille, Jobbik ne vous soutiendra plus.

Kornél descendit de la scène pour laisser place à un groupe de rock nationaliste. Malgré son hébétement, Gabor resta sur les planches pour accueillir les musiciens. Dès les premières notes d'une « ode au pays », les miliciens se déhanchèrent en titubant, des pintes de bière à la main.

— Chef, je dois vous parler.

Quand Gabor se retourna, un de ses patrouilleurs lui faisait signe de le suivre hors de la scène.

— Qu'est-ce que tu as ?

C'était un homme trapu, vêtu d'un T-shirt à l'effigie de Jobbik, et l'expression de son visage était marquée par une gravité inhabituelle.

— On dirait que tu viens de croiser une armée de Tsiganes ! se moqua le chef de patrouille.

— Je dois vous parler, c'est important.

— Nous parlerons plus tard, les hommes me réclament.

Il lui tourna le dos pour faire face à la foule, bien décidé à honorer son glorieux Reich imaginaire.

— Chef, c'est au sujet de votre femme !

— Ma femme ?

Alarmé, le chef de patrouille cessa immédiatement sa parade et suivit le milicien dans un lieu à l'écart, sur le parking du foyer municipal que le maire avait généreusement mis à leur disposition. Au loin, Gabor remarqua la teinte orangée du Kőris-hegy perché à une hauteur de sept cents mètres sur le Bakony, surplombant de vastes champs jaunes de colza à l'odeur si particulière.

— Je ne sais pas comment vous le dire, balbutia le soldat avec embarras.

— Arrête ton cirque et parle !

Le jeune homme garda les yeux rivés sur des cartons de saucisses en conserve.

— Pirate vient de téléphoner.

— Et ?

— Il y a une heure, des Tsiganes ont débarqué chez vous, sans doute Ametovich et ses hommes.

La gorge de Gabor se contracta violemment.

— Ametovich…

Le paramilitaire inclina une tête atterrée.

— Ils s'en sont pris à votre femme.

81

25 juillet, Paris, France

Parmi les convives, personne n'avait fait de remarque sur ce qui venait de se produire. Au début du repas, Lina se sentait si mal à l'aise qu'elle était restée muette. De son côté, Thomas s'était assis devant ses couverts avec l'expression d'un homme déconfit, piteusement abandonné.

Heureusement, l'oncle Cristi avait de l'humour à revendre. Pour les détendre tous les deux, il s'était autorisé une inspirante boutade :

— *Relaxa*, mes amis ! Plus grand proverbe romani dit : « Homme qui ne pète ni ne rit est condamné à l'explosion. »

Un fou rire général s'était emparé de la tablée.

Ensuite, Simona avait rempli les assiettes et tout le monde s'était mis à discuter dans la bonne humeur.

Bizarrement, Thomas s'était tellement régalé qu'il en avait oublié le départ de Sophie. Le poisson était aussi savoureux qu'il était moche, y compris les globes oculaires que Tic et Tac s'étaient empressés de gober. Cybèle et Simona avaient aussi préparé une corbeille de *pogácsa*, un pain azyme qu'elles avaient cuit à la poêle sur la cuisinière électrique.

À la fin du repas, Cristi ouvrit une bouteille de *țuica* et arrosa les verres des adultes. Après quelques gorgées, l'atmosphère prit une tonalité mélancolique et propice aux confidences.

— Nous l'avons aussi une maison quand l'habitons en Roumanie, confia Simona en observant les murs de l'appartement, mais le monstre de fer l'a cassée. Avant, mes parents le vivaient dans un *wago*.

— Un *wago* ?

— Caravane.

Comme Lina et Thomas semblaient intéressés, Simona raconta l'histoire de ses parents qui avaient passé leur jeunesse à parcourir les routes de la Roumanie dans une roulotte qu'ils avaient eux-mêmes rénovée. Pour subvenir à leurs besoins, sa mère *drabarni* lisait l'avenir aux *gadjé* et son père jouait de l'accordéon sur les places des villages. L'arrivée de Ceaușescu avait bouleversé leur quotidien : quatre-vingt-dix pour cent des Roms nomades avaient été sédentarisés de force, poussés à adopter le même mode de vie que les Roumains. Ainsi, sa mère avait cessé de dire la bonne aventure et son père avait été enrôlé dans un kolkhoze.

La suite, Lina l'avait déjà lue sur Internet : les tentatives d'assimilation avaient en grande partie échoué et le racisme comme le chômage étaient montés en flèche à la fin de la dictature. Libérés de la censure étatique, des médias avaient diabolisé les Tsiganes en brandissant la notion de « communauté racialement criminogène ».

— Après ça, beaucoup les Roms quittent le pays, ajouta Simona en guise de conclusion, parce que l'a pas d'État, nous les Roms. Les Roms les vont partout. Les cherchent un pays où il y a respect, où il y a les droits. Pays où les peut travailler et mettre les enfants à l'école. Les Roms les veut être comme tout le monde, mais en France, les donne pas le travail cause de la peur et tout ce qu'il passe la télé. Les croient qu'on est tous les voleurs !

— Car il y a des Roms voleurs, objecta Cristi dans un souci de vérité.

— Bien sûr ! Mais quand l'a rien, l'a trois solutions : soit les poubelles, soit les mendier, soit les voler. Pas le choix. Si tu l'es de la bonne famille, tu as l'éducation bonne et pas voler, si tu l'es de la mauvaise famille, tu as le mauvaise éducation. Le problème, c'est les Roms l'ont tellement de souffrances que les survivre ! Si les pays l'Europe donnent les droits, les plus faire de bêtises. Les travailler !

Lina et Thomas restèrent pantois, impressionnés par la lucidité de cette femme sur la condition de son peuple.

Vers minuit, Tic et Tac s'endormirent contre leur mère et chacun estima qu'il était temps de se coucher. Thomas déplia un matelas gonflable à côté du canapé convertible afin que toute la petite famille puisse dormir dans le salon.

Ensuite, il rejoignit Lina dans la cuisine.

— Je vais dormir sur le sofa du bureau, annonça la jeune femme pour éviter toute ambiguïté.

— Il est inconfortable, je préfère te laisser ma chambre. À moins qu'on ne dorme ensemble ?

Lina fronça les sourcils.

— Tu veux qu'on partage le même lit ?

— Ce ne serait pas la première fois…

— Et Sophie ?

— J'ai dit « dormir ». De toute façon elle n'en saura rien.

Amusée par l'équivocité de son ton, Lina laissa poindre un sourire. Il n'était donc pas aussi malheureux qu'il en avait l'air.

— Fais de beaux rêves, lui dit-elle avec douceur.

Après avoir déposé un baiser sur sa joue, elle s'en alla dans le bureau, sans lui laisser l'ombre d'un choix.

82

22 juillet, Seine-Saint-Denis, France

Tout avait été chamboulé par l'arrivée de Nanosh. Le 16 juillet, Meurt-de-Soif avait rejoint Romano Pero après l'incendie qui avait dévasté le Chemin de Fer. Et tandis qu'il charriait des planches et des tôles pour construire sa nouvelle cabane, Nanosh avait croisé sa route.

— Darius ? Qu'est-ce que tu fais ici ? Où est ton père ?

Sa fine moustache s'était hérissée comme le poil d'un chat effarouché.

Le garçon avait été pris de court, et son premier réflexe avait été de partir en courant pour ne pas avoir à affronter ses questions. Comment réagirait Nanosh s'il apprenait que Papa était dans le coma à cause de ses bêtises ? Et s'il téléphonait à Fara Vitor ? Darius avait la conviction que jamais Maman ne lui pardonnerait… à moins qu'il ne parvienne à rembourser le Camatar.

Après ces brèves retrouvailles, Darius ne revit pas tout de suite Nanosh. Il pensait que l'ami de son père avait lâché l'affaire et le laisserait en paix, mais c'est tout l'inverse qui se produisit. À peine avait-il fini de construire sa baraque qu'il s'était mis en tête de mener une enquête auprès des habitants du *platz*.

Trois jours plus tard, l'apprenti Sherlock Holmes était revenu à la charge :

— Je sais que tu traînes avec un groupe de voleurs ! Dis-moi où est ton père !

— Il est reparti en Roumanie, avait menti l'enfant.

Malheureusement, Meurt-de-Soif était moins idiot qu'il n'en avait l'air. Il ne s'était pas laissé berner… Pendant que Darius et ses deux compères passaient leur journée dans les couloirs du métro à dépouiller des sacs à main, le Rom avait frappé à la porte de la *puri* pour demander des explications.

Le soir même, quand Darius rentra de la « cueillette » avec l'Abeille et Moustique, la vieille femme l'attendait devant le *wago* le visage furibond. Avec la colère, ses traits épais et violacés la faisaient ressembler à une sorcière maléfique sur le point de lui jeter un sort.

— Je t'avais donné l'ordre de ne jamais parler à personne de ce que tu accomplis pour moi ! hurla-t-elle en l'attrapant par le col.

Malgré son âge avancé, elle le souleva à plusieurs centimètres du sol avec la force d'un maçon.

— Je n'ai rien dit à personne, se défendit Darius, le souffle coupé.

— Et ce Nanosh Coloji qui est venu me voir ?

— Ce n'est pas moi qui lui ai dit !

Elle relâcha sa prise sans s'adoucir pour autant.

— Peu importe, souffla-t-elle, le hasard veut que le chef soit de passage aujourd'hui. C'est à lui que tu vas devoir rendre des comptes.

Elle fit un mouvement de menton vers la caravane, signe qu'il devait y entrer. À un mètre de là, l'Abeille et Moustique frissonnèrent d'un air horrifié.

Darius n'avait jamais rencontré le chef mais Crina lui avait déjà parlé de lui. Autoritaire, intransigeant, le Hongrois possédait Romano Pero et collectait le fruit des « cueillettes ». Il y a deux ans, c'est lui qui avait « recruté » l'Abeille et Moustique pour leur apprendre à voler.

Darius prit son courage à deux mains et se rendit dans le *wago.*

À l'intérieur, une fumée épaisse et malodorante flottait dans l'air. Un homme aux cheveux noirs gominés et vêtu d'un costume était assis sur la banquette. Il consultait le cahier à spirale dans lequel la *puri* tenait les comptes du campement.

— Tu es Darius ? demanda-t-il d'une voix râpeuse.

— On m'appelle la Mouche, monsieur.

— Il paraît que tu es doué.

L'enfant hocha timidement la tête. Il sentait qu'un tel compliment n'augurait rien de bon.

— Alors comme ça, tu essaies de rembourser un *camatar* ?

— Mon père lui doit cinq cents euros, monsieur.

— Je comprends. Tu as eu une bonne idée de rejoindre la *puri.* C'est un excellent moyen de gagner de l'argent rapidement.

Darius pinça les lèvres. Il pressentait la suite.

— Malgré tout, je ne peux pas tolérer que ceux qui travaillent pour moi ne respectent pas leur parole. Je ne sais pas qui est ce Nanosh Coloji, mais à cause de lui je risque d'avoir de gros ennuis, tu saisis ?

— Je ne lui ai rien dit, monsieur.

— Je l'espère ! Mais je n'ai aucune preuve, mon garçon. Alors comme je suis de nature indulgente, je vais seulement te donner un avertissement.

Lentement, il se pencha vers le sol et tendit une main baguée pour attraper une boîte à chaussures. Quand il l'ouvrit, Darius aperçut son crapaud qui coassait ingénument.

— Je t'en prie, monsieur, ne fais rien à Django ! supplia l'enfant.

— Assure-toi que ce Nanosh ne revienne plus.

Sous ses yeux, le Hongrois arracha brutalement toutes les pattes du crapaud avant de le jeter vulgairement par la fenêtre.

Épouvanté, Darius hurla à pleins poumons, avant de se précipiter à l'extérieur.

— Django… Django… qu'est-ce qu'il t'a fait ? s'égosilla le gamin en s'agenouillant sur le sol.

Face à lui, l'animal se tortillait de douleur dans la poussière en suintant une substance brunâtre. Darius se mit à pleurer à chaudes larmes. Comment le Hongrois avait-il pu lui infliger un tel supplice ? Django était innocent !

L'enfant recueillit dans sa paume le petit corps sanguinolent qui agonisait en silence. Cette vision était insoutenable.

Crina s'approcha doucement de lui.

— Viens, il souffre trop, dit-elle en sortant un couteau de sa poche.

Anéanti, Darius lui confia son ami et fixa le sol quand elle lui enleva solennellement la vie.

— Dieu l'a pris, Dieu le garde, murmura la jeune fille. Je suis désolée, Django était un chouette crapaud.

— Django était mon meilleur ami !

Darius essaya de garder son calme mais un ouragan de colère se mit à gronder dans sa tête.

Il se releva douloureusement, en même temps qu'une tempête tourbillonnante lui donnait le tournis, balayant aussi bien la peur que la prudence.

— Allez, va te reposer maintenant ! lui lança la *puri*.

Fou de rage, l'enfant braqua ses yeux hagards sur l'horrible marâtre qui le fixait avec condescendance.

— Que le cancer te ronge, vieille folle ! lâcha-t-il avant de cracher à ses pieds.

À ces mots, le Hongrois sortit du *wago*.

IV

TOLVAJISKOLA

83

26 juillet, Bucarest, Roumanie

À son réveil, Vasile resta longtemps figé devant le cadre photo qui trônait dignement au milieu de la commode.

Même s'il essayait de se convaincre que le temps avait pansé les blessures, les soixante années écoulées ne suffisaient pas à faire de ce dimanche un jour comme un autre.

Comme à chaque fois que son calendrier mural affichait cette date, il se réveilla en proie à un désagréable mal de ventre qui se transformerait en nausées au fil de la journée.

Le 26 juillet 1944, les exécutants du maréchal pronazi Ion Antonescu avaient fait irruption dans le village où ses parents avaient construit leur maison. Vasile n'avait que cinq ans mais il se souvenait avec une troublante précision des hurlements qui s'étaient élevés dans les rues. Stridents, funèbres, affreux. Son père avait accouru vers lui et lui avait hurlé de se cacher dans le champ de maïs qui bordait leur masure.

— Je vais chercher ta mère, surtout ne te montre pas !

Et il ne s'était pas montré, le petit Vasile. L'enfant était resté tapi au milieu des longs épis en pleurant silencieusement jusqu'à ce qu'un voisin le retrouve après le départ des autorités. À la fin de la guerre, il avait appris que ses parents et tout le reste de sa famille avaient été conduits à Auschwitz-Birkenau pour s'ajouter aux centaines de milliers de Roms gazés ou massacrés pour le seul péché d'être nés roms. Pour Vasile, la date du 26 juillet avait un goût de mort : elle était le symbole du *Samudaripen*, le génocide.

— 'Sile, ton fils au téléphone !

Le vieil homme détacha son regard du portrait de ses parents pris le jour de leur mariage. Comme le cliché était en noir et blanc, le photographe l'avait colorié avec des pastels.

— Quel fils ? demanda-t-il alors que sa Romni entrait dans la chambre.

— À ton avis ?

Vasile prit un air méditatif. Des fils, il en avait quatre. Les trois plus jeunes étaient restés à Paris où ils avaient chacun un métier. Marié à une *gadji*, l'aîné habitait dans la maison familiale qu'il avait construite à Bucarest après dix ans passés en France. C'est à ses côtés que Vasile et sa Romni avaient choisi de passer leurs vieux jours : un quartier calme, non loin de l'immense palais du Parlement à douze étages que ce mégalomane de Ceaușescu s'était offert en même temps qu'il saccageait le reste de la ville pour y implanter des immeubles collectifs.

Vasile avait fait le choix de retourner sur sa terre natale pour défendre la cause de son peuple.

Encouragé par un membre du programme ROMED, il était devenu « médiateur » entre les Roms et les *gadjé*, concourant notamment au raccordement d'un quartier tsigane aux réseaux d'eau et d'électricité grâce à des subventions européennes.

— C'est ton fils le grand officier ! lui souffla son épouse avec un clin d'œil, il a une demande à te faire.

Vasile Asanovski prit le téléphone, intrigué.

— Salut, mon garçon.

— Salut, Papa.

— Content de t'entendre. Dis-moi, tu as enfin trouvé une Romni et tu veux ma bénédiction ?

— Si seulement.

Vasile se mit à rire. Il avait toujours pensé qu'Izzi n'était pas près de rencontrer une femme. Trop indépendant, trop imprévisible, trop « hors des clous ».

— Tu travailles tellement depuis que tu es officier.

— Officier de police judiciaire, corrigea Izzi.

Son père n'avait jamais saisi la différence entre les deux.

— Peu importe, mais tu as raison, fils, « qui dort et toujours se repose n'est pas bon à grand-chose ». Ta mère m'a dit que tu as besoin de moi ?

À l'autre bout du fil, Izzi marqua un silence. Il avait rarement des requêtes à lui soumettre.

— Effectivement, j'aurais souhaité que tu me rendes un service. Est-ce que tu aurais du temps cet après-midi ?

— Hum. Ça dépend pour quoi, on est invités chez ta sœur pour fêter l'obtention de son diplôme. Tu n'as pas oublié de la féliciter, j'espère ?

— Et demain ?

— Izzi, dis-moi le fond de ta pensée et j'aviserai.

— D'accord. Je suis coincé pour une enquête. Un témoin potentiel est retourné en Roumanie, à Mora près de Craiova.

— Craiova ? C'est à trois heures d'ici.

— Je sais, mais je n'ai aucun moyen de le joindre. Il s'agit d'un gamin de treize ans qui s'appelle Viorel Covaci. Pourrais-tu te rendre dans son village pour essayer de le retrouver ?

Vasile Asanovski se dirigea vers la fenêtre et fixa un instant le bâtiment d'en face, un ancien bloc communiste datant des années 1970 dans lequel avait été incrusté un McDonald's flambant neuf. Bucarest avait beaucoup changé en vingt ans. Aujourd'hui, la capitale roumaine ne méritait plus sa réputation de ville froide et grisâtre traînant comme un fardeau les stigmates de son défunt dictateur. Déjà, parce que contrairement aux clichés, les étés étaient chauds à Bucarest. Un air stagnant et suffocant se mêlait à l'odeur des tilleuls, des érables et des saules dressés le long des trottoirs éventrés. Ensuite, parce qu'à côté des immeubles collectifs, il y avait aussi une myriade de maisons accolées, singulières et colorées, à l'image des boutiques originales qui égayaient les ruelles : des horlogeries, des merceries ou encore des salons de coiffure tenus par de talentueux barbiers. Autrefois, la capitale roumaine était surnommée le « petit Paris des Balkans ».

— Quand viendras-tu en Roumanie pour rendre visite à ton père bien-aimé ? interrogea le vieil homme en ignorant complètement sa question.

— Papa, je t'ai demandé si tu pouvais…

— Au mois d'août ? On va célébrer l'inauguration officielle du réseau d'eau construit grâce au programme ROMED. Il y aura même des représentants de la Commission européenne et du Conseil de l'Europe !

— Arrête de faire du chantage. Tu sais très bien que je passerai mes prochaines vacances en Roumanie. Maintenant, dis-moi : est-ce que, oui ou non, tu peux faire un saut à Mora ?

Vasile capitula.

— C'est entendu, monsieur l'officier, j'irai cet après-midi.

84

26 juillet, Seine-Saint-Denis, France

À Undeva, Nanosh avait été le premier à se laisser séduire par l'eldorado français.

Même si à ses seize ans, il avait obtenu un diplôme professionnel de niveau V dans le domaine du bâtiment, ses qualifications n'avaient pas suffi à lui garantir un emploi. En Roumanie comme ailleurs, le chômage n'épargnait personne et surtout pas les Roms. Après vingt entretiens d'embauche et aucun motif légitime de refus, Nanosh s'était mis à boire, jusqu'à ce que sa femme ait l'idée de tenter l'aventure en France.

À l'époque, la Roumanie ne faisait pas encore partie de l'Union européenne et les Roms avaient souvent recours à des passeurs crapuleux pour traverser la frontière. Sur des routes verglacées et sinueuses, le trajet avait duré onze jours. Plus de quinze personnes étaient entassées à l'arrière d'une vieille camionnette qu'un seul chauffeur conduisait.

Mais après trois années de galère, la Romni de Nanosh était retournée en Roumanie avec les enfants, fatiguée de courir de bidonville en bidonville, expulsion après expulsion. Depuis, celui qu'on surnommait Meurt-de-Soif passait une année sur deux en France et l'autre en Roumanie. En un an, la mendicité dans les rues de Paris lui permettait de mettre de côté environ cinq cents euros, ce qui nourrissait toute sa famille les douze mois suivants.

Dieu a donné la terre au gadjo, *au Rom il a laissé la route*, pensa Nanosh, posté à cinquante mètres de Romano Pero.

Dans un nuage de poussière, il regarda les bulldozers et les pelleteuses engloutir ce qui avait été le refuge de milliers de Roms avant lui. Il les connaissait trop bien, ces engins ! Ils arrivaient au petit matin, lorsque les premiers rayons du soleil marbraient le ciel encore noir ; juste après qu'une horde de policiers avaient troué l'obscurité avec leurs torches, s'engouffrant impunément dans les baraques pour en déloger les occupants endormis ; ils débarquaient au milieu des pleurs et des cris de ceux qui essayaient désespérement de sauver quelques affaires, effrayant les enfants qui allaient voir leur maison broyée par les dents aiguisées des terrifiants monstres de fer.

Sa décision était prise : cette année serait plus courte que les autres.

Après l'incendie du Chemin de Fer et l'évacuation de Romano Pero, Nanosh Coloji avait l'intention de regagner la Roumanie avec le modeste pécule qu'il avait réussi à se constituer pendant les derniers mois.

Un sac sur le dos et plusieurs cabas sous le bras, il se mit en route vers la station de métro la plus proche en pensant à la longue journée de bus qui le séparait de sa famille.

Pourtant, avant de retourner dans son village, Nanosh devait passer un coup de fil important. Il espérait que son initiative le libère de la culpabilité qu'il éprouvait depuis qu'il avait menti à Cybèle. Nanosh détestait mentir. Cette fois-ci, il n'avait pas eu le choix. Quand il l'avait apostrophée au sujet de Darius, la *puri* lui avait clairement signifié que son patron ne ferait qu'une bouchée de lui s'il osait ouvrir son clapet. Tant que Nanosh habitait à Romano Pero, il n'avait pas pu prendre le risque de divulguer quoi que ce soit… ce qui ne l'avait pas empêché de mener secrètement son enquête.

L'homme fouilla dans une poche à la recherche des coordonnées téléphoniques de la *gadji* qui aidait Cybèle. Quand elle décrocha, elle lui passa l'adolescente à sa demande.

— *Latcho to divès*, Nanosh.

— *Te oves vi tu*, Cybèle. Comment vas-tu ?

— Je suis là où Dieu veut que je sois. Et toi, comment vas-tu ?

— Comme un Rom qui va bientôt retrouver sa famille. Je retourne en Roumanie aujourd'hui.

— Je suis heureuse pour toi. La santé à tes proches !

Nanosh ne voulait pas passer par quatre chemins alors il entra dans le vif du sujet.

— Cybèle, je sais peut-être où est ton frère.

Sa respiration se coupa. Il se doutait que son annonce lui causerait un choc.

— Quand je suis arrivé à Romano Pero après l'incendie du Chemin de Fer, j'ai croisé Darius dans le camp. Il traînait avec une bande de voleurs obéissant aux ordres de la *puri* qui t'a amenée jusqu'à ma baraque. Je me suis inquiété pour Darius, je ne savais pas où était ton père, et ton frère évitait de me parler. Je suis allé trouver la *puri* mais elle m'a menacé en me disant de me mêler de mes affaires.

— Pauvre bougre, tu ne m'as rien dit ! s'indigna l'adolescente.

— Je ne pouvais pas. La *puri* travaille pour un Rom hongrois puissant, ses nervis m'auraient écartelé avant de me jeter aux cochons. Mais écoute-moi : à Romano Pero, les gens n'en pouvaient plus d'être abusés. La vieille obligeait les familles à lui verser des taxes de plus en plus chères et beaucoup d'habitants étaient révoltés de la voir exploiter des enfants. Un groupe d'hommes s'est formé. Ils projetaient de faire la peau à ce trafiquant hongrois qui passait parfois sur le terrain. Ils n'ont pas eu le temps. À cause de l'expulsion, ce démon est venu en douce il y a deux jours et il a embarqué la *puri* et les gamins.

— Tu veux dire qu'il a emmené mon Didi ? Mais où ?

— Je ne suis sûr de rien. Les hommes qu'il employait sur le terrain ont dit qu'il les avait conduits chez lui en Hongrie : il habite une ville qui s'appelle Akár.

— Tu connais son identité ?

— Les gens le surnomment « le Roi » mais il paraît que son nom est Ametovich.

— Et son prénom ?

— Tu crois qu'il m'a montré son acte de naissance ?

Cybèle s'énerva.

— Je te remercie pour ces renseignements, mais n'imagine pas que je te pardonne, lâcha-t-elle, je crache sur ta lâcheté.

Quand Nanosh raccrocha, il se sentit soulagé. En bonne petite-fille de *drabarni*, elle aurait tout aussi bien pu le maudire.

85

25 juillet, Akár, Hongrie

Quelque chose d'anormal se tramait.

Carmena l'avait compris à l'instant même où Maldini lui avait annoncé qu'il revenait en Hongrie pour la seconde fois au cours du mois de juillet.

Cette visite inopinée tombait comme un cheveu sur la soupe, d'autant plus que la jeune Romni restait dans un insupportable flou quant à la nature de ses activités.

Le samedi 25 juillet, c'est donc la peur au ventre que Carmena vit sa Mercedes blanche se garer sur le côté droit de leur maison. Encore une fois, elle constata que son mari n'était pas seul : des silhouettes d'enfants s'agitaient à l'arrière de la voiture.

À demi cachée par le rideau, la jeune femme le regarda les faire sortir un à un du véhicule. Elle s'attarda un instant sur le visage d'une adolescente aux mèches violettes. Soudain son cœur accéléra.

— Toi, je t'ai déjà vue, murmura-t-elle.

Carmena fouilla dans sa mémoire.

Cinq mois plus tôt, alors qu'elle venait d'emménager à Akár, cette adolescente était restée un après-midi à leur domicile avant que Maldini ne l'emmène avec lui en France, où elle devait soi-disant rejoindre sa tante. La Romni avait gardé le souvenir d'une jeune fille discrète, peu bavarde, qui s'était employée au moins deux heures à ramasser des escargots dans le verger.

— Si j'enterre les coquilles, elles vont se transformer en or, avait-elle affirmé.

Bien sûr, Zorita l'avait crue sur parole et avait passé la fin de l'hiver à gratter la neige, à la recherche de coquilles d'escargots.

Les yeux toujours rivés sur l'adolescente qui se rongeait les ongles dans la cour, Carmena essaya de se souvenir de son prénom…

Cira, Cirna… Crina!

Son mari referma la portière du véhicule, le visage sombre.

Quelle absurde comédie allait-il encore inventer?

Elle s'attendait à ce qu'il se dirige vers l'entrée mais, visiblement, il n'avait pas l'intention de rejouer son récital de clown.

Maldini emmena directement les enfants à la cave en passant par une porte extérieure.

Paniquée, Carmena se jeta sur son téléphone portable et composa le numéro de sa voisine.

— Mozol, il recommence!

86

26 juillet, Seine-Saint-Denis, France

Lorsque Izzi Asanovski entra à l'hôpital de la Fontaine, le ventre ballonné par les trois croissants au beurre qu'il venait d'engloutir, le corps de Djino Stanescu était sur le point d'être transporté vers la morgue.

D'après l'infirmière, le patient était décédé au petit matin, un quart d'heure à peine avant l'arrivée de ses proches.

— Tu sais ce que ça signifie ? lui souffla Nicolas Barbarin alors qu'ils traversaient le couloir des soins intensifs.

— Tu vas me le dire !

— Le magistrat va sans doute refiler le bébé à la Crime.

— Tu plaisantes ?

— J'aimerais bien mais le type est mort, il s'agit donc d'un meurtre. Prépare-toi à lâcher l'enquête : le lieutenant Norek et son équipe ne vont pas tarder à rappliquer !

Le brigadier resta abasourdi. Même s'il appréciait beaucoup le lieutenant Norek pour son professionnalisme teinté d'humanité, à chaque fois qu'un de ses dossiers passait à la Crime, il ressentait un profond sentiment de frustration.

Quand ils arrivèrent devant la cellule d'isolement, plusieurs Roms étaient rassemblés autour du corps livide de Djino Stanescu. Cybèle était penchée au-dessus du cadavre. Le visage boursouflé, elle pleurait à chaudes larmes en psalmodiant des prières. Près de la fenêtre, une Romni qui devait être sa tante parlait au téléphone. Elle était visiblement en train d'annoncer le décès de son frère à ceux qui étaient restés en Roumanie.

— Je vais essayer de trouver le médecin, indiqua Barbarin en s'éloignant.

Le brigadier demeura en retrait dans le couloir, affligé.

Il savait qu'à la mort d'un des leurs, les familles avaient souvent besoin de se recueillir dans le lieu où le défunt avait passé ses derniers instants. Cela valait aussi dans la culture tsigane, où chaque décès était suivi de rituels très particuliers qui s'étalaient parfois sur plusieurs jours. Dans la famille Asanovski, tous les Roms et les Romnis restaient éveillés trois journées et trois nuits durant lesquelles les hommes arrêtaient de se raser et les femmes ne faisaient plus la cuisine. Le premier soir, les effets personnels du défunt étaient jetés dans un feu et chacun lui faisait honneur en racontant de bons souvenirs.

— Bonjour, monsieur Asanovski !

Quand Izzi se retourna, il aperçut Lina Soli et le membre de Cœurs d'enfants qui était venu en aide à Cybèle.

En se remémorant leur dernier échange téléphonique, il pria pour que la *gadji* ait oublié sa maladroite tentative de rapprochement.

— On allait vous téléphoner, on a des infos pour vous !

— Des infos ?

Cette entrée en matière l'étonnait.

— Sur Darius ! Un ami de Djino nous a appelés. Au mois de juillet, Darius a été embrigadé dans un groupe d'enfants-voleurs à Romano Pero. Apparemment, ils étaient sous la coupe de la gardienne du camp, la *puri*.

Izzi tressaillit. Ce que disait la jeune femme était parfaitement plausible. Cette idée lui avait même effleuré l'esprit quand il s'était souvenu de l'interpellation de Darius.

— Qu'est-ce qu'il vous a dit d'autre ?

— Un Tsigane qui se fait appeler le Roi Ametovich serait passé chercher les enfants et la *puri* deux jours avant l'expulsion pour les emmener chez lui, dans la ville d'Akár en Hongrie. J'ai regardé sur Internet, c'est au bord du lac Balaton.

Quelque peu abasourdi, Izzi se retint de jubiler en pensant à ses collègues de l'UCLIC. Cette jeune femme ne le savait pas, mais les enquêteurs se démenaient depuis des mois pour trouver le nom du mafieux hongrois.

— Pouvez-vous me donner les coordonnées du Rom qui vous a fourni ces informations ?

— Bien sûr.

— Qu'est-ce que vous comptez faire ? demanda Thomas avec intérêt, vous allez vous rendre en Hongrie ?

L'enjouement du brigadier laissa place à un rictus amer.

On peut toujours courir, pensa-t-il.

Vu le budget alloué au ministère de la Justice, il n'obtiendrait jamais de commission rogatoire internationale.

— Malheureusement, cette affaire dépasse largement nos habilitations. Nous allons sans doute transférer le dossier à la police hongroise. Ils lanceront une recherche là-bas.

— Vous croyez franchement que les autorités hongroises en auront quelque chose à cirer d'un gamin rom ? À ce que j'ai entendu dire, elles sont plutôt du genre à les laisser crever.

Son ton était virulent, presque effronté, mais Izzi ne fit aucun commentaire. Dans le fond, ce salarié humanitaire n'avait pas tout à fait tort : les partenariats franco-hongrois que son unité avait tenté de mettre en place s'étaient souvent révélés laborieux.

— J'aimerais comme vous retrouver Darius, mais je ne peux pas faire de miracle, monsieur Mesli. Des gamins roms qui se volatilisent en Europe, il y en a tous les jours.

87

26 juillet, Paris, France

Il était treize heures à peine lorsqu'ils arrivèrent à la station de bus.

Le corps de Djino Stanescu venait tout juste d'être emporté à la morgue, et comme sa famille n'avait pas assez d'argent pour le rapatrier en Roumanie, la commune allait prendre en charge les frais d'obsèques en France conformément à la procédure relative aux indigents. La date des funérailles avait été fixée six jours plus tard, ce qui laissait à peine le temps à Cybèle et à ses proches d'arranger la venue de Maria et de Duda avec les Roms de Bugrassot.

S'agissant de Darius, Lina n'avait pas trouvé les mots pour consoler Cybèle. Le discours d'Izzi Asanovski les avait tous plongés dans un grand état d'amertume et de consternation.

Sur qui pouvaient-ils compter si le brigadier se retirait ?

— On se revoit très vite, lui dit Lina alors qu'elle s'apprêtait à monter dans le bus.

Derrière la vitre, Cristi et Simona étaient déjà assis à côté de leurs enfants, après avoir salué leurs nouveaux amis *gadjé* d'une chaleureuse bise exprimant la reconnaissance.

— Oui, vite vite ! répondit Cybèle.

Alors que, jusqu'à présent, l'adolescente avait toujours gardé une certaine distance, par pudeur ou par précaution, elle se jeta dans les bras de Lina et se mit à pleurer sur son épaule.

La gorge de Lina se serra autant de douleur que de surprise.

Après ce que les deux jeunes femmes avaient partagé, il n'y avait plus de place pour leurs carapaces respectives. Cet au revoir était difficile, car il portait la marque de l'échec et de la capitulation. Désormais, Cybèle cessait ses recherches, ce qui ne lui laissait plus que des sanglots pour ce père décédé et ce frère qu'elle ne reverrait peut-être jamais.

— Je suis vraiment désolée, confia Lina à deux doigts de pleurer elle aussi.

— Non. Tu es la gentille personne. Beaucoup. Je le souhaite que Dieu te fait heureuse.

Cybèle mit un certain temps pour relâcher son étreinte. Elle monta dans le bus le cœur lourd, et Lina attendit que le véhicule disparaisse de son champ de vision pour s'autoriser à fondre en larmes.

— J'aurais dû trouver une solution ! déplora-t-elle en regardant Thomas. Ils étaient devant chez moi et je les ai laissés sur le trottoir…

Spontanément, Thomas la serra contre elle.

— Tu as fait de ton mieux, Lina. Tu ne pouvais pas prédire ce qui allait arriver.

— Darius n'a que neuf ans. J'ai laissé un enfant dans la rue. Qui laisse un enfant dans la rue ?

Maintenant, Darius est à la merci d'un mafieux qui l'a emmené en Hongrie pour…

Elle s'interrompit. Elle n'osait pas imaginer les intentions du ravisseur.

— Tu sais ce qui est difficile ? lâcha-t-elle en braquant ses yeux sur lui. Je déteste…

— Baisser les bras.

Thomas n'avait eu aucun mal à deviner la fin de sa phrase. Si Lina trouvait cette situation insupportable, c'est parce qu'elle faisait douloureusement écho à ce qu'ils avaient vécu en Chine, lorsqu'ils n'avaient pas réussi à sauver ceux qui pouvaient encore l'être.

Étaient-ils voués à revivre un pareil dénouement ? Devaient-ils se résigner ?

Il fixa la jeune femme plusieurs minutes, l'esprit envahi par une déferlante de souvenirs.

C'est alors qu'émergea une idée : fugitive, lointaine, comme un murmure très discret dans un coin de son cerveau. Son cœur s'accéléra à mesure qu'une initiative un peu folle naissait en lui. Un sursaut de bravoure, un élan d'insoumission, quelque chose lui intimait de ne pas se laisser abattre par une fatalité qui n'en était pas vraiment une.

— Si l'homme qui a emmené Darius est parti il y a deux jours par la voie terrestre, il doit tout juste être arrivé, déclara-t-il soudainement.

Lina haussa les sourcils.

— Et donc ?

— En prenant un avion aujourd'hui, on a une chance de le rattraper. Dans tous les cas, on pourra au moins essayer de mobiliser les autorités locales !

— Tu veux te rendre en Hongrie ?

— Pourquoi pas ? On a le nom du type et la ville où il habite. Autant aller jusqu'au bout, non ?

Lina resta bouche bée en l'observant tapoter sur son smartphone. Dans son métier d'humanitaire, Thomas avait l'habitude de prendre des décisions dans l'urgence. Sauter inopinément dans un avion en vue de secourir des enfants n'avait rien d'exceptionnel à ses yeux. Cependant, Lina savait que, dans ce cas précis, son choix était sous-tendu par un enjeu plus personnel : Thomas voulait se racheter auprès d'elle en s'acquittant de cette « dette » qu'il traînait depuis la Chine. En même temps, elle le soupçonnait aussi de vouloir prolonger encore un peu cette aventure qui les avait réunis.

Après avoir parcouru un comparateur de vols, un sourire victorieux éclaira son visage concentré.

— Paris-Budapest, deux heures dix. Deux avions décollent dans la soirée !

88

22 juillet, Budapest, Hongrie

Gabor n'osait même pas la regarder dans les yeux. Allongée sur le lit de soins, le corps encerclé de machines, Brigitta était méconnaissable. Pas une seule parcelle de peau n'était en contact avec l'air ambiant. Des bandelettes blanches comme du lait recouvraient la totalité de ses membres brûlés au troisième degré.

Depuis son hospitalisation, Brigitta passait tous les jours sur la table d'opération. Afin d'éliminer les tissus nécrosés, le corps médical devait constamment nettoyer les plaies et l'épiderme. Cinq jours plus tard, le chirurgien procéderait à plusieurs greffes de peau au niveau du visage. Il l'avait toutefois déjà prévenue : dans un état aussi grave que le sien, il ne ferait pas de miracle.

— Comment va ma déesse ? demanda le courageux Gabor en entrant dans la pièce.

Sans que cela le surprenne, son épouse ne répondit rien. Depuis son agression, elle ne disait plus un mot, pas même un murmure, les pupilles roulant par moments sous l'effet des médicaments. Pourtant, dans les deux petites fentes pratiquées au travers des bandages, Gabor lisait dans son regard la fureur étouffée qui lui rongeait le cœur autant que le feu lui avait rongé la peau. Avait-il seulement idée de ce qu'elle avait enduré ?

D'insoutenables images tournoyaient dans sa tête.

Alors que dans un paradis de bière et de délectables saucisses il festoyait gaiement en compagnie de ses amis patrouilleurs, Brigitta avait brûlé vive sur une chaise, attachée avec des sangles.

Même si les miliciens de l'Armée des Libérateurs s'étaient trompés de maison, la femme qui avait été gravement blessée dans l'incendie était la cousine du Roi Ametovich. L'affreux *mafioso* n'avait pas supporté qu'ils s'en prennent à sa famille. Il avait rendu la pareille : œil pour œil, dent pour dent, mais sans se tromper de cible…

— Je vais tuer ce démon de Tsigane !

Il crut entendre un soupir. Il savait d'instinct ce que Brigitta pensait : *Tu peux tuer qui tu voudras, je ne serai plus jamais la même. Ma peau est détruite, ma vie est détruite, et cela, par ta faute !*

Soudain, Gabor se sentit mal, peut-être à cause de la chaleur ambiante maintenue dans la pièce confinée. Il pensa aux dernières semaines qui avaient ressemblé à une improbable descente aux enfers. Depuis cinq jours, il se répétait sans relâche la liste de toutes les choses qu'il n'aurait jamais dû faire, à commencer par lâcher ses pitt-bulls dans le quartier rom de Szalmapuszta.

Et quand la culpabilité devenait trop lancinante, il se remémorait les heures doucereuses passées sous la couette, lorsque sa déesse l'appelait « mon tigre » en bombant sa parfaite poitrine.

— Pour moi, tu seras toujours la plus belle.

Face aux crocs acérés de son silence, Gabor ne parvint pas à tenir en place plus longtemps. Il n'avait pas le sentiment d'être en compagnie de sa femme, il ne voyait qu'une momie léthargique défoncée à la morphine.

Confus, il s'excusa de devoir partir si tôt et quitta la chambre en tremblant de rage et de douleur.

En traversant le couloir de l'hôpital, il se dit qu'il ne voulait pas tuer Ametovich.

Non, la mort était bien trop douce.

Gabor voulait l'anéantir. Et anéantir tout ce qui comptait à ses yeux…

89

26 juillet, quelque part dans les airs

Le voyant indiquant le port de la ceinture obligatoire s'éteignit. L'avion avait terminé la phase de décollage.

Le nez collé au hublot, Lina plongea son regard dans l'immensité du ciel moucheté de nuages blanchis par les rayons lunaires. Elle arborait toujours ce même chignon un peu sauvage qu'elle ne détachait jamais, sans que Thomas puisse expliquer pourquoi. Depuis qu'il la connaissait, Lina l'intriguait autant qu'elle le fascinait. À la voir admirer l'infini de la nuit à travers le hublot, il se dit que ce tableau aérien et nocturne dégageait une énergie puissante et mystérieuse, semblable à la personnalité de la jeune femme.

— Tu es très belle.

Elle se tourna vers lui avec surprise. Il la fixait de ses yeux noisette pétillants comme des bulles de savon.

— Pardon ?

— Je ne sais presque rien de toi, ajouta le trentenaire avec une pointe de regret, je t'ai beaucoup parlé de moi, on a partagé des moments très forts.

Pourtant, tu ne t'es jamais dévoilée, je ne connais pas grand-chose de ta vie.

Cette remarque la fit sourire.

— J'ai toujours pensé que le passé n'a pas d'importance.

— Je ne parle pas du passé mais de ta vie en général, par exemple ta famille.

— Ma famille appartient au passé.

Son esquive langagière le laissa sur sa faim. Il planta ses prunelles dans les siennes pour lui signifier qu'il ne se contenterait pas de cette réponse.

— Je n'ai pas de frère et sœur, finit-elle par lui confesser, et je n'ai jamais connu mon père. J'ai grandi seule avec ma mère dans un petit appartement en Alsace. Quand j'avais quinze ans, elle s'est suicidée. Sa mort m'a traumatisée parce que j'ai vu son corps écrasé en bas de l'immeuble. On m'a emmenée dans un foyer où j'ai passé la fin de mon adolescence. Aujourd'hui, ma seule famille est mon meilleur ami qui s'appelle Marc, avec qui je vis en colocation.

À côté d'elle, Thomas resta abasourdi comme s'il venait d'être frappé par la foudre. Il savait que Lina n'était pas une adepte de la demi-mesure, mais une telle avalanche d'aveux avait de quoi le secouer. Comment avait-il pu passer autant de temps à ses côtés en ignorant tout de son histoire? Il frotta sa courte barbe en la dévisageant.

— Voilà, tu as pitié, soupira la jeune femme.

— Pitié?

— C'est toujours l'effet que ça produit. Quand les gens apprennent mon histoire, ils ont pitié de moi.

— Tu rigoles ? Je ne ressens aucune pitié, au contraire. Ce n'est pas ce qu'on a vécu qui nous caractérise, mais ce qu'on a réussi à en faire. J'ai plutôt l'impression que tu en as fait une force, non ? Une putain de force !

Son compliment la fit rougir, un fait rare et mignon.

— Tu as des nouvelles de Sophie ? demanda-t-elle en essayant de cacher sa gêne avec quelques mèches blondes en liberté.

Thomas comprit qu'elle avait outrepassé son quota de confidences.

— Toujours chez sa mère, je suppose. Je n'ai pas réussi à la joindre, je crois qu'elle ignore mes appels. J'ai laissé un message pour lui dire qu'on partait en Hongrie. J'ai dit que c'était un cas de force majeure.

— Elle va terriblement t'en vouloir !

— Je sais, elle m'a dit plusieurs fois qu'elle voulait qu'on parte en week-end dans une capitale européenne.

— Cela dit, je ne suis pas sûre que Budapest soit une destination de rêve.

— Détrompe-toi, c'est une ville parfaite pour les amoureux.

Lina secoua une tête amusée tandis qu'une hôtesse de l'air s'engageait dans l'allée centrale avec un chariot rempli de plateaux-repas.

Bercés par les vibrations de l'avion, ils passèrent le reste du vol à refaire le monde et à parler de leurs occupations respectives. Toujours aussi exalté par son métier, Thomas lui décrivit ses dernières missions dans le nord-est de l'Irak, où il avait passé plusieurs mois dans un camp de réfugiés persécutés par Daech. Lina écouta avec envie ses aventures, elle qui n'avait rien d'autre à raconter que ses « misérables » péripéties de guide touristique.

Quand l'avion atterrit à Budapest, vers vingt-deux heures, ils montèrent dans une navette pour rejoindre le centre-ville. À l'intérieur du bus, Thomas prit le temps d'écouter un message laissé par Sophie. À la fin, il rangea le téléphone d'un air blasé.

— Elle me quitte.

— Sérieusement ? Elle t'a largué ?

— Oui ! Avec un message vocal…

La jeune femme savait qu'il était incongru de rire, mais elle ne put s'empêcher de pouffer.

— Si j'étais toi, je m'estimerais heureux, elle aurait pu le faire par SMS !

— Tu as avalé un clown ? demanda-t-il d'un air offusqué.

— J'essaie de dédramatiser. Comment tu te sens ?

Thomas inspira et expira plusieurs fois comme pour inviter ses émotions à se manifester.

— Honnêtement… C'est assez étrange, mais je suis soulagé.

— À la bonne heure ! Alors elle t'a rendu service. On lui enverra une carte postale pour la remercier.

Elle lui adressa une tape amicale sur l'épaule d'un air enjoué.

— Tu sais que tu es ignoble ?

Lina éclata de rire. Oui, elle savait.

90

26 juillet, Mora, Roumanie

À Mora comme ailleurs, il y avait trois types de Roms. D'abord, ceux qui avaient réussi à trouver un emploi et qui, généralement, faisaient tout pour devenir invisibles en se fondant dans la masse des Roumains. Ensuite, ceux qui n'avaient pas de qualifications et qui, mis au ban de la société, essayaient de survivre tant bien que mal dans des baraques précaires ou des squats. Et enfin, il y avait la troisième catégorie : ceux qui, lassés de subir une condition foncièrement injuste, tentaient leur chance à l'étranger.

En France, en Espagne, en Italie, ils étaient nombreux à passer une partie de l'année loin de leur terre natale pour subvenir aux besoins de leur famille. Les moins chanceux étaient mendiants ou recyclaient des métaux, les plus débrouillards travaillaient au black ou en tant que saisonniers. Leur point commun : des maisons plus confortables que leur « expatriation » avait permis de financer.

Les Covaci en faisaient partie.

Vasile Asanovski s'en rendit compte dès l'instant où il aperçut la bâtisse que le *bulibasa* de Mora lui avait indiquée. La maison des Covaci était très grande, les murs couverts d'une jolie mosaïque de losanges blancs, bruns, jaunes et bleu azur comme on en trouve dans certains quartiers roms. Elle avait été construite à l'extrémité du village, au bord d'une unique route partiellement éventrée, foulée par les pattes des poules et des dindons. Le long des maisons, des personnes âgées tuaient le temps sur des bancs en observant les enfants courir sur le gravier.

Le charme des petits villages roumains, se dit Vasile en descendant de sa voiture.

Il marcha jusqu'au portail grand ouvert avant de réaliser qu'un puissant tohu-bohu s'élevait du jardin. Il comprit rapidement ce qui en était à l'origine. Plus loin dans le verger, une cinquantaine de Roms et de Romnis chantaient et dansaient en tapant dans leurs mains. Des tables recouvertes de nappes blanches avaient été disposées en rectangle à côté d'un petit orchestre tsigane. Accrochés aux chaises et aux arbres, des rubans rouges tournicotaient dans le vent près d'un énorme banquet exhalant les odeurs du mouton qui avait été sacrifié. Pour avoir assisté à de nombreux mariages, Vasile savait que la bête serait entièrement dévorée : la chair, la cervelle, les boyaux et même les testicules. Ce mets de fête était accompagné d'une joyeuse farandole de spécialités tsiganes, à commencer par des *marikli* à l'ortie, ces mille-feuilles garnis de viande et de courge sur un lit d'oseille et de menthe. En s'approchant, le vieux Asanovski sentit aussi l'agréable odeur des *sarmale* roumains, du chou farci au maïs et des légumes en saumure.

Tout à coup, un homme se détacha du groupe pour avancer vers lui.

— Salut, Grand-Père, quelle belle journée, n'est-ce pas ? Tu es là pour le mariage de ma fille ?

De taille moyenne, en costume noir, il portait un somptueux chapeau argenté qui ombrageait son visage rougi par l'eau-de-vie et le vin rouge coulant à flots.

— *Latcho to divès*, répondit Vasile, c'est ta fille qui se marie ? Que le Grand Del la bénisse, elle et son Rom.

— Merci, Grand-Père. Viens donc boire un verre de *thardimol*, « celui que le ciel a emmené chez moi, je ne le chasse pas ».

Il fit un geste vers les convives enthousiastes au milieu desquels dansait la mariée : douze ou treize ans, parée d'une splendide robe perlée, elle portait son premier *diklo*, le morceau d'étoffe qu'elle devrait garder dans tous les lieux publics. En voyant son visage enfantin et intimidé, Vasile se demanda s'il ne s'agissait pas d'un mariage arrangé : de telles traditions existaient toujours dans certaines communautés.

— Je me serais volontiers joint à la fête, répondit-il, mais j'ai une affaire importante à régler. Je cherche Viorel Covaci.

Le regard du père Covaci s'assombrit.

— Mon fils ? Il a encore fait une connerie ?

— Pas que je sache, mais il connaît très certainement Darius Stanescu, un garçon qui est introuvable depuis plusieurs jours. Sa famille est très inquiète.

— Darius a disparu ? s'étonna le père de la mariée. On l'a hébergé dans notre baraque en France au début du mois. Son père était à l'hôpital. Et puis un jour, il s'est chamaillé avec mon fils et il n'a plus dormi chez nous.

Il se tourna en direction de la fête.

— Viorel, amène tes fesses ! hurla-t-il pour couvrir le son de l'orchestre.

Un adolescent chétif déboula, une brochette de mouton dégoulinant entre ses doigts.

— Ton copain Darius est introuvable, lui dit son père, ce monsieur est à sa recherche.

— Je m'en bats les flancs, Darius n'est plus mon ami.

— Sais-tu s'il avait des ennuis ou si des gens ne l'aimaient pas ? demanda le vieil Asanovski en espérant qu'il n'était pas tombé sur un os.

Le rebelle de bac à sable croisa les bras, ajoutant une énième tache de graisse brune sur sa chemise déjà sale.

— Lâche-moi la grappe, vieillard, ce n'est pas mon affaire.

— Réponds quand même ! ordonna le père Covaci en lui adressant une claque à l'arrière du crâne.

Lorsque l'énervement le gagnait, le père de famille ressemblait à un gros sanglier furieux prêt à empaler tous ceux qui se dresseraient sur sa route.

— D'accord. Il a eu des problèmes avec un vendeur de pelouse magique, déclara Viorel avec impertinence.

Une deuxième claque se perdit.

— Encore une de tes histoires d'hurluberlu ! Je t'ai déjà dit qu'il ne fallait pas raconter de bobards.

— Pour une fois je ne mens pas ! Dans la cité, plein de gens achètent des herbes magiques. Darius a volé un paquet pour se faire un peu d'argent, mais son père a voulu le rendre au vendeur et il a été tabassé. C'est pour ça qu'il a fini à l'hôpital.

Le père Covaci sortit de ses gonds.

— Et c'est maintenant que tu le dis ? Espèce de petit voyou ! Viens là que je te…

Pour éviter le troisième soufflet qui lui pendait au nez, l'adolescent prit ses jambes à son cou, immédiatement pourchassé par son père.

Des cris de mécontentement s'élevèrent en même temps qu'ils bousculaient les invités en zigzaguant.

Interloqué, Vasile observa ce duo presque comique lui offrir une course-poursuite digne des plus célèbres dessins animés.

— Viorel !

Tout à coup, plusieurs Romnis s'en mêlèrent en brandissant des balais.

Le vieux Asanovski retourna sagement dans sa voiture.

Après la tempête qu'il venait de déclencher, il avait tout intérêt à se carapater.

91

26 juillet, Budapest, Hongrie

— *Do you have a room with two single beds?*

— *Two rooms?*

— *No, one room with two beds*[1] *!*

La grosse Hongroise tordit son visage rougi comme si Thomas lui avait demandé la lune. Visiblement, elle ne pigeait pas un mot d'anglais.

— Moric ! hurla-t-elle en direction d'une arrière-salle.

Un homme aussi potelé qu'elle se présenta à la réception de l'hôtel en prononçant ce qui semblait être un juron en hongrois.

Sur les cinq hôtels que Lina et Thomas avaient visités à Budapest, le Baron Noir était le seul qui n'affichait pas complet. Et ils commençaient vaguement à comprendre pourquoi…

— *Ripit plisse !* lâcha l'homme aussi bourru qu'un vieux marin.

---

1. « Avez-vous une chambre avec deux lits simples ? – Deux chambres ? – Non, une chambre avec deux lits ! »

Thomas reprit son souffle et réitéra sa demande. Malheureusement, le grand Moric se contenta de plisser le front d'un air benêt.

— *Ripit pliiisse !*

— Laisse tomber, dit Lina à Thomas, on va y passer la nuit. Une chambre s'il vous plaît, *one room please.*

— *One room ?*

— *Yes.*

— *Good good.*

Le Hongrois se tourna vers l'employée et l'insulta comme du poisson pourri avant d'aller chercher une clé sur le présentoir.

L'hôtel étant dépourvu d'ascenseur, Lina et Thomas durent compter sur leurs gambettes pour grimper les six étages aux murs bleu canard. Compte tenu des minettes en dentelle qu'ils croisèrent dans l'escalier, ils ne tardèrent pas à comprendre qu'ils avaient mis les pieds dans un hôtel de passe.

— Je comprends mieux pourquoi tu voulais un lit double, s'amusa Thomas.

Lina arbora un sourire espiègle. Elle savait parfaitement où il voulait en venir.

— Oublie, je suis trop chère pour toi !

— Tu n'as pas l'air de t'en souvenir, mais la dernière fois qu'on est entrés dans un hôtel, tu m'as sauté au cou dès qu'on s'est retrouvés seuls.

Il ne croyait tout de même pas qu'elle allait l'intimider ?

— Je comprends que ma fougue passée puisse attiser tes inquiétudes, répondit-elle en exagérant le trait, mais tu sors tout juste d'une séparation extrêmement douloureuse, alors je saurai respecter ta période de deuil.

Thomas la bouscula gentiment. Elle se fichait royalement de lui et, à vrai dire, il était rassuré de retrouver un peu de la complicité qu'ils avaient partagée en Chine.

Au sixième étage, ils entrèrent dans une chambre particulièrement miteuse, aux rideaux sales et sombres, à la moquette parsemée de taches et de poils franchement suspects.

— Bienvenue au palais des délices, plaisanta Thomas en jetant son sac sur le sol.

La crasse, il avait l'habitude.

— Que c'est romantique ! Parfait pour notre lune de miel.

— Je savais que ça te plairait.

Pendant que Lina déballait ses affaires, Thomas consulta les horaires des trains qui s'arrêtaient à Akár. Des convois reliaient la capitale aux villes côtières du lac Balaton plusieurs fois par jour en deux heures et demie seulement. Là-bas, Thomas ne savait pas exactement comment il convenait de procéder. Akár était une commune d'un millier d'habitants et ils n'avaient aucune adresse. D'ailleurs, ils ne savaient toujours pas pourquoi le Roi Ametovich avait emmené les enfants en Hongrie. Thomas sauvegarda une carte de la ville sur son téléphone portable. Une chose était sûre : il ne comptait pas se rendre à un poste de police avant d'avoir des éléments concrets : ils devaient d'abord s'assurer que ce trafiquant était bien réel.

Après avoir pris leur douche, les deux acolytes se retrouvèrent côte à côte sur le lit comme deux adolescents mal à l'aise.

— Tu n'as même pas mis de nuisette ? se moqua Thomas pour détendre l'atmosphère.

Lina fit semblant d'épousseter son vieux pyjama à pois d'un orange passé.

— Je me trouve plutôt sexy, dit-elle en éteignant la lumière, à demain !

Surpris, Thomas attendit quelques minutes avant de briser le silence :

— Attends, *pretty woman*, c'est comme ça que tu me dis bonne nuit ?

Elle pouffa de rire avant de se blottir contre lui.

— Bonne nuit, Thomas, murmura-t-elle d'une voix douce.

— Bonne nuit, Lina, répondit-il en enfouissant son nez dans ses cheveux.

92

24 juillet, Akár, Hongrie

Mozol n'était pas du genre à se dégonfler.

Quand sa voisine lui avait dit que Maldini avait enfermé des enfants dans la cave et qu'il projetait de les emmener on ne sait où, elle avait décidé de sauter sur son scooter pour le filer en douce.

— Ce n'est pas prudent, s'était apeurée Carmena au téléphone.

— Ne t'inquiète pas, ma belle, je serai aussi invisible que le vent !

Vers vingt et une heures, Carmena la rappela pour l'alerter du départ imminent de Maldini. Un casque noir sur les épaules, Mozol grimpa alors sur le deux-roues, prête à engager la filature. Deux minutes plus tard, Maldini démarrait sa Mercedes, les enfants à son bord.

Concentrée, la Romni attendit que la voiture soit au bout de la rue avant de se lancer sur l'asphalte en prenant soin de toujours garder une certaine distance avec sa cible. Cette situation lui rappela les films de James Bond qu'elle avait visionnés en hongrois, du temps où son père avait constitué une vidéothèque.

Rapidement, deux véhicules s'insérèrent devant son scooter, ce qui lui assura une plus grande discrétion.

Maldini quitta Akár et traversa trois villages avant de bifurquer sur une nationale menant à Keresztheley, une ville industrielle également en bordure du lac, terne, bétonnée, aux rues malpropres et encombrées. Mozol connaissait bien les lieux pour y avoir passé plusieurs entretiens d'embauche les semaines précédentes.

En entrant dans la banlieue, la peur d'avoir été repérée la fit ralentir. Elle s'engagea sur une rue parallèle afin de disparaître momentanément des rétroviseurs de Maldini.

La filature dans Keresztheley dura moins de cinq minutes car la Mercedes s'arrêta à l'arrière d'un vieux bâtiment de quatre étages dans un quartier plus qu'hasardeux.

Elle fit semblant de continuer sa route, puis repassa en sens inverse pour avoir la confirmation que Maldini s'était effectivement garé. Quand elle le vit faire sortir les enfants de la voiture, elle releva l'adresse et partit.

De retour au centre-ville, elle stationna son scooter sur le parking d'un supermarché.

Réfléchis, Mozol, qui pourrait te renseigner ?

Elle pensa aussitôt à son cousin Sorin. Ses années de magouilles avaient fait de lui un excellent connaisseur des milieux alternatifs.

— *Latcho to divès*, ma cousine ! se réjouit-il quand elle lui téléphona. Tu as encore besoin de mes talents de cambrioleur ?

— Pas cette fois-ci, mon cousin. Par contre, j'aurais besoin de tes lumières.

— Qu'elles t'éclairent, mes lumières. Dis-moi !

— Un homme m'a donné rendez-vous pour un travail, mentit-elle, au 8, rue de l'Industrie à Keresztheły. Un peu craignos comme endroit, non ?

À l'autre bout du fil, son cousin s'alarma.

— Craignos ? Bien sûr que oui, ne mets jamais les pieds là-bas. Ce quartier est le QG du monde interlope, où se retrouvent toutes les mafias : hongroises, gitanes, albanaises.

— Et le 8, rue de l'Industrie ?

— Je vais me renseigner !

Mozol patienta sur place, nerveuse à l'idée de découvrir le véritable visage de Maldini.

La Romni le savait, cet endroit n'augurait rien de bon.

Son cousin la rappela cinq minutes plus tard.

— C'est bien ce que je te disais, n'y va surtout pas. C'est *Tolvajiskola*, ma cousine !

— *Tolvajiskola*, répéta Mozol.

Voilà qui devenait plus clair : l'école des voleurs…

93

27 juillet, Budapest, Hongrie

Au petit matin, Lina avait été éblouie par la beauté de Budapest. Sans qu'elle puisse expliquer pourquoi, cette ville dégageait une énergie remarquable, remplie de grâce et d'élégance. En marchant jusqu'à la gare, la jeune femme avait été époustouflée par la blancheur des bâtiments aux styles architecturaux hétéroclites : baroque, Art nouveau, néoclassique, un régal pour le regard. Le centre-ville regorgeait d'églises cachées et de sculptures murales minutieusement ciselées. Le long des rues piétonnes se succédaient des cafés animés et d'agréables terrasses où se délassait la jeunesse. Des rangées d'arbres apportaient une bouffée d'air aux avenues où s'entrelaçaient les petites boutiques de fait main et les enseignes occidentales luxueuses. Pourtant, le plus incroyable avait été offert par la nature : cette percée sur le Danube, surmonté de la belle colline de Buda. Pour atteindre la gare, Thomas et Lina avaient emprunté un pont grandiose qui surplombait une partie de la ville, au point qu'ils avaient éprouvé un vertige de jubilation.

Bien différente était la commune d'Akár, une petite station balnéaire aux allures de Côte d'Azur bon marché. Ici, l'élégance laissait place à la fête : plage, fast-foods en série, manèges, casinos, vendeurs de glaces et chanteurs de vieux tubes hongrois ultra-kitsch. Des minettes à moitié dénudées dansaient sur les comptoirs des bars pour appâter les touristes majoritairement hongrois, polonais et yougoslaves qui avalaient des shots de *palinka* à longueur de journée.

Quand ils se mirent en quête d'un restaurant pour le déjeuner, Lina et Thomas s'étonnèrent de trouver à peu près tout sauf de la nourriture hongroise : des hamburgers, des kebabs, des tortillas et des brochettes suintantes d'huile de tournesol, autrement dit, des abominations bourrées de viande que Lina fuyait comme la peste. À force de chercher, ils dénichèrent un petit bistrot au bord du lac où se vendaient des *karpati borzaska*, une spécialité à base de pommes de terre.

— Alors, quel est ton plan? demanda la jeune femme en dégustant une succulente crêpe fourrée d'écorces d'oranges confites que les Hongrois appelaient *gundel palacsinta*. Déambuler sur les trottoirs d'Akár à la recherche d'une boîte aux lettres au nom d'Ametovich?

En dehors de la rue piétonne longeant la plage publique, ils n'avaient aperçu que des résidences d'apparence secondaires aux volets clos.

— Ils doivent avoir un annuaire, fit remarquer Thomas en se dirigeant vers le comptoir.

Par chance, le serveur en avait un sous le coude, alors ils se mirent à éplucher les pages avec empressement.

— Gagné ! s'exclama-t-il. Il y a au moins… sept Ametovich à Akár !

— Je sens qu'on progresse, ironisa Lina, je nous vois déjà faire du porte-à-porte en brandissant la photo de Darius : « Bonjour, vous avez vu cet enfant ? Il a sans doute été emmené dans cette ville par un méchant trafiquant qui se fait appeler le Roi Ametovich. »

— Il faudrait déjà qu'on sache parler hongrois, ajouta Thomas.

À moins qu'un miracle ne se produise, seule une idée lumineuse pouvait les sortir de leur errance.

— Excusez-moi, vous êtes là pour l'affaire Ametovich ? demanda une voix en anglais.

Ébahis, ils cherchèrent la provenance de cette intervention divine. Le serveur s'était avancé vers leur table et zieutait sur la page ouverte de l'annuaire. Lina et Thomas écarquillèrent les yeux comme s'ils étaient face à un télépathe. Comment ce type avait-il pu deviner ?

— Radul Ametovich, précisa le barman, le Rom dont la maison a brûlé. Depuis l'incendie, les journalistes affluent. On n'a jamais autant parlé d'Akár. Vous travaillez pour quel média ?

— *Libération*, un journal parisien, déclara aussitôt Lina bien qu'elle n'ait aucune idée de ce que ce serveur racontait.

— Ah, Paris ! La France. Écoutez, je dois vous dire une chose importante : peu importe ce que les gens prétendent, Radul Ametovich n'est pas un mafieux. Les types qui ont écrit sur son mur sont tarés. Moi, je le connais bien, Radul, il est musicien, il joue une fois par mois dans cette brasserie.

— Les gens pensent que c'est un mafieux? renchérit Thomas en entrant dans la peau du «journaliste».

— Certains le croient, mais ils se trompent. Vous le mettrez dans votre article? On perd beaucoup de touristes à cause de cette histoire.

Il retourna à son service, car son patron le regardait d'un air réprobateur.

Encore interloqué, Thomas lança une recherche sur Internet à partir de son téléphone. Lina attendit le verdict.

— Radul Ametovich, confirma-t-il en consultant l'écran, des individus ont mis le feu à sa maison après avoir peinturé «Mort aux porcs de mafieux tsiganes» sur le muret d'entrée. Sa femme a été gravement brûlée dans l'incendie. La police soupçonne une milice d'extrême droite.

Lina se jeta sur l'annuaire.

— J'ai son adresse! s'exclama-t-elle.

— Allons-y!

La chance était de leur côté.

Après avoir laissé un généreux pourboire au serveur, ils sortirent de la brasserie et Thomas activa le GPS de son smartphone.

Un quart d'heure plus tard, ils arrivèrent en bordure du lac dans un quartier résidentiel aussi calme qu'un cimetière. Seuls quelques oiseaux gazouillaient, perchés sur de long câbles électriques emmêlés au niveau des poteaux.

L'adresse indiquée par l'annuaire était exacte.

Une villa carbonisée gisait devant eux, entourée d'un cordon de sécurité jaune citron.

Visiblement, l'inscription « Mort aux porcs de mafieux tsiganes » avait été recouverte d'une couche de peinture noire.

— Tu crois que le Roi Ametovich habitait ici ? demanda Lina, circonspecte.

— Je n'en sais pas plus que toi !

Dans la cour de la maison voisine, une femme âgée d'une vingtaine d'années nettoyait un scooter gris métallisé en fredonnant.

— Si vous venez pour prendre le muret en photo, c'est trop tard, leur lança-t-elle en anglais avec une pointe de mépris, le graffiti a été effacé ce matin.

Lina l'observa du coin de l'œil : même si elle portait un jean et un chemisier moderne, son teint était semblable à celui des Tsiganes.

— Vous connaissez Radul Ametovich ? s'enquit-elle.

— Je ne réponds pas aux questions des journalistes.

— Nous ne sommes pas journalistes, lui dit Thomas pour calmer son hostilité.

— Et alors qu'est-ce que vous êtes, si vous n'êtes pas journalistes ?

À cet instant, une intuition traversa Thomas. L'attitude de cette résidente lui paraissait étrange, comme si elle tentait de jauger sa bonne foi en le mettant au défi. Il décida de suivre son instinct et joua le tout pour le tout. Après avoir ouvert sa sacoche, il sortit la carte de son ONG et la lui tendit.

— Nous travaillons pour une association française qui œuvre pour la protection des mineurs.

Aussitôt, le visage de la jeune femme blanchit comme de la crème. Il avait tapé juste.

— Une ONG ?

— Savez-vous si Radul Ametovich pourrait être impliqué dans un réseau d'exploitation d'enfants ?

Les mains de la jeune femme tressaillirent légèrement. Elle consulta attentivement la carte avant de les dévisager l'un après l'autre. Soudain, elle inspira une grande bouffée d'air pour se donner du courage.

— Radul, non, avoua-t-elle, mais je connais quelqu'un d'autre que ça pourrait concerner…

94

27 juillet, Akár, Hongrie

Depuis qu'elle avait une vague idée de ce que trafiquait Maldini, Carmena Ametovich n'arrivait plus à fermer l'œil. Les cauchemars qui l'habitaient étaient écœurants : des enfants hurlaient, battus par de sombres individus sans visage qui leur apprenaient à voler. Aux dires du cousin de Mozol, *Tolvajiskola* était un lieu où on « dressait » les enfants afin qu'ils deviennent de parfaits petits pickpockets.

C'est donc dans cet endroit plus que sordide que son mari s'était rendu. Trois jours plus tôt, il était revenu à la maison à la nuit tombée : seul, silencieux, mais surtout loin de se douter qu'il avait été suivi par l'audacieuse Mozol.

Affairée à la cuisine, Carmena avait dû concentrer toutes ses forces pour esquisser un sourire et lui donner l'impression que quoi qu'il ait fait avec ces enfants, elle ne poserait pas de question.

Son mari avait passé deux nuits seulement à leur domicile avant de repartir sur les routes. Deux nuits épouvantables durant lesquelles Carmena avait frémi à chaque fois qu'il avait posé ses doigts sur elle pour amadouer son corps criant de désamour. Si jusqu'alors elle s'était toujours contentée d'attendre la fin de la valse marquée par un cri rauque et gras de satisfaction, chaque caresse avait désormais la texture d'une râpe lui écorchant la peau. Non, elle ne pouvait plus supporter que cet homme la touche, ni même qu'il effleure la pointe de ses seins.

Mais que pouvait-elle faire ? Fuir, déguerpir, disparaître ? Que deviendrait Zorita ?

La sonnette retentit.

La Romni sursauta, craignant que son mari n'ait finalement décidé de revenir.

— C'est moi, Mozol.

Quand Carmena ouvrit la porte après avoir revêtu son *diklo*, elle fut surprise de constater qu'un *gadjo* et une *gadji* accompagnaient sa voisine. Le visage tourmenté, l'inconnue avait les cheveux blonds comme les blés, analogues à ceux des poupées de Zorita.

— Tu nous fais entrer ? Ils ont une chose importante à te dire au sujet de ton mari.

La jeune Romni les emmena dans le salon et leur proposa immédiatement du café sans doute pour retarder une discussion qu'elle savait par avance désagréable.

Une fois que tout le monde fut servi, Mozol lui donna enfin une explication :

— Ils ne parlent pas hongrois alors je vais te traduire ce qu'ils m'ont dit. Ils sont arrivés hier de Paris parce qu'ils sont à la recherche d'un garçon âgé de neuf ans qui a disparu : Darius Stanescu.

Elle fit signe à la Française de lui montrer la photo de Darius prenant la pose devant une caravane.

— Ils disent qu'en France, ton mari se fait appeler le Roi Ametovich. Il est à la tête d'un ou plusieurs groupes de voleurs qui sévissent dans Paris et peut-être même ailleurs.

Après l'hébétude, la première réaction de Carmena fut d'éclater en sanglots en se lamentant intérieurement d'avoir épousé un homme qui ne lui inspirait que du dégoût. Puis elle essaya de se ressaisir en reniflant.

— Tu leur as dit pour *Tolvajiskola* ? demanda-t-elle en romani pour être sûre que les deux *gadjé* ne puissent pas la comprendre.

— Non, je voulais d'abord avoir ton avis.

— Mais tu les as amenés ici ! Comment peux-tu leur faire confiance ? Si Maldini apprend que j'ai dit quoi que ce soit, il me tuera.

— Ton mari exploite des enfants ! Tu veux que le diable nous transforme en corbeaux ?

Accablée, Carmena se leva et s'essuya le visage avec une serviette de table. Même si elle haïssait son époux, elle ne pouvait se résigner à le trahir. D'une part, car elle craignait moins le diable que Maldini lui-même : elle pressentait que sa fureur pouvait le porter très loin. Ensuite, parce qu'un tel aveu briserait la vie de Zorita et qu'elle aimait trop cette fillette pour lui imposer une nouvelle épreuve.

— Dis-leur que mon mari est verrier.

Mozol soupira.

— Je suis désolée, ma belle, mais moi, je ne veux pas être complice.

Sous les yeux ahuris de sa voisine, Mozol raconta tout en anglais : les enfants, la cave, l'école des voleurs. À la demande des *gadjé*, elle leur fournit même l'adresse du bâtiment où les mineurs étaient gardés.

— Peu importe ce que vous ferez, ne donnez pas nos noms ! exigea Mozol à la fin de son récit.

Carmena lui lança un regard furieux, blessée d'avoir été trahie.

95

25 juillet, Budapest, Hongrie

Le Tsigane Maldini Ametovich allait payer pour ce qu'il avait fait !

Quand Gabor Szabo était sorti de l'hôpital, trois jours plus tôt, une haine incommensurable lui avait tordu les tripes et, avec elle, ce besoin irrépressible de vengeance que ressent un homme brisé au plus profond de son être.

Il avait aussitôt organisé une réunion exceptionnelle au siège de l'Armée des Libérateurs. D'une part, il souhaitait s'assurer que son équipe avait l'adresse exacte où vivaient Mozol et Zorita Ametovich, identifiées comme étant la femme et la fille du mafieux. Ensuite, il voulait tout savoir sur ses obscures activités et sur la meilleure manière de le faire sombrer.

Ses hommes s'étaient tout de suite mis au travail. Depuis l'agression de Brigitta, les miliciens faisaient preuve d'un indéfectible soutien, y compris ceux des patrouilles environnantes présentes au week-end d'entraînement.

Les efforts finirent par payer.

À la fin du mois de juillet, alors que Gabor préparait la première partie de sa riposte dans son bureau, la recrue surnommée Pirate entra d'un air triomphant. Sur son crâne, une longue cicatrice encore fraîche rappelait le coup de matraque qui l'avait mis K-O le soir de l'offensive.

— Ça y est, on l'a trouvé ! s'exclama le génie de l'informatique.

Il brandit le plan d'un quartier de Kereszthely sur lequel une croix avait été tracée.

— 8, rue de l'Industrie. Les Tsiganes l'appellent *Tolvajiskola*, autrement dit l'école de la fauche. Maldini Ametovich est le propriétaire des lieux. Il utilise ce bâtiment pour former une armée d'enfants pickpockets qu'il dissémine ensuite dans plusieurs grandes villes européennes. J'ai piraté son téléphone : ce Tsigane est très bien organisé. Il change régulièrement les enfants de ville voire de pays pour éviter que les autorités ne les identifient. *Tolvajiskola* est comme une plaque tournante des échanges qu'il effectue.

Paradoxalement, cette nouvelle n'éveilla que très peu d'émotion chez Gabor. La haine avait broyé la moindre parcelle de réjouissance.

— Ce bâtiment est en pleine ville, lâcha-t-il froidement, je ne vois pas comment un tel trafic aurait pu échapper aux forces de l'ordre.

— Justement, je voulais vous en parler. J'ai appris de source sûre que Maldini Ametovich graissait la patte au chef de la police locale pour qu'il couvre son commerce. Tous les flics du coin ont eu vent de leur arrangement mais personne ne fait rien.

— Tu plaisantes ? Depuis quand la police hongroise copine avec ces chiens de Tsiganes ?

— La police copine avec tous ceux qui ont de quoi leur remplir les poches…

Pris de fureur, le chef de l'Armée des Libérateurs se leva et étudia la carte que lui avait donnée Pirate.

— À quoi ressemble ce bâtiment ?

— *Tolvajiskola* ? Une sorte d'HLM délabrée qui date de l'époque communiste. Trois ou quatre étages, des murs qui tombent en miettes.

Gabor médita plusieurs secondes en fixant les anciens posters nazis aux couleurs cramoisies qui tapissaient son bureau. Il devait trouver une solution efficace… radicale !

— Il nous reste des explosifs ?

Pirate tiqua.

— Six ou sept pains de plastic. Ferenc les a rapportés de Slovaquie.

Gabor frotta ses grosses mains d'un air qui frisait la démence.

— Parfait. Voilà qui me paraît simple : on liquide la femme et la fille puis on fait tout sauter.

96

27 juillet, Keresztheły, Hongrie

En sortant du commissariat de police de Keresztheły, Thomas et Lina avaient le désagréable sentiment d'avoir été pris pour des idiots.

Le commissaire en personne les avait accueillis dans son bureau, un espace aussi chargé de classeurs que sa tête l'était de pellicules. Adoptant la pause presque lascive d'un expert en psychanalyse, il avait écouté leur récit en anglais en affichant un visage si doucereux qu'il dégoulinait d'hypocrisie. Bien sûr, Lina et Thomas n'avaient pas dit toute la vérité. Afin de ne pas mettre en péril la femme de Maldini et sa voisine, ils avaient raconté qu'ils tenaient ces informations d'un Rom rencontré à Paris.

À la fin de l'échange, le commissaire avait proféré un discours d'enfant de chœur avant de les congédier :

— Je vous remercie pour tous ces renseignements. Vous avez fait votre devoir. Et si cette histoire d'école des voleurs se confirme, nous nous chargerons d'y mettre un terme.

Trop beau pour être vrai, avait pensé Thomas en quittant le bureau. À force de parcourir les différents pays du monde, il avait l'habitude des autorités corrompues…

Quand ils regagnèrent la gare de Keresztheły qui reliait aussi bien Akár que la capitale, la nuit était presque tombée. Après avoir consulté le tableau d'affichage des horaires, Thomas se tourna vers Lina.

— Qu'est-ce qu'on fait ? Le dernier train pour Budapest part à vingt-deux heures.

La jeune femme lui lança un regard espiègle. Il n'avait pas besoin de mots pour la comprendre.

— Tu es consciente que c'est de la folie ? prévint-il tout en connaissant sa réponse.

— Juste un petit tour, dit-elle en dédramatisant, histoire de repérer les lieux.

— Tu es brindezingue, tu sais.

Elle lui sourit de toutes ses dents en se demandant où il était allé pêcher un tel mot. Attendri, Thomas inséra l'adresse que leur avait donnée Mozol dans son GPS.

Le 8, rue de l'Industrie se situait à vingt minutes à pied de leur position.

*

Bras dessus bras dessous, ils prirent la direction opposée au lac Balaton pour se diriger vers la banlieue usinière de Keresztheły. De hauts réverbères orangés s'allumèrent au fur et à mesure de leur marche, alors qu'ils entraient dans des avenues de plus en plus délaissées des piétons. À cinq minutes de leur destination, le quartier commença à leur paraître franchement douteux. On voyait des garages aux portes grandes ouvertes, aménagés avec des canapés, des comptoirs et des néons fluorescents. Sur les trottoirs, des hommes aux tenues de gangsters buvaient des bières en fumant et en parlant à voix basse. Une rue plus loin, de puissantes exclamations s'élevèrent à l'arrière d'une clôture, comme si un groupe assistait à un événement sportif. Quand ils s'approchèrent, des aboiements grondèrent et Lina réalisa avec effarement qu'il s'agissait d'un combat de chiens.

— Tu veux faire demi-tour ? demanda Thomas.

— Non, on y est presque.

Quand elle était avec Thomas, Lina se sentait en sécurité. Non pas qu'elle ne sache pas se battre – elle avait plusieurs années de boxe à son actif –, mais elle l'avait déjà vu à l'œuvre, capable de clouer au sol une tripotée de bras musclés et aguerris.

Le calme retomba dès qu'ils entrèrent dans la rue de l'Industrie. L'endroit était désert, pourvu d'un unique lampadaire jaunâtre grésillant par intermittence. Ils aperçurent l'édifice en question, un bloc en très mauvais état dont l'entrée semblait située sur le versant opposé, en face d'un parking privé. Avec l'obscurité, il était difficile de savoir ce qui se tramait entre ses murs.

À pas de loup, Lina et Thomas s'aventurèrent sur le trottoir parsemé de déchets et de mégots. Quand ils arrivèrent enfin au pied du bâtiment, ils le fixèrent plusieurs secondes, happés par l'atmosphère mystérieusement morbide qui enveloppait les lieux. Pourtant, s'ils tendaient l'oreille, ils entendaient comme un chorus de voix lointaines froissant le silence.

Tous les volets étaient fermés, mais une légère lumière feutrée transparaissait au rez-de-chaussée. Thomas se hissa sur la pointe des pieds pour regarder à travers les lamelles de bois, mais un rideau épais avait été tiré. Derrière, des silhouettes se déplaçaient dans une très grande pièce et, au regard de leur taille, Thomas était certain qu'il s'agissait d'enfants.

— Il y a au moins dix gosses, souffla-t-il, dépité.

— Tu crois que Darius est ici ? demanda Lina en l'imitant.

Soudain, son téléphone sonna. Elle s'empressa de décrocher de peur que la sonnerie ne trahisse leur présence.

— Allô ?

À l'autre bout du fil, une voix féminine criait en baragouinant des mots en anglais.

— Un problème ? questionna Thomas.

— Attends, je comprends rien.

Lina s'écarta légèrement et se concentra. C'est alors qu'elle reconnut la voix de Mozol, la voisine de Maldini.

— *Dead, dead!* hurlait la Romni comme une forcenée. *They have been assassinated, Carmena and Zorita are dead.*

— Mon Dieu, s'exclama Lina, Carmena et Zorita sont mortes !

Thomas n'eut pas le temps de répondre quoi que ce soit.

Un grondement sourd retentit.

Le sol trembla comme si deux trains venaient de se percuter sauvagement.

Il y eut un flash, puis le souffle de l'explosion balaya la rue, projetant Thomas sur la route où il roula violemment.

Dans sa chute, il tenta instinctivement de se protéger le visage, mais sa peau s'écorcha contre le bitume comme sous l'effet d'un rasoir.

Du sang inonda sa bouche en même temps que des cris d'horreur transperçaient le vacarme.

Plaqué au sol, il vit les murs de *Tolvajiskola* s'écrouler subitement.

Et Lina en dessous.

97

27 juillet, Seine-Saint-Denis, France

Le brigadier Izzi Asanovski savait qu'il jouait ses dernières cartes. Quelques heures plus tard, ses collègues de la Crime allaient débarquer sur leurs grands chevaux et le dossier prémâché par des heures d'investigations leur reviendrait de droit. Si le lieutenant Nicolas Barbarin s'était réjoui, lassé de « dégueulasser ses chaussures » dans tous les camps roms de la périphérie, Izzi avait vécu l'annonce de ce « passage de relais » comme un échec. Heureusement, l'appel téléphonique de son père, la veille au soir, avait redonné du grain à moudre puisqu'il avait soulevé le voile sur l'agression de Djino Stanescu.

Bien que son équipe ait mis plus de vingt-quatre heures à mettre la main sur celui que Viorel Covaci avait appelé le « vendeur d'herbes magiques », après cinq minutes d'interrogatoire seulement, le brigadier sentait qu'il était à deux cheveux d'un aveu.

— Écoute-moi bien ! Cette fois, il n'est pas question de tes trafics de tapette dans le Cercle Lavoisier. On parle d'un crime, tu comprends ? Le Rom que toi et tes petits copains avez roué de coups est mort. Tu sais ce que ça signifie ? Tu es parti pour vingt ans de réclusion criminelle, mon pote. Alors si tu ne veux pas que tout ce merdier retombe sur tes épaules, tu as intérêt à donner les noms de tous ceux qui ont participé au tabassage.

Le dealer se liquéfia comme une prune pourrie sous le soleil. Un peu plus et il allait pisser dans son Calvin Klein de contrefaçon.

Face à son silence, le lieutenant Barbarin frappa du poing sur la table, faisant vibrer sa moustache. Il détestait quand ses journées de travail s'étiraient au-delà de vingt et une heures.

— On voulait pas que ça en arrive là, bredouilla le jeune dealer sur le point de chialer, sa tête a tapé contre le trottoir, on voulait pas !

Dix-neuf piges, un gamin.

— C'est qui « on » ?

— Si je balance, les autres vont me crever !

— Tu vas croupir en taule si tu ne parles pas.

Le dealer trembla. La taule, il connaissait. Deux mois l'année passée pour un vol de scooter. Toutefois, il n'était pas un meurtrier. Juste un pauvre vendeur de cité qui essayait de se démerder comme il le pouvait. Il savait que, sur ce coup, ses « frères » étaient allés trop loin.

— Quand les secours l'ont trouvé, il avait deux côtes fracturées et une perforation des poumons. Qu'est-ce qu'il avait fait pour vous énerver autant ?

— Lui, rien. Mais son fils nous a volé du shit.

Izzi le fixa avec insistance. Il imaginait peut-être que cette confession allégerait sa peine.

— Son fils t'avait volé du shit ?

— Un petit con qui traînait tout le temps dans le parc. Il m'a chouré un bon paquet.

Le brigadier lui montra la photo de Darius.

— C'est lui ?

— Ouais, c'est lui.

— Et qu'est-ce que tu lui as fait au gamin ?

Il plissa le front.

— J'comprends pas ?

— Eh bien, comme par hasard, le môme qui a volé ton shit a disparu, lâcha le brigadier d'un air inquisiteur. Mes collègues et moi-même sommes à sa recherche. Alors je te demande ce que tu lui as fait.

Le visage du dealer se décomposa.

— Vous êtes sûr qu'il a disparu ?

Bingo.

— Dis-moi ce que tu sais ! lui ordonna Izzi.

98

27 juillet, Kereszthely, Hongrie

Quand Thomas ouvrit les yeux, un épais nuage noir avait dévoré la rue. L'explosion avait été soudaine, brutale. Un éclair lumineux avait zébré la nuit avant que les murs ne s'écroulent en un puissant fracas.

Les mains plaquées sur ses oreilles, Thomas se releva, étourdi. Il ne voyait plus rien. Rien qu'un rideau de poussière et de cendres perforé par les rayons jaunâtres de l'unique lampadaire de la rue.

— Lina ! hurla-t-il en titubant.

Sa gorge le brûlait. Face à lui, le tableau était apocalyptique : un agrégat de briques, de métal et de mobilier en pièces, noyé dans un brouillard de mort.

Thomas avança à l'aveuglette, gagné par la peur. Dans son esprit, il revoyait les murs de *Tolvajiskola* s'abattre sur Lina. Plusieurs tonnes de gravats l'avaient ensevelie…

Son pied buta sur un corps.

Une jeune fille. Jolie. Douze ou treize ans. Des mèches violettes.

Thomas saisit instinctivement son poignet avant de réaliser que son buste avait été broyé sous le choc.

La poitrine contractée, Thomas porta une main à sa bouche sans parvenir à réprimer la nausée qui le submergeait. Il vomit plusieurs glaires de saletés avant de crier à nouveau :

— Lina !

Sa voix était rauque, cassée.

— *Sir !*

Il faillit se réjouir quand il aperçut un vieil homme en chemise de nuit accourir vers lui, sans doute un habitant du quartier.

— *Jól vagy ?*

Le visage affolé, il grimaça d'effroi en voyant son crâne dégoulinant.

— Ça va, *I'm OK*, le rassura Thomas.

— *Hospital !*

— *No*, je vais bien !

Il laissa le type en plan et escalada les débris à la recherche de Lina. Autour de lui, des planches brûlaient en dégageant des fumées noires.

Le bâtiment était en ruine : aucun mur n'avait résisté et des pierres dégringolaient de toute part. Combien de corps étaient prisonniers là-dessous ?

Soudain, il entendit un geignement.

— Lina, c'est toi ?

Fébrile, il se mit à creuser avec ses mains ensanglantées en se concentrant sur la voix fluette qui gémissait.

— *I help you!* lui dit l'habitant qui l'avait rejoint.

Après avoir dégagé plusieurs poignées de caillasses, les deux hommes distinguèrent un garçon rom qui s'accrocha à eux pour essayer de s'extirper. Ils le soulevèrent péniblement et le portèrent jusqu'à la route où l'humanitaire improvisa un garrot.

— *Call emergencies*, appelez les secours ! intima Thomas avant d'y retourner.

Le nuage de poussière commençait à se dissiper, ce qui lui fit prendre conscience de l'ampleur des dégâts : une montagne de gravats se dressait devant lui. Au moins trois mètres de hauteur.

Comment pourrait-il retrouver Lina ? Et si elle n'était plus en vie ?

Un vertige l'assiégea. Non, il devait se ressaisir.

Dans un élan de désespoir, il se remit à creuser.

— Lina ! hurla-t-il les larmes aux yeux.

Ces foutues ruines étaient coriaces : il lui faudrait des heures pour tout enlever.

Cette fois, la crainte prit le dessus. Il ne pouvait pas la perdre. Pas elle.

Avec toute la force qu'il lui restait, Thomas creusa à s'en arracher les ongles. Ses mains se mirent à saigner abondamment, mais il n'arrêta pas son geste.

Cinq minutes s'écoulèrent avant qu'un faible son ne parvienne à ses oreilles.

Mélodieux, enfantin.

Un refrain cristallin étouffé sous les décombres.

Une sonnerie de téléphone.

99

27 juillet, Seine-Saint-Denis, France

Le centre d'enfouissement des déchets ressemblait à une énorme étendue de rebuts laissée à l'abandon. À côté du bâtiment principal, l'aire était divisée en plusieurs « casiers » creusés à même le sol et rendus étanches pour éviter toute propagation dans les nappes phréatiques. Ici, la commune stockait les déchets « ultimes », c'est-à-dire ceux dont le recyclage était impossible ou trop coûteux tels que certains encombrants de déchetterie.

Épaulés par des employés du centre, Izzi Asanovski et ses collègues avaient décidé de se disperser pour mieux couvrir la gigantesque zone baignée dans l'obscurité.

— Je commence à croire qu'il s'est foutu de notre gueule, lâcha Nicolas Barbarin dans son talkie-walkie.

Armé d'une puissante lampe de poche, il ratissait depuis plus d'une heure la zone la plus éloignée de l'entrée, celle où les tractopelles ne s'aventuraient même plus.

Si les dires du « vendeur d'herbes magiques » étaient justes, alors Darius Stanescu n'avait jamais mis les pieds en Hongrie.

Le 22 juillet, l'enfant était entré dans le Cercle Lavoisier en tenant dans ses mains le cadavre ensanglanté d'un crapaud qu'il berçait comme un poupon. C'est à cet instant que les amis du dealer lui étaient tombés dessus : ceux-là mêmes qui l'avaient poursuivi juste après l'agression de son père. Le petit garçon pleurait à chaudes larmes alors les deux jeunes s'étaient moqués de lui en essayant de lui arracher l'animal des doigts. Énervé, Darius avait proféré les pires insultes qu'il avait apprises en français. Le « nique ta mère » était de trop. L'un des types avait sorti un couteau et l'enfant avait pris la fuite. Le petit Rom courait vite. Plus vite que les autres enfants de son âge. Poursuivi par les *gadjé* de la cité, il s'était réfugié dans la déchetterie qui lui avait servi d'abri la première fois. Sauf que ce jour-là, ses assaillants n'avaient pas déclaré forfait. Ils l'avaient suivi au milieu des ordures sur plusieurs centaines de mètres.

— Il faut continuer, s'obstina Izzi Asanovski, Darius peut être n'importe où !

— Pour l'instant, je ne vois que des rats et des mouches, répondit le lieutenant et, si on reste trop longtemps, je vais finir par gerber.

Le brigadier se retint de lui dire que lui aussi avait envie de vomir. L'air était si pollué qu'il semblait se matérialiser dans sa gorge, comme s'il ingurgitait des gorgées d'eau puisée dans le fond des poubelles. Un employé lui avait confié que les résidus de l'épuration des fumées d'incinération des ordures ménagères étaient jetés dans ce centre, ce qui expliquait l'odeur nauséabonde.

Réprimant un haut-le-cœur, le brigadier escalada avec prudence la butte instable d'un « casier » en essayant de repérer une forme humaine sous les rayons de sa lampe torche.

Si le témoignage du dealer était vrai, Darius était coincé quelque part sous le poids d'une carcasse de machine à laver qui avait dégringolé sur lui. Les salauds qui le poursuivaient l'avaient laissé en plan alors qu'il geignait de douleur.

Soudain, le cœur d'Izzi s'emballa : il avait aperçu une machine à laver à deux pas de là. Il contourna ce qui semblait être une benne en métal avant d'atteindre son but.

En vain…

— Calme-toi, pensa-t-il à voix haute, Darius a passé cinq jours et cinq nuits sans manger et sans boire, il a peu de chances d'être en vie.

La voix de Barbarin retentit dans le talkie :

— C'est fou ce que les gens balancent, c'est un horrible gâchis. Moi je suis sûr qu'il y a des trucs encore recyclables.

— Il paraît que Greenpeace recrute si tu veux changer de vocation, se moqua un collègue.

— Par ici !

Un employé du centre venait de lancer l'alerte.

À trente mètres de là, Izzi bondit dans sa direction en manquant de glisser sur une plaque de nylon qui s'enfonça sous son poids.

Arrivé à son niveau, il l'aperçut en contrebas : immobile, fondu dans la nuit, un corps d'enfant coincé dans la masse des ordures.

— C'est Darius ! lâcha-t-il dans son talkie.

Il s'approcha, le cœur lourd.

Même s'il s'y était préparé, la silhouette lui parut repoussante : amorphe, couverte de mouches, puant l'urine et les excréments. Quand il braqua sa lampe porche, il vit que le visage de Darius était brûlé par le soleil. Desséchées, ses lèvres semblaient aussi cassantes que des chips.

Respirait-il encore ?

Penché au-dessus du corps, l'employé du centre n'osait pas bouger d'un pouce, le teint aussi livide que celui d'un spectre.

— Bon sang, on dirait qu'il est mort…

100

28 juillet, Budapest, Hongrie

Lina enjamba un tas de chiffons fripés abandonnés dans une flaque d'eau sale et boueuse.

Autour d'elle, de hauts bâtiments croulants, près desquels des enfants s'amusaient, pieds nus dans les ordures, se dressaient. Le ciel était couvert, il avait plu. Pourtant, Cybèle était resplendissante sous les infimes faisceaux dorés qui perçaient les nuages filants. Sa longue tresse lui tombait jusqu'au bas du dos et sa jupe bleue plissée virevoltait dans la brise. Elle saluait d'une main les Roms qui somnolaient sous les fenêtres en mâchouillant des graines de tournesol.

Impatiente, Cybèle l'entraîna en bordure du quartier, dans un espace plus calme où s'alignaient de coquettes résidences en brique typiquement tsiganes.

— Tu vas voir la nouvelle maison de nous ! s'exclama l'adolescente en accélérant le pas, l'est très jolie, plus jolie du monde.

En arrivant devant le portail, Lina plissa les yeux.

Un jardin rempli de fleurs colorées et odorantes jouxtait une grande bâtisse opaline, gardée par deux lions en stuc.

— Tu viens? lui demanda Cybèle en ouvrant le portail.

La jeune femme ne put s'empêcher de jeter un regard derrière elle, où des dizaines de familles s'entassaient dans les épouvantables blocs grisâtres.

Soudain, son portable sonna.

Lina palpa son pantalon

— Attends, je ne trouve pas mon téléphone.

— Tu l'avoir perdu?

Lina fouilla une à une ses poches, sans parvenir à mettre la main dessus.

— Je…

Un terrible mal de crâne l'envahit.

Déstabilisée, elle essaya d'avancer d'un pas mais ses jambes refusèrent d'obéir. La sonnerie de son téléphone persistait, de plus en plus intense, aussi vive que dérangeante.

— Tu l'as douleur? demanda Cybèle.

— Je ne sais pas ce qui m'arrive…

Lina ne parvint pas à amortir sa chute. Ses membres fléchirent brutalement et elle tomba en arrière, comme aspirée par un trou noir.

Le choc la secoua.

Clouée au sol, elle entendit à nouveau cette maudite sonnerie de téléphone retentir quelque part.

Une voix familière lui brisa le tympan.

— Lina, tu m'entends?

Quand elle ouvrit les yeux, elle frissonna en réalisant que le ciel avait disparu pour laisser la place à un hideux plafond blanchâtre.

La figure pâle et fatiguée de Thomas apparut dans son champ de vision. Elle le dévisagea, intriguée. Ses joues étaient émaillées d'égratignures.

— Tu t'es rasé avec un sécateur ?

Il éclata de rire avec soulagement.

— Content de te retrouver. Ça fait trois heures que tu joues à la Belle au bois dormant.

— Qu'est-ce que tu racontes ?

— Tu ne te souviens pas de la déclaration d'amour que tu m'as faite dans l'ambulance ? Tu t'es endormie juste après. J'ai essayé de te réveiller en t'embrassant mais les médecins m'ont dit qu'il te fallait un vrai prince. J'aurai tenté ma chance…

Sa bouille malicieuse lui réchauffa le cœur. Thomas avait su trouver les mots pour la tranquilliser.

— Je suis… ? demanda-t-elle en réalisant qu'elle était allongée sur un lit.

— Dans un hôpital à Budapest. Tu te souviens de l'explosion ?

Quelques nébuleuses images lui revinrent à l'esprit. *Tolvajiskola*, l'appel de Mozol, une détonation. L'édifice s'était écroulé dans un nuage et son corps avait été projeté sous le choc.

— Vaguement.

— Tu étais sous les décombres. Je t'ai trouvée parce que tu avais ton téléphone dans ta poche. Il a sonné plusieurs fois. Tu es une veinarde, seulement deux tibias fracturés.

Lina examina ses jambes entièrement bandées, installées sur des attelles en mousse.

— Quelle chance, en effet, ironisa-t-elle, et les autres ?

— Les autres ?

— Les enfants qui étaient à l'intérieur.

Le visage de Thomas s'assombrit.

— On devrait en parler plus tard, tu dois te reposer.

— Réponds-moi.

Son regard était noir, tranchant. La dernière fois que Thomas lui avait caché la vérité, elle avait cessé de lui adresser la parole pendant plusieurs mois.

— D'accord, souffla-t-il avec dépit, il n'y a pas beaucoup de survivants. Au moins huit enfants sont morts ainsi que deux vieilles femmes qui devaient être leurs gardiennes. Les policiers n'ont pas trouvé le corps de Maldini Ametovich.

La gorge de Lina se noua autant que ses tripes. Une peine foudroyante venait de lui trouer le cœur.

Elle se remémora les silhouettes des enfants roms entrevues derrière les volets. Si petits… exploités… devenus voleurs malgré eux.

— Après ce qui s'est passé, je suis sûr que la police va tout mettre en œuvre pour arrêter les coupables.

Même si les propos de Thomas se voulaient rassurants, la jeune femme eut envie de vomir tellement elle se sentait mal. Comment un trafic d'une telle envergure avait-il pu échapper au regard des autorités locales ? Ce monde était insensé.

Elle déglutit avec effort.

— Et Darius ?

Les mots étaient sortis difficilement, presque à la dérobée. À vrai dire, Lina redoutait la réponse…

Contre toute attente, Thomas pencha ses larges épaules au-dessus d'elle et lui caressa la main avec douceur.

— Tu te souviens quand je t'ai dit que ton téléphone a sonné plusieurs fois ?

Elle hocha une tête à l'air dérouté.

— Izzi Asanovski essayait de nous joindre…

Il esquissa un sourire.

— Il a retrouvé Darius !

101

9 octobre, Paris, France

Thomas et Lina arrivèrent dans la rue Botzaris, qui surplombait Paris.

En contrebas, s'étendait le parc des Buttes-Chaumont, refuge des citadins en mal de grand air. En ce début du mois d'octobre, le ciel était parfaitement dégagé, diffusant une lumière tiède et duveteuse sur les collines urbaines ciselées d'immeubles.

Ils s'appuyèrent sur la balustrade en pierre grise, face à un énorme pin aux épines orangées. Pour les passants qui battaient le pavé dans leur dos, ils avaient tout d'un jeune couple s'accordant une balade romantique.

— C'est beau, lui dit Lina qui découvrait les lieux pour la première fois.

— Mon endroit préféré à Paris. Parfois, je viens y méditer le soir.

— Je ne savais pas que tu méditais.

— Il y a beaucoup de choses que tu ne sais pas à mon sujet.

Il lui offrit un sourire complice.

Depuis leur escapade en Hongrie, deux mois et demi avant cela, il lui avait régulièrement rendu visite à Bugrassot, lui apportant son soutien pour ses nombreuses séances de rééducation. Aujourd'hui, Lina se déplaçait de mieux en mieux, bien qu'elle ait toujours besoin de béquilles.

Thomas regarda sa montre. Deux heures les séparaient encore du début du procès.

Cet après-midi-là, les agresseurs de Djino allaient comparaître devant la cour d'assises. Suivie de près par les médias, cette audience ne serait que la première étape d'un long parcours judiciaire visant également à lever le voile sur ce qui avait mené Darius aux portes de la mort. Pour l'avocat de la partie civile, Cybèle et sa famille étaient susceptibles de toucher une indemnisation de plusieurs milliers d'euros qui viendrait s'ajouter au succès de la cagnotte en ligne lancée par Lina et Thomas.

Désormais, Cybèle pourrait pleinement se consacrer à ses études en Roumanie en vue de devenir médecin. Quant à son frère, il semblait posséder d'incroyables ressources face aux coups du destin.

— On dirait que Darius a trouvé une nouvelle occupation, s'amusa Thomas en se penchant vers le parc.

Caché derrière le tronc d'un grand orme, l'enfant tirait sur les pigeons avec un lance-pierre qu'il venait de confectionner. Darius s'était installé à un emplacement stratégique, de manière à se soustraire au regard de Cybèle qui cueillait des boutons-d'or avec Duda. Plus en hauteur, leur mère s'était allongée sur l'herbe pour profiter de cet écrin de détente au milieu du chahut ambiant.

L'avenir leur appartenait…

— On devrait y retourner, suggéra Lina au bout de quelques minutes.

Ils longèrent la rue Botzaris pour rejoindre l'une des entrées du parc, mais la jeune femme s'immobilisa soudainement en scrutant la route. Elle venait d'apercevoir une famille de Roms assis sur le trottoir.

Elle se tourna vers Thomas.

— Je n'arrive toujours pas à m'y faire. J'ai l'impression que c'est une boucle sans fin.

— Qu'est-ce que tu veux dire ?

— Eh bien, tu fais de ton mieux pour aider une famille à sortir de la rue mais, même si tu y parviens, une autre prend aussitôt sa place. Alors tu aides une personne, puis deux, puis trois, et ensuite ? Il y en a toujours des milliers d'autres qui ont besoin qu'on les aide aussi.

Thomas regarda sa frimousse d'ange avec attendrissement. À ses débuts dans l'humanitaire, les mêmes questionnements l'avaient traversé.

— Est-ce que tu connais le conte des étoiles de mer ?

Lina secoua la tête avec perplexité.

— C'est une histoire qui m'a été racontée lors de ma première mission pour Cœurs d'enfants. J'étais arrivé en Inde, et je désespérais en constatant que l'orphelinat ne désemplissait pas. Dès qu'on trouvait une famille d'adoption, un nouveau gamin était ramassé dans la rue et il fallait à nouveau chercher une famille. On n'en voyait jamais le bout, je me sentais totalement impuissant. Un soir, j'ai confié mon mal-être à un collègue qui m'avait toujours paru incroyablement serein. Il m'a dit : un jour, un homme qui se promenait sur la plage a aperçu des centaines d'étoiles de mer échouées. Il ne voulait pas qu'elles étouffent par manque d'oxygène, alors il s'est mis à les ramasser, une par une, et à les rejeter dans la mer. Un passant s'est arrêté : « Pourquoi ramasses-tu ces étoiles ? Il y en a beaucoup trop et l'océan en apporte toujours plus. Tu ne pourras pas toutes les sauver ! Ce que tu fais ne change rien. » À cet instant, l'autre lui a souri, s'est penché, a ramassé une nouvelle étoile et l'a remise à l'eau : « Ça change tout pour celle-là. »

La jeune femme resta figée face à lui, bouleversée. Des mots semblaient coincés dans sa gorge.

— Qu'est-ce que tu vas faire, maintenant ?

— Maintenant ?

— Tu vas repartir en mission à l'étranger ?

Thomas embrassa sa joue rosée avec amour.

— Probablement. Je ne suis pas fait pour vivre en France. Je déteste la routine. Je me sens bien quand je suis sur les routes, quand je pars découvrir le monde. C'est la seule chose qui me fait me sentir libre.

Émue, Lina jeta un dernier regard à cette famille rom qui lui avait remué le cœur. Puis elle pensa à Bugrassot, à son quotidien exigu et à son job de guide touristique qui l'accablait de frustrations.

Les lèvres pincées, elle se blottit contre Thomas et le serra avec force.

— J'aimerais partir avec toi, murmura-t-elle au creux de son oreille.

Épilogue

Une porte claqua au fond du couloir.

Des pas résonnèrent, froids, déterminés. Un courant d'air s'insinua dans la lucarne entrouverte et fit frissonner la seule plante de la pièce, une fougère desséchée laissée à l'abandon.

Conscient qu'aucun bruit ne devait filtrer, il ferma le battant qui donnait sur une cour privative.

Les pas se rapprochèrent, d'une cadence presque militaire.

Soudain, deux miliciens entrèrent dans le bureau, agrippant fermement un homme aux poignets ligotés avec une sangle. Sur sa tête, un sac noir en tissu entravait sa respiration. Cela faisait maintenant trois jours que le prisonnier n'avait rien avalé, étalé sur le carrelage d'un cagibi qui empestait ses propres excréments.

Gabor se frotta les mains en observant ses deux soldats traîner le Tsigane devant lui. Après l'avoir attaché sur l'unique chaise de la pièce, ils dégagèrent son visage de façon qu'il réalise à qui il avait affaire.

— Tu me reconnais ? lâcha le chef de patrouille.

Le Rom resta silencieux, le regard vide. Sa barbe de trois jours était aussi crasseuse que son costume d'habitude tiré à quatre épingles.

— Alors c'est toi, le Roi Ametovich ? poursuivit Gabor en le toisant avec mépris. D'ordinaire, les souverains ont un peu plus de prestance…

Il se mit à tourner autour de son prisonnier comme un faucon guettant un rat. Sa veste paramilitaire et sa moustache lui donnaient l'allure d'un vieux colonel nazi.

— Je suis Gabor Szabo, le chef de l'Armée des Libérateurs. Si je t'ai fait venir aujourd'hui, c'est parce que tu t'en es pris à une personne qui m'est chère. Tu te souviens ?

Il balança violemment son pied dans le ventre du Tsigane de façon que la coque en métal de la chaussure écrase les organes de son abdomen.

À deux doigts de vomir, ce dernier se plia en deux sur la chaise en hurlant.

— Tu peux toujours crier ! Personne ne te sauvera cette fois. C'en est fini de ton copinage avec la police : un de mes amis haut placés en a fait personnellement son affaire. Ton commissaire doit déjà être mis à pied à l'heure qu'il est.

Le mafieux reprit son souffle.

— Mange tes morts ! s'exclama-t-il avec le peu de force qui lui restait dans les tripes.

Gabor éclata de rire. Pourtant, il ne ressentait aucune joie.

— De quels morts tu parles ? Les petits voleurs que j'ai fait exploser avec ton école ? Les deux vieilles sorcières qui les surveillaient ? Ou peut-être fais-tu référence à ta femme et à ta fille ?

À ces mots, le visage du Tsigane se liquéfia.

Gabor avait réussi son coup : il n'avait rien vu venir.

Pour le plaisir de le regarder souffrir encore un peu, il lança une vidéo sur son téléphone, prise quatre jours auparavant.

Le mobile à bout de bras, il exhiba fièrement l'écran sous ses yeux, afin de lui montrer en images avec quel soin il s'était occupé de Zorita et de Carmena avant de les assassiner.

Malgré tous ses efforts, Maldini Ametovich ne put retenir ses larmes, terrassé par les geignements de ses deux femmes que les miliciens violaient avec des bâtons.

Il renifla en sanglotant.

— Tu pourriras en enfer, *gadjo* !

— Nous serons deux, répondit Gabor, mais le tien commence maintenant !

Il fit signe à ses deux soldats de partir.

Désormais, il n'avait plus besoin de personne. Il voulait rester seul avec le Tsigane, libre dans la folie et dans le sang, pour plusieurs heures intimes et sombres où éclaterait sa vengeance.

D'un geste hitlérien, les miliciens le saluèrent avant de disparaître dans le couloir.

La porte claqua à nouveau, avec la dureté d'une sentence. Puis Gabor se tourna vers sa proie.

— J'espère que tu es prêt, annonça-t-il d'un ton ferme, on va s'expliquer tous les deux.

REMERCIEMENTS

Tout d'abord, je tiens à remercier Ionuts et sa famille, eux qui ont inspiré ce roman. Je tiens aussi à remercier toutes les personnes roms que j'ai rencontrées en France, en Roumanie et en Hongrie, qui m'ont offert leur témoignage. J'aimerais citer Sorin S., Marius l'artiste, Madalin Mandin, Luminita A., Catalin M., mais aussi Gelu Duminica, directeur de l'association « Agentia Impreuna ». Merci à Dorina Gorgan, Simona Stanescu, Laszlo Nagy et Sinziana de m'avoir apporté généreusement leur aide au cours de mes investigations. Merci à l'association « Latcho Rom » et à Gabriela d'avoir initié mon immersion auprès des populations roms de Strasbourg.

Merci à ma tante Annie, pour ses corrections toujours aussi minutieuses et pertinentes. Merci à mes premiers lecteurs et critiques : mon grand-père Serge qui a lu et relu toutes les versions successives du manuscrit, mon ancienne éditrice Stéfanie Delestré, mon amie libraire Françoise Békaert, mon amie Julie Amesz et ma mère Valérie. Comme l'écriture d'un roman demande beaucoup d'énergie, je remercie également mon amie Pascale Pauthier, pour son soutien indéfectible et son optimisme à toute épreuve.

Je remercie Stéphane Clerjaud pour ses apports éclairants sur la Hongrie, Oana pour son expérience sur le projet ROMED, Gilbert Bernard pour ses connaissances médicales et Olivier Norek pour ses précieux tuyaux de lieutenant et d'écrivain.

Merci à tous ceux que je ne cite pas et qui m'ont apporté leur soutien au long de l'écriture.

Je remercie tout particulièrement mon éditrice Caroline Ripoll et l'équipe d'Albin Michel de me faire confiance et de m'accompagner une seconde fois.

Enfin, un énorme merci à toi, lecteur, blogueur, bibliothécaire, libraire ou amoureux des livres, toi qui m'apportes tant de joie avec ton sourire. J'espère que le sujet de ce roman te touchera comme il m'a touchée. J'y ai mis mon cœur et mes tripes.

DE LA MÊME AUTEURE
AUX ÉDITIONS ALBIN MICHEL :

Les Petites Filles, 2016.

PAPIER À BASE DE FIBRES CERTIFIÉES

Le Livre de Poche s'engage pour l'environnement en réduisant l'empreinte carbone de ses livres. Celle de cet exemplaire est de :
350 g éq. CO_2
Rendez-vous sur www.livredepoche-durable.fr

Composition réalisée par Lumina Datamatics

Achevé d'imprimer en août 2021 en France par
MAURY IMPRIMEUR – 45330 Malesherbes
N° d'impression : 256539
Dépôt légal 1re publication : septembre 2021
LIBRAIRIE GÉNÉRALE FRANÇAISE
21, rue du Montparnasse – 75298 Paris Cedex 06

39/1886/7